隼人物語

世路蛮太郎

隼人物語　2

目次——隼人物語

プロローグ

平成二十二年（二〇一〇年）十一月末の或る晴れた日の午後、京都府京田辺市の北部、松井丘陵の一角に、報道関係者の一群が小さな円陣を作っていた。総勢二十人ほどであろうか、密集した人垣の合間に、在阪局のクルーらしいテレビカメラがいくつか見えるので、かなり遠くからでもすぐそれとわかるのだ。

季節は間もなく冬を迎えようとしていたが、その日の洛南は、朝から晴れ渡って、まるで春に逆戻りしたかのような暖かさである。そのせいもあってか、各社の記者たちは、京都府庁で行なわれる定例の記者会見とは全く違う熱気と興奮を全身に漲らせながら、円陣の真中に立っている人物の発言に記者特有のあの鋭い視線を走らせていた。

「報道関係者の皆様にご案内いたしましたように、これが、私ども大住《おおすみ》郷土史研究会が最近発掘致しました竹簡と思しき現物でございます。場所は、ここ京田辺市松井の砂利採取場、崩落した崖の堆積物の中に、私ども会員の一人が全く偶然に発見した遺物でございます。」

一見サラリーマン風の青年が、そう言いながら両手で掲げたその物体は、確かに長さ三十センチほどに二つに割られた太い竹らしい外観を呈していたが、どう見ても何の変哲もない代物なので、その二つの断片に視線を集中していた記者たちの間に、一瞬、戸惑いと失望の空気が流れた。

と言うのは、そこに集まった京都府庁記者クラブに属する各社の記者たちは、報道マンらしいあの「特ダネ」本能に駆り立てられて、在野の郷土史研究会との会見に臨んだのだが、その土塗《まみ》れの薄汚れた物体と、彼らの熱い期待の間に、たちまち大きな落差が生じたからである。しかも、その年、二〇一〇年は、「平城遷都一三〇〇年祭」を大々的に宣伝する隣接の奈良県に日本中の関心が集中し、京都府の影が相対的に薄くなるという不運にも見舞われていたので、年末近く持ち込まれた大住郷土史研究会の突然の稀少な「発見」に各社一斉に色めき立った矢先でもあったのだ。しばらく沈黙が続いた後、府庁記者クラブの幹事を務めている全国紙A社の若い男性記者が、義務でそうするのだと言わんばかりに、やっと手を挙げた。

「三つ質問します。先ず、竹簡という遺物は、わが国固有のものなのでしょうか。そして、この他にもその事例は有るのでしょうか?

次に、その竹簡らしき物が、ここ京田辺市の松井丘陵の砂利採取場の一角で発掘されたのは全くの偶然なのでしょうか。或いは何か必然的な事情が有るのでしょうか?

最後に案内書によりますと、その竹簡らしい物体の内側に、漢字のような文字が墨書されているとの事ですが、それは一体何なのでしょうか? 我々にも分り易くお答えください。」

最初に竹簡を口にした青年は、幹事社の記者のいささか専門的な内容の質問に答えるにはあまり自信がなかったと見えて、集団の後方に待機していた数人の仲間たちを振り返った。するとその中から、白髪の小柄な老人が一人抜け出し、ゆっくりとした足取りで円陣の中に割り込んできた。だが、一礼して話し始めた声は、意外に若々しい。

「皆さん、ご苦労様です。私、大住郷土史研究会の会長、阿多竹人でございます。先祖代々、以前は大住村、その後は田辺町の三役を務めて参りました関係で、この郷土史研究会の会長を拝命いたしております。

報道関係の皆さん方は、すでにご承知の事と思いますが、ここ松井の隣の大住は、古来、南九州の大隅隼人の移住地としてその名が全国に知られております。毎年、十月十四日、月読《つくよみ》神社で催されております隼人舞についてもすでにご存知の事と思います。

私事で恐縮ではございますが、その大隅隼人の縁《ゆかり》の大住で、なぜ私が阿多姓を名乗っているのかと申しますと、そもそも、話は遠く天平七年の正倉院文書の一つ、「国郡未詳計帳」これは、のちに、京都大学のN教授によって、「山背国《やましろのくに》隼人計帳」つまり、わが大隅の隼人に関わる大変貴重な文書である事が学問的に立証されたのでありますが、そこまで遡ります。「洛南大住村史」をまとめられたN教授によりますと、その計帳に記載されて居ります大隅隼人、九十数人の中に唯一人、阿多君《あたのきみ》吉賣を名乗る、私はキメと読んで居りますが、という十六歳の少女が混じっているそうでありまして、この少女こそ、同じ姓を持つ私の先祖であると密かに確信しているのであります」

会長の話がここまで進んだ時、地方の名士たちに有り勝ちなこの手の長話には慣れっこの記者たちの間にも、さすがに白けた雰囲気が漂い始めた。事態の変化に気づいた例の青年が、会長に素早く近付いて、小さなメモ用紙をそっと手渡したが、近くに居た記者の一人が覗いてみると「早く三つの質問へ！」と大きく書いてある。

「いやぁ、大変失礼致しました。人間、年を取りますと、話がくどくなるものでありますが、この白髪に免じてどうか御許しください。

さて、ご質問の第一、竹簡の件でありますが、私が読み齧《かじ》りました貝塚茂樹先生の「中国の歴史」によりますと、竹簡は早くも周代、春秋、戦国の時代から木簡とともに記録の手段として大いに利用されて来たようですが、わが国におきましては、木簡に比べて圧倒的に数が少ないようであります。もっと正確に申しますと、木簡の方は、昭和三十六年に、平城京跡から大量に発掘されて以来、これまで全国で三十万点以上にも上がっておりますが、竹簡の方は、残念ながら皆無であります。アカデミズムの世界でも、わが国には竹簡は存在しないとする見解が通説となって居ります。

したがいまして、今回、私ども大住郷土史研究会のメンバーがここ松井の砂利採取場の一角で偶然発見しましたこの竹簡らしき物が、もしそれが竹簡だとしますと、本邦初の画期的な発掘という事になる訳であります。発掘の時の状態は、孟宗竹に似た太い竹の輪切りとしか見えませんでしたが、丹念に調べてみますと、真っ二つに割られた竹の、半円形の内側に、何やら漢字らしい文字が記されているのが朧気《おぼろげ》ながら確認されました。」

会長を取り巻いていた記者たちの間に、猟犬が獲物を狙う時のようなあの独特の緊張感がさっと走ったのは、その説明が「本邦初の竹簡の発掘」に差し掛かった時である。世の中の誰よりも早く新しい事実や事件を知り、同業他社のどこよりも早くそれを報道する仕事に、人間として最高の誇りと喜びを覚えるのが記者という職業の何ともし難い本能なのだ。当然の事ながら会長の説明を遮って次に素早く手を上げたのは、幹事のA社と張り合っている全国紙Y社の若い女性記者だった。強度の近視用の赤い眼鏡を掛けたその女性記者は、顔こそ愛らしいが、競争心を剥き出しにし、眼だけ異様に鋭く光っている。

「竹簡のご説明は良く分かりました。幹事社の先の質問とダブりますが、それではその竹簡らしき物が、何故ここ、京田辺市男山丘陵の松井の砂利採取場で出土したのか、その事と、ここ松井周辺に百基以上存在すると言われる横穴遺跡とどのように関連しているのか、仮説でも結構です。先《さっき》の隼人の話に戻られても少しも構いませんので…」

いかにも遣り手らしい、少し皮肉を交えた彼女の質問に、一瞬軽い失笑が生じたが、殆ど同時に、会長の次の発言に対する強い期待の空気がさっと広がった。と言うのは、会長の説明通りこれが本邦初の発見という事態になれば、木簡学会や考古学会だけでなく、日本古代史学会全体にとっても画期的な出来事という事になり「平城遷都千三百年祭」に沸く、隣の奈良県庁記者クラブに対しても、少しは雪辱を果たす事ができると言うのが、京都府庁記者クラブ全員の共通の思惑になりつつあったからである。質問を横取りされて、幹事社の面子《めんつ》を潰された形になった全国紙A社の記者も、立場上不満を抑えて、会長の次の発言を待ち構えている。

「良くぞ尋ねて頂きました。隼人の話に戻っても構わないとのご厚意を得ましたので、この竹簡と私は既に断定致しますが、それと松井の横穴遺跡とが、他ならぬ隼人と堅く結ばれております事を、次に詳しくご説明いたしたいと存じます。

そもそも、ここ松井の一帯は、昔から山砂利の産地でありまして、本来ならば横穴などが掘れる地層ではないのですが、同志社大学のM教授の御説によりますと、そのような困難を物ともせずに、百基以上もの地下式横穴古墳をこの堅い岩山に増築したのは、故郷南九州を遠く離れた隼人たちである可能性が非常に高く、異郷に在ってもなお祖先伝来の墓制を維持しようとした隼人たちの信仰の強さを示しているとの事であります。

ついでに申しあげますと、わが京田辺市には、同志社大学多々羅キャンパスが存在しております事は、皆さんすでにご承知の通りでありまして、私ども大住郷土史研究会もM先生に日頃大変お世話になっている次第であります。

さて、その建造時期につきましては、諸説あるようですが、大体、六世紀末から七世紀初め、一説には八世紀にまで下がると、推定されております。これらの時期は大和朝廷によります隼人支配、そして、畿内への強制移住の時期と密接に関連しておりますので、南九州の隼人たちが、はるばるとこの地にやって参りまして、大和朝廷に仕え、家族を持ち、増やし、それぞれの人生を全うしてこの松井の横穴群に葬られた事はほぼ間違いないと私は強く確信しております。従いまして、私の先祖と信じて居ります阿多君吉賣も、この松井の横穴群に葬られている隼人たちの末裔の一人でありましょう。その遠く、長い歴史に思いを馳せます時、人間が結ばれて居ります深い因果を改めて強く感じずには居られません。もっと詳しく語りたいのでありますが、先のご説明で納得頂けましたでしょうか……」

何を語らせても最後には自分の先祖の話に行き着く会長に、質問した全国紙Y社の女性記者も、さすがにうんざりとした表情をその理知的な顔に浮かべ始めた。というのも、松井の横穴群と隼人との歴史的な関連は何となく分かっていたものの、会長の脱線気味の長話では、彼女が最も知りたい竹簡のことが全く不明だからである。記者団共通のそんな空気を察した幹事社の記者が発言しようとすると、今度は地元紙K社の中年の男性記者が手を挙げた。

「会長、単刀直入に答えて下さい。先《さっき》から出されて居ります質問を繰り返しますが、その二つに割れた竹簡らしき遺物に記されている漢字のような文字とは一体何なのでしょうか。ひょっとしてそれは短歌のような物ではないかと、僕は勝手に想像するのですが、できればその具体的内容を教えて頂けないでしょうか……」

大学時代に国文学を専攻したその記者の念頭にあるのは、発掘された竹簡が本邦初であるだけでなく、その内側に短歌二首が書かれているという二重のスクープだ。しかも、その二首が隼人によって詠まれたものだったとすれば、その発見と報道の意義は計り知れない。というのは、『万葉集』を卒論のテーマにした彼は、その日本最古の歌集に、東国の農民や防人たちが読んだ短歌は数多く収録されているが、南九州の隼人たちが自ら詠んだ短歌は一首も存在しない事実をふいに思い出したからである。

一般的に記者の任務は質問する事であって、個人的な意見を述べる事では無いというのが報道の初歩的な鉄則だ。彼がそれを百も承知で、敢えて個人的見解を口にしたのは中年のベテラン記者ながらその「二重のスクープ」の魅力に興奮した自分を抑えきれなくなったからである。すると、その異常な興奮ぶりがたちまちほかの記者たちにも伝染したと見えて、彼らもまた一斉に、その「二重のスクープ」を妄想し始めた。そうして、記者たちのその興奮は大住郷土史研究会の例の若い会員から手渡されたコピー用紙に目を通し、そこに、漢字だらけの文字の固まりが二つ並んでいるのを目にした時、頂点に達した。中でも有頂天になったのは、自分の仮説が的中したと半ば確信した、そのK社の中年記者だ。

「そうです。ご指摘の通りまさしく短歌だったのであります。これから、その結論に至りました経緯を詳しくご説明致しますが、その前に、取り敢えずコピーの方を詳しくご覧ください。

加美久陀留金峰安応具南乃
阿多乃野古蘇波芳斯音吉布留佐都
（神降る金峰仰ぐ南の
阿多の野こそは愛しき故郷）

波留加那流南乃久仁乃布蘇乃地乎
伊麻陀布麻受毛阿陀仁宇麻礼手
（遥かなる南の国の父祖の地を

未だ踏まずも阿陀に生まれて）

先程、一寸触れましたが、今回、私どもが発掘しました竹簡は、幸い保存状態がかなり良かったせいで、内側に書かれて居ります漢字らしい文字も、大体の形で遺されて居りました。そこで、同志社大学M教授のご紹介により、同大学の古文の専門家、O教授に鑑定をお願いしましたところ、それらは全部万葉仮名で表記されているとの事でございました。さあ、こうなると私ども在野の研究者の手には負えませんので、同教授に解読して頂き、漢字と仮名で表記し直して貰ったのが、お手元のコピーの短歌二首でございます。

二首の短歌を読み比べますと、いずれも金峰、阿多、阿陀など実在の固有名詞が使われて居りますし、それらはみな、南九州の隼人縁《えにし》の地名でございますので、竹簡に記されたこの二首は、まさしく大住在住の隼人たちの誰かが自ら詠んだものとひそかに確信しているのであります。

また、私事でございますが、この阿多という地名は、私の姓、阿多と全く同じものでありますので、私は今更ながら、あの「山背国隼人計帳」に記載されております、十六歳の少女、阿多君吉賣との深い因縁を痛感しているのであります。」

松井の横穴群と南九州との関連を述べた時にはいまだそれ程でもなかった記者たちの関心が、竹簡と短歌、短歌と隼人との結び付きを示唆した段階で、急速に高まったのを最も敏感に感じ取ったのは、話好きな会長自身だった。実はその日の記者会見で、彼は取って置きの発表をもう一つ準備していたのだが、そろそろその時期が迫ってきたようだ。だが、勇んでその話に移ろうとした会長は、二重のスクープの期待に興奮した各社の記者たちの矢継ぎ早の質問にたちまち遮られた。

「二首の短歌に共通しているのは、西国の阿多の野ですが、それは、現在、どこの県に存在しているのでしょうか？」

「金峰とよばれているらしい霊峰と、吉野の金峰山とはどのような関係がありますか？」

「奈良県五条市にも阿田という地名が有りますが、そこと、短歌の阿陀とは同じとみなして宜しいのでしょうか？そして、それらの地名と南九州の隼人は、どんな関係に有りますか？」

「二首を詠み比べますと、一つ目は、西国の阿多の野を故郷とする人の懐郷の歌、二つ目は大和の阿陀に生まれた人の同じ故郷に対する憧れの歌、という風に感じられます。だとすれば、この二首は若い隼人たちの相聞《そうもん》とも解釈できるのではないでしょうか？」

記者たちの質問が、二首の短歌に集中し、その日の記者会見がいよいよクライマックスに達しそうになったのを見て、会長は、事前の手筈通りに、今度は大住郷土史研究会の若い女性会員を、記者たちに紹介する時が来たと判断した。

「ただ今、たくさんの質問を頂きましたが、この二首の短歌は相聞ではないかと貴重なご指摘も有りましたように、私どもではこの隼人の二首の短歌が、『万葉集』と何らかの関連が有るものと、途方もない仮説を立てている所であります。その件につきましては、私ども郷土史研究会の若き才女より詳しくご説明申し上げます。彼女は京都の女子大学で日本古代史を専攻し、この春、京田辺市に就職したばかりの若手のホープであります。」
話好きの会長に、才女と持ち上げられたその女性会員は、全国紙Y社の女性記者とは異なって、若い女性には不似合いの黒縁の眼鏡を掛けており、真面目な研究者風の雰囲気を漂わせていた。会長に並んで立った彼女は、横目で一寸睨む真似をし、微笑みながら口を開いた。会長の説明に『万葉集』が飛び出した途端、一段と興奮し始めた記者たちの視線が一斉に彼女に集中した。

「私、加志麻理子と申します。私どもの会長には、若い女性はだれでも才女と呼ぶ変な癖がありますが、決して額面通り受け取らないよう、どうぞよろしくお願い致します。

私、実は、先程のご質問の中に出て来ました奈良県五条市の出身でありまして、大学では、すでに小学生の頃から関心を抱いて居りました日本古代史、とくに古墳と記紀・万葉との関連を専攻致しました。卒業後は京田辺市教育委員会に就職し、傍ら大住郷土史研究会にも所属しております関係で、本日公表されましたこの竹簡と二首の短歌との歴史的関連を調査・報告するよう命じられております。

この春、私なりにその仕事を始めまして、まだ半年しか経っておりませんので、皆様方の先のご質問に正確に答える自信はまったくありませんが、私なりに知り得た、あるいは整理し得た範囲内で、お話ししたいと思います。

私なりの結論を先に申し上げますと、この二首の短歌は、どなたかがご指摘されましたように、相聞《そうもん》と断定してよろしいかと思います。確かにこの二首は、恋という言葉は一切出て参りませんが、五条市出身の女の私には、二首に共通する西国の阿多の野が二人の間に育まれた恋の象徴と思われてならないのです。もっと言いますと、西国の阿多の野を故郷とする相手、私は阿多隼人の青年と想定しますが、彼を恋するこの詠み手、私は阿多隼人の乙女と想定しますが、彼女は私自身とさえ思われるのです。会長の話によりますと、私の姓、加志は、大隅隼人固有のものだそうですので、私にも会長と同じように古代隼人の血が流れているせいかも知れません。あまり学問的な説明になっておりませんが、恋とは理屈ではなくて、直感で感じるべきものと心得ますので、そのように解釈した次第です。

さて、私なりの調査によりますと、金峰の名を持つ山は、九州では熊本県に一つ、鹿児島県南さつま市阿多に一つあり、南さつま市では、昔から「きんぽうざん」と呼び習わしているようです。同市の教育委員会の説明によりますと、その山の名前は、奈良県吉野町の金峰山すなわち「きんぷせん」にあります蔵王権現を勧請した事実に由来するとされており、海の民、阿多隼人の厚い信仰の対象、つまり霊山として、昔からずっと崇められて来たようです。従いまして、例の二首の最初の作者は、その金峰山を日頃仰ぎながら、阿多の野で成長した青年と想定してもほぼ間違いないものと私には思われます。

次に私の出身地であります奈良県五条市には、これも先程どなたかが指摘されましたように、確かに阿田という地名がいくつか存在します。日本古代史学や隼人学の通説によりますと、その阿田は、阿多や阿陀に由来すると解釈されておりますので、この二首の短歌は、阿多隼人の故郷である西国の阿多の野と、その畿内への移住地である阿陀と、横穴遺跡群のある、ここ松井の三地点を隼人という共通項で結ぶ相聞であると、改めて断定する訳です。もっと具体的に言いますと、その阿陀に生まれ育った阿多隼人の乙女が、恋した若者と交わした相聞が、遠く離れた山背国松井の横穴遺跡から竹簡の形で発掘された訳ですから、彼女は何らかの事情で、大和国から山背国へ移住を余儀なくされたものとみなして宜しいのではないかと私は考えるのです。

もう一つ、隼人と竹簡の密接な関連を示す傍証として強調したい事は、大宝令《りょう》の一つ、「職員令」の隼人司条に、歌舞の教習と並んで竹製品を造る仕事が、隼人の重要な役目の一つとされている事実です。隼人の故郷、南九州が竹の産地であることは良く知られた事実でありますので、孟宗竹に似た大きな竹を二つに割る作業などは、まさしく朝飯前だったのではないでしょうか。

以上、いくつかのご質問に、私なりにお答え致しましたが、私ども大住郷土史研究会の窮局の課題は、この二つの竹簡に記された隼人の二首の相聞が『万葉集』とどのように関連するのか、を私どもなりに解明する作業です。先程、会長からも話がありましたように、これはまだ全くの「仮説」ではありますが、東国の農民たちや防人たちと同じ様に、隼人たちも歌を詠み、『万葉集』に収録されるべき歴史的な状況も存在したのではないか、その何よりの証拠が、今回、竹簡とともに発見された、この二首の相聞なのではないか、と私どもなりに想像を膨らませている所なのです……」

加志麻理子と名乗るその若い女性会員の説明は、脱線気味の会長の話とは全く異なって、いかにも日本古代史の研究者らしい、専門的な内容を帯びていたので、忙しくメモを取っている記者たちの表情も真剣そのものだった。わが国初の竹簡の発掘、そこに記された二つの短歌、それらと隼人との関連、『万葉集』との結び付き、等々。これらがすべて事実なら、隣県・奈良の平城遷都千三百年祭に劣らない、学術的な大スクープになり得るだろう。そして、今年は特に隣県奈良に引け目を感じていた本社のデスクもこれでやっと溜飲が下がるだろう。

「まだまだ皆様方のご質問・ご意見等、多々あろうかと存じますが、以上で本日の記者会見、一応終了させて頂きます。竹簡の件はじめ隼人と『万葉集』の関係など、これからもっと詰めて行かなければなりませんが、取り敢えず各社のご報道、ご放映を何卒宜しくお願い致します。本日はまことに有難うございました。」

事前の予想以上に、記者たちの異常な関心を引き起こしたその日の会見に、すっかり気をよくした会長の、弾んだ挨拶が終わると同時に、熱気に包まれた小さな円陣が急に崩れ始めた。

第一章　金峰山

古代日本の都が、藤原京から平城京へと移る前の年、つまり、和銅二年（西暦七〇九年）の仲秋、八月十五日、建国されたばかりの薩摩国阿多郡阿多郷の細い山道を、落ちかかる夕日を背にしながら、二人の若者が上っていた。いずれも、浅黒い肌に太い眉、鋭い光を放つ両眼が特徴の、いかにも阿多人らしい風貌をし、祭りの日だけに許される、純白の麻の貫頭衣に黒い帯という清々しい出で立ちである。

二人が目指しているのは、今では金峰山と呼ばれるようになったが、薩摩国が建国されるまでは、麓に暮らす阿多人たちが神降《かんくだ》りの峰として、昔から崇め続けて来た厳かな霊山だ。それは、平地の少ない薩摩国にしては、かなり広い阿多の野から東の方を見上げると、若い女の尖った乳房と成熟した女の豊かな乳房を合わせたような、一見優しい山容を見せてはいるが、年に一度の仲秋満月の夜に霊験あらたかな山の神が山頂に降り立つと、阿多人たちが昔から信じてきた、厳しい父親のような存在でもあった。

「おい、ウシよ、おれは都へ行く事に決まったぞ。大宰府から薩摩国に朝貢の命が来た。貢物を運ぶのは十一郡だけ、全部で二百三人。一郷八人の割り当てで、阿多郡からは三十二人が行く。今度は女も郡から一人ずつだ、阿多郡はヒメに決まった。率いていかれるのは、阿多郡大領、薩摩君《さつまのきみ》須加《すか》様だ。」

前方を行く連れにそう声を掛けたのは、小柄な阿多人には珍しく背の高い、痩せた若者だ。声の高低ではなく、強弱で抑揚を付けるのが阿多言葉の特徴だが、先程から話したくてうずうずしていたせいか、とりわけ阿多言葉が丸出しである。彼の両手をよく見ると、右手には、目指す山頂で、例の山神にささげる魚と海草を入れた大きな籠を、左手には潮水を入れた長い竹筒を重そうにぶら下げている。それ等は、この日のために、阿多の野の西に広がる広大な海で、今朝獲って来たばかりの海の幸だ。

だが、ウシと呼ばれた前方の若者は、何も答えず、山道を塞いでいる高い茅の群れを右手で払いながら、ずんずん上って行く。こちらは、後の若者とは正反対に背が低く、しかも横に張った短軀《たんく》だ。そして、その頑丈そうな背中には、同じように荒縄で括りつけられた、収穫したばかりの稲穂と里芋が重そうに吊り下げられている。それらも、海の幸と一緒に例の神に捧げられる山の幸だ。しばらくして後ろを振り向いた若者の顔に、秋の夕日が赤く映えている。

「そうか、タカ、それは良かった。ヒメと一緒なら尚更だ。お前は、大和言葉も少しは喋れるし、都へ行くのが、小さい頃からの夢だったからな。

だけど、俺は大和は好かん。都は嫌いだ。第一、あの笛を吹くような気取った大和言葉が我慢ならん。それに、高城郡の国府にやって来た大宰府の官人たちを見ろ。妙に威張り腐って、俺たちを見下しているからな。」

タカと呼ばれた後ろの若者は、またかと言ったうんざりした表情で一瞬口をつぐんだが、長い間の夢がついに叶った嬉しさをどうしても隠し切れないのだろう、すぐまた弾んだ声で話し始める。

「俺は都が見たいし、大和言葉をもっと覚えたいんだ。去年、大和から僧と一緒にやって来た訳語《やくご》のようにな。それに、今年の元日拝に国府へ出向いた父の話だと、来年三月には都が移るらしいから、その模様も是非見てみたいしな。ヒメも一緒だから、もう何も言うことはないよ。」

「おい、阿多君鷹《あたのきみたか》殿よ、お前は相変わらず甘いよ。俺の父の話では、大和の朝廷には、隼人司《つかさ》という役所があって、都に上った俺たちに歌舞を教え込んだり、竹細工をさせたりするらしいぞ。大和は今都造りで人手が足りないそうだから、お前もヒメも死ぬほどこき使われるのが落ちだろうよ。訳語になるなど気違い沙汰だ。

何度でもいうが、そもそも俺は、大和や大宰府の官人たちが、俺たちを隼人と蔑《さげす》んで呼ぶのが気にくわないんだ。しかも、俺たちの古い仕来《しきた》りを何でもかんでも大和の風に従わせようとするしな。見ろ、俺たち男の服を黄色に替えたのも奴ら、俺たちの大切な山を金峰山と呼ぶように命じたのも奴等だ。大和の仏教は奴等の傲《おご》りの印、俺は絶対に信じないぞ。」

「おい、曽君宇志《そのきみうし》殿よ、こんな山の中だから良いが、滅多なことを口にするでない。薩摩国府の官人たちに知れたら、お前だけの罪では済まないぞ。お父上の曽君麻多理《またり》様は勿論、阿多郷の我等全部が科《とが》を受ける破目になるんだ。

ウシよ。俺達が未だ子供だった頃見た、あの戦を覚えているだろう。あの時は、俺たちの崇める山の名が大和風に変えられる事に大人たちが反発したんだ。ところが、大宰府の官人たちは、九州諸国の軍団を先頭に、立ち上がった阿多の長《おさ》たちを皆殺しにしたではないか。大和の力は強いんだ。歯向かえば殺されるに決まっている。だから、生きるためには形だけでも大和に従うしかないんだ。」

「お前のお父上、阿多君比古《ひこ》様は阿多郡の主政だし、お前はその一人息子だからな。立場上、大和に服従して生きるのも止むを得まい。俺の父も確かに阿多郡の主帳だが、先祖は日向国霧島山の麓の出だ。今はこうして、母の里、阿多の地で暮らしているが、母が亡くなったから、父も俺もいつかは故郷へ帰るつもりでいるんだ。あそこは、未だ大和の力が及んでいない、自由な土地だと聞いている。タカよ、お前はヒメと一緒に都へ行け、そして、訳語の夢を果たすが良い。先《さっき》は、お前の大事な夢を貶《けな》して済まなかったな。俺はクメや弟たちとあそこに移って、大和と戦い続けるつもりだ。だけど、タカよ、都へ上っても、阿多人の誇りだけは忘れるなよ。」

「分かっている。俺たちは、誇り高い海の民、海神《わだつみ》と山神《やまつみ》をともに頂く不屈の民だ。その性根だけは決して忘れはせん。」

二人の長い会話がそこで途切れたのを潮に、今度は両手に海の幸をぶら下げたタカが先頭に立った。山の幸を肩に担いだ短軀のウシも、長身のタカに遅れまいと、足を早める。しばらくすると、道は左に巻いて、山頂がすぐそこに見える狭い鞍部に出た。この辺は二人が幼い頃から良く遊んだ馴染みの場所だ。阿多の野から見上げると、それほど高くは見えないこの霊山も、その鞍部に立って見下ろすと、その意外な高さが肌身で感じられる。そして、視線を西へ転ずると、すでに暮色に包まれた広い阿多の野と、その向こうに広がる大海原が遠く望まれ、その灰色の水平線に、仲秋の大きな夕陽が、今、丁度沈もうとしている所だ。二人にとっては、いつも見慣れている光景なのだが、先の長い会話が未だに尾を引いているせいか、今日はいつになく何か新鮮に、そして妙に懐かしく感じられる。

とくに、この秋、初めて藤原京へ上るタカの心は微妙に揺れていた。一度この懐かしい父祖の地を離れて、遠い都に住むようになれば、再び帰って来れるかどうか、確かな事は誰にも分らないのだ。父の日頃の話では、その昔、大和へ移住した阿多人たちは、そのまま彼の地に止まって朝廷に奉仕し、再び故郷へ帰って来た例は殆ど無いと言う。自分もまたそうなるのであろうか。だとすれば、この山から秋の夕日を眺めるのも、これが最後になるかもしれない。

いや、おれには愛しいヒメがいる。今夜こそあの火振りの祭りで、夫婦の契りを結ぶんだ。そして、ヒメと一緒に憧れの都へ上り、そこで二人で暮らすんだ。口には出さないが、ウシもまたヒメと仲良しのクメのことを想っているのだろう。そして、今夜、俺と同じようにクメと夫婦の契りを結び、弟たちと一緒に、父祖の地、霧島山の麓に移り住むのだろう。

タカがそこまで思いを巡らしながら、ふと傍らを見ると、ウシはもうそこには居ず、山の頂上へ通じている一段と細い道の入り口で、稲穂や里芋と一緒に持参した火打石で松明《たいまつ》に火を付け始めていた。太い竹を割って束にした、やや長い松明は、たちまち燃え上がって、いつの間にか暗くなった鞍部の四方を明るく照らし始める。タカも急いで魚や海草と一緒に持参した同じような松明に火を付けた。二人とも無言だ。

先《さっき》まで、活発に語らっていた二人が急に口を噤んだのは、そこから山の頂上までは、短い距離ながら、昔から神聖な区域とみなされて居り、人間の俗な会話が厳しく禁じられていたからである。万が一、その神域でそれが聞こえでもすると、清浄を好む山の神は立ちどころに、天から降りてくることをやめてしまい、その翌年は、必ず不漁と不作に見舞われると阿多人たちに固く信じられていた。しかも。その霊域には、十五歳に満たない若者は立ち入る事すら厳しく禁じられていたので、この年漸《ようや》くその年令に達したタカもウシも阿多郷の仲間たちの代表として、今夜初めてそこに足を踏み入れるのだ。そんな二人が、いつになくひどく緊張しているのはそのせいでもあった。

しばらくして、二人は、それぞれ右手に松明を掲げながら、今度はまた背の低いウシが先に立って、急に勾配の増した道を頂上へ向い始めた。凡そ高さ二百丈もあるその辺は、もうすっかり闇に包まれて居り、松明の火の粉が飛び散る度に、道の両側に密生している榊柴《さかきしば》や茅が、まるで生き物のように浮かび上がる。そして、急な坂道を今度は右に巻いて、山の東側の斜面に出ると、はるか彼方の山の端に、丸い月が黄金色に光っている。阿多人たちが待ちに待った仲秋の満月だ。今夜は、いつになく素晴らしい火振りの祭りになるぞ、と喜びの言葉が危うく二人の口に出そうになるが、例の厳しい掟に阻まれて舌が動かない。そのまま、満月を仰ぎながら、足を早めると、間もなく頂上に出た。

霊山の頂上は意外に狭く、二枚の厚い岩石が折り重なるように、

小さな屋根の形を成している。満月の光を浴びたその光景は、さすがに神域にふさわしく厳粛だ。タカとウシはゆっくりと、それぞれの松明を二枚の岩に立て掛け、持参した海の幸と山の幸をその前に恭《うやうや》しく捧げる。最後にタカが竹筒の栓を抜いて中の潮水を二枚の岩に振り掛ける。それが、今年の豊漁と豊作を山神に感謝し、来年もまたそれらを願う、阿多人たちの昔からの大切な仕来りであり、この夜、代表に選ばれた二人の若者の重要な役目だった。それが終わると、今度は長い叩頭《こうとう》に移る。

「おう、おひょう、おう、おひょう、おう、おひょう!」

突如、先ず身を起こした長身のタカの口から、異様な叫び声がほとばしり出た。その甲高《かんだか》い絶叫は、満月に照らされた天空に向かって、三度繰り返される。タカが終わると、今度は短軀のウシが、背伸びしながら同じような叫び声を三度上げた。タカとは違って、獣のようは低い唸り声だ。

「おう、おひょう、おう、おひょう、おう、おひょう!」

それは、阿多人たちが、豊穣をもたらす山神に捧げる崇拝の声であり、それを合図に山神がこの霊山に降り立って、その年の収穫を受け取って呉れるように、そして来る年もまた同じような豊穣をもたらして呉れるように祈る懇願の声だ。十五歳になったばかりのタカとウシも、この日のためにその聖なる神招きの儀式を無事に果たせるよう、阿多の大人たちに徹底して仕込まれて来ている。霊域でのの私語は固く禁じられてはいるが、その神招《お》ぎの声は、人間ではなく神の言葉として、大きくそして力強く発せられなければならない。

「おっ、海神の姫御も無事にお着きになったようだ。今年も美しい御仁だろうが、俺のヒメには適うまい。俺の口から言うのもなんだが、ヒメは心やさしくて、阿多郷一の美人だからな。」

「おい、タカよ口を慎め、海神の姫御に聞こえたら、徒《ただ》では済まんぞ。けどな、おれもひそかに思っているんだ。ヒメは確かに郷一番の美人だが、俺のクメも捨てたもんじゃない、とな。お互い、今夜はいよいよ夫婦の契りを交わすんだ。そして、お前はヒメと望みの都へ行け、おれはクメと故郷の霧島山の麓へ帰る。」

掟の厳しい霊山の頂上で、厳粛な神招きの儀式を初めてこなし、再び先の狭い鞍部に下ってきた二人の若者は、長い緊張からやっと解放されたせいか、待ち兼ねたようにいつもの軽口を交わし始めた。

満月の光を全身に浴びた二人の背中には、今夜の火振りの祭りに供える榊柴と茅が縄で括り付けられている。それぞれ右手に松明を掲げながら、その鞍部に立つと、もうすっかり夜陰に包まれた阿多の野と、空と区別がつかないほど暗くなった大海原が、眼下にずっと広がって居り、二つの境と覚しき辺りに、赤い炎がいくつも立ち上がっている。毎年、仲秋の満月の夜、阿多人たちが海神と山神を出迎える聖なる火柱だ。いつの間にか高く上がった満月の明るい光も、無気味な怪物のように、海辺に揺らめく火炎の群れには及ばない。この夜、阿多の浜辺に立ち上がる火柱を目印に、遠い海の彼方からやって来るのは、山神とは逆に心優しい海神の美しい娘たちの一人である。そして、阿多の浜辺に上陸した彼女は、天から霊山に降りてきた山神と、年に一度の逢瀬《おうせ》を楽しみ、夫婦の目合《まぐわ》いをするのだ。今、遠く眼下に燃え上がっているいくつもの火柱は、その海神の娘を阿多の浜辺に迎えた喜びの合図なのである。

「おい、タカよ。ヒメは顔は美しいが、肌の方はどうなんだ？まさか鮫みたいにざらざらじゃあるまいな。」

「馬鹿、何を言うか。こんな役目の帰りに。俺はまだ一度もヒメに触っては居らん。今夜の火振りの祭りまでは禁じられているんだ、阿多郷の昔からの厳しい掟《おきて》だからな。」

「掟は掟、恋は恋だ。俺はクメをもう何度も抱いてやったぞ。あいつは、勝気だけど、身体はふっくらして、肌は餅のようにむちむちしている。もっとも未だ目合っちゃいないがな。」

「おい、ウシよ、もう止めろ、その話は。俺たちは未だ役目の途中だぞ。背中の榊柴と茅を火振りの祭に届けるまでが俺たちの大事な勤めだ。天から降りて来られた山神様が、何処かで聞いて居られるかも知れんのだ。少しは口を慎め。」

「何を言うか、タカよ。お前が真先にヒメの自慢をするから、こうなるんだ。なあに、山神様も今夜は海神の姫御と目合いされるんだ、こんな話をしても少しは大目に見て下さるさ。」

霊山の鞍部から麓に下る山道は、二人が幼い頃から良く通った道なので、夜でも目をつぶったままでも歩ける程だった。上って来た時とは逆に、今度は背の高いタカが先に立ち、短躯のウシが後に続く。下るにつれて、それぞれ右手に掲げた松明が、時折下から吹き上げてくる風に煽られて火の粉が四方に飛び散り、もうすっかり夜の帷《とばり》に包まれた周囲の森を一瞬明るく照らす。

先程から、若い二人の心を占めているのは、今夜、阿多の浜辺で行われる、年に一度の火振りの祭だ。と言うのも、遠い海の彼方からはるばる渡って来た海神の姫御と、遥かな天から降って来た山神が年に一度目合《まぐわ》う、火振りの祭が無事に終われば、今度は、阿多人たちの目合いが公然と始まるからである。それは、阿多人たちの間で、太古の昔から営まれ続けて来た神聖な性の儀式だ。阿多郷の大人たちは、身分の上下を問わず、男も女も、その日だけは朝から断食し、海水で身を清め、阿多の浜辺で行われる海神の姫御と山神の聖なる目合いにあやかって、互いに目合うのだ。そうして、その年と同じように来る年もまた、阿多郷全体が、豊漁と豊作に恵まれるよう祈りながら、ひたすら体を重ね続けるのである。

それに、年に一度のその火振りの祭は、タカやウシのような若い人にとっては、とりわけ大切な郷の行事だった。と言うのは、その年、十五歳に達した男子と、十四歳を迎えた女子が、公然と目合い出来るのも、その夜だけだったからである。日頃、心を通わせている若い二人は、その夜初めて、目合いが許され、晴れて夫婦になれるのだ。だが、万一、その聖なる性の掟に背き、その夜以前に目合った若い二人は、姓《かばね》を奪われた上に、食料も水も与えられずに、小舟に乗せられて、阿多の海に放逐されてしまう。そうして、三日三晩経った後、それでも生き残った者たちだけが、再び阿多人たちの集団に受け入れられるのだ。それでも、未婚の若者たちの中には、ウシのように向こう見ずなものが一人か二人は必ず居り、その厳しい処罰によって、命を落とす例が跡を絶たない。それに、たとえ運良く生き永らえたとしても、阿多郷のその神聖な性の掟を破った罪の汚名は、一生涯、二人について回るのである。

そんな性の掟に思いを馳せながら、タカとウシが、半時程して山の麓に着いた時、仲秋の満月はもうかなり高く上り、平坦な阿多郷の集落を、明るく照らしていた。その時刻、いつもは夕餉《ゆうげ》の焚火をする郷の家々も、今夜は真暗だ。集落の全員が、老いも若きも、男も女も、もう阿多の浜辺に出掛けてしまっているのだろう。二人は、無言のまま火勢の弱くなった松明を気にしながら、人気の無い夜の集落を足早に通り過ぎて行く。霊山の頂上で、山神から授かった榊柴と茅の束を、松明が消えない中に、海神の姫御を迎えた浜辺の火柱に供えるのが、彼等の最後の役目なのだ。何処か遠くで、浜に出払った家人等を慕う犬の悲しそうな声がしきりにしている。

第二章　阿多の浜辺

　タカとウシが、下山の途中、霊山の鞍部に立ち止り、阿多の海辺で燃え上がったいくつもの火柱を見下ろしていた頃、そこでは、海神《わだつみ》の姫御《ひめご》を迎える乙女たちのいつもの儀式が、今始まろうとしていた。海神の名代として、年一度、仲秋満月の夜、阿多の浜辺を訪れる美しい姫御をもてなすのは、その年、十四歳になったばかりの阿多郷の乙女たちの晴れの役目なのだ。その夜代表に選ばれた十人の乙女たちは、先程から波打ち際に横に一列に並び、満ちて来る潮を静かに待っていた。純白の麻の貫頭衣で身を包み、真赤な帯を腰に締めた彼女たちの中には、タカの恋人、ヒメと、ウシの思い人、クメも交じっている。二人とも阿多人の乙女らしく、小柄で小麦色の張りのある肌をし、敏捷そうな肢体をしているが、中でも目立つのは、引っ詰め髪に良く似合う、厚く太い眉と鋭い光を帯びた両眼だ。幼い頃から仲良しだった二人は、その夜の儀式でも隣り合って並んでいた。

　やがて、南北に連なる阿多の浜辺に、遠い水平線に沈んで間もない夕日の残照を背にして、いつもの大潮が徐々に満ちて来た。不意に乙女たちの背後で、小太鼓の軽やかな連打と竹笛の淑《しと》やかな節に合わせて、阿多人たちの合唱が始まった。この年、十四歳になったばかりの、ヒメやクメの仲間たちだ。そうして、その集団を取り囲むように、阿多郷の老若男女が、始まった儀式を静かに見守っている。日頃は大声で走り回る童《わらべ》たちも今夜ばかりは神妙だ。

海神《わだつみ》の命《みこと》畏み　出で座す姫御
はろばろと　海原越えて　阿多の浜辺に

天降り　峰を下り来る　猛き山神《やまつみ》
麗《うるわ》しき　姫御と目見ゆ　阿多の浜辺に

有り余る　海山の幸　恵み給へな
来る年も　また来る年も　阿多の我等に

それが終わると同時に、波打ち際に並んでいた乙女たちの列が、ゆっくりと動き始めた。沖へ向うに連れて、寄せて来る波が足裏を浸すと、一斉につま先立ち、両腕を前へ広げてしばらく泳ぐ仕草をする。海神の姫御を迎える最初の所作だ。それが終わると、横列を崩さずに、再びゆっくりと沖へ向い始める。満潮が膝まで上がって来ると、両脚を素早く交互に挙げ、何かに戸惑ったようなしぐさが続く。海神の姫御の美しい姿を初めて目にした乙女たちの感嘆の所作だ。そして、乙女たちの横列がさらに沖へ進むにつれて、仲秋の大潮が、純白の貫頭衣を身にまとった、その小柄な身体を脛《すね》から腿《もも》へ、腰から頸《くび》へと、見る間に浸し始める。波しぶきを顔に浴びながら、乙女たちは、身悶えせんばかりに全身を激しくくねらせ、誰かに助けを求めるかのように、両腕を空へ突き出し、掌をひらひらさせる。

この夜、阿多の浜辺に無事にお着きになった海神の姫御を称える、最高のそして最後の喜びの所作だ。

「おう、おひょう、おう、おひょう、おう、おひょう！」

その刹那、小太鼓と竹笛に合わせた合唱がはたと止み、タカとウシが霊山の頂上で発したのと同じ、あの鋭い叫び声が一勢に上がった。その日、山神への使者に選ばれなかった、十五歳の若者たちは、阿多の浜辺に出て、海神の姫御の到着を待ち受け、その聖なる神招《お》ぎの声を発するのが全員の役目なのだ。そして、若者たちが集団で発するその神招《お》ぎの声は、十人の乙女たちが、急激に高まって来る満潮に背を向けて、再び浜辺に辿り着くまで、ずっと続けなければならない。それと同時に、乙女たちの帰りを待つ阿多の浜辺のあちこちにこしらえた枯木の山に、火打石で火を付けるのも彼等の役目だ。次第に広がっていく火の手は、東の空に高く上った仲秋の満月の光を瞬く間に圧倒する。中でもとりわけ目立つのは、ほかのいくつもの火柱より高く抜きん出ている巨大な火炎の塔だ。タカとウシが霊山からの帰りに例の鞍部で目にしたのは、海神の姫御が憑《よ》り付いたこの一際高い火柱だった。

「クメ、やっと終わったね。私、もう少しで溺れるところだった。でも、海に沈もうとした時、海神の姫御様に抱き止めて頂いたよ。長い黒髪を腰まで垂らした、色白のすらりとした姫後様が、私に微笑んで下された。お伴の、可愛い海の精たちもね。クメはどうだった？」

「ヒメ、私にも御姿が見えたよ。でも、海神の姫御様は、眉毛は濃いし、眼は大きくて黒目がちだし、なんだか私たち阿多の娘にも似ていたような気がする。ずっと南方の海神の宮でお生まれになったので、私たち、海の民と同じ顔付きをして居られるのかもね。」

海水に濡れた純白の麻の貫頭衣を脱いで、今度は真青な麻の貫頭衣に着替えたヒメとクメが語り合っているのは、強い潮の香を放ちながら、乙女たち二人を追って来た仲秋の大潮が、もうそこまで迫っている浜辺の松林の中だった。ヒメとクメの発声も、タカとウシと全く同じように、音の高低ではなく、強弱によって抑揚を付ける、阿多人のあの特徴を帯びている。ヒメとクメの周囲で、お喋りをしている他の乙女たちも同様だ。その夜の役目を無事に終えた彼女たちは、辺りがもうすっかり夜に占められているせいか、恥ずかし気もなく、引き締まった裸身を満月の光に曝《さら》しながら、思い思いに同じような真青な貫頭衣に着替えていく。今は、夜陰に溶け込んでそれと知れないが、昼間見ると目の覚めるような明るい青は、海の民、阿多人の魂の色、青い貫頭衣は、阿多人の誇りの服なのだ。

そんな阿多人たちに、二年前、青い衣服をすべて黄色に替えるよう、薩摩国府から命令が出された時、大和との戦いに敗れた男たちは止む無く従ったが、女たちは、その年、十四歳になったばかりの娘たちを先頭に、あくまで不服を申し立てた。娘たちは、晴れて大人の仲間入りをする大事な年に、大和の国々では農民たちが着せられているらしい、黄色の衣服を強いられる事に、命懸けで反発したのだ。それには、阿多郷の郡司の妻たちも進んで同調した。七年前、薩摩国が誕生して以来、大和の朝廷は、阿多人たちの古い仕来りを、次々と変えていったが、阿多の女たちは、彼等の聖なる山が金峰山と改名された時でさえも、男たちのようには強く反抗しなかった。だが、事、衣服の色に関してだけは、何としても譲れない最後の一線だった。というのは、阿多の女たちの衣服の色を青色から黄色に替えることは、その魂と誇りを傷付けるだけではなく、女の命である最も大切な美の感情を無残に踏みにじる暴挙と受け止められたからである。

阿多郷の女たちのそんな不穏な動きが、他郷にも広がるのを恐れた薩摩国府は、直ちに大宰府に奏言し、大和の朝廷が武力によって、威厳を示すことを期待した。薩摩国が成立する直前、他郷の女たちが武力で反抗した事件は未だ忘れられていなかったし、その時も、結局、大宰府に指揮された九州各国の軍団の力で、辛うじて制圧したからである。だが、薩摩国や大宰府の期待に反して、約二か月後、大和の朝廷から届いた勅令は、その撤回を命じていた。わが子、文武天皇の遺詔によって、即位したばかりの女帝、元明天皇が、娘、氷高《ひだか》内親王を持つ一人の母親として、美を慈しむ一人の女として、青の衣に固執する阿多の女たちに、異例の恩寵《おんちょう》を給わったのだと、官人たちはしきりに吹聴した。

「ねえ、クメ、これまで黙っていたけれど、私、もうすぐ、大和の都へ上る事になったの。今度の朝貢には、女たちも加わるよう命じられたらしい。だから、阿多郷からも誰か出なければならないのだけど、住み慣れた故郷を離れて、遠い大和へなど行きたい人が居るわけがないわ。中々決まらなくて、最後はやっぱり、父・阿多君保佐《ほさ》が、阿多郡小領として、私を出す事にしたらしい。率いていかれるのは、薩摩君須加様。父は幼馴染《おさななじみ》だし、しかも阿多郡大領だから、どうしても断れなかったたって、父が何度も詫びるのよ、私だって、阿多の女。見知らぬ大和へなんか行きたくないけれど、父の立場を考えるとね、どうしても嫌とは言えなかったの。

でもね、お喋りなタカは大喜びよ。大和の言葉も少しは知っているし、都へ上って、隼人訳語になるんだって、すごく張り切っている。タカの小さい頃からの夢だったからね。」

青色の普段着に着換えたヒメが、周囲の娘たちに聞こえないよう、隣のクメにそっと話し掛けた時、黒々とした松林の向うの、南北に連なる阿多の浜辺に、突如夥《おびただ》しい数の小さな火の球が回転し始めた。

いよいよ年に一度の火振りの祭が始まったのだ。

この年、十五歳になったばかりの若者たちが、縄を付けて振り回している小さな火の球は、今夜の祭のために、一月も前から準備していた茅の束だが、魚油をたっぷり浸み込ませてあるせいで、火勢がとても強い。若者たちはそれぞれ両手でその火の球を振り回しながら、広い浜辺に巨大な生物のように横たわっている長い綱の周囲を取り囲む。茅を束ねたその大綱も、今夜の祭のために、大人の仲間入りをする若者たちが、一月掛けて念入りに練り上げたものだ。海神の姫御と山神の年に一度の目合いが終われば、今度は、男と女に分かれた阿多人たちが、互いに綱を引き合い、来る年の豊漁と豊作を占うのである。

周囲の娘たちと一緒に、その炎の乱舞をしばらく見詰めていたクメが急にヒメの手を引き、何も言わず娘たちの集団からそっと抜け出した。二人は手をつないだまま、松林の奥へしばらく歩き、仲秋の満月の淡い光を浴びながら、と或る窪地に腰を下ろした。二人だけの秘密の話をするとき、ヒメの両手を握りしめるのが、幼い頃からのクメの癖だ。そして、海の民特有のあの鋭く強い声を、わざと押さえながら、まるで別人のように私語《ささや》く。

「ヒメ、行ったら駄目。大和に上がったら、もう二度と帰れないって、ウシが教えて呉れたよ。大和までは歩いて一月以上、途中には大きな川や流れのはやい海が有ると言うし、飢えや疾病で死ぬ人も出るらしいから。ヒメ、絶対に行かないで、私たちは今年やっと十四歳になったばかり、今夜初めて好きな人と夫婦になって、可愛い子供たちを生んで育てるのよ。ねえ、ヒメ、あなたは阿多君比賣《ひめ》として、私は曽君久賣《くめ》として、明日からこの阿多でずっと暮らそうよ。」

「私も本当はそうしたいのだけれど、少領の父は、幼馴染みだけど大領の須加様にはどうしても逆らえないし、私も父には嫌とは言えない。それに、大勢いる弟たちの事を思えば、長女として我儘を通す訳にはいかないのよ。タカがいつも言っているけど、大和や大宰府はやはり強いし、強いものには従う他に生きる道はない。阿多の女として、とても口惜しい事だけどね。」

「あっ、ヒメ、ウシがそれを聞いたらきっと怒るよ。私の大好きなウシはいつも言っている。俺たち、阿多人は誇り高い海の民だって。だから、女でも自分の意見を通そうよ。二年前の、あの服装の事件の時だって、大和の女帝様も、青色をそのまま認めて下さったんだから。嫌なものは嫌と、はっきり自分の意見を通すのが、阿多の女たちの昔からの気風なんだからね。ヒメには悪いけれど、大和かぶれのタカなんか、阿多人の恥だよ。」

「いいのよ。タカが何て言われようと。タカはウシのように、私はクメのように大胆じゃないし、強くはない。でも、私は心のやさしいタカが大好き。訳語の仕事って、大和にとっても、阿多にとっても、とても大事な役目でしょう。父の話だと、大和の朝廷には、大和の言葉と阿多の言葉を両方話せる人があまり居ないらしいの。タカは生れ付きのお喋りだから、訳語に向いているのよ。私も大和の歌を習ってみたいしね。」

何事にも控え目なヒメには、何事にも自分を貫こうとするクメが本当に羨しい。海の民の長《おさ》、阿多君保佐の長女として、ヒメもクメのように、阿多の女の誇りをきっぱりと示し続けたい。けれども、年に一度の火振りの祭を機に、大人の仲間入りをする自分の将来はもう決まってしまっている。大勢の息子たちに恵まれ、世間体を気にするあの父の事だ。いずれどこかの郡司の息子の嫁に出されるのは目に見えている。そんなヒメに、この夏、大和へ上る話が舞い込んで来たのだ。阿多郡少領という役目柄、その名を引き受けざるを得なかった事を父は何度も詫びたが、ヒメはむしろ内心では喜んだ。年に一度の火振りの祭を機に、大好きなタカと晴れて夫婦になれる事も嬉しかったが、そのタカと大和の都で新しい暮しが始まる事を思うと、もっとずっと嬉しかった。だが、幼い頃から大の仲良しだったクメには、そんな自分の本心を打ち明けるのがとても怖かったのだ。

一方、親友のヒメから、ふいに朝貢の話を打ち明けられた時、海の民、阿多人の女の誇りを口にしたクメも、本心では、阿多郷と阿多の人々をどうしても好きになれないでいた。と言うのも、クメの両親は、大人になるまでは目合ってはいけないという阿多人たちの厳しい掟を破ってしまったからであり、そんな破廉恥な父母を持つ娘として、クメは物心付く頃から、阿多人たちの、特に女たちの侮蔑の視線に曝されて来たからである。そんなクメと分け隔てなく遊んでくれたのは、阿多の浜辺で偶然知り合った、心やさしいヒメであり、両親を早く亡くして孤独になったクメを引き取り、今日まで育ててくれたのは、ウシの父、阿多郡主帳、曽君麻多理《またり》とその一族であった。それも皆、ヒメの父、阿多君保佐《ほさ》が、阿多郡少領として、娘の願いをひそかに聞き入れ、陰で動いてくれたからである。

クメは、十四歳になった今日まで、長男のウシや弟たちと家族同様に育ててくれた曽君麻多理の大恩を忘れた事は決してない。だから、ウシたちの母親が病気で亡くなってからは、主婦代わりに家事一切を引き受け、家族の面倒を一生懸命見て来た。一歳上のウシが、自分を母親としてではなく、一人の女として、接するようになって来たのもひそかに感じていた。そして、自分もまた、ウシを兄としてではなく、一人の男として、意識するようになったのにも気付いていた。ウシは、曽君を名乗っているけれども、阿多人の母の血を引く、根っからの海の民だ。破廉恥な両親を持ったとは言え、自分もまた紛れもなく阿多人の娘なのだ。だから、ヒメにそうしたように、他人の前では、海の民、阿多人の誇りを口にするけれど、心の何処かで、それが自分の本心では無いことを秘かに感じていた。ウシとウシの一族は、クメを大事にしてくれるけれど、自分はやはり、阿多郷の厳しい仕来りを破った両親の娘なのだ。初心なヒメには黙っていたが、これまで何度も進んでウシに抱かれたのも、自分にもあの奔放な母親の血が流れているせいであろう。だが、そんな肩身の狭い暮しも今夜の火振りの祭を機に大きく変わるのだ。大好きなウシと晴れて夫婦になって、曽君を名乗り、ウシたちの故郷、霧島山の麓に移り住むのだ。ヒメの前では、阿多人の誇りを偉そうに口にしたけれど、本心ではそれをひそかに望んでいる。でも今夜だけはヒメにも黙っていよう。

二人は、今夜を境に大きく変わるそれぞれの人生に思いを馳せながら、他の娘たちの群れに戻り、一段と火勢の増した火柱の一群と、若者たちが振り回す火の球の乱舞をじっと見詰めた。彼等の足下には、太い丸太のような長い大綱が横たわっており、火の球が音を立てて赤く弾ける度に真黒な怪物のように浜辺に浮き上がる。そうしてその度に大綱を取り巻いている阿多郷の老若男女の顔が、仮面のように無数に現れる。突如、浜辺の一角で、海神の姫御を迎えた時の小太鼓と竹笛に合わせて、若者たちのあの神招ぎ《お》の声が高らかに起こった。

「おう、おひょう、おう、おひょう、おう、おひょう！」

霊山から下りて来たタカとウシが、火振りの祭の始まった阿多の浜辺に到着したのは、その時だった。もう殆ど消えかかった松明を右手に掲げながら、二人が近づくと、小太鼓と竹笛の合奏と同時に、神招きの声も不意に止み、太く長い大綱を取り巻いていた阿多人の集団がぞろぞろと二つに分かれた。火の球を振り回していた若者の一団も、一斉にその動作を止め、二人の到着をじっと待ち構えている。

これから、いよいよ、海神の姫御と山神の、年に一度の目合《まぐわ》いの儀式が始まるのだ。

タカとウシは、依然として勢いよく燃え続けている、中央の一段と高い火柱の前に並び、祭壇に供えてあった魚や海草の上に、霊山から背負ってきた榊柴と茅を交互に積み上げた。次に火種の尽きかけた松明をその上に乗せ、傍らに置いてある竹筒の栓を抜いて、黒々とした魚油をさっと降り注ぐ。一瞬、下火になっていた松明が再び勢いよく燃え始め、榊柴と茅の大きな束に燃え移る。黒い怪物の赤い舌のように見える火炎は、まるで襲い掛かる獣のように、背後の背の高い火柱に迫っていく。

　海神の姫御と山神の年に一度の目合いが今、始まったのだ。それを合図に、神々の目合いを見守っていた阿多人たちの集団が、今度は男女に分かれ、浜辺に横たわっている長い大綱に寄り付いた。その年、十五歳になったばかりの若者たちと、十四歳を迎えた娘たちは、大蛇のように長い大綱の中央に結び付けられた、純白の麻の帯を境に、男女の集団に分かれ、その夜の綱引きの先頭に立つのが、昔からの仕来りだ。若者たちの代表として、その日の大役を無事に果したタカとウシも若者たちの集団に加わり、先《さっき》から二人を見守っていたヒメとクメも急いで娘たちの集団に紛れ込んだ。四人とも、

他の仲間たちと同じように、今夜大人たちの仲間入りをする印として、頭に青い布を巻いている。そうして、若い人々の背後には、同じように男女に分かれた阿多郷の既婚者たちが、長い大綱の両端までびっしり寄り付いている。その大綱引きを囃《はや》し立てるのが、阿多郷の老人や子供たちの大切な役目だ。

不意に、浜辺の何処かで、大太鼓が鳴り始めた。綱引きの勝負を誘う、力強い、そして腹まで響く連打だ。それを合図に茅を撚《よ》り合わせた長い大綱は、男女に分かれた二つの集団が力を込めて引き合う度に、しきりにのたうち、純白の帯を巻かれた中心点は、左右に行ったり来たりする。だが、最初のうちは、一進一退を続けていたその中心点も、時間が経つにつれて、次第に女たちの側に移るようになり、男たちは少しずつ引き摺《ず》られ始める。海神の姫御と山神が目合うその夜の綱引きは、女たちが勝つ事に昔からしっかりと決められているのだ。男たちは始めこそ真剣に力を入れるが、途中からはわざと力を抜いて女たちに勝ちを譲る。女たちもまたそれを承知の上で、最後まで綱を引き続ける。海の民、阿多人の男たちは、年に一度、山神の方から海神の姫御を訪ねて来るのに倣《なら》い、その夜の綱引きでも、女たちを立てる事によって、来る年の豊漁と豊作を神々に祈るのである。

小半時経って、その夜の綱引きも、いつものように女たちの勝利で終わった時、海辺で燃え続けていた火柱の群れも、いつの間にか燃え尽きていた。遥か南の海の彼方から渡って来た、海神の姫御と、遠い天から降りて来た山神との、年に一度の目合いも無事終わったのであろう。綱引きの間も、二つの分かれた男女の集団を取り巻くように振り回されていた火の球の一群も、一斉に姿を消したので、南北に長い夜の浜辺に招集した阿多人たちを照らしているのは、もう中天近く上って来た仲秋の満月の光だけだ。その明るい月光を浴びながら、綱引きを終えた男女の群れが、急に入り乱れ、あちこちで二人の組がいくつも出来始める。海神の姫御と山神の目合いが終れば、阿多郷の大人たちに公然と許される性の儀式だ。その夜、阿多郷の大人の男女は、夫婦以外の相手と目合う事によって、阿多郷全体の豊漁と豊作を集団全体で神々に祈るのである。そうして、その年、十五歳を迎えた若者たちと十四歳に達した娘たちも、その夜、初めて目合う事が正式に認められるのだ。今夜、初めて大人の仲間入りをするタカとヒメ、ウシとクメも、勿論その若い集団の中に居たが、先から綱引きを取り巻いていた老人や子供たちは、いつの間にか夜の浜辺から姿を消していた。豊漁や豊作に貢献しない老人や子供たちは、その聖なる性の儀式に参加してはいけないというのが、阿多郷の昔からの厳しい仕来りだったからである。

「タカ、朝貢の事、ウシに話したの？　ウシは小さい頃から大和嫌いだから、きっと怒ったでしょうね。私もクメに話したら、絶対に止めろと言われた。ウシとクメは、同じ家で家族同様に育ったから、何でも考えが合うのよ。」

始めに口を開いたヒメが、タカと並んで座っているのは、秋の夕日を浴びながら、海神の姫御を迎える儀式を終えて、他の仲間たちと着換えをしたあの松林の中だ。何事にも大胆なウシと気丈なクメは、今夜の性の儀式に慣れた大人たちと一緒に、そのまま浜辺に残っていたが、そんな性の営みには気後れするタカとヒメは、その場に居たたまれず、人気の無い松林まで、逃れて来ていた。ウシはクメを何度も抱きはしたが、目合いまではしなかったと口では言ったけれど、あれは嘘にきまっているとタカは思う。ウシとクメは今日まで同じ屋根の下で一緒に暮らしてきたのだ。あの二人が人目を忍んで度々目合いをしていたことは間違いない。でも、今夜はもう誰にも気兼ねせず、堂々と夫婦の営みが出来るのだ。自分たちも一刻も早くあの二人に倣おう。

「あゝ、あのウシのことだ。相変わらず大和を貶《けな》し、海の民の誇りを叫んでいたよ。大和へ上って訳語になるなど気違い沙汰だって腐されたけれど、最後にはやっぱり励ましてくれた。あいつはいずれ、クメを連れて、先祖の故郷、霧島山の麓に帰るつもりらしい。あの二人は小さい頃から一緒に育ったんだ。きっと良い夫婦になるさ。俺たちも今夜晴れて夫婦になって、大和へ上り都で一緒に暮らそう。そして、ウシやクメに負けないように阿多人の家族を作るんだ。」

「クメは打ち明けなかったけど、ウシとクメが曽君の故郷へ帰る事、私には前から分かって居たよ。クメが阿多を好きになれない事もね。私もクメには絶対明かさなかったけれど、本当はこの阿多で一生を終わりたくないし、大和の都で暮らしたい。父の話だと、大和には大昔から、私たちの血を引く人たちが大勢住んでいるらしいから、寂しい事なんかちっともないしね。だから、私もタカと一緒に大和の都に住みたい。そして、大和の歌を習ってみたいの。」

「ウシとクメは揃って大和嫌い、俺たち二人は揃って大和好き。それでいいじゃないか。大和は今、都移りの最中らしいから、朝貢が無事に終われば、新しい都で珍しいものを一杯見られるぞ。俺は訳語に成る。おまえは歌人《うたびと》に成れ。」

タカは、ヒメと語らいながら、夕闇の霊山を下りて来る時ウシが口にした、ヒメの肌の事を先刻からしきりに思っていた。ウシが言ったように、ヒメはざらざらした鮫肌だろうか、それともクメのように、むちむちとした餅肌だろうか？耳を澄ますと、向こうの浜辺で一つに重なった大人たちの群れから、女特有の鋭く高い喜悦の声が時折聞こえて来る。タカは、それを潮に、並んだヒメの身体をいきなり抱き寄せ、激しく重なった。小柄なヒメの身体には微かに阿多の海の香が籠っている。ヒメを見下ろすタカの目には、月光を浴びて浮き出た灰色の浜砂が、タカを見あげるヒメの目にはもう中央に高く上がった金色の満月が、写ったり消えたりする。タカは、生まれて初めて味わう性の歓喜に全身を震わせながら、自分はこの女を生涯大事にしようと固く心に誓った。

第三章　薩摩国府

和銅二年（西暦七〇九年）の秋、大和の都から遠く離れた薩摩国阿多郡阿多郷の浜辺で年に一度の火振りの祭が行なわれてから一月近く経った九月十日の夜明け前、薩摩国府の政庁の広場は、その日、朝貢の旅に出る隼人たちでごった返していた。広場と言っても、薩摩国は建国されてから未だ日も浅いので、いずれも掘立柱に支えられた粗末な正殿と東西の脇殿に囲まれた、コの字形の狭い空間であり、誰の目にも徒広《だだっぴろ》い土間としか見えない。しかもそこは小高い丘を均《なら》しただけなので、赤茶けた地面には未だあちこちに黒い小石が転がったままだ。

日の出前の薄明の中に集まった隼人たちは、ざっと二百人位であろうか。黄色の貫頭衣に黒色の腰帯を締めた男たちが圧倒的に多い中、青色の貫頭衣に赤色の腰帯を回した女たちの姿もちらほら見える。唯だ、頭に巻いた純白の麻布と、足に履いた厚い草鞋《わらじ》だけは、男女ともに共通している出立ちだ。政庁の狭い前庭に入りきれなかった隼人たちは、そこから南へ延びているやや幅の広い道にまで屯《たむ》して、晩秋の日の出を待っている。時折、牛の鳴き声がするのでよく見ると、政庁の周囲の草叢《くさむら》で、屈強そうな牛たちがしきりに草を食べているようだ。皆一様に、大和の都へ運ぶ貢物を山のように背負わされており、その上には雨除けの茅の蓆《むしろ》が被せられている。

出水郡と高城郡を除く、薩摩国十一郡に、朝貢の命が下されたのは、この年の元日、薩摩国府の政庁で開かれたいつもの朝賀の席であった。薩摩国守、従五位下、多治比真人広守《たじひのまひとひろもり》、同掾《じょう》正八位上大伴宿禰道人《おおとものすくねみちひと》、同目《さかん》、大初位下、佐伯宿禰石足《さえきのすくねいしたり》、他、史生《ししょう》二人が臨席する中、朝賀に参列した薩摩国各郡の郡司たち約五十人を前にして、大宰帥《そち》、従三位、粟田朝臣真人《あわたのあそみまひと》の名による朝貢の勅書《ちょくしょ》が突如発表されたのだ。命令を受けた十一郡の郡司たちは、隣の肥後国に近い出水郡と高城郡だけが除外されている事に、それ程強い反発は覚えなかった。と言うのは、この二郡の郡司たちの大半が、大宰府と大和の朝廷に従順な肥後国の豪族たちであったのに対し、他の十一郡の郡司たちは、七年前、大宝律令の強制に反抗した結果、朝廷軍の圧倒的な武力の前に敗北を余儀なくされたからである。

　それを機に、大宰府の出先となった薩摩国府から、隼人たちの古い仕来りを踏みにじる数々の命令が繰り出されてきたが、主だった者たちを皆殺しにされた隼人たちは、何事につけてもその無体な仕打ちに耐え続ける他はなかったのだ。この度の大和への朝貢もまた、その一環である事は間違いない。一月以上も掛かる大和への朝貢の役目が難儀極まる旅となる事は、目に見えているが、大宰府の官人たちの命に背く訳にはいかないだろう。恒例の朝賀の席で、突如、朝貢の命が下された時、十一郡の郡司たちの胸に共通して沸いたのは、そんな諦《あきら》めの気持ちであった。

　元日の朝賀の席で、思い掛けず大和への朝貢を命じられた十一郡の郡司たちは、その日から早速、人選に取り掛かった。出発日と決められた九月十日までに、郷毎に男八人、郡毎に女一人という割当てを何としてでも達成しなければならないのだ。阿多郡阿多郷でも、今回の朝貢の総師に決まった、大領、薩摩君須加《さつまのきみすか》を中心に、この半年の間、人選が進められた結果、男はタカを含む八人、女はヒメ一人が提案された。だが、阿多郷でも、他の郷と同じように、そこに落ち着くまでには住民たちの間に、幾多の反発があった。いくら大宰府の命令だとは言え、自ら進んで遥かな大和まで命懸けの旅を志願する者など居る筈がない。訳語になりたくて、むしろ大和へ行きたいタカなどは全くの例外なのだ。とくに、今回、各郷毎に一人出さなければならない女の場合には、最後まで中々決まらなかった。それが、ヒメに決着したのは、結局、阿多郡小領の父が、阿多郡大領、薩摩君須加の説得に応じざるを得なかったからである。尤も、ヒメもタカと同じように、本心ではむしろ大和へ上る事を望んではいたのだが。

和銅二年（西暦七〇九年）、九月十日の夜明け前、高城郡の小高い丘に築かれた薩摩国府の政庁の広場に参集した隼人たち約二百人は、そのような曲折を経て選ばれた人々であった。大和の朝廷と大宰府の権威を背にした薩摩国府の命令は絶対に守らなければならない。朝貢の旅へ向かう隼人たちが、出発日と決められた九月十日を目処《めど》に、国府から最も遠い郡はその二日前に、現地を出発しなければならなかったのはそのためであり、他の諸郡も国府の南の麓を東西に流れる非常に大きな川を小舟で渡るために、少なくとも一日前には、それぞれの故郷を後にしなければならなかったのもそのせいであった。

それに今回の朝貢では、一郷一頭ずつ、乳牛を携行する事が特別に許可されたので、その世話にも絶えず気を配らなければならなかった。屈強な乳牛たちは、背中に山のように積み上げられた貢物を運搬する一方、三日に一度、食用の乳を供給することがその大切な役目だ。隼人たちの大きな袋には、約五十日分の食物が、炊事道具や着換えと一緒に目一杯詰め込まれているのだが、長い道中、いかなる変事が起るかも分からないので、乳牛たちの乳は、そのための準備なのである。さらに、隼人の男たちは、食料用の大きな袋だけでなく、乳牛たちには積み上げられなかった貢物の束をも、背負わなければならなかった。彼等の腰の両側には、乳牛と同じように今回特別に許可された護身用の刀子《とうす》と、飲料水を容れた長い竹筒も括りつけられているので、唯だ歩くのでさえも、息が弾む程だ。

政庁の広場を埋め尽くした、そんな隼人たちのざわめきが一瞬止み、誰からともなく皆一斉に、東の方角へ向き直った。遥か彼方の高い山並みの上に、晩秋の大きな太陽が不意に顔を出したのだ。今日もまた秋晴れの良い天気であろう。蝟集《いしゅう》した隼人たちの中には、その真紅の朝日に向かってそっと両手を合わす者もいる。間もなく、政庁の一角で、大きな太鼓の連打が始まった。薩摩国府の権威を代弁するかのように、重々しく腹の底まで響く低い音だ。それは、国府の一日の政務の始まりを告げる合図である。

太鼓の音が止むと同時に、政庁の東西の脇殿の廊下に姿を現したのは、白色の袴に黄色の袍《ほう》、黒色の頭巾に烏皮《くりかわ》の履《くつ》という出立ちの史生《ししょう》二人だ。その日、大和の都へ上る隼人たちの人員の確認と、朝廷へ献上する貢物の照合が彼等の役目である。そして、隼人たちが前もって提出していた竹製の目録と、実際の中身との照合を終え、二人の史生に大声で報告するのが、黒色の貫頭衣を来た数人の仕《し》丁《ちょう》たちの役割である。

「薩摩郡　三郷　男二十四人、女一人

布三常《きだ》　牛皮一枚　鹿皮三枚
甑島郡　二郷　男十六人、女一人
塩十斗　鹿皮二枚
日置郡　三郷　男二十四人　女一人
布三常　牛皮一枚　鹿皮三枚
伊作郡　一郷　男八人　女一人
塩五斗

次はタカとヒメが並んでいる阿多郡の番だ。薩摩国十一郡の中で、郷の数が最も多い。
阿多郡　四郷　男三十二人　女一人
塩二十斗　布五常《きだ》　牛皮二枚　鹿皮六枚」

今回の朝貢では、阿多郡は、大領・薩摩君須加が総帥に指名された事もあって、貢物の数も他郷に比べて一段と多い。しかも、大量の塩を運ぶために、阿多郡阿多郷には特に二頭の乳牛が許可されていた。大和へ向う五十日近い長い旅の間、その二頭の乳牛の世話をするのが、夫婦になったばかりのタカとヒメの役目だ。政庁の周りの草叢で、牛たちの番をしている若い二人は、その大事な任務に緊張しながらも、この長い旅が終れば大和の都で始まる新しい生活にそれぞれ胸を膨らませていた。今日は朝から天気も良いし、今度の朝貢は幸先《さいさき》が良い。このまま行けば、五十日近い大和への長旅も、きっと無事に終るだろう。

　阿多郡の次の六郡（河辺郡、頴娃郡、指揖郡、給黎郡、谿山郡、麑嶋郡）は、郷の数も少ないので、仕丁たちの報告も短時間で終わった。仕丁たちの報告を受け終わった史生二人は、十一郡から提出された竹製の目録を一まとめにし、大宰府へ送る準備をする。目録を受け取った大宰府では、駅使を通してその目録を大和朝廷の民部省主計寮まで届けるのが大切な役目の一つである。都の民部省では、受け取ったその目録と、到着した隼人たちやその貢物とを再び照合し、両者の異同を最終的に確認する。そして、事前に提出された目録と実際の中身が異なる場合には、その原因が厳しく追及され、相当の苦役が課されるのである。

　日の出と同時に始まった史生たちの役務が一段落すると、政庁の何処かで、再び大きな太鼓が鳴り始めた。今度は先と違って、ゆっくりとした、しかし荘厳な調子だ。晩秋の太陽は、いつの間にか高く上がり、政庁の広場とその周囲の草叢を明るく照らしている。大勢の隼人たちの黄色の貫頭衣と、数少ない隼人の女性たちの青色の貫頭衣が、一段と朝日に映える中、時折、乳牛たちが物憂そうな声で鳴き交わす。隼人たちは皆無言だ。

　太鼓の音が止むと同時に、今度は、政庁の正殿の廊下に、史生たちとは違う装いの二人の官人が姿を現した。先頭は皂《くろ》色の頭巾、深緑色の袍《ほう》、白色の袴、烏皮《くりかわ》の履《くつ》を身に付け、両手に木の笏《しゃく》を捧げ持った朝服《ちょうふく》の目《さかん》、大初位下、佐伯宿彌石足、後は、同じ装いをした、掾《じょう》、正八位上、大伴宿彌道人だ。二人が左右に分かれ、政庁の広場を埋め尽くした隼人たちを見下ろす位置に立つと、しばらくして、正殿の正面の扉が開き、皂羅《くろあみ》の頭巾、浅緋《うすあけ》色の袍、白色の袴、烏皮の履で装い、両手で象牙の笏を掲げた、もう一人の官人が現れた。薩摩国国守、従五位下、多治比真人広守だ。史生一人と数人の仕丁たち、それに、薩摩国十三郷の郡司たちは、政庁の東西を仕切る脇殿の廊下に中腰で並んでいる。官人たちを始め、郡司たち全員が今年の元日拝に参列したのと全く同じ顔触れだ。最後に登場した国守が、正殿の廊下の中央に設《しつら》えた大きな椅子に腰を下ろすのを待って、先頭に立った目《さかん》が声を張り上げた。あの笛を吹くような柔らかい大和言葉だ。広場に密集した隼人たちは、皆、両膝を地面に落とし、一様に頭を垂れている。

「唯今より、朝貢の出発式を執り行う。先ず、当国国守、従五位下、多治比真人広守様より、御言葉を頂く、郡司並びに隼人ども、皆々神妙に承るように。」

目《さかん》の口上が終ると、東の脇殿に控えていた訳語がそれを隼人の言葉に直す。すでに中年だが、浅黒い肌、太い眉、鋭い眼光を帯びたその訳語は、明らかにタカやウシと同じ仲間だ。皂色の頭巾、白色の袴、烏皮の履などは並んでいる史生と同じ装いだが、黄色の袍だけが違っている。それは、同じ大和の官人でも、史生よりも低い、隼人の訳語の身分をはっきり示しているのだ。だが、大和の朝廷で他の官人たちと日頃交わっているせいであろうか、その訳語が話す隼人の言葉には大和風の抑揚がいつの間にか染み付いている。

「去んぬる大宝元年、口にするのも恐れ多い天武天皇様の御孫、文武天皇様の詔《みことのり》により、天下に領布された尊ぶべき律令を、薩摩や多褹《たね》の隼人どもは、神妙に承らず、あまつさえ、武器を取って、わが聖なる皇室と朝廷に敢えて逆らう事さえした。まことに不届き千万の所業である。」

隼人の訳語が話し終えると、再びあの高低の差の大きな大和言葉が始まった。話し手は、目が名指した薩摩国守ではなく、白い巻紙を恭《うやうや》しく掲げた掾《じょう》、正八位上、大伴宿禰道人だ。当の国守が正殿の中央の椅子に腰かけたまま、沈黙を守っているのは、身分の権威を何よりも尊ぶ、大和朝廷の昔ながらの仕来りを薩摩国でも忠実に守っているせいであろう。

「よって、翌大宝二年八月、遠《とお》の朝廷《みかど》たる大宰府が、服《まつろ》はぬ者どもを征伐し、当地に官人たちを常駐させて、戸口の調査を行った。わが薩摩国はその時成立し、大宰府の統率の下、大和を中心とする偉大なる日本国の栄ある一員となったのである。

薩摩国の郡司並びに隼人ども、その事を良く弁《わきま》えて、何事も大和朝廷の尊い仕来りに従うようすべからく心掛けよ。とりわけ、信仰については、お前たちが重んじている海山の神々ではなく、わが皇室並びに大和朝廷が深く帰依する御仏の教えを深く信ずるように相努めよ。近年、阿多郡阿多郷の隼人どもが霊山と仰ぐ山の名を金峰山と改めたのもそのためである。

あまつさえ、わが朝廷には、八幡宇佐宮はじめ、霊験あらたかな戦の神々がそろって御味方して下さっている。郡司並びに隼人ども、その事を常に肝に銘じ、そのかみのごとき謀反の振舞いにゆめ及ばぬよう、そしてわが大和の皇室並びに朝廷に対する崇敬の念を日々忘れぬよう、確と心掛けよ。」

国守の訓辞を代読する、掾の大伴宿禰道人は、大和朝廷では最も古い武門の出のせいか、このような文官の役目は苦手と見えて、時々、支《つか》えたり、言い直したりしながら、いかにも官人臭い文章を読み進めていく。だが、例の訳語の代読は、事前に隼人の言葉に直されていたらしく、その口調に殆ど淀みがない。大和からはるばるやって来た隼人の訳語を一目見たくて、牛の世話はヒメに任せ、先《さっき》から広場の隼人たちの群れに紛れ込んでいたタカは、その見事な訳語振りにしばらく聴き惚れていたが、金峰山の名が飛び出した途端、大和嫌いの親友、ウシの顔が不意に思い出された。ウシがこの場に居たら何と思っただろう。あいつの事だから、きっと舌打ちの一つもしたかも知れない。だが、俺はそうしないぞ。何としても大和の都へ上って、あの訳語のように成るまでは、官人たちの侮辱にじっと耐えるんだ。

「抑々《そもそも》、阿多と大隅の隼人どもは、口にするのも恐れ多い天武天皇様の御代より、皇徳を慕って度々上京し、貢物《みつぎもの》を奉納するとともに、相撲を天覧に供して来た。天武十四年に、はるか昔から畿内に居住している隼人どもの長《おさ》、大隅直《あたえ》に、尊い忌寸《いみき》の姓《かばね》を賜ったのも、その一方ならぬ奉仕に対する厚い皇恩の表れであった。そして、朱鳥《しゅちょう》元年、口にするのも恐れ多い天武天皇様が崩御された時には、畿内に住む阿多と大隅の隼人どもにも名誉な誄《しのびごと》が許されたし、翌年には、この薩摩の地からも、三百数十人の隼人どもがはるばる上京し、誄を奉《たてまつ》ったと聞いて居る。

然るに、この地の隼人どもは、それ程の厚い皇恩を蒙《こうむ》りながら、不遜にもいつしかそれを忘却し、あまつさえ口にするのも恐れ多い天武天皇様の孫、文武天皇様の御代に、はるか南嶋に派遣されたわが朝使たちを、武力でもって威嚇する事さへ敢えてした。隼人どものこの所業、まさしく八虐の一つ、謀反に相当する大罪であり、死罪は免れぬ極悪非道の無法な振舞である。本日ここに馳せ参じた隼人どもの中には、その時、筑紫総領、浄広肆《じょうこうし》、三《さん》野王様《やのおおきみ》がなされた厳しい懲罰を覚えている者も居るであろう。」

それまで、その日大和へ向う隼人たちの総帥として、集団の前方に一人離れて頭を垂れていた阿多郡大領、薩摩君須加の顔が一瞬歪んだ。と言うのは、文武天皇四年（西暦七〇〇年）、南島へ向う朝使たちが阿多の入江に寄港した時、彼らを武器で威嚇した阿多の女たちの黒幕の一人として、その責を問われ、危うく斬首されかかったからである。幸い、武力によるその反抗が薩摩全体に広がるのを恐れた大宰府が、死罪を形だけのもので終わらせたので、命だけは助かったが、今回の朝貢の総帥に指名されたのも、その時の懲罰の延長であろうと須加は秘かに観念していた。

「さて、当今、天下の万民は、口にするのも恐

れ多い天智天皇様の皇女にして、口にするのも恐れ多い天武天皇様の御孫、文武天皇様の御母堂であられる元明天皇様の慈悲深き統治の下、不磨の大典たる大宝律令の尊い規定によって、一人残らず戸籍に登録され、口分田を支給されるとともに、租庸調の厳かな義務を果たすよう、厳しく命じられて居る。然るに、今や日本中の民草が、元明天皇様の無窮の皇恩に浴し、毎年、大和の朝廷へ運脚を送り出しているのにも拘わらず、当薩摩国に於いては、郡司並びに隼人どもの不満と異議のために、未だに戸口の調査さえ十分に行われて居らず、民草の義務たる運脚に至っては、これまで唯の一度も行われて居らぬ。まことに以て不届き千万な事態と申すべきである。

よって、この度、当国に於いては、大宰府の命により、かの運脚の代わりに、大和の朝廷へ朝貢を行う事と相成った。郡司並びに隼人ども、事前に申告した貢物は、今年十月三十日までに、太政官民部省へ、一点も損なわず納入するよう確と心掛けよ。なお、この度の朝貢に限り、輸送の安全を確保し、かつ食料の足しにするために、各郷一頭ずつ乳牛の帯同を特別に許可された。ほかの諸国の運脚では決して許されぬ特典である故、大和の都で天下を知らしめす、元明天皇様の深い御慈悲の賜と有難く承るよう。」

薩摩国守、従五位下、多治比真人広守の、いかにも官人臭い訓辞が始まって小半時、大和朝廷の権威と皇恩を強調する薩摩国府の、しかつめらしい儀式が延々と続く中、政庁の東面の脇殿に控えている郡司たちは勿論、広場に蹲《うずくま》っている朝貢隼人たちにも、さすがに倦怠の空気が少しずつ漂い始めたころ、掾《じょう》、正八位上、大伴宿禰道人の下手な代読がやっと終わった。それと同時に、政庁の何処かでまた例の太鼓が鳴り始め、居並ぶ官人たちが威儀を正す中、正殿の廊下の中央に座を占めていた国守が、ゆっくりと立ち上がり、入って来た時と同じように、両手で象牙の笏を掲げながら、重々しく退出して行く。

大和の藤原宮では、最も重要な南の朱雀門を守る大伴氏と並んで、北の多治比門を代々守るこの一族は、去る天武天皇の御代に、八色《やくさ》の姓《かばね》の第一位、真人姓を授与された、昔ながらの皇親系の名門の一つだ。元明天皇・和銅元年（西暦七〇八年）に、従三位、粟田朝臣真人が大宰帥に任命された時、父、左大臣、正二位、多治比真人嶋と親交のあった、この朝廷の実力者の一人に懇願されて、南の辺境国、薩摩の国守に止むなく就任することになったせいで、上級官庁たる大宰府に対しても、万事、顔が利くようになっている。この度の隼人たちの朝貢の旅に、嘗て前例のない乳牛の帯同を敢えて認めさせたのもその隠然たる政治力の証であり、そんな特権を国府の官人たちに誇示する事が、この上流貴族のこの上ない喜びでもあった。さらに、朝貢の隼人の出発を祝して、全員にささやかな酒肴を振舞うよう、官人たちに指示したのも、その表れであった。

だが、大和の朝廷からはるばる南の辺境国・薩摩の国守に着任して一年、異民族のような隼人たちを相手に、未だこれと言った政《まつりごと》の実績を上げていないけれども、この名門貴族は、一日も早く懐かしい大和の都へ帰る事ばかり考えていた。大宰府からの情報によれば、来年三月には、藤原京から平城京へ移る遷都の儀が盛大に行われるらしい。その晴れがましい席に、自分も何としても参列したい。そのためには、昨年暮、大宰帥、従三位、粟田朝臣真人から指示された隼人の朝貢を是非とも成功させねばならぬ。

「これより、国守・多治比真人広守様の御好意により、本日、大和へ向うお前たちに、ささやかではあるが、特別に酒肴が下賜《かし》される。国守のご慈悲を深く肝に銘じ、各々、有難く頂戴いたすように。なお、その前に、この度の朝貢に際して、非常に重要な注意を二、三伝えて置く。総帥たる阿多郡大領、薩摩君須加はじめ隼人ども全員、確と心に留めて置くようにせよ。」

国府の訓辞を代読した掾、大伴宿禰道人と同じく、古い武門の氏族の一つである、目、佐伯宿禰石足の口上は、専門の文官以上に淀みがない。それを隼人の言葉に直す例の訳語の口調も、層滑らかだ。目の口上が酒肴に及んだ途端、急に騒めきだした広場の隼人たちを、両手で軽く制しながら、目は続ける。

「一つ、国守様の訓辞でも厳しく命じられたように、お前たちは何としてもこの十月三十日までに、大和の朝廷に出頭しなければならぬ。本日は九月十日故、凡そ五十日の長い旅になるであろう。薩摩国を出発した後は、肥後、筑後、筑前、長門、周防、安芸、備後、備中、備前、播磨、など、十以上の国々を通って行く事になるが、途中、大小の川がいくつも横たわっておるし、筑前と長門の間には、狭いが非常に流れの早い海も待ち構えて居る。また、国境には厳しい関も設けられて居る。それらを無事に通過するには、「本国歴名《ほんごくれきみょう》」なる文書が必要である故、それをこの度の朝貢の総帥、阿多郡大領、薩摩君須加に授けて置く。行く先々で当直の官司に提示し、通過の許可を得るようにせよ。なお、各国の大小の川や海には、何処も公用の渡船が配置されて居るが、朝貢のお前たちは、無償で利用できるよう、大宰府を通して国守様より各国へ依頼済である。

二つ。これよりお前たちは、西海道西路、大宰府路、山陽道を経て、大和の都へ上っていくが、途中の宿泊はいずれも野宿とする。往路に設置された駅家《うまや》は、どれも、朝廷の命を帯びた官人たちだけのもの故、お前たちは決して近付いてはならぬし、道中、早馬で駆け抜ける官人たちの邪魔を決してしてはならぬ。また、糧食はすべて自前とし、他国の人々を絶対に当てにしてはならぬ。ただし、水と草木は、天下万民のもの故、自由に採取して宜しい。いずれにしても、通過して行く国々の人々と、不必要な悶着を引き起こさぬよう、日々、心を配るようにせよ。

三つ。本日は九月十日、これから凡そ五十日間、今日のような秋晴れの良い天気が続くとは思うが、途中、偶《たま》には激しい風雨に晒される日もあろう。お前たちの運ぶ大切な貢物が、そのために損傷しないよう、くれぐれも注意せよ。国守様のご厚意により、この旅の朝貢に乳牛の帯同が特別に許されたのも、その事故を防ぐためでもある事を、片時も忘れてはならぬ。

また、とくに山陽道は、大和と大宰府を結ぶ最も重要な大路である故、公人、私人ともに様々な人々が行き交っているであろう。お前たち同様、今年の調庸を大和の都へ送り届ける各国の運脚たちと出会う事もあろうが、彼等と決して口を利いてはならぬ。ましてやその衣服や身体等に決して触れてはならぬ。大宰府からの通達によれば、昨年夏より、とくに備前国で疫病が蔓延しているとの事。運脚たちの中にはそれに感染し、不運にも命を落とす者も居ると聞いて居る。お前たちだけは決してそうならないように十分気を付け、国守さまの訓辞通り、十月三十日までに、必ず大和の都に到着し、大事な朝貢の役目を無事果たすよう心から祈っている。以上じゃ。」

話好きらしい目の長い口上がやっと終わり、訳語の滑らかな代読が早めに済んだ後でも、広場に膝を落したままの隼人たちの胸中は決して穏やかではない。初めて耳にした国々や道路の名前、大小の川や流れの早い海、関や渡船、毎日の野宿、糧食や水、牛の世話、運脚、疾病その他、約五十日の長い旅の途中で予想されるさまざまな出来事に、皆それぞれ漠然とした不安と恐怖を募らせているのだ。隼人たちのそんな緊張した状態は、国府の官人たちが全員、正殿から姿を消した後でもしばらく続いていたが、入れ違いに広場に入って来た隼人の下女たちが、郷毎にささやかな酒肴を配り始めるとともに、少しずつ緩み始めた。


その日は、夜の明ける前から国府に詰め掛けていた隼人たちは、空腹に耐えながら、もう長い時間、国守の訓辞や官人たちの口上を聞かされて来たので、一方では、皆一様に苛立ちを募らせてもいた。酒肴が全員に行き渡ったのを見届け、大声で口上を始めたのは、隼人の言葉を自由に操る例の訳語《さかん》である。

「皆さん、朝貢のお役目、ご苦労様です。お手元に配られました酒と食は、薩摩国守、従五位下、多治比真人広守様の心ばかりの餞《はなむけ》です。有難く頂戴されますよう。今は丁度、巳《み》の刻、昼食には少し早すぎますが、皆さん、夜明け前から集合された故、お腹も空いて居られるでしょう。出発は午《うま》の刻です。それまでゆるりと過ごされますよう」

国府の官人たちが操る柔らかさの中に横柄を含んでいる大和言葉と違って、その訳語の隼人言葉には、同じ仲間だけに通じるやさしさがそれとなく籠っている。だが、広場に潜り込んで、訳語の代読を聴いた時もそうだったが、ヒメに替って牛の番をしながら聞いているタカの耳には、それは自分たちが普段話している隼人言葉とはやはり何かが違っている気がする。他の官人たちと似たような服装をしながら、大和の朝廷に長く仕えていると、いつの間にかそうなってしまうのであろうか。ヒメと一緒に大和の都に長く暮らせば、自分の言葉もまたあんな抑揚になってしまうのかも知れない。

「タカ、早く食べようよ。黒米の握り飯、鮎の煮物、大根の漬物、それにお酒まで付けてある。明日からは、毎日、朝夕二回、粟や麦、粟や塩、それに時々牛の乳だけの約《つま》しい食《じき》が始まるんだから、有難く頂こうよ。」

ヒメに促されて、タカも自分の竹の包みを開けてみる。幅の広い竹の皮は阿多郷でも良く見掛ける容れ物だが、二つ並んだ大きな黒米の握り飯は、日頃は滅多に在り付く事のできない、珍しい食《じき》だ。男たちだけに配られた竹筒の栓を抜くと、鋭く鼻腔を突く酒の香も、阿多郷に大昔から伝わる粟の酒などとは全く違っている、タカは酒は苦手だが、酒好きのあのウシなら大喜びだろう。いや、大和嫌いのウシの事だ、ひょっとしたら、竹筒の栓を抜いて、中味を全部打《ぶ》ちまけしてしまうかも知れない。

「阿多郷の阿多君鷹《たか》殿は、どちらかな?」

夢中で黒米の握り飯を頬張っていたタカがその声に振り向くと、あの隼人の訳語がこちらに近づいてくる。こうして見ると、背の高いタカと肩を並べるほどの長身だ。浅黒い肌、太い眉、鋭い眼光、など、タカたちと同じ仲間の血が流れている事は間違いない。

「私ですが、何か御用でも？」

ヒメと顔を見合わせながら、タカが立ち上がると、訳語の顔が一瞬綻《ほころ》んだ。旧知に出会った時のような、喜びの表情だ。

「あっ、君でしたか。先《さっき》、政庁で総師の薩摩君須加殿に聞いたのだが、タカ殿は大和の都で、隼人の訳語になりたいのだそうですね。そんなに大和の言葉が好きなのかな？」

言い遅れたが、私は、君と同じ姓《かばね》、阿多君、名は羽志《はし》です。大和の朝廷で、衛門府、隼人司《つかさ》の右大衣《みぎおおきぬ》を勤めていたのだが、従五位下、多治比真人広守様が、国守として薩摩に下向される折、同道を申し付けられたのです。隼人たちの言葉は一向に分らぬ故、訳語の役をせよとの仰せであった。この国府に着任して一年余、薩摩国の事は未だ良く分からないので、訳語の役も大変です。」

自分やヒメと同じ姓が、その訳語の口から飛び出した途端、タカの若い血がたちまち沸騰し始めた。大和の都で、隼人の訳語に成る夢が、一気に近付いてきた感じで、答える声もおもわず上擦ってしまう。

「私たちは、大昔から海の民、南の大海原と島々の事は良く知って居りますが、北の大和とその都はまるで外国です。ですから、そんな大和は小さい頃から私の憧れでした。大和の言葉はほんの少し聞きかじって居りますが、今度の朝貢を機に、大和の都へ上って、もっと詳しく覚え、あなたのような隼人の訳語に成りたいのです。妻も似たような望みを持っております。」

「おや、お二人はご夫婦でしたか、随分と若いが。して、嫁殿はいくつになられる？」

「私の名前はヒメ、今年十四になったばかりです。私も夫と一緒に大和の都へ上り、大和の歌を覚えたいのです。でも、ちゃんとした歌人《うたびと》に成れるかどうか・・・・」

父、阿多君保佐よりはずっと若く見える、この長身の訳語に言葉を掛けられて、内気なヒメもますます緊張している。

「お二人ともその若さで、訳語や歌人に成りたいとは結構々々。私にもキメという名の一人娘が居るが、まだ十になったばかり。小さい頃、母を失ったので、今は、隼人司の同僚、左大衣《ひだりおおきぬ》、大隅忌寸《いみき》乎佐《うさ》殿に預けてあります。ヒメ殿と同じように歌が好きでな。大和の都へ着いたなら、隼人司の乎佐殿を是非訪ねなさい。顔の広い方だから、訳語の事も、歌の事も、何かと便宜を図って呉れる筈です。私からも、都への便りに口添えして置きましょう。」

そう言いながら、隼人司、右大衣、阿多君羽志は、遠い大和の都に残してきた一人娘、吉賣《きめ》の事を無性に懐しく思い浮かべたが、一昨年、慶雲四年（西暦七〇七年）春に始まった遷都の混乱についてはロをつぐんで居た。と言うのは、祖父の代から、今の役職を世襲しているこの阿多隼人の長は、崩御した息子の文武天皇に代わって即位した元明天皇と、右大臣、正二位に昇進して、ついに大和朝廷の最高権力者となった、藤原不比等《ふひと》との対立が藤原京から平城京への遷都を巡って頂点に達しており、その二人の政治的抗争が、大和朝廷全体に不穏な空気を生み出している事を日々感じていたからである。女帝元明天皇の意に反して遮二無二、遷都を強行しようとする野心家、右大臣、藤原朝臣不比等の政《まつりごと》は、朝廷の貴族たちの間だけではなく、隼人司のような下級官人たちの所にまで不安や疑心をもたらしていたし、遷都に伴う京戸《きょうこ》たちの不満、造都のために諸国から徴用される役民《えきみん》たちの逃亡など、庶民たちの中にも、さまざまな混乱を引き起こしつつあった。

そんな都の暗い雰囲気から逃れて一年余、南の辺遠国《へんおんこく》とは言え、国守付きの訳語として、充実した日々を送っている今、都の事は一人娘のキメ以外に何も思い出したくない。それに、今、ここで、都で進行中の厳しい現実を語れば、これから大和へ上って、訳語や歌人に成りたいという、いかにも若者らしい二人の夢に水を差す事になるであろう。加えて、大和朝廷の隼人訳語としての自分には、この薩摩国で果たすべき大事な任務が未だ残されている。近年中に、日向国から四郡を割いて、大隅国を建設する大宰府の政に、隼人訳語として引き続き任務を果たすよう、国守、多治比真人広守様から秘かに命じられているのだ。

それにしてもタカ、ヒメと名乗ったこの若い夫婦の何と幸せな様子であろう！今は未だ十だが、わが一人娘のキメにも、いつかこういう若者が現れて、仲睦まじく夫婦となる日が来て欲しいものだ。これを機に、キメの縁談の事も預けてある同僚の乎佐殿にそろそろ頼む事にしよう。このヒメと同じよ

うに、幼い頃から歌に興味を持っていたキメも、乎佐殿の計らいで、日々腕を磨いている事であろう。

「私は、薩摩国に来て一年余、国府の任務に毎日追われて、阿多郷まで足を運ぶ機会が中々無いのだが、金峰山は、どの辺かな?大和平野の二上山《にじょうざん》に似た美しい山だと、国府の史生たちに聞いておるが・・・

私は、大和国宇智郡阿陀郷の生まれ、小さい頃から遠い西国の南端、阿多こそが一族の本貫だと祖父や父から良く聞かされて来ました。薩摩国に居る間に、是非一度、我らが故郷、阿多と金峰山を訪ねてみたいと日々願っているのです。」

つい先《さっき》、国守の訓辞を聴いた時もそうだったが、訳語の口からまたしても金峰山が飛び出した瞬間、タカはほんの一月余り前、その山に一緒に上ったウシの事を再び懐かしく思い浮かべた。あの火振りの祭の夜、自分たちと同じように晴れて夫婦になったウシとクメは、今頃どうしているであろう?行動力のあるウシの事だ、もうすでにクメを連れて、祖先の故郷、霧島山の麓に移り住んでいるかも知れない。そして、隼人の訳語とは言え、大和の官人に、こうして金峰山の場所を尋ねられたなら、あれは自分たちの聖なる山に大和の官人たちが勝手に付けた名前だと向きになって反論するかも知れない。でも、ウシはウシ、自分は自分だ。山の名前などにはこだわらず、一日も早く、大和の都へ上って、この人のような立派な訳語になるぞと、タカは改めて強く決意した。

「ここから、ほぼ南の方角、大海原が入り込んでいる平野の端に聳えています。大和の二上山は未だ見ていませんが、女らしい姿をした美しい山です。阿多君羽志様の故郷、阿多郷はその麓に広がる

青色で綺麗だけど、粗い麻だからね。毎日黒米が食べられて、絹の裳が着られたらどんなに幸せな事か。衣は女の命、男には絶対分からないよ。この気持。」

「お前も欲張りだな。毎日、黒米が食べられるだけでも有難いのに、絹の裳まで着たいなんて。少し望みが高すぎやしないか？　どれ、そろそろ皆の所へ帰ろうか。」

「駄目、もう少し……」

ふと気が付くと、辺りはもうすっかり闇に包まれており、前方に広がる草地には放した牛たちも満腹したらしく、地面にゆったり横たわっていた。東の空には、晩秋の満月が、熟れた稲穂のような金色の光を放ちながら、いつの間にか高く上がっている。不意に青い貫頭衣から伸びたヒメの両腕が、立ち上がろうとするタカの身体に巻き付いた。目合いの合図だ。一月前の、あの同じ満月の夜、阿多の浜辺で初めて公然と夫婦になって以来、二人は幾度目合った事だろう。阿多の海で一日の漁を終えたタカと、金峰山の麓で一日の畑仕事を済ませたヒメは、殆ど毎日、夕闇迫る浜辺で落ち合い、あの日と同じ松林の中で、激しく身体を重ねて来ている。ヒメの肌は、タカの予想とは裏腹に、ウシが形容した鮫のようでもなく、かと言って、クメみたいな餅のようでもなく、柔らかな絹のようにしっとりとしていた。

それに、何事にも控え目だったヒメも、タカと目合いを重ねるにつれて、次第にクメのような奔放な阿多の女に変わって行く様子が、タカにはとても新鮮に感じられた。十五日前、薩摩国府を出発して以来、同行の仲間たちに気兼ねして、タカとの目合いを控えていたヒメが、とくに今夜は積極的に振舞うのもそのせいなのだ。タカは、日に日に、女になって行くヒメの著しい変化を、あの日のようにウシに語りたいと頻《しき》りに思いながら、ヒメの火照った身体を一層強く抱きしめた。

そんな若い二人の激しい目合いを、前方に横たわった二頭の牛が、先《さつき》から不思議そうに眺めている。今夜はこんなに美しい満月だ。明日もきっと秋晴れの良い天気であろう。だが、晩秋の満月のやさしい光とは反対に、はるか北の方角に広がる林の上には、黒々と聳える大宰府政庁の瓦屋根が、野宿を始めた朝貢隼人の一行を、威圧するかのように待ち受けていた。

翌、九月二十六日の夜明け前、総帥、薩摩君須加に率いられた朝貢隼人二百三人は、野宿の場所から北を目指して歩き続け、大宰府政庁の二層の大門がすぐそこに控えている大きな広場に到着した。途中、小さな川に行く手を阻まれたが、膝までしか水嵩《かさ》のない、浅い川だったので、人々も牛たちもそのまま真直ぐ横切った。前夜の予想通り、今日も秋晴れの良い天気だ。

西の空には、昨夜の満月が未だ淡い光を放っていたが、東の空には、昨日と同じ晩秋の太陽がまた顔を出そうとしていた。その清々しい薄明の中で、良く目を凝らすと、広場の正面に設《しつら》えた二層の大門の前に、大勢の人影が群がって居り、良く耳を澄ますと、微かな騒《ざわ》めきが聞こえて来る。今日一日の役務を果たそうと、開門を待っている官人たちの集団だ。しばらくすると、その人込みの中から、大門の前に左右に伸びている堀を渡って、二つの人影が、こちらに近付いて来た。

「我は大宰府大典、正六位上、稚犬養宿彌筑紫《わかいぬかいのすくねつくし》である。薩摩国阿多郡大領、薩摩君須加《さつまのきみすか》は、何処に居るか？」

今度の朝貢に出発する時、タカたちが聞いた薩摩国府の官人たちの言葉とはまた一段と違って、居丈高で、脅すような野太い声だ。いつの間にか明るさを増した朝の光を身に浴びて、声を発したその官人は、薩摩国の掾《じょう》や目《さかん》と同じように、皀《くろ》色の頭巾、深緑色の袍《ほう》、白色の袴、烏皮《くりかわ》の履《くつ》、両手に木の笏《しゃく》という朝服の出立ちだ。さらに、彼の背後に控えながら、その口上を隼人の言葉に換える訳語もまた、薩摩国府のあの訳語と同じように、皀色の頭巾、黄色の袍、白色の袴、烏皮の履という制服の装いである。ウシのように短軀《たんく》だが、頭巾から食《は》み出している白髪や、少し曲がった腰付きから見ると、かなり長い間大宰府に仕えているタカたちの仲間なのであろう。その声は、老齢にも拘らず、一応聞き取れはするが、薩摩国府で言葉を交わした、大和朝廷の訳語、阿多君羽志の抑揚ともまた何か違っている気がタカにはする。大宰府で長く役目を果している間に、いつの間にか筑紫の土地の言葉に染まってしまったのかも知れない。

「この度の朝貢の総師を承って居ります、薩摩国阿多郷大領、薩摩君須加、ここに控えて居ります。」

それまで政庁前の広場に休息していた朝貢隼人たちの大きな集団から、一人進み出た総師が、その官人を前にして小腰をかがめ、深く頭を垂れた。大和朝廷の官人たちの世界では、身分の下位の者が上位の者に払う敬礼は、絶対に守らなければならない、昔ながらの厳しい掟だ。ましてや、この場合、総師は、建国間もない辺遠国《へんおんこく》薩摩の一郡司に過ぎないが、相手は、「遠《とお》の朝廷《みかど》」大宰府の、正六位上、大宰大典であり、二人の位階の差は余りにも歴然としている。しかも、この稚犬養一族は、宮廷南面で最も重要な朱雀門を警護する大伴一族と並んで、稚犬養門を守衛する誇り高い門号氏族の一員だ。大宰府では下級役人ながら、訳語の通訳を待ち兼ねて、口を開いたこの官人の物腰に、生まれながらの気位の高さが染み込んでいるのもそのためである。

「間もなく開門である。本日は、わが大宰帥《そち》、従三位、粟田朝臣真人《あわたのあそみまひと》様が直々《じきじき》、新羅《しらぎ》の使節たちとお前たちを引見《いんけん》される。これから官人たちが入門し、帥様を拝してそれぞれの役務に就くまで、半時ほど掛る故、それまでにこの広場で静粛に待機するように。なお、貢物を背負った不浄な牛どもは、神聖なる政庁の中庭に決して入れてはならぬ。後で、政庁の仕丁たちを寄越すによって、牛どもと貢物の見張りは、一切彼らに任せよ。お前たちの貢物は、口に出すのも恐れ多い天智天皇様の皇女であらせられる元明天皇様に謹んで奉納する大切な品である故、出発まで当大宰府が全責任を負って管理いたす。よって、心置きなく帥様に拝謁を賜るように。」

　老齢のせいであろうか、大宰大典の長い口上を隼人の言葉に換えるその訳語の声は、時々息切れがするらしく、最後の方は何度も支えた。それが終ると、二人は再び大門前に密集している官人たちの群れに戻っていったが、大宰大典より数歩下がって歩いて行く、年老いた隼人訳語の、少し腰の曲がった後ろ姿は、何となく寂し気だ。薩摩国府で出会った、働き盛りの訳語の阿多君羽志もまたいつかはこんな惨めな姿になってしまうのであろうか。いや、自分もまた、大和の朝廷で隼人の訳語に成れたとしても、行く行くは、同じ運命に陥るのであろうか？　朝貢隼人たちの集団の後方で、タカがそんな思いに耽っていると、突如、大宰府政庁の何処か奥の方で、大きな太鼓の音が響き始めた。太陽が遥か東の山波の上に顔を出すと同時に始まる、いつもの開門の合図だ。タカが先日聞いた薩摩国府の太鼓などとは何処か違う、威圧的で荘重な音であり、その音の間隔も余韻も長い。

そんな太鼓の音を聞きながら、改めて大宰府政庁の大門を見上げると、昨夜、野宿した草原から見た時にはそれ程大きな建物とは思われなかった大門は、がっしりとした造りの、丈の高い二層の構えだ。徐々に上り始めた晩秋の朝日を右側から浴びながら、丹《に》塗《ぬ》りの四本の太い円柱、同じく丹塗の三つの大扉、その両側の白色の壁、一層二層とも同じ黒色の屋根瓦なども、政庁の向こうに左右に広がる青い山波を背景にして、それぞれくっきり浮かび上っている。とりわけ、大門を中心として、両側に長く伸びている、黒色の瓦を載せた黄色の築地塀がとても印象的だ。そんな大門の開け放たれた三つの空間を、夜明け前から門前に群がって居た官人たちが、今、巨大な暗渠《あんきょ》に吸い込まれるように、ゆっくりと移動して行く。大宰府政庁の一日の役務が始まったのだ。つい先《さっ》、朝貢隼人たちに口上を述べた、あの横柄な大宰大典も、何処か寂し気なあの年配の訳語も、その人の流れに紛れ込んで居るのであろう。

「ねえ、タカ、薩摩国府の官人たちもそうだったけど、大宰府の官人たちって、ウシが言っていたように。もっと威張っているよね。牛は不浄だから、政庁の中庭には絶対入れるなって、牛たちは都の天皇様に差し上げる大切な貢物を一杯背負っているのよ。私たちは誇り高い海の民、牛も同じように扱って欲しいね。」

「そう怒るなよヒメ。薩摩国府でも、牛たちは政庁の中には入れさせなかったじゃないか。まして、

ここは「遠の朝廷」と呼ばれているらしい大宰府だ。格式が高いんだよ、きっと。」

「それにしても、あの年配の訳語は、なんだかしょぼくれて、寂しそうだったね。大和の官人たちに長く仕えていると、皆、ああ成るのよ、きっと。タカ、それでも成りたいの、大和で訳語に？」

「人は誰だって年を取れば皆ああ成るのさ。そんな事より、先ずは訳語に成る事が肝心だ。訳語の仕事が出来るなら、朝廷の隼人司でも、この大宰府でも、あの薩摩国府でも、何処でも構わない。兎に角、俺は、訳語に成れるんだったら、どんな辛いことだって辛抱して見せるぞ。あのウシとも固く約束したからな。」

若い二人が、大門前の広場でそんな会話を交わしながら待っていると、今度は史生《ししょう》らしい若者が二人、大門を出て来た。朝貢隼人たちの群れに近づくと、中の一人が、無言のまま手振りで政庁へ入れと指示する。それを合図に、待ち草臥《くたび》れた朝貢隼人たちは、総帥を先頭に、ぞろぞろと二層の大門へ向い始めた。初めてくぐる政庁の大門は、予想以上に高く、がっしりしていたが、そこを抜けると、前方に控えているもう一つの門は、意外な程、小さく低い。だが、そこを通り抜けると、政庁の光景は一変した。

朝貢隼人たちの目を何よりも先ず引き付けるのは、一面に白い玉砂利を敷き詰めた広大な中庭だ。もう高く上がった晩秋の太陽の光を浴びてまぶしく光っているその広場は、十六日前、朝貢隼人たちが初めて見た薩摩国府の狭い中庭の、百倍程はあろうか、その余りの広さに圧倒されて、物を言おうとする者は誰も居ない。目を正面に転じると、遥か向こうに、先に通り抜けた大門と似たような二層の正殿、それを挟んだ二棟の脇殿、それら全体を取り巻く木造の回廊などが、厳めしそうに建ち並んでいる。そんな宏壮な光景に見惚《みと》れている朝貢隼人たちの耳に、政庁の何処かで鳴らすらしい、例の大きな太鼓の音が再び聞こえてきた。

それを合図に、朝貢隼人たちは、広場の西側に整列させられたが、今度は東側の脇殿に待機していたらしい新羅《しらぎ》の使節の一行が、広場の東側に縦列を作り始めた。全部で三十人位であろうか、全員、大宰府の官人たちと同じように、袍と袴を組み合わせた唐風の礼装をしている。異国の使節たちの動向は、大宰府にとって最高の機密なので、この新羅の使節たちの事も、朝貢隼人たちには事前に一切知らされていなかった。

その年の春三月、来日した新羅の使節たちは、長い期間、大宰府で待機させられた揚句、秋八月、ようやく、大和の朝廷に参内を許されて、貢物を献上し、帰国の途中、再び大宰府に立ち寄った所なのだ。新羅の使節たちは、約半世紀前、唐と結んで大和の水軍を打ち負かした歴史を秘かに誇りにしていたので、薩摩国の朝貢隼人たちと席を同じくする事に、当初は、強硬に反対した。だが、最後には、大和朝廷の最高権力者、右大臣、正二位、藤原朝臣不比等《ふじわらのあそみふひと》と並ぶ、政界の実力者、大宰帥、従三位、粟田朝臣真人の、有無を言わせぬ厳命に従わざるを得なかった。百済や唐との度重なる外交交渉で鍛えられて来た新羅の使節たちは、大宰帥の狙いが、大和の右大臣同様、外国の使臣たちに対して、自己の権力を誇示したい一念に有る事など、百も承知していたにも拘《かかわ》らず、敢えてそうしたのだ。しかも、約半年間、異国で暮らす事を余儀なくされた新羅の使節たちは、帰国の途に着くにつれて、皆一様に、激しい望郷の念に駆り立てられていた。

　大小二つの集団の整列が終ると同時に、持続的に続いていた例の太鼓が鳴りやみ、石の基壇の上に建てられた、厳めしい正殿の広間に、下級の官人らしい一群が、鯱張《しゃっちょこば》って現われた。総勢、二十人程であろうか、よく見ると、皆一様に、皀縵《くりのかとり》の頭巾、深緑や浅緑、深縹《こいはなだ》や浅縹《うすはなだ》などの袍、白色の袴、烏皮《くりかわ》の履《くつ》、木の笏《しゃく》という、朝服で身を包んでいる。彼等が所定の席に着くと、今度は薩摩国府の時と同じように、上級の官人たちが静々《しずしず》と入って来た。先頭は皀羅《くろあみ》の頭巾、浅緋《うすあけ》色の袍、白色の袴、烏皮の履、象牙の笏という出立ちの二人の大宰少弐、従五位下、阿倍朝臣首名《あべのあそみおびとな》と、同じく従五位下、佐伯宿禰男人《さえきのすくねおびと》だ。次に、少し間を置いて、深緋《こいあけ》色の袍だけが、二人とは異なっている、大宰大弐、従四位上、巨勢朝臣多益首《こせのあそみたやす》が姿を現した。

　それだけでも多すぎる顔振れなのに、再び鳴り始めた太鼓の音に送られて、最後に唯一人姿を見せたのは、浅紫の袍で大弐たちと差を付けた、大宰帥、従三位、粟田朝臣真人《あわたのあそみまひと》だ。両手で象牙の笏を捧げ持った、その大宰府の最高権力者は、かなりの年配らしいゆっくりとした足取りで、正殿の中央まで進み、少し奥まった場所に設けられた唐風の豪華な椅子に深々と腰を下ろした。大宰府の官人たちのその物々しさ……国守、掾、目の三人しか正殿に登場しなかった薩摩国府とは大変な違いだ。さすがに大和朝廷の外交と西国全体の統治を任務とする「遠の朝廷」にふさわしい陣容である。

「わが聖朝と王徳を慕って、遥々《はるばる》、大和へ参った新羅の使節たち、並びに、これより大和の都へ朝貢する、薩摩国の隼人ども、よく聞け。唯今より、大宰帥、従三位、粟田朝臣真人様が、多大なるご慈悲を以って、その方たちを引見《いんけん》される。慎んで有難く承るよう。」

目の覚めるような白い玉砂利を敷き詰めた広場に小腰をかがめている新羅の使節たちと、全員、両膝を地面に落として頭を垂れている朝貢隼人たちを見下ろしながら、最初に引見の口火を切ったのは、大宰小弐、従五位下、阿倍朝臣首名だ。同職同位の佐伯宿禰男人に先んじてその重責が彼に任されたのは、阿倍一族が昔ながらの大和の大豪族の一つであるだけでなく、大和の朝廷では、朝臣の方が宿禰より一段高い姓《かばね》だからでもある。それを意識しているせいでもあろうか、心持ち身を反らしながら口上を述べるその姿勢には、如何ともしがたい尊大な雰囲気が漂っている。大宰小弐の例の笛を吹くような口上が終ると、薩摩国府の場合と同じように、次は訳語たちの出番だ。正殿の檀上に控えていた下級官人の群れから、二人の訳語が進み出て、一人は、大和言葉とは全く違う異国の言葉で、もう一人は、隼人の言葉で、その口上を声高に復唱した。

朝貢隼人たちの後列で、ヒメと一緒に畏《かしこ》まっていたタカには、無論、あの年配の隼人の訳語の方は何とか分かったが、明らかに何処か異国の言葉らしい別の訳語の方は、全く意味がつかめない。しかも、タカの位置からは、その訳語が、大和の人なのか、異国の人なのかさえはっきりと見分けがつかないが、その意味不明な言葉をタカは何処かで何度も聞いたような気がする。そうだ、これは、ウシと二人で遠い南海の島に出掛ける度に良く聞いたあの異国の言葉だ。タカたちと同じように貝輪にするゴホウラ貝を求めて、大海原を渡って来た唐の商人たちの口調にそっくりだ。それにしても、新羅の使節たちを前にした大宰小弐の口上が、その国の言葉ではなく、唐の言葉に直されるのはなぜなのであろう?

これから大和の都に上って、隼人の訳語に成る事を秘かに夢見ているタカが、いろいろ思いを巡らせていると、今度は、明らかに文書を棒読みしているらしい、坦々とした低い声が聞こえ始めた。声の主は、これもまた、阿倍氏と並ぶ、昔ながらの大和の大豪族である大宰大弐、従四位上、巨勢朝臣多益《たやす》首だ。大宰府の最高権力者たる大宰帥、従三位、粟田朝臣真人は、薩摩国守の訓辞の場合と全く同じように、正殿正面の少し奥まった位置に設えた唐風の豪華な椅子に腰かけたまま無言である。タカがふと頭を上げて見ると、大宰大弐も白い巻紙を捧げ持っている。

「去んぬる三月十四日、遥々この大宰府に参った新羅使節、金信福等三十余名は、口に出すのも恐れ多い天智天皇様の皇女、元明天皇様の御命により、大和の京師に参上し、秋九月、拝謁を許されるとともに、それぞれの位階に応じて名誉ある禄を賜った事、右大臣、正二位、藤原朝臣不比等様より、親しく承って居る。

しかも、この度の拝謁に際しては、執政の右大臣様が、蛮夷なるそちたちと直《じか》に対面されたばかりか、そちたちを椅子に掛けさせたまま長い間懇談されたとも伺っておる。そのような破格の応対、本朝には嘗て無かった、有難き恩顧である。これも皆、蕃夷《ばんい》の君主を庇護し、愛児のように育てるというわが聖王の、尊いご仁徳の賜であり、二つの国の友好と親善を一層深めたいと願う、寛大なる右大臣様の深いご配慮の何よりの証である事を、皆々、深く肝に銘じて帰国致すように。」

大和の天皇の仁徳と、前例のない右大臣の恩顧をひたすら称えるだけの、大宰帥の訓辞がそこで一段落し、例の訳語がそれを唐の言葉に直し始めるにつれて、中腰をかがめて聞いていた新羅の使節たちの顔に、嫌悪と冷笑の表情が一斉に浮かび上った。と言うのも、一行は、この三月に来日して以来、長い間大宰府で足留めされ、秋八月、天皇や右大臣に拝謁するまでの間、もう幾度となくそのような尊大で独り善がりな大和の応対に接し続けて来たからである。新羅のかつての同盟国、大唐の皇帝ならまだしも、自分たちの水軍に敗北した事もある大和の天皇や高官たちがかくも傲慢に振舞うとは、抑々《そもそも》、笑止千万なのだ、韓半島の一小国として、今は仕方なく唐にも大和にも一応服従しているが、わが新羅は、大昔からどの国にも屈した事のない、誇らかな独立の民である。それなのに、何と言う大和の無礼な仕打ちであろう！　新羅の使節たち全員が抱いたそんな複雑な思いは、訳語の口上が終った後も、ずっと長く尾を引き続けていた。

一方、新羅の使節たちの屈折した胸の内とは正反対に、先《さつき》から無言のまゝ、唐風の豪華な椅子に腰を下ろしている大宰帥、従三位、粟田朝臣真人の老熟した顔には、一貫して自信と満悦の表情が満ち溢れていた。巨勢氏や阿倍氏と同じように、大和の由緒ある大豪族の一つ、粟田氏の氏上《このかみ》である真人は、当代第一の実権者、右大臣、正二位、藤原朝臣不比等と、ほゞ似たような官歴の持ち主だ。先の文武天皇四年（西暦七〇〇年）には、ともに大宝律令の選定に参画したし、同じ文武天皇、慶雲《きょううん》二年（西暦七〇五年）には、大納言（藤原朝臣不比等）中納言（粟田朝臣真人）として、二人並んで太政官の席に列した。豊富な法知識、幅広い教養、開明的な国際感覚など、大和朝廷の高級官人として、二人は何かと馬が合ったのであろう。それ以前、大宝元年（西暦七〇一年）に民部尚書（民部卿）の地位に在った粟田朝臣真人が、遣唐執節使に任命されたのも、大宝律令の実質的な推進者であった、大納言、正三位、藤原朝臣不比等の盟友に対する深い信頼と、力強い推挙の御蔭であった。

今は大宰帥だが、こうして、新羅の使節たちや朝貢隼人たちに訓辞を垂れていると、かつて壮年の頃、筑紫大宰として、今回とほゞ同じ数の隼人たちやさまざまな貢物を、当時の持統天皇に献上した日々の事や、遣唐執節使として、大和国としては、約四十年振りに唐に渡航し、さまざまな苦難を経て、三年後に無事大宰府に帰還した日々の事などが、とても懐かしく思い出される。そんな官歴を持つこの高級官人にとって、だから、大宰府は、赴任する度に出世する機会に恵まれた、縁起の良い、幸運な場所なのだ。遣唐執節使としてその業績が高く評価されて、従三位に昇格し、元明天皇、和銅元年

（西暦七〇八年）に、再び帥として大宰府に赴任してきた時、この高級官人が建国間もない薩摩国から、再来年《さらいねん》の遷都に合わせて、朝貢隼人たちを上京させる事を思い付いたのも、以上のような官歴を積み重ねて来たからであった。

今、大和の朝廷は、事実上、盟友、右大臣、正二位、藤原朝臣不比等の天下だ。この大宰府でそれなりの功績を上げれば、三度出世して、正三位に昇る事も決して夢ではない。しかも、来年三月には

大和で遷都の大儀が華々しく行われる。元はと言えば、遷都の大業をあの盟友に勧めたのは、遣唐執節使として、唐の都、長安を具《つぶさ》に見聞したこの自分なのだ。異国の使節を引見する時は、唐の言葉を用いるよう進言したのもそうだ。だから、朝廷挙げての例の式典には何としても参列したいし、それどころかその第一の資格さえ有るのだと、この老成した大宰帥は、瞑目しながら自らの余生に頻《しき》りに思いを馳せて居た。

「さて、これから大和の都へ朝貢する薩摩国の隼人ども、良く聞け。今、大和では年号も和銅と改められ、口に出すのも恐れ多い天智天皇様のご皇女、元明天皇様のご英断により、藤原京から平城京へ、遷都の大業が進め

られている最中である。新しい平城《なら》の地は、青龍、朱雀、白虎、玄武という四つの動物が陰陽の吉相に配置され、亀甲、筮竹《ざいちく》の占いによれば、三つの山が鎮護の役目を果たしているとの事である。そして、来たる春三月十日には、近来に無い遷都の大儀が、賑々《にぎにぎ》しく挙行される予定である。

そこで、この度、かかる目出度き年の初めの、しかも厳かな朝賀の式に、北の蝦夷《えみし》どもと共に、南の隼人どもも参列する事が初めて許されたのである。これも皆、口に出すのも恐れ多い天智天皇様の皇女、元明天皇様の深甚なるご慈愛と、右大臣、正二位、藤原朝臣不比等様の寛大なる措置の賜である。これより、大和の都へ上る薩摩国の隼人ども、左様な名誉この上も無い朝賀の式に参列できることを衷心より謝し奉り、今後も天皇様と朝廷に対し、なお一層の忠勤を励むよう確と心懸けよ。」

大宰大弐、従四位上、巨勢朝臣多益首が代読し、例の年老いた隼人の訳語が辛うじて直し終わった、大宰帥の、尊大で恩着せがましい訓辞は、政庁の広場に両膝を落したまま、頭を垂れ続けている朝貢隼人たちにとっては、決して初めての事ではない。この度の朝貢の出発に際して、薩摩国府から似たような訓辞を受けたばかりだし、薩摩国府の官人からは、日頃、南方の夷狄《いてき》として何かにつけて蔑《さげす》まれている。だが、総帥、薩摩君須加はじめ朝貢隼人たちの顔には、先刻、新羅の使節たちが浮かべた嫌悪と冷笑の表情は見られない。かつて唐と結んで大和の水軍を打ち敗かした新羅は、事実上は「戦勝国」であるのに対して、薩摩国は何といっても大和朝廷の武力に屈した「敗戦国」なのだ。薩摩国府や大宰府の官人たちのこの程度の侮辱にはじっと耐えねばなるまい。

それよりも、大和の都へ近づく度に、朝廷の方針がどんどん変わって行く方が、総帥、須加には気懸りだ。薩摩国では朝貢だけが厳命されたが、大宰府では来たる遷都の年の朝賀に参列せよと命じられた。この分では、大和の都へ到着したならば、或はその途中でも、いかなる難題が待ち構えているか、知れたものではない。大和の朝廷は、強い武力を擁しているだけではなく、自分たちには計り知れない数々の権謀にも長けているのだ。いや、そんな先の事を心配するのはやめよう。朝貢の旅は未だ長い。兎に角、全員無事に大和の都へ到着させる事が、自分の第一の役目なのだと、総帥、須加は気を取り直した。

「以上で、わが大宰帥、従三位、粟田朝臣真人様の訓辞を終わる。これより同じく大宰帥様のご恩情により、新羅の使節たちには筑紫《つくし》館《むろつみ》にて宴を賜う。わが聖朝への大切な役目、大変ご苦労であった。一同、帰国の日までゆるりと過ごされよ。

また、薩摩国の朝貢隼人どもには、同じく、大宰帥の特別のご配慮により大門前の広場にて心許《ばか》りの朝餉《あさげ》が振舞われる。有難く頂戴するように。」

大宰小弐、従五位下、阿倍朝臣首名の口上と、それぞれの訳語の役目が型通り終ると同時に、正殿の檀上に畏まっていた官人たちの群れが、一斉に立ち上がり、粛々と退場しはじめた。それを潮に、政庁の玉砂利の広場を支配していた堅苦しい空気も徐々に緩み始める。新羅の使節たちは、屈《かが》んだ姿勢から思い切り背を伸ばし、互いに自国の言葉をひそひそ交わしながら、先刻まで待機していた東側の脇殿へ戻って行く。朝貢隼人たちも、皆一斉に身体を起こし、隣の者たちと使い慣れた自分たちの言葉を小声で交し始める。異国の使節たちと長い間同席し、いつになく緊張を強いられたせいか、やっと故郷に帰って来たような気楽さだ。朝貢隼人たちの後列で、隣り合っていたタカとヒメも再びいつもの会話を取り戻す。

「大和の官人たちは、言う事も、する事も皆同じだね、タカ。いやに勿体振って、恩着せがましくって、威張りくさっている。それより特別の朝餉って何だろう？　私、今度は白米の握り飯が食べてみたいな。おかずは何でも構わないけど。」

「やれやれ、また食べ物の話か、ヒメは。それはそうと、大和は都移りで大変らしいな。となると、隼人司も訳語の事どころではないかも知れない。薩摩国府で、訳語の羽志様には、いろいろ便宜を図って貰ったけど、やっぱりなんだか不安になる。後であの年配の訳語にもそれとなく話を聞いてみよう。大和の朝廷や隼人司の事が何か分かるかも知れないしな。」

「タカも相変わらず訳語の事ばっかりね。男が考える事は皆同じ。ウシも今頃、クメを相手に大和の悪口を言ってるよ、きっと。それはそうと、私、来年の正月、朝廷の儀式に出る時の服装が気になる。私たちは海の民、阿多の女、この青色の衣をとても誇りにしているけれど、あの横柄な大和の官人たちが、またあの黄色の衣を押し付けて来るかも知れない。今の天皇様は、私たちと同じ女だそうだから、きっとこのまま認めて下さるとは思うけどね。そして、それが済んだら、今度はいよいよ絹の裳を着る番よ。都の大路を歩く私の晴れ姿、クメにも是非見せてやりたいな。」

「ほら、女も最後は矢っ張り衣の事だ。阿多の女たちも衣の押し付けには強いけれど、絹の衣には弱いんだな。だけど、絹の裳を着たヒメの晴れ姿、俺も一度は見てみたいよ。」

もう辰《たつ》（午前八時）の刻頃であろうか、朝貢隼人たちが退き始めた政庁の広場は、いつのまにか高く上がった秋の陽を浴びて、白い玉砂利が一段と光り輝いている。日の出とともに出仕した官人たちも、政庁のあちこちでそれぞれ役目を果たしているのだろうが、先の物々しい儀式などまるで無かったように物音一つしない。タカとヒメがそんな政庁を後にして、再び大門をくぐり、前の広場に戻ってみると、大宰府の大勢の仕丁たちが、下女たちを指図しながら、広場の中央にまとめて敷かれた蓆《むしろ》の上に、例の朝餉を配っている最中だ。牛たちも、広場の端で、与えられた飼葉《かいば》をのんびり食べている。薩摩国府で振舞われた酒肴と比べて、大宰府の朝飯は、どんな物だろう？　黒米ではなく、白米の握り飯が出れば良いが。早く食べてみたいな・・・・タカのすぐ後を歩くヒメの顔が少しずつ綻び始めた。

第五章　山陽道

九州の豊前国と本州の長門国を分けている曲がりくねった海峡は、どちら側から見てもありふれた陸の続きとしか思われない程、余りにも狭い海道だ。その余りにも狭すぎる故に起る余りにも激しい潮流が、一日に二回、行き来するこの海峡は、古来、日本国で最も有名な交通の難所の一つとして、人々を悩まし続けて来た。目と鼻の先に在る対岸に渡る事さえ、容易な業ではない上に、日本一速い潮流に抗して、その極端に狭い海峡を通り抜ける船の難儀は、その比ではない。

にも拘らず、大和の朝廷と朝鮮半島の諸国とを行き来する船は、大昔から、この最大の海の難所を経由する事なしには、その目的を達成出来なかった。大和朝廷に近い摂津国の難波津《なにわづ》を出帆した船は、この海の難所と悪戦苦闘しながら、大宰府のある筑前国の那津《なのつ》（博多津）に寄港し、そこから朝鮮半島へ向かうのが昔ながらの、航海の仕来りなのである。

大宰府を出発して四日目、総帥、薩摩守須加に率いられた朝貢隼人たちの長い行列が、対岸の長門国の低い山波がすぐそこに見える、と或る岬に到着した時にも、九月末の午後の太陽を西から浴びながら、大小の諸木船《もろきぶね》が、その狭く長い海峡を、まるで止まっているのではないかと思われる程、ゆっくり行き来していた。遥か水平線まで続く阿多の海や、際限無く広がる南の大海原を見慣れている夕カの目には、大きな川としか思われない程、唯だ狭く、細長いだけの海道だ。だが、目を凝らすと、大小の白波が立つだけの南の海とは違って、細いけれども、力強い海流が、巨大な生物のように、東西に移動している様子が、確かに良く見える。その色も、藍色がかった南の大海原とは違って、緑に近い青色だ。

こんなに流れの速い海峡を、牛を含めた二百余人の仲間たちは、一体、どうやって渡るのであろう？　今、目の前を行き来している大船の群れでさえ、あんなに難儀しているではないか。ましてや、自分たちが阿多の海で漁をする時の小さな丸木舟や、南島へ出掛ける時の一回り大きな舟などでは、この速い潮流にたちまち流されてしまうに決まっている。大きな川のような、狭い海峡を前にして、そんな事をあれこれ考えているタカに、並んで眺めていたヒメがいつものように話し掛けて来た。

「ねえ、タカ、白米の握り飯にやっと在り付いたね。異国の容れ物に盛った堅魚や海藻も美味しかったけど、コーリャン酒とか言う中国のお酒はどうだった？　タカはお酒は苦手だから、味は良く分からないだろうけど。」

四日前、大宰府を出発するに際して、朝貢隼人たちに振舞われた朝餉の事を、此の所、毎日口にし続けているヒメに、少しうんざりしてながら、タカもまた昨日と同じような返事をする。

「あの容れ物は、須恵器《すえき》という大陸の土器らしい。唐に使いしたあの大宰帥様が、コーリャン酒と一緒に、土産に持ち帰った物だって、あの年寄りの訳語が教えて呉れたよ。でもあの中国のお酒は、あんまり強すぎて、俺には到頭《とうとう》飲めなかった。あれだと、酒好きのウシの奴だって、お手上げだよ、きっと。」

あの日、つまり、九月二十六日の巳の刻（午前十時）、薩摩国府のそれとは格段に違う、上等の朝餉を済ませた朝貢隼人たちの一行が、大宰府政庁前の広場を後にして、西海道大宰府路を北へ向い始めた時、国守以下、官人たち全員が見送って呉れた薩摩国府の場合とは全く異なって、彼等を儀礼的に見送ったのは、最初に出迎えた、あの大宰大典、正六位上、稚犬養宿禰筑紫《わかいぬかいのすくねつくし》と、年配の隼人の訳語の二人切りだった。しかも、その訳語は、朝餉の間、折を見てタカの方からいろいろ言葉を掛けてみたが、自分の方からは進んで語ろうとせず、何となくタカとの会話を避けている風にも感じられた。大和の都でどうしても訳語に成りたいタカとしては、隼人司の現状や、訳語に成る方法など、いろいろ聞き出したかったのだが、その年配の訳語からは、もう二十年以上、大宰府に仕えている事と、その名前が大隅忌寸和多利《いみきわたり》である事の他には殆ど何も引き出せなかった。

唯一つだけ、朝貢隼人の人数に話題が及んだ時、今から約二十年前、当時は筑紫大宰と称した粟田朝臣真人が、大和の持統天皇に献上した隼人は当初、タカたちと同じく二百余人であったにも拘らず、都に辿り着いたのは百七十四人であったと、自分の方からそっと打ち明けて呉れた。他の事には殆ど口を噤《つぐ》んでいるのに、何故、朝貢隼人の人数にだけはこだわるのか、タカにはいささか奇異な感じがしたが、訳語の事以外には殆ど関心の無いタカは、それ以上聞き質《ただ》す気がしなかった。

それにしても、この大宰府の年配の寡黙な訳語、大隅忌寸和多利と、薩摩国府で出会った、あの中年の快活で親切な訳語、阿多君羽志とは、どうしてこうも違うのであろう？　あの日、ヒメがいみじくも言ったように、「遠《とお》の朝廷《みかど》」と呼ばれているらしい大宰府に、二十年以上も仕えていれば、皆、あんな風に年寄臭く萎縮してしまうのであろうか？　ヒメと前後して牛の手綱を引きながら、タカが抱き続けていたのはそんな疑問だった。

だが、世間知らずの若者らしい、タカの素朴ないくつかの疑問も、これまで辿って来た西海道西路とは全く違う、西海道大宰府路の立派さと往来の賑わいを目の当りにするにつれて、次第に薄れていった。この新しい道路は、何と言っても先ず、道幅が広く、肌理《きめ》の細かい小石で固く敷き詰められているし、タカが九つまで数えた駅家《うまや》も、外観は例外なく、瓦葺き屋根に白壁という、豪勢な建物であった。

さらに、そこを往来する人々の数も非常に多く、その大半は、黄色の制服を身に着けた下級の官人たち、同じ黄色の貫頭衣を来た役民たち、それに商人風の男たちのようであった。中でも、タカが最も驚いたのは、往来する雑多な旅人たちを、まるで蹴散らすように、早馬《はやうま》を飛ばして行く駅使たちのけたたましい鈴の音であった。タカが生れて初めて聴くその駅鈴の、何か人の心に不安や恐怖を掻き立てるような高い音色は、この西海道大宰府路が、これから辿る山陽道と並んで、大和の朝廷にとって如何に重要な交通路であるかを示す何よりの証拠なのだ。

この二、三日のそんな鮮烈な体験を反芻しているタカの耳に、総帥、須加のあの張りのある高い声が不意に飛び込んで来た。岬に休憩している朝貢隼人たちの所を離れて、海岸に面した門司関へ行き、面倒な渡船の手続きを済ませた総帥がやっと戻って来たのであろう。「本国歴名」通りの一行であるかどうかを検分する数人の関司を伴っている。津と関を兼ねた門司関は、対岸の長門関に準じて、官人たちの警備が特に厳重なのだ。

「みんな、良く聞いて呉れ。今からこの海峡を船で渡る事になる。豊前国の門司と、長門国の臨海館の間は、それ程遠くはないが、見ての通り、潮の流れがとても速い。それに、潮の向きが、何と一日に二回、変わると聞いている。その間は、どう仕様もないが、日の入り前と日の出前に、半時ほど潮の流れが止まる時、船が出せるとも聞いている。我々も、その時まで潮待ちをし、豊前国の大きな諸木船で一気に渡らねばならぬ。要する時間は凡そ小半時、牛を含めて三十人ずつ、朝夕二回、船で渡るとしても、二百三人全員が渡り終わるには、三日と半日は掛かる計算になる。船に乗る順番は後でわしが決めるが、最初の組の出発は、本日、酉《とり》の刻となる。それまでに牛の世話も夕食も全部済ませて置くようにせよ。

　おう、そうだ。一番大事な事を言い忘れて居った。この度は、他の通行人たちが利用するいつもの船ではなくて、豊前国の大きな諸木船をご手配頂いたのも、大宰帥様の重ね重ねの御恩情の賜と伺って居る、皆々、有難く承れとの事であった。一同、その事を深く肝に命じて船に乗るように。」

　あゝ、そう言う事だったのか……流れの速いその狭い海峡を前にして、タカが抱き続けた海の民、阿多人らしい疑問も、これで漸く解決した。阿多の広大な海や南方の大海原を、丸木舟二隻を横に組み合わせた手造りの船に帆を張りながら、自由自在に行き来しているタカたちは、冬場、巨大な黒潮の流れを上手く乗り切るために、強い北西の風を待つ事はあっても、潮待ちする事は殆ど無い。それにしても、非常に速い潮流が止まる小半時（三十分）の間に、三十人乗りの大きな船とは言え、この狭い海峡を渡り切るにはやはり大変な技が要るであろう。しかも、日の出前と日の入り前という薄明の中だ。その大船の舵取りや水手《かこ》たちは、余程海に熟練した人々なのであろう。

この度の朝貢では、総帥が阿多郡から選ばれたせいで、渡船の順番が一番最後になったタカとヒメは、出発まで三日も待たなければならないので、その日は日没近く、門司関のすぐ裏手に迫り出している低い丘へ上ってみる事にした。丘の上は、平らな草地になっているので、牛の餌場に打って付けだと、検分に来た関司たちに教わったからである。普段は、殆ど人は登らないらしい、狭く曲がりくねった山道を、それぞれ牛を追い立てながら上って行くと、果して草の生い茂った狭い平地に出た。ここからは、すぐ真下に、門司関の厳めしい官舎や、丈の高い倉庫群、それに、かなり長い岸壁で、出港を待っている大きな諸木船などが、見下ろされる。目を北へ転じると、狭い海峡のすぐ向うには、門司関と似たような長門関の官舎群がなだらかな低い山波を背景に、長門国の厳しい番人と言った様子で、夕闇の迫った岸辺に待ち構えている。

あと三日も経てば、この狭い海峡をあの大船で渡り切り、大和の都へ直接通じている本州の大地をいよいよこの足で踏めるのだ、とタカは秘かに胸を膨らます。薩摩国府を出発して約二十日、今日まで通過したのは、未だ、肥後、筑後、筑前、豊前の四か国だけだ。薩摩国府のあの官人が言った通りだとすれば、大和の都に着くまでには、長門、周防、安芸、備後、備中、備前、播磨など、七か国以上をこれから通り抜けなければならない。しかも、薩摩国守から厳命されたように、期限の十月三十日までには、何としても大和の都に辿り着き、朝廷に参内し、貢物を納めなければならないのだ。

「先から黙っているけど、何を考えているの、タカ？　分かった、またいつもの訳語の事ね。」

「うん、それもだけど、やっぱり大和の都は遠いんだな。あれからもう二十日も歩いているのに、未だ半分以上も残っている。疲れてないか、ヒメ？」

久し振りに二人だけになれたタカとヒメは、互いに相手を気遣いながら、次第に夜の帷《とばり》を降ろし始めた晩秋の海峡を、並んで見下ろした。海峡のこちら側では、朝貢隼人たちの第一陣を乗せた大きな諸木船が、いつの間にか岸壁に燃え上がった、数本の松明の光を浴びながら、今、出港した所だ。左右に張り出した大きな船腹から、まるで巨大な百足《むかで》の足のように突き出たいくつもの長い艣《ろ》が、夕闇の中で忙しく動いている。総師、須加様もあの船に乗り込んで、相変わらず陣頭指揮を取って居られるのであろう。タカたちは、唯だ牛の番をしながら歩くだけだが、総師は、二百人を超える朝貢隼人たちを全員無事に大和の都まで送り届けなければならないのだ。

そんな役目の違いに思いを馳せながら、諸木船が岸壁を離れた後もずっと、火の粉を散らしつつなお燃え続けている松明の群れに目を凝らしていると、不意に、あの火振りの祭の夜の光景が懐かしく思い出された。二人が初めて目合った祭の夜から、未だ二か月も経っていないのに、もうずっと遠い昔の出来事だったような気がする。ウシとクメは、今頃どうしているであろう？　相変わらず二人で大和の悪口を言い合っているのだろうか？

「タカ、びっくりしないでね。私、ややが出来たみたいなの」

二人だけになれば、いつもなら自分の方から身体を寄せて来るヒメなのだが、今夜はそうするどころか、それまで全く予想もしなかった大事を突然口にするヒメに、タカの胸が早鐘のように鳴り出した。

「えっ、どうして分かるんだ。そんな事？」

「ばかね、女にはすぐ分かるのよ。タカは一人子だから、女の身体の事は何にも知らないのね。来年の秋の初めには、タカは父親に、私は母親になるの。しかも大和の都でね。」

「そうか、俺たちの子供がいよいよ生まれるのか……こうなったら、大和の都で何としても訳語に成って、その子供を立派に育てよう。そして、三人で楽しく暮らすんだ。でも今は未だ旅の途中、身体には十分気を付けろよ、ヒメ。」

二人は、どちらからともなく身体を寄せ合い、抱き合ったまま、草地に倒れ込んだ。遠い異国の丘の上で激しく抱き合っているそんな若い夫婦を、あの火振りの祭の夜と同じように、晩秋の半月がやさしく見下ろしている。飼主たちのそんな光景にもうすっかり慣れてしまった牛たちも、今では見向きもせずに、一心に草を食んでいる。

総帥、須加に率いられた朝貢隼人一行が、丸四日掛けて難所の海峡をやっと渡り切り、山陽道を東へ向い始めた日、月が新しく替わった。十月の長門国は、しかし、行けども行けども、何処も似たような光景だ。ほぼ直線に延びている大路の北側には、稲の収穫が終った広い平野と低くなだらかな山波が望まれるかと思うと、南側には、晩秋の穏やかな海が不意に現れたりする。それでも、初めて目にする本州の風景は、阿多の海辺で育ったタカにはとても新鮮だった。何よりも先ず気付く変化は、太陽の位置だ。九州では毎朝、道の右側から上っていた太陽が、ここでは、道の正面から顔を出すし、夕刻には道の背後にゆっくり落ちて行く。それに、晴れ渡った初冬の空の色も、阿多とは違って、何となく生彩が無い。あゝ、ここはもう北の国なのだと、タカは改めて実感する。

長門国のそんな光景は、三日後、周防国に入ってからも、ほゞ同じように続いたが、大和の都へ直接通じているこの大路の、堅牢さと繁盛振りには、これまで以上に目を見張らされた。と言うのも、この山陽道は、辿って来た西海道大宰府路よりも、もっと道幅が広くなった上に直線が増えたし、好奇心の強いタカが、長門国では十五、周防国では八つまで数えた駅家《うまや》も、また一段と豪華さを増して来たからである。それに、往来する旅人たちの数も急に増えて来ただけでなく、往来の人々を追い散らしながら、早馬を飛ばしていく駅使のあのけたたましい鈴の音も、もっと頻繁に聞こえるようになった。通過して行く沿道の集落も、人々のこんな繁雑な往来にもうすっかり慣れっこになっているせいであろう、朝貢隼人たちの異常に長い行列にさえ、殆ど関心を示さない。西海道西路のように、子供たちが珍しそうにぞろぞろ付いて来る事も滅多に無いし、行列の牛を目懸けて犬たちが吠え掛かって来る事も殆ど無い。

　だが、それらの著しい変化にも増して、タカの目を強く引いたのは、朝貢隼人たちと同じように、調庸物らしい中味で膨らんだ大きな袋と、私物容れらしい小さな袋を、両肩に背負った、農民らしい男たちばかりの長い行列であった。その数は、七日目に、次の安芸国に入るとともに、一層増え始めたが、彼等もまた、総師、須加に先導されている朝貢隼人たちと同じように、制服姿の官人たちに率いられている。薩摩国府のあの官人が、運脚と呼んだのは、この人々の事だったのだとタカは初めて納得した。

　それにしても、皆一様に黄色の貫頭衣を身にまとった運脚たちの、大きな袋は如何にも重そうだし、歩く様子も何処か苦しそうだ。朝貢隼人の一行と違って、調庸物を積み上げた牛たちも連れてはいない。あの大きな袋には、一体何が詰め込まれているのであろう？　朝貢隼人たちの貢物は、牛皮、鹿皮、布など比較的軽い物だけであり、重い塩は全部牛

たちに背負わせているので、それ程の負担ではないが、運脚たちが皆揃って苦しそうな表情をしているのは、薩摩国では見た事もないような何か重い物が、その中に詰め込まれているせいに違いない。

朝貢隼人たちと同じように、大和の都へ向かう運脚たちに追い付いたり追い抜かれたりする度に、タカは、その事を確かめたいとしきりに思ったが、彼等との接触を固く禁じた薩摩国府のあの官人の命令を思い出して止めた。運脚たちもまた、同じような厳命を受けているらしく、こちらの列と並んで進む時があっても、誰も口を利こうとしない。彼等もまた、大和の朝廷と官人たちに支配され、侮蔑されている同じ仲間なのだ、とタカは秘かに感じ始める。運脚たちが皆一様に沈痛な表情をし、足取りが重いのも、あの大きな袋のせいだけでなく、自分たちと似たような数々の屈辱を、大和の官人たちに日々味わわされているからではないか？　タカのそんな思いを、ヒメも抱き始めたらしく、並んで歩いていたヒメが小声で話し掛けて来た。

「あの人たちの袋は、随分重そうだね、タカ。男ばかりで、馬どころか、牛も連れていない。それに、皆、揃って疲れた顔をしている。私たちと同じように、食物も自分持ち、そして毎日野宿しているのかな？」

「薩摩国府のあの官人が言った通りだな。各国の運脚たちがこうして大和の都へ調庸物を運んでいるんだ。牛が許された分、俺たちの方が未だ増しかもしれないぞ。予想していた通り、大和の力はやはり強いな。こんな様子を大和嫌いのウシにも見せてやりたいよ。」

「あの人たちも、国には家族が居るんだよね。愛しい妻や可愛い子供たちと別れて、遠い大和の都へ調庸物を運ばなければならないなんて、どんなに辛い事か。無事に帰って来れると良いね。」

「ヒメ、他人の事どころじゃないぞ。運脚の人たちは、大和の都で調庸物を納めたらすぐ国へ帰れるだろうけど、俺たちはいつ阿多へ帰れるか、何もわからないんだ。もっとも、俺たちは三人でずっと大和の都へ住んでも構わないがな。」

「タカは、相変わらず気が早いね。ややが生れるのは、未だずっと先、来年の秋の初め頃だよ。女はそれまでが大変。男は気楽で良いね。」

国の話が出た時、タカもヒメも、阿多に遺して来た父や兄弟たちの事をふと思い浮かべたが、安芸国に入ってから急に増え始めた、初冬の紅葉の、目の覚めるような美しい風景が道の両側に続くにつれて、いつの間にかすっかり忘れてしまっていた。見晴しの良い長門国や周防国とは違って、沿道の両側のすぐ近くまで迫っている安芸国の低い岩山は、何処も今、とりどりの紅葉の真盛りだ。全山を掩《おお》っている落葉樹が織りなす紅葉の、その華やかな文様は、常緑樹ばかり生えている阿多の金峰山などでは、滅多に見られない珍しい光景である。二人は、連れ立っている一行の事も、世話している牛たちの事も、しばし忘れて、安芸国のその美しい光景に、すっかり魂を奪われていた。

或る日、それは、朝貢隼人の一行が、長く続いた紅葉の谷間を通り抜けて、安芸国の国府の近くに差し掛かった時であったが、それまでずっと良かった晩秋の天気が急に崩れ始めた。東へ真直ぐ延びている大路の背後から、いつの間にか追い付いて来た黒い雲が、一行を追い抜いたかと思うと、途端に大粒の雨が降り出したのだ。薩摩国府を出発して、約一か月、晩秋の好天が毎日続き、順調な旅の経過に一応気を好くしていた総師、須加は、慌てて一行に停止を命じた。五十日近い長い旅だ、とても無事には済むまいとかねて覚悟してはいたが、矢っ張りな。その出発前から秘かに抱き続けていた数々の不安が、上空の黒雲のように、総師の胸に広がり始めた。

行進を止めた一行が、大路の端に寄り、かねて命じられていた作業に取り掛かろうとすると、雨は土砂降りに変ったばかりか、今度は強い西風さえ加わった。一斉に列を乱した朝貢隼人たちは、急いで、牛たちの背に高く積まれた貢物を莚《むしろ》で被い、自分たちが背負っている貢物にも、同じように茅の束を被せた。薩摩国府のあの官人に厳しく命じられたように、大和の朝廷に奉納するこれらの貢物を、風雨に曝《さら》す事は絶対に避けなければならないのだ。中でも雨に濡れた牛皮や鹿皮は、武具の材料として使い物にならなくなるので、その二つには特に注意を払わなければならない。その上、タカとヒメの牛たちは、水分を吸い易い塩を、他の郡の倍も背負っているので、二人は力を合わせて必死にその作業を続けた。

安芸国の半ばを通り過ぎる頃、急に降り始めた初冬の大雨は、強い風を伴いながら、その後三日も降り続けた。この分では、川も増水しているであろう。この国には、長門国や周防国とは違って、幅の広い、水量豊かな川がやたら多い。果して、全員無事に渡れるであろうか？　こんな大きな川の渡《わた》り守《もり》たちは、ひょっとして、何か途方もない無い難題を吹き掛けて来るのではなかろうか？

総師、須加のそんな不安は、間隔の短くなった安芸国の駅家を通り過ぎ、初冬の長雨で一段と増水した大きな川に差し掛かる度に、次第に現実のものとなった。と言うのも、渡し場に陣取っている渡り守たちは、何処でも、総師、須加がこれまで通り「本国歴名」を掲示しただけでは素直に舟を出して呉れず、決まって心付けを要求し始めたからである。朝貢隼人たちの身分を証明するその文書は、「遠の朝廷」大宰府の権威の下、薩摩国府が発行したものであると、総師が再三、渡り守たちの長に抗議しても、全く無駄であった。この安芸国は、吉備大宰の管掌の下にあり、九州大宰府の権威は通用しないとあくまでも言い張るのだ。総師、須加は焦った。本州に渡ってから早くも十日近く過ぎて居り、指定の月末までに大和の都へ着くには、もう二十日も残されていない。しかも、これから未だ「遠の朝廷」大宰府の権威の及ばない、数か国を通り抜けなければならないのだ。当初、そんな時のために秘かに準備していた南海産の貝輪は、確かに大いに役立った。と言うのも、渡り守たちは、何処でも、女なら誰でも欲しくなりそうな、その美しい飾り物を差し出すと、妻女たちへの珍しい土産にする積りなのであろう、途端に相好《そうごう》を崩し、気前よく舟を出して呉れたからである。

　総師、須加は、勿論、その心付けの絶大な利き目に一応胸を撫で下ろしはしたが、他方では、川を渡る度に目に見えて減って行く貝輪の事を思うと、これまで以上に不安が募った。目に見えて利き目のあるこの貝輪が尽きてしまったら、この先一体どうなるのだろう？　総師、須加の殆ど恐怖に近い

例の不安が、極度に達したのは、朝貢隼人の一行が、安芸国を何とか通り抜け、その日の夕刻、備後国との国境に近い大きな川に辿り着いた時であった。

その大きな川の岸辺には、安芸国の川では何処にも見られなかった、堅牢な造りの番小屋らしい建物が立っていたが、朝貢隼人の一行が近づくと、まるで待ち構えていたかのように、数人の男たちが中から一斉に飛び出して来た。だが、彼等の頭《かしら》らしい老人は、総師、須加がいつものように「本国歴名」を提示しても何の反応もしないばかりか、残り少ない南海産の例の貝輪を差し出しても喜ぶ気配など全くない。それどころか、老人の後に控えた渡り守らしい男たちは、薄笑いを浮かべながら、青い貫頭衣を着た一行の娘たちに下卑た視線をしきりに向けている。

「牛連れで朝貢とは、豪勢だな。だが、天皇様への大事なお勤めだ、俺たちは舟を出してやりたいんだが、番小屋にお出でのさる御方が、どうしてもお許しにならんのだ。女が喜びそうな、そんな代物じゃ、とても駄目だ。見れば十人ばかり娘が居るようだが、あの御方のお酒の相手をして呉れるならば、すぐ渡してやるぞ」

明らかにその土地の言葉と分かる頭の口調は甚だ難解な上に、年寄り地味て、良く聴き取れない。仕方なく、総師、須加は、行列の後方に居たタカを呼び寄せた。大和の都で隼人の訳語に成りたいタカの事だ、この老人の土地言葉も少しは理解できるかも知れない。進み出たタカが、もう一度繰り返して呉れるよう大和言葉で頼むと、年寄りの頭の顔が少し綻《ほころ》び、急に、タカと同じ大和言葉に変った。大宰府のあの年老いた隼人訳語と同じように、大和の官人たちに永く仕えている間に、自然に身に付けたのであろう。

「隼人の分際ながら、その若さで、大和の言葉が喋れるとは、見上げたもんだ。ならば、話が早い。あそこに居られる御方は、大和の都から来られた若い官人様よ。お偉い吉備大宰様のご親戚でな。未だ独り身でいらっしゃる。なに、一人でいいんだ。どの娘を寄越すかは、そちらで決めて呉れ。大和の都までは未だうんと遠いからな。大人しく言われた通りした方が、身のためだぞ。」

タカは、自分の拙い大和言葉が、他国の人間にも通じた事に、初めは大きな喜びを覚えたが、相手の要求が明らかになるにつれて、怒りを伴った不快な感情が湧き出て来るのを、どうしても抑え切れなかった。あの番小屋に女が入れば、酒の相手だけでは決して済まないだろう。やはり、ウシが言った通りだ。大和の官人たちは、威張り腐っているだけではない。こんな理不尽な要求さえ、平気で突き付けて来る。大和で訳語に成れば、こんな惨めな場面がもっと増えるのであろうか？　だが、相手の要求がいくら無理無体だからと言って、それとは違った中味を総帥様に伝える訳には行かないだろう。それが、訳語たる者の宿命なのかも知れない。意を決したタカが、すぐ傍で、二人の遣り取りを見守っていた総帥、須加に、有りの儘《まま》を告げた途端、その不安に満ちた顔が見る見る強張った。

それは、この度の朝貢の総帥、薩摩君須加が、出発前に、糧食の欠乏と並んで秘かに最も恐れていた難儀の一つであった。と言うのも、この度の朝貢には、何時もと違って、ヒメを含めて十一人の女が加わっており、彼女たちの安全を守る事が、総帥、須加の特に大切な任務だったからである。薩摩国の郡司たちが、それを見越して南海産の珍しい高価な貝輪を数多く、総帥、須加に準備させたのも、そのための手立ての一つだったのだ。

だが、安芸国のこの渡しでは、それも通用しないどころか、大和の偉い官人が、女の身体を要求しさえする。慈悲深いと評判の高い女帝を頂く大和の官人が、その権威を笠に着て、もう一か月近く、苦難の旅を続けている朝貢隼人たちに、こんな卑劣な要求をするとは、何と言う理不尽な振舞であろう。そんな破廉恥な強要は、あの威張り腐った大宰府では勿論、通過して来たどの国でさえも、ついぞ為されなかったと言うのに。

タカの報告を聞いて、タカ以上に激しい怒りを覚えた総帥、須加は、こんな下卑た交渉には馴れっこになっているらしい年寄りの頭《かしら》と、それ以上、渡り合うのを止め、タカを伴って川岸の草地に腰を下ろしたまま、事の推移を見守って居た仲間たちの長い列に戻って行った。皆一様に、何が起ったか、薄々感じ始めている様子だ。それにしても、こんな不埒《ふらち》な命令を旅の労苦を共にして来た女たちに伝えなければならないとは、何と気の重い、そして辛い役目であろう。他の郡の女たちは勿論の事、特に阿多郡阿多郷のヒメが一番強く反発するであろう。しかも、ヒメは、わが部下である少領の父、阿多君保佐を無理矢理承諾させて、この度の朝貢に参加させたのだし、その上、タカと夫婦になったばかりである。

その日、戌《いぬ》の刻（午後八時）近く、初冬の夜の帷《とばり》がすっかり下りた岸辺の例の番小屋の狭い扉が突然明け放たれ、中から小さな黒い人影がよろよろと出て来た。開かれた扉の奥の方では、魚油を燃やして居るらしく、鈍い明りの中で、酒に酔った男たちのくぐもった濁声や卑猥な嘲笑が、盛んに渦巻いている。その小さな黒い人影は、岸に沿ってしばらく小走りした後、急に速度を緩め、岸から広い河原が延びている浅瀬の方へ駆け下りて行った。浅瀬には、軽やかな瀬音とともに、初冬の半月が水面に冷たく映っていたが、着物を脱いだその人影が、水を浴び始めると、その半円の光の塊が粉々に砕けた。夜のその時刻、大きな川の周辺には、その人影以外には、無論、誰もいない。その無人の静寂の中で、しばらくして水浴びを終えた女の呟《つぶや》きが不意に聞こえて来た。

「タカ、ご免ね。一人じゃなかったよ。」

そのつい一時（二時間）前、その日も川岸に近い小さな森の中に野宿した朝貢隼人たちの間では、総帥、須加から持ち出された例の難題を巡って、怒りと反発の声が相次いでいた。薩摩国十一郡から徴集された女たちは、無論、誰も自ら進んでその屈辱極まる強要に応じようとしなかったし、男たちもまた、それぞれ愛しい妻や娘の事を思い浮かべながら、口々に拒否の声を上げ始めた。総帥、須加は、自分たちが生き延びるためには、大和の朝廷や官人たちに服従する以外に途はない事、しかも、既定の期日までに大和の都に辿り着くには、あと二十日も残っていない事、など、苦渋の胸中を曝《さら》け出さずには居られなかったが、いつまで経っても人選は決まらなかった。

その時、一行の中から突然立ち上がり、皆が嫌がっているその卑劣な要求に応じたのは、この事に一番強く反発するだろうと総帥、須加が予想していたヒメだった。それは、ヒメの隣に腰を下ろしていたタカが引き留める間もない程、急な出来事だった。

「私が行きましょう。私の名前はヒメ。阿多郡少領、阿多君保佐の娘です。私の故郷、阿多郡阿多郷では、愛し合っている若い男と女は、八月十五日、火振りの祭の夜、初めて夫婦になる事が出来るのです。私も、ここに居る阿多君鷹と、その夜夫婦になったばかり、お腹にはもうややが居ます。他の郡の未婚の娘さんたちも、是非、自分が本当に愛している人とだけ、夫婦に成って下さいね。私は、これからどんなに辛くて惨めな目に遭っても、阿多の女の誇りを決して忘れはしません。」

ヒメの突然の申し出が終った途端、誰よりも先に、総帥、須加が、その前にがばと身を伏せた。それに誘われるように、朝貢隼人の男たちも、一個所に集められていた娘たちも、全員、膝を落し、皆一様にヒメに向って両掌を合わせた。これで、何とかこの川も渡れるだろう。それにしても、仲間たちのためとは言え、結婚したばかりの身重な女が見知らぬ男に自ら進んで身を任せるとは、何と潔く、健気《けなげ》な決断であろう。このヒメにもかつて衣服を巡って大和と闘った、誇り高い阿多の女たちの血がやはり流れているのだ。安堵と讃嘆の感情が交錯する、そんな総帥、須加に思いを馳せる余裕もなく、余りの突然の出来事に驚愕したタカだけが、いつまでも一人茫然と立ち尽くしている。ヒメが、長い緊張からやっと解放された朝貢隼人たちを後にして、もうすっかり暗くなった川岸の番小屋へ向ったのは、その直後の事だった。

安芸国では、両側から迫る険しい岩山が多かった山陽道も、次の備後国に入ると、再び広い平野に出た。晴れ渡った初冬の空を背景に、とりどりの紅葉に彩られた山波も、遥か北の方角に退き、南の方角には、すぐ間近かに、波静かな入江が時々姿を現した。ここでも、ひたすら東の方角へ延びている山陽道の往来は、相変わらず活発だ。駅家の間隔は、安芸国と同じ位短いが、その造りは、それ以上に宏壮である。そして、時折、朝貢隼人の長い行列を尻目に駆け抜けて行く例の駅使たちの、けたたましい鈴の音にもいつの間にか慣れてしまったせいか、もう誰も気にしなくなっていた。

唯だ、安芸国と同じ位幅の広い川に差し掛かる度に、総帥、須加だけは、あの忌わしい出来事がどうしても蘇って来るので、秘かに緊張していた。だが、意外なことに、この国では、吉備大宰の威令が、さすがに厳しく行き渡っていると見えて、どの川の渡しでも、総帥が提示する「本国歴名」だけで用が足りた。強欲な渡り守たちが、高価な貝輪や女の身体を要求するような、理不尽な事態も、もう起こらなかった。そして、そういう無難な日々は、次の備中国や備前国を通過する時にもずっと続いた。総帥、須加は、久し振りに晴れ晴れとした心を取り戻したが、これまでの所、落伍者は未だ一人も出ていないとは言え、最後まで決して油断するまいと、改めて気を引き締めた。

一方、ヒメは、あの日の事などまるでなかったかのように、黙々と牛を追い続けていたが、タカとの間で交されていたいつもの楽しい会話は、いつの間にか途切れていた。人には何と思われようと、自分はあの振舞を今でも決して後悔していない。女たちの誰かが、身を犠牲にしなければ、朝貢隼人全体が災難を蒙《こうむ》るのだ。とくに、誰よりも責任の重いあの総帥、須加様がお困りに成るのを見るのはとても辛い。須加様は父の幼馴染みだし、何か事が起ったら、お助けするよう、秘かに頼まれても居たのだ。でも、心やさしい夫のタカには、やはり悪い事をしたと思う。あの時以来、タカが自分に口を利こうとしないのも、きっとそのせいなのだ。

だが、タカの沈黙は、ヒメが案じているような事のためではなかった。タカもまた、朝貢隼人の一員として、あの日、ヒメが示した阿多の女の心意気を、むしろ誇りにさえ思っていたが、身重のヒメが敢えてそうせざるを得なかった心の葛藤を思うと、夫にふさわしい慰めの言葉がどうしても出て来なかっただけなのだ。あの日以来、言葉を交さなくなった二人は、無論、夜になっても、目合いを避け、

唯だひたすら、初冬の賑やかな山陽道を歩き続けていた。時折、沿道近くの森に現れるとりどりの美しい紅葉も、入江から運ばれて来る懐かしい潮の香りも、いつの間にか二人の関心を引かなくなっていた。

それでも、好奇心の強いタカは、これまで通り、山陽道の駅家《うまや》の数を確かめる事と、訳語としてヒメと大和の都で暮らす日々の事だけは、決して忘れなかった。山陽道の駅家は、備後国で三つ、備中国で四つ、備前国で五つも数えたが、その造りは、大和の都に近づくにつれて、ますます豪勢になって行くように思われた。とりわけ、大和の都と九州の大宰府を結ぶこの大路で、何と言っても先づ目に留まるのは、宏壮などの駅家でも光っている鮮やかな黒い瓦と白い壁だ。その華やかな光景は、天皇の住む大

和の都が、いかにきらびやかで豊かな所であるかを早くも暗示しているようにも思われた。

ヒメも、そんな大和の都に着きさえすれば、きっといつものヒメに戻るだろう。俺は、この朝貢の旅を終えたら、大和の都で必ず訳語に成って見せる。そして、ヒメと、生まれて来る可愛い子供と三人で、これまで以上に幸せに暮らすんだ。タカはふと、遥か九州の南の果て、霧島山の麓で夫婦になっているウシとクメの事を思い浮かべた。ヒメがあのような辱めを受けたと知ったら、ウシは、いつにも増して怒りを爆発させるだろう。クメもまた、誇り高い阿多の女だ。ウシよりももっと激しく怒るかも知れない。

だが、十月もすでに半ばを過ぎた或る日、朝貢隼人の一行が次の播磨国に入った途端、それまで平穏だった山陽道の光景が一変した。依然として東へ延びている大路の路傍に、運脚らしい行き倒れが急に増え始めたのだ。粗末な黄色の貫頭衣を着た行き倒れたちは、まだ生きているのか、もう死んでしまったのか、一見しただけではどちらともわからない。唯、皆一様に、東の方角に背を向け、西の方角に頭を向けたまま路傍に横たわっている。愛しい妻子を故郷に残したまま重い貢物を背負い、大和の都まで届けた運脚たちが、帰る途中、ついに力尽きてしまったのであろうか？　彼等は最愛の家族に二度と会う事なく、このまま異国の路傍で息絶えてしまうのであろうか？

タカは、運脚たちの行き倒れが目に入る度に、そんな思いを一層強くしたが、ヒメもまた、阿多に残してきた父や弟たちの姿を思い浮かべながら、タカと同じような心境に浸っていた。自分が心から愛する者たちを、これからもずっと大切にして行こう。この世の誰よりも自分を大事にして呉れるタカと、生まれて来る可愛い子供を、命の限り、慈しむのだ。

「ねぇ、タカ、あの事未《ま》だ怒ってる?」、とヒメが初めて口を開いた。

「怒ってなんか、いないよ、むしろ誇りに思っている位だ。」、とタカがすぐ応じた。

「ヒメのお蔭で、皆、無事にあの川を渡る事が出来たんだからな。須加様も、娘たちも、男たちも揃って心から、ヒメに感謝しているよ。それより、お腹のややは大丈夫なのか?」

「有難う、タカ。大丈夫よ。あんな事位で、傷ついてたまるもんですか。阿多の女は、誇り高く、逞《たくま》しいのよ。あのクメにはとても適わないけれどね。」

「良かった。その心意気で、俺たちの大切な子を無事に生んで呉れよ。でも、あの行き倒れの運脚たち、とても可哀想だな。故郷には、愛しい妻子や両親が首を長くして待っているだろうに。もっとも、俺たちは、故郷に戻れる当てさえ無いけどな。」

「故郷に帰る事より、今は、大和の都へ無事に着く事を考えようよ、タカ。来年の秋の初めには、私たち、三人になるんだから。」

山陽道が播磨国に入った途端、急に増え始めた運脚たちの行き倒れは、その後も続き、時には、道路から少し離れた草地に盛り上げられた土の上に、行き倒れたちの墓らしい木製の位牌が立てられている光景も見られるようになった。他者の死は、自らの生を強烈に意識させる。タカとヒメは、その光景を目にする度に、以前にも増して二人の心が強く、そして暖かく通い合うのを、とても幸福に感じた。夫婦になって未だほんの二か月、若い二人には、過去よりも未来の方が、遥かにずっと長いのだ。

タカはいつものように、播磨国の、一段と豪華になった駅家の数を数えたり、大和の都で親子三人で暮らす楽しい日々を夢想したりしながら、そして、ヒメは、タカの深い愛情を再び全身で強く感じながら、来る日も来る日も、初冬の山陽道を歩き続けた。

第六章　落伍

総帥、須加に率いられた朝貢隼人の一行に、突如、思わぬ異変が起ったのは、山陽道が、美作《みまさか》の国から来る支道と交わった後、小高い丘の間を縫うように曲折し始め、物寂しい森の中に差し掛かった時であった。その日も、いつもの貧しい昼食を済ませ、再び緩い上り坂を辿り始めた隼人たちが、突然、次々に倒れ出したのだ。中には、下腹を押さえながらのたうち回る者も居り、真赤な顔をして息を弾ませている者も居る。タカとヒメが加わっている阿多郡は、一行中、最も人員が多いせいで、苦しみ始めた者の数も最も多いようだ。

幸い、タカとヒメは、未《ま》だ若いせいか、この災厄を免れてはいたが、それが、一行の出発の際、あの薩摩国府の官人が厳重に注意した疫病である事は、誰の目にも明らかだった。あの官人の話では、その疫病は、とくに備前国で蔓延しているとの事だったので、それがいつの間にか播磨国にも伝染し、この国の川の水を飲んだ朝貢隼人にも災いを及ぼしたのであろう。総帥、須加は、直ちに全員に停止を命じ、往来の激しい山陽道から少し外れた小さな森に移動させて、しばらく休憩を取らせた。彼自身もまた、少しずつ下腹が痛み始め、何となく全身熱っぽい。

約五十日に近い、この度の長い朝貢の旅も、あと十日程で終わる筈だったのに、これはまた何と不運な出来事であろう。安芸国で遭遇した、あの忌わしい事件は、ヒメ一人の尊い犠牲で辛うじて切り抜けはしたが、今度のこの疫病は、自分も含めて朝貢隼人全員に災難を及ぼすのだ。大和の都はもうそれ程遠くはないけれども、このままでは、薩摩国府が厳命したあの期日さえ守れなくなるかも知れない。何か良い手立てはないものか？

おお、そうだ。今夜はここで野宿して、阿多郷のあの火振りの祭を皆に見せてやろう。幸い、若いタカとヒメは元気なようだから、二人に頼んでみる事にしよう。またしてもヒメには、苦労を掛ける事になるが、タカや阿多郷の男たちと一緒なら、きっと進んで引き受けて呉れるだろう。火振りの儀式は、阿多郷だけの慣わしだが、あの力強い炎の色を見れば、他郡他郷の連中も、きっと元気を取り戻すに違いない。阿多人たちが崇める海神と山神の、あの厳かな御加護によって、何としてもこの危難を乗り越えるのだ。山陽道の沿道では、とりわけ烽火《のろし》以外の焚火は厳重に禁じられてはいるが、今は背に腹は代えられないと須加は観念した。

初冬の夕日は、釣瓶落しだ。未だ、申《さる》の刻（午後四時）を過ぎたばかりなのに、総師の指示を受けて、朝貢隼人たちがやっと移動し終った小さな森には、もうすでに夜の気配が漂っている。ヒメを始め各郷の娘たちは、あれからずっと、腹痛や高熱で苦しむ男たちの介抱に掛かり切りだ。無論、介抱と言っても、こんな森の中だ。新鮮な水も無ければ、然るべき薬餌《やくじ》など元より持ち合わせていない。彼女たちにできる役目と言えば、唯だひたすら、病んだ男たちに労《いたわ》りと励ましの言葉を掛ける事だけだ。とくに、ヒメは、一行の中で最も数の多い阿多郡の男たちの間をまめに回って、苦しむ病人たちの背中をさすったり、声を掛けるのに忙しかった。

一方、総師の意を受けたタカは、疫病を免れた阿多郷の男たちと共に、森の奥へ急いで入り、夜の帷《とばり》が下りないうちに、枯木や枯草を拾い集めた。それが終ると、朝貢隼人たちが屯《たむろ》している森の凹地に引き返し、枯木をうず高く積み上げたり、枯草を小さな塊にしたり、火振りの儀式の準備に取り掛かった。つい二か月前、今年の祭を終えたばかりなので、皆一様に慣れた手付《てつき》だ。その様子を、他郡他郷の朝貢隼人たちが、沈みながらも揃って、物珍しそうにじっと見詰めている。その作業が終るのを見計らって、総師、須加がよろよろと立ち上がった。

「疫病に罹《かか》った者たちも、未だ元気な者たちも良く聞いて呉れ。見ての通り、わしたちは、思わぬ災難に陥った。出発する時、国府の官人様からあれ程厳しく注意されたのに、まことに迂闊《うかつ》であった。これも皆、総師たるわしの配慮が足りなかったせいじゃ、どうか許して呉れ。

じゃが、いつも申している通り、わしたちは、この月が終る前に、何としても大和の都へ辿り着き、大事な貢物を納めなかればならぬ。その日まであと十日も無い。ここは見知らぬ国の森の中、滋養となる食も、新鮮な水も、病に効く薬餌も無いが、皆、どうか元気を出して呉れ。

総師たるわし自身がこんな惨めな有様じゃが、皆に是非見て貰いたい物がある。あの安芸国でわしたちを救って呉れたヒメの故郷、阿多郷の火振りの儀式じゃ。大昔から阿多人たちが崇めて来た神々、人々に幸せをもたらし給ふ海神と山神に、ここで御出座しを願って、この災厄からわしたちを救って頂きたいのじゃ。総師たるわしに出来る事は、もうそれしか残されていない。これから、ヒメとタカ始め、阿多郷の者たちが、特別にその儀式を行うので、皆も心を合わせて、この疫病が退散するよう力の限り祈って呉れ。」

総帥、須加の必死の口上が終るのももどかしく、タカは、弾かれたように、先刻積み上げた枯木の山に走り寄り、両手で火打石を激しく打ち合わせた。今度の朝貢の旅を始めて以来、連日連夜、続けている単純な作業なのに、今夜は、気が急いでいるせいか、仲々火が燃え付かない。この枯木の山に炎が上がれば、ヒメが、あの火振りの祭の歌を歌う手筈になっているのだが、ヒメはたった一人で大丈夫だろうか？　タカは、ようやく燃え出した枯木の山にほっとしながら、周囲に横たわっている朝貢隼人たちの群れの中に、ヒメの姿を急いで探した。

間も無く、もうすっかり夜の帷の下りた森の方から、若い女の歌声が響いて来た。

海神《わたつみ》の　命《みこと》畏み　出で座す姫御
はろばろと　海原越えて　阿多の浜辺に

天降り　峰を下り来る　猛き山神《やまつみ》
麗《うるわ》しき　姫御と目見ゆ　阿多の浜辺に

有り余る　海山の幸　恵み給へな
来る年も　また来る年も　阿多の我等に

こちらに近づいて来るヒメの歌声は、まるで別人のように、伸びやかで良く通る。あの夜の火振りの祭のように、小太鼓も竹笛もなく、たった一人で歌っているのに、その声はとても力強く、神々しい。あの海神のやさしい姫御も、おごそかな山神もきっと来て下さり、俺たちのこの災厄を必ず払って下さるだろう。さあ、次は火振りの番だ。

夜の阿多の浜辺とは似ても似つかぬその森の中で、ヒメの歌が終るのを待ち兼ねたように、小さな火の球がいくつも回り始めた。事前にタカに頼まれた阿多郷の男たちが、自分たちの腰帯で縛ったあの枯草の固まりに火を付け、振り回しながら、盛んに炎を上げている枯木の山の周囲を廻っているのだ。初めは怪訝《けげん》な顔で、その火の儀式を眺めていた他郡の隼人たちも、ヒメの若く、力強い歌声と闇を切り裂く火の乱舞に、いつの間にかすっかり気を取られている。

だが、タカやヒメや阿多郷の男たちが繰り広げているその火振りの儀式を、他の誰にも増して熱心に見詰めていたのは、それを思い付いた総帥、須加自身だった。そして、阿多の浜辺に着いた海神の姫御と、天から霊

山に降りて来た山神が、燃え上がる枯木の炎と、その周囲を廻る火の球の中で目合《まぐわ》う姿を、はっきりと目にしたのも、彼一人だけだった。

ああ、有難い。我等の海神の姫御と山神が、今、目合って居られる。我等に幸を給ふ神々が、我等の必死の願いを聞き届けて下さったのだ。この不運な疫病もきっと治して頂けるに違いない。タカ、ヒメ、そして、阿多郷の男たちよ、有難う！　今度もまた、危難を乗り越えられそうだ。

翌朝早く、森の凹地でふと目を覚ました総帥、須加は、自分の体調が元に戻っているのに先ず驚いたが、周囲を動き回っている仲間たちの元気な様子にもっと驚いた。昨日、腹痛や高熱であれ程苦しんで居た仲間たちが、自分を含め、まるで何事も無かったかのように、朝餉の支度や牛たちの世話に、忙しく立ち働いているのだ。これは、夢ではなかろうか？　総帥、須加は、急いで跳ね起きると、すぐさま各郷の長たちを呼び集めた。何よりも先ず、確認したいのは仲間たちの安否だ。

だが、彼等の報告を聞き終わった、彼の顔が再び曇り始めた。男十三人と女二人が、なお全治していないと言うのだ。女二人の中には、全く意外な事に、阿多郡の病人たちを見舞ったヒメさえ含まれている。彼は、勿論、仲間たちの大半を疫病から救って下さった神々に深く感謝はしたが、同時に、なお十五人の仲間たちがひどく苦しんでいる事態にまたもや困惑した。とは言え、総帥の身としては、その憂慮すべき状況にゆっくり対処している時間はもう少しも残されていない。いかなる事態が起ころうとも、この月が終るまでに、何としても大和の都へ辿り着かなければならないのだ。

意を決した総帥は、各郷の長たちの誰にも相談する事なく、直ちに仲間たち全員に厳しい指示を細々と出した。十五人の病者たちは、このままではとても大和の都まで歩いては行けないので、播磨国のこの森の中で治療を続ける事。そのため、全員が少しずつ食や水を出し合い、ここに残して置く事。残る者たちの貢物は、先発する者たち全員が分担して運ぶ事。十五人の者たちは、本復したならば、直ちに、一行の後を追って、大和の都を目指す事。その指揮を阿多郡少領、阿多君保佐の娘、比賣《ひめ》に委ねる事。そのため、阿多郷の乳牛一頭を、ヒメと一緒に残して置く事、などである。

当初、総帥、須加は、残置して行く十五人の長として、若い女のヒメを選ぶ事には仲々気が進まなかったのだが、あの日、安芸国で示したヒメの、勇気ある行動や、昨夜、火振りの祭で示した力強い歌声を、仲間全員が認めていると確信していたので、敢えてそうしたのだ。本来なら、ヒメの夫たるタカも一緒に残して置くべきであろう。だが、大和の都まではもうそれ程遠くないとは言え、この先、未だ何が起るか分からない。そのためにも、大和言葉を少し話すタカには、何としても同行して貰わなければならないのだ。タカもヒメも須加の指示に、素直に従った。

「ヒメ、病気した上に、こんな大役を仰せつかるなんて。俺も本当はここに残って、皆の世話をしたいんだが、須加様のご命令に背く訳にはどうしても行かない。許して呉れ。」

「タカ、大丈夫だよ。昨夜も、あの歌を歌っている時、タカが燃やした枯木の炎の中に、海神の姫御様の美しい御姿が、私にも見えたんだから。姫御様は、阿多の女たちの守り神、きっと私にも幸を下さる筈よ。タカは阿多郷の皆と、山神様に祈って呉れるだけでいい。御二人は、何と言っても情け深い神様。私だけでなく、ここに残る皆を、疫病から救って下さるに違いないから。」

「お前を信じているよ、ヒメ。こんな所で、こんな別れをするのはとても辛いけど、十日も経ったら、大和の都でまた会えるんだ。一日も早く病を治して、必ず俺たちに追い着けよ。生まれて来る子供と三人で、大和の都で暮らすのが、俺たちの大切な夢だからな。」

「きっとそうなるよ。私、昨夜《ゆうべ》も、タカは訳語、私は歌人に成った夢を見たんだから。タカは隼人司に出仕、私はややを抱きながら、絹の裳を着て朱雀大路を歩いていた。タカも身体には十分気を付けてね。」

「ヒメ、俺にも言わせて呉れ、二人は大丈夫だって。俺たちは誇り高い海の民、海神の姫御と山神を深く崇める不屈の民だって。俺は訳語、ヒメは歌人に成って、いつかまたウシやクメと会おうよ。子供たちも一緒にな。」

昨夜遅く、火振りの儀式が無事終わった後、やっと二人切りに成れたタカとヒメは、初めて夫婦に成れた、あの八月十五日の夜を、懐かしく思い出していたが、それもほんのしばらくの間だけであった。あんなに力強く歌を歌っていたヒメが、突然、腹痛を訴え始めたのだ。そのヒメのお腹には、可愛いややが生きているのだ。タカは必死で、苦しむヒメの背中をさすったり、両手でヒメの手足を暖めたりしながら、播磨国の森の中で初冬の長い一夜を過ごして来たばかりだった。そして、またして

も思わぬ災厄を蒙ったヒメを介抱しながら、初めて夫婦に成ったあの祭の夜にも増して、自分はこの女を生涯大事にしようと、固く心に誓ったばかりだった。

総帥、阿多郡大領、薩摩君須加に率いられた朝貢隼人一八八人が、播磨国の小さな森の草地に、疫病に倒れた十五人の仲間を残したまま、再び山陽道を東へ向い始めたのは、その日の辰の刻(午前八時)を少し過ぎた頃であった。播磨国の平野は、これまで通過して来たどの国よりも広々として、奥行きが深い。これまでの諸国ではいつも間近に見られた初冬の紅葉も、その山波と一緒に、遥かずっと北の方角に遠ざかってしまい、もうすっかり刈入れの終った稲田が、山陽道の両側に果てしなく広がっている。そんな広大な風景の中では、この大路を、相変らず忙しく行き来している人の群れも、時折、けたたましく鈴を鳴らしながら早馬を飛ばして行く駅使たちも、まるで小さな人形のようにしか見えない。十五人減ったとは言え、依然として長い行列を成している、牛を連れた朝貢隼人たちの一行も、決して例外ではなく、この広大な空間の中では、単なる一本の短い紐に過ぎないかのようだ。

タカは、播磨国の広漠としたその風景の中を、相変らず牛を先立てて、黙々と歩いていたが、いつもならすぐ後に居るヒメも、その牛も、突然消えてしまった寂しさに、ともすれば沈み勝ちだった。あの見知らぬ森の中に残されたヒメと十四人の仲間たちは、今頃、どうしているであろう？　海神の姫御様と山神様の御力で、もう本復したであろうか？　ヒメは、たとえ病が癒えたとしても、十四人の仲間たちを上手くまとめる事が出来るであろうか？　そして、全員無事に、大和の都まで辿り着く事が出来るであろうか？　そんなさまざまな疑問や不安が次から次へと沸いて来るので、タカは、これまでとは違う、初冬の播磨国の雄大な光景に視線を向ける余裕を、何時になく失ってしまっていた。

それでも、ふと初冬の空を見上げると、渡り鳥らしい鳥の一群が、さまざまに隊形を変えながら、北から南へ移動して行く光景が、とても珍しく望まれた。また、播磨国府の近くを通り過ぎた時には、これまでの長い旅で渡って来たどの川よりも幅が広く、流れの豊かな大きな川に、思わず目を奪われたし、賀古《かこ》の駅家に差し掛かった時には、これまで見て来たどの駅家にも無かったその豪華さに、もっと驚嘆させられた。

その駅家を前にして、何よりも先ず目を引くのは、その周囲を四角に囲っている黒色の木柵と、山陽道に向かって鳥居のように開いている高い駅門だ。次に視線が行くのは、それらに囲まれた広場の中央を占めている、高層の立派な楼閣や、それに続いている平屋の大きな建物群だ。その堂々とした佇まいは、播磨国が、大和の都に近い何よりの証拠であろう。そのせいか、駅門を出入りする官人たちの数も急に増えたようだし、駅使たちの駅鈴の音も、一段と多くなったようだ。だが、大宰府を後にして、もう一ヵ月近く朝貢の旅を続けて来たタカには、初めて聞いた時には、不安や恐怖を引き起した、そのけたたましい駅鈴も、今ではむしろ懐かしく感じられる程すっかり慣れてしまっていた。

総帥、須加が、長途の旅でさすがに疲れ切った朝貢隼人たちの行進に、突然、停止を命じたのは、広大な播磨国をやっと横断し、畿内との境に近づいた、或る日の申の刻（午後四時）に近い頃であった。須加様が停止を命令されるのは、決まって一行に難題が持ち上がった時だ。またしても何か面倒な事が起ったのであろうか？　タカは、それまで、播磨国最後の、明石の駅家が、あの賀古の駅家にも決して劣らない程堂々としていた事などを思い返しながら、牛を追い立てていたが、総師の声にいつもの不安を覚えながら、自分も足を止めた。

その須加は、あの疫病からもうすっかり回復してはいたが、大和の都を頂く畿内に入る前に、どうしても解決して置かなければならない、大事な課題を一つ抱えていた。一行の食《じき》だ。この度の長い朝貢の旅も、食については今日まで何とか無事に凌いでは来た。出発前に入念に準備した粟や麦、栗の実や塩などで、辛うじて飢えを満たして来たし、時には、牛の乳も役に立った。だが、播磨国のあの森の中で、本復しない十五人の仲間たちに、それらを分け与えたので、残りがどれだけ有るか、どうしても気に懸っていたのだ。思い余った総師、須加が、山陽道が右手に海を望みながら、急に小高い山波の間を縫い始めた国境近く、一行に停止を命じ、路傍の草地に全員を集合させたのはそのためだった。

「皆、今日までご苦労であった。明日は、いよいよ畿内に入る。大和の都までは、もう七日程で着く筈じゃ。このまま無事に進めば、国守様から厳しく命じられた期日も何とか守れるだろう。疫病で十五人欠けたから、人数は揃わないが、大切な貢物だけは残らず無事に運んで来れた。だが、心配なのは、皆の食《じき》じゃ。ヒメ始め十五人の仲間たちに、全員で分け与えて来た故、手持ちも残り少なくなっているであろう。明日から入る畿内は、天皇様の尊いお膝元じゃ。殊の外、取り締まりが厳しいと聞いて居る。それだけに、食の事で、畿内の諸国に迷惑をかける事は絶対に許されぬ。そこで各郡各郷の長たちは、直ちに皆の手持ちの食を点検し、結果をありのままにわしに報告せよ。」

総帥、須加は、口では仲間たちにこう告げながらも、胸の底では、食が危機に陥った時の最後の手立てをすでにひそか密かに目論んでいた。その非常手段とは、とりわけ厳格な畿内では決して許されない種類の物だ。それ故、その奇策を実行するとすれば、この播磨国に居る間に、しかも今日中に為さなければならない。引き連れている乳牛の屠殺――。それこそが、この度の朝貢に際して、総帥、須加が絶えず覚悟し続けていた最後の手立てだった。総帥、薩摩君須加は、阿多郡大領として、五畜の宍《しし》を食う行為が厳しく禁じられている事は、百も承知している。だが、ここに至っては、背に腹はかえられない。総帥として、自分一人だけが責任を取れば良いのだ。

しばらくして、各郡各郷の長たちから、果して食の欠乏が次々に報告された時、総帥、須加は、意を決して、再び口を開いた。

「各郡各郷からの報告では、やはり何処も食が乏しいようじゃ。そこで、これより引き連れて来た牛を一頭、食にする事にする。五畜の宍《しし》を食う事は、天下の御禁制じゃが、責任はわし一人で取る故、直ちに作業に掛かって呉れ。牛は、総帥たるわしの一存で、阿多郡阿多郷から出す。その代わり、他の十郡からは、手練《てだれ》を一人ずつ出して呉れ。他の者たちは、積んでいる貢物を手分けして運ぶのじゃ。

わしの方から念を押すまでもないが、牛の屠殺は、貢物にする皮を剥ぐ時と全く同じ要領じゃ。取り出した宍は、一八八人全員に等しく行き渡るようにする故、大和の都まであと七日間、それで何としても命をつないで呉れ。幸い、今はもう冬じゃ。塩を塗《まぶ》せば何とか持つだろう。なお、剥がした皮は、大切な証拠の品じゃ。決して捨ててはならぬ、よいか。」

総帥、須加が、牛は阿多郡阿多郷から出すと告げた時、タカは、一瞬、軽い反発を覚えながら、十四人の仲間とともに、あの森の中で苦しんでいるヒメを思い浮かべた。確かに、阿多郷は、他郷より牛の数が一頭多い。だが、一頭はヒメとともにあの森の中に残して来たのだ。その上、残りの一頭までも差し出さなければならないとは、余りにも不当ではないだろうか？ 須加様の命令は絶対だから、牛の件もやはり従わなければならないだろうが、妻のヒメだけではなく、何故、自分までもこんな目に会わなければならないのだろうか？

いや、一行の総帥として、須加様は須加様なりに、いろいろ苦しんで居られるのだろうと、タカは直ぐ様思い直す。若いタカには、大和朝廷の政《まつりごと》の事は良く分からないが、大和の官人たちの武威と冷酷さは、子供のころから嫌と言う程見せ付けられて来ている。そんな朝廷の権威に逆らって、総帥、須加様に若《も》しもの事が有ったとすれば、この朝貢隼人たちの前途は一体どうなるのであろう？ 仲間たちは誰もその事を口にはしないが、皆、同じ思いで居る筈だ。

タカをはじめ一行のその不安な心中を見透かすかのように、総帥、須加が再び口を開いた時、周囲の森には、初冬の早い夜の帷がいつの間にか忍び寄りつつあった。何はともあれ、事は急がなければならない。

「皆、わしの身を案じて居るようだが、大丈夫じゃ。朝廷の許可なく、この大路で牛を屠殺すれば、厳罰に処せられる事はわしとて重々承知して居る。最悪の場合、死罪も免れないであろう。

　じゃが、この度の長い旅で苦労したのは、わし一人だけではない。今日まで皆それぞれに辛い思いをして来たのだ。中でも、あの安芸国で、タカの妻ヒメが味わった女の屈辱を思えば、総帥たるわしの重罰など物の数ではない。われらには、あの情深い海神の姫御様と、力強い山神様が付いて居られるのじゃ。たとえわしが欠けたとしても、皆を無事に大和の都まで送り届けて下さるであろう。

　さあ、問答はもう止めじゃ。冬の日暮れは早い。すぐに例の仕事に掛かって呉れ。明日は、いよいよ畿内ぞ。大和の都までもう少しじゃ」

　ああ、須加様は、わがヒメの事をそこまで思い遣って下さるのか。なのに、自分は高が牛の事でつい不満を覚えてしまった。隼人の男として、須加様にも、ヒメにも、恥ずかしい限りだ。よし、自分も、阿多郡主政、阿多君比古の嫡男だ。あの勇敢なヒメの夫にふさわしく、皆に敬服され

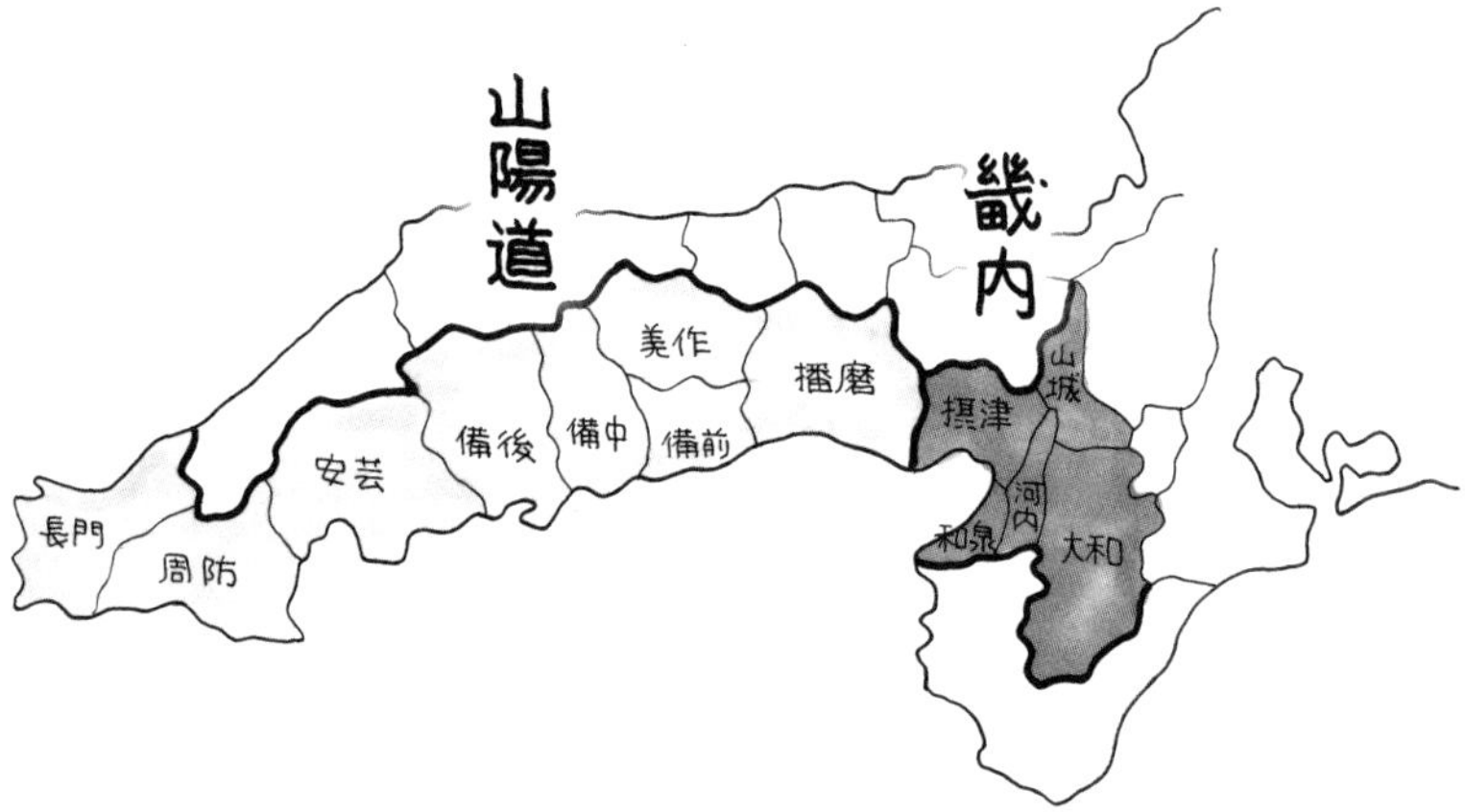

るような、生き方をしよう。総帥、須加の言葉を反芻しながら、そこまで思い至った時、つい先刻までタカが囚われていたわだかまりもすっかりとけてしまっていた。

小半時（三十分）後、タカは刀子《とうす》を腰に括り付けた他郡の十人の男たちと一緒に、もうすっかり暗くなった森の奥で、自分が引いて来た牛と向き合っていた。牛の周囲には、安芸国のあの夜と同じように、いくつか焚火が燃やされていたが、タカの牛は、これから我が身に起る惨劇など全く予想もせぬ風に、足元に密生した草をゆっくり食んでいる。タカは、ふと、播磨国の森の中で、疫病と闘っているヒメと、その牛の事を思った。俺たちは、こうして離れて居ても、心はつながっているんだ。同じ苦しみをともに分かち合うのが、本物の夫婦なんだ。苦労を共にして来た牛たちには本当に済まないが、阿多人たちが崇める海神の姫御様と山神様に免じて許して呉れ。

牛を提供した代りに、屠殺の役目は免れたタカが、刀子《とうす》を抜いた男たちの集団を後にして、一行が野宿している森の中に戻りつつあった時、背後で、悲し気な牛の鳴き声が一度した。タカはその鳴き声を振り切るように、急に足を早めた。あの牛の御蔭で、仲間全員が、明日から畿内の旅を続けられるし、必ず大和の都へ辿り着く事が出来るであろう。そして、播磨国に残されたヒメと十四人の仲間たちとも、間もなく再会する事が出来るであろう。タカは、隼人司に出仕している自分と、絹の裳を身につけて付けて朱雀大路を歩いているヒメの姿を、在り在りと思い浮かべながら、また一段と足を早めた。

第七章　藤原京

総帥、薩摩君須加に率いられた朝貢隼人百八十八人が、和泉国と大和国を分ける高い峠に朝早くやっと辿り着き、眼下に広がる意外な光景を目にした十月末のあの日の奇妙な失望感を、タカは生涯忘れないであろう。

と言うのも、タカが予想していた大和の都は、もっと雄大で広々としたものだったのに、その朝、初めて目にした都は、青い山波に周囲を取り巻かれている狭い平野と、空は晴れながら、その上を濃い朝霧が巨大な白幕のように覆っているだけの単調な光景を呈していたからだ。それは、幼少の頃から、タカが見慣れて来た、広大な阿多の海や南方の大海原などとは全く異なる、狭い陸地の風景だった。タカはそれまで、大きな湖というものを未だ見た事はなかったのだが、真水を湛《たた》えた陸の湖とは、こんな形をしているのではないだろうか？　それにしても、こんなせせこましい湖の底に、あの強大な大和の都が栄えているとは、とても信じられない。日本全体を統《す》べる天皇や朝廷は、何故、かくも狭苦しい盆地に閉じ籠っているのであろうか？　盆地を取り巻いている青い山波を、外敵の侵入から都を防御する自然の障壁とみなしているためであろうか？

だが、大和の都のそんな一見みすぼらしい光景とは裏腹に、強大な朝廷がその片鱗を見せ始めたのは、一人の朝服を着た官人とその護衛らしい、数人の武装した騎兵の一団が、何処からともなく現れて、朝貢隼人の一行を出迎えた時の事であった。その物々しい応対は、大宰府をはじめこれまで辿って来たどの国でも、見られなかった威圧的な光景だ。馬を下りて、こちらに近づいて来たその官人を良く見ると、もう可成《かな》りの年配らしく、髪には白いものが多く混じり、顔には深い皺が刻まれている。だが、総帥、須加に面と向かって、隼人司《つかさ》、左大衣《ひだりおおきぬ》、大隅忌寸《いみき》乎佐《うさ》、と名乗ったその官人は、風貌と言い言葉使いと言い、紛れも無く、タカたちと同じ仲間であった。

「遥か南の薩摩国より、大和の都へ参上された御一同、長途の旅、まことに御苦労でした。これより、大和国に入ります故、右大臣、大納言、正二位、藤原朝臣不比等様の格別の命により、私どもが先導致します。朝貢隼人の御一行は、各国の運脚たちとは全く違い、外つ国の使節並みに丁重に応待するよう、重ね重ね厳しく命じられております。今夜の宿泊先は、由緒有る飛鳥寺、すぐ近くを流れる飛鳥川の水で、長旅の身を清め、身形《みなり》を整えて、明朝、早速、朝廷に参内せよとの御下命も受けて居ります。長途の旅で御疲れでしょうが、用意おさおさ怠り無きよう。」

ああ、このお方が隼人司、左大衣、大隅忌寸乎佐様か。先月、薩摩国府で、右大衣、阿多君羽志《はし》様から聞いて居た通りの、世慣れたお方のようだ。羽志様は、キメとか言う一人娘を、このお方に預けてあるとのお話しだったが、お二人は、余程信頼し合っておいでなのであろう。

そう言えば、このお方の隼人言葉は、薩摩国府で初めて出会った羽志様と、良く似ている。長い間、都に暮らし、朝廷に仕えて居れば、我等が仲間の言葉も、この人たちのように、いつの間にか、大和言葉に染まってしまうのであろう。自分も、この都で一日も早く訳語に成って、そんな言葉を使ってみたいものだ。

それにしても、この大和の都では、これまでとは正反対に、我等、朝貢隼人に対する応待が、何故こんなにも違うのであろうか？　薩摩国府でも、かの大宰府でも、まるで夷狄《いてき》同然に扱われたのに、他ならぬ都では、外つ国の使節並みに処遇されると言う。ひょっとしたら、何か魂胆が隠されているのではなかろうか？　後で、この顔の広そうな乎佐様に、それとなく尋ねて見よう。

総帥、須加の後に控えているタカが、そんな事などに思いを巡らしている内に、隼人司、左大衣、大隅忌寸乎佐は、再び騎乗の人となり、護衛の騎兵たちに出発を命じた。

武装した数人の騎兵に先導された朝貢隼人の一行が、大和国の曲りくねった坂道を、だらだら下り、良く整備された、幅の広い、平坦な道を歩き始めた頃には、狭小な盆地を覆っていた濃密な朝霧も、いつの間にかすっかり消え失せていた。国境の峠から見下ろした大和国の盆地は、当初は、いかにも狭小に感じられたが、こうして、平地に立って見回すと、意外に広々とした空間のようだ。そんな大和国の盆地を西から東へ通じているこの官道は、横大路《よこおおじ》と呼ばれ、摂津国の難波京と、飛鳥の古京を結ぶ、昔ながらの重要な大路だったと、先頭を行く、多弁らしい左大衣、大隅忌寸乎佐が、誰かに聞かせる風でもなく、勝手に大声で喋っている。タカたちが、これまで辿って来たどの官道とも違って、人馬の行き来が極めて多いのもそのためなのであろう。気が遠くなりそうな程長かった山陽道で、度々聞いたあのけたたましい駅鈴の数も、急に増えたようだ。

唯だ、横大路を進むにつれて、その両側に、刈入れのすでに終った稲田が整然と広がり、その中に、農家らしい小さな建物が点在している風景だけは、通過して来た諸国と少しも変わらない。さらに、武装した騎兵たちに先導されて、交通頻繁な横大路を行進する、牛連れの朝貢隼人たちの長い行列を一目見ようと、見物人たちが、大路の両側に次第に増えて来る光景も、これまで幾度も経験して来ている。人馴れしている筈の、都の住人たちにしては、意外な振舞だが、長い行列の所々に混じっている女たちの鮮やかな青い貫頭衣と、貢物を山のように積み上げた黒い牛たちが余程珍しいのであろう。彼等の視線はその二つに集中している。その牛たちを目掛けて、獰猛《どうもう》そうな都の犬たちが吠え捲《まく》るのも、そのせいなのであろう。

　都の住人たちの好奇の視線を浴びながら、大路を歩き続けた朝貢隼人たちの行列が、その夜の宿所を告げられた飛鳥寺に到着したのは、午《うま》の一刻（午前十一時）頃であった。

　一段と高い五重塔を中心に、瓦葺きの回廊で四角に囲ま

れたその寺院は、あの大宰府などとはまた違った荘厳な佇まいだ。そして、その西側に広がる、整然とした広場には、一本の大木が、天を衝《つ》くかと思われる程、高く聳えて居り、飛鳥川らしい細い流れが、すぐ目の前に迫っている小高い丘の麓を、北へ向って延びている。総帥、須加はじめ、百八十八人の朝貢隼人たちが、旅装を解くよう命じられたのも、タカたちの故郷、阿多の周辺では凡そ見た事も無いような、巨大な団扇《うちわ》の形をした、その大木の周囲であった。同行の牛たちは、大宰府と同じように、不浄な生物として、広場に入る事を禁じられたので、飛鳥川の岸辺に留置しなければならなかった。

ああ、これでやっと長い旅も終わった。ヒメはじめ十五人の仲間が途中で落伍したとは言え、残りの者全員が少なくとも、指定の期日前に、大和の都へ辿り着く事が出来たのだ。他の誰よりも、総帥、須加様が、ほっとして居られるであろう。だが、播磨国の森に残された仲間たちは、今頃どうしているであろう？　身重のヒメは、仲間の長としての役目を無事に果しているであろうか？

総帥、須加の命を受けて、長途の旅を終えた仲間たちの間を歩き回り、それぞれの安否を確認しながらも、タカの心は、いつの間にか、落伍したヒメたちの方に行ってしまう。元より、好奇心旺盛なタカには、この飛鳥寺に到着するまでに、生まれて初めて目にした大和の都の様々な光景は、とても珍しく、強い興奮をもたらしはしたが、その感動をヒメと共有出来ない寂しさの方が、どうしてもそれ以上に募ってしまうのだ。だから、東西に延びている横大路を右に折れて、今度は南北に走っている下ツ道を辿りながら、左手に、飛び切り、豪華な天皇の宮居が見え初めた時にも、あの大宰府を初めて目にした時程の興奮をもう覚えなかった。相変わらず、問わず語りに大声で喋っている左大衣、大隅忌寸乎佐によれば、それが、明日、参内する藤原宮だとの事であったが、タカの心は、かつての様にはもはや素直に反応しなかった。そして、絹の裳を着て朱雀大路を歩いてみたいと言い続けていたヒメ、それなのに、十四人の仲間とともに、播磨国の森に置き去りにされたヒメの安否が頻りに気遣われた。

「阿多郡阿多郷の阿多君鷹殿は、どちらかな？」

総帥、須加へ報告を済ませ、タカが、再び、初冬の真昼の太陽の日差しを浴びて、金色に輝く五重塔を茫然と見上げて居ると、あの左大衣、大隅忌寸乎佐らしい声が、近くで不意にした。我に返ったタカは、同じような呼び掛けを一度何処かで受けたような気がしたが、それが薩摩国府を出発する時であり、声の主は、同じく隼人司、右大衣、阿多君羽志であった事を思いだすのに、一寸時間が掛った。

「私ですが、何か御用でも・・・」

ああ、そう言えば、これも同じ返事だな、とあの日の出来事を懐しく思い出しながら、タカは、右大衣、阿多君羽志と昵懇《じっこん》だと聞いた、左大衣、大隅忌寸乎佐と向き合った。近くでよく見ると、この多弁らしい左大衣は、大宰府で言葉を交わした、あの訳語の大隅忌寸和多利《わたり》と、年齢も、背の高さも、顔付きも、何となく似ているような気がする。

「おお、そなたが阿多君鷹殿か。薩摩国に赴任された、右大衣、阿多君羽志殿の便りで聞いて居ったが、嫁御はどうされた？　この大和の都で、タカ殿は隼人の訳語に、嫁御は歌人に成りたいとか。わしも、羽志殿の一人娘吉賣《きめ》を預かって居るが、これも歌好きでな。若い人たちは、それぞれ夢があって、まことに羨ましいかぎりじゃ。

それはそうと、初めての大和の都は如何かな？　今日、通って来たのは、藤原京の裏通りだけ。明日は、表通りの朱雀大路で、畿内の騎兵五百騎が、そなたたちの参内を出迎える手筈になって居る。そして、藤原宮では、慈悲深い元明天皇様がそなたたちを引見《いんけん》されると伺って居る。今年の八月、遠い越後の国から俘虜《ふりょ》として連れて来られた蝦夷《えみし》たちとは、雲泥の差じゃ。ほれ、あそこを見てみるが良い。蝦夷たちは、参内を許されず、ああやってもう二カ月も野宿同然に暮らして居るでな。」

話好きらしい左大衣、乎佐が指差した方向へ視線を移すと、飛鳥寺の西側に広がる広場の南の端に、灰色の布を三角錐の形に仕立てた、蝦夷《えみし》たちの天幕が、無数に並んでいる。タカが、これも初めて目にする北国の風俗だ。だが、この五十日近く、官道沿いの森の中や川の岸辺で、野宿ばかりして来た、朝貢隼人たちに比べると、夜露や風雨を凌《しの》げる天幕を所有している限りでは、蝦夷たちの方が、自分たちよりもずっと恵まれているのではないか、とふとタカには思われた。

それにしても、この弁舌爽やかな左大衣は、一体、何のために自分に声を掛けたのであろう？　ヒメや歌人の事には触れながら、それ以上、ヒメの所在を確かめようともしない。老人特有の兎角、核心から外れ勝ちな、あの冗舌が、相変らず続くのであろうか？

「それに比べて、そなたたち朝貢隼人には、今朝、申した通り、この由緒ある飛鳥寺の回廊が宿所と決められて居る。ここは、その昔、名族・蘇我氏によって建立された、わが国最古の寺院じゃ。しかも、過ぐる大化の改新でも、壬申《じんしん》の乱でも、それぞれ大事な役目を果した名誉ある寺院と来て居る。

それに、このすぐ南隣では、口にするのも恐れ多い、あの天武天皇様の、尊い飛鳥浄御原宮《あすかきよみはら》も営まれて居った。

こんな由緒ある飛鳥の地で、こんな特別な待遇がそなたたちに行われるのも、今朝、申した通り、今を時めく、右大臣、正二位、藤原朝臣不比等様の、断っての御望みであるとわしは承って居る。今、日《ひ》の本《もと》を統《す》べておられる元明天皇様の深い御慈悲と、右大臣、不比等様の寛大な御措置に、心から感謝申し上げ、なお一層、忠勤を励まなければなるまいて。」

おや、これもまた何処かで聞いた事のある物言いだと、タカは記憶を辿ったが、それが、この度の朝貢に際して受けた、薩摩国守や大宰帥の、あの尊大で恩着せがましい訓辞と同じである事を思い出すのに、それ程時間は掛からなかった。自分たちと同じ仲間でありながら、大和の都で長く暮らしていると、言葉の抑揚だけではなく、物の考え方まで、朝廷風に染まってしまうのであろうか？　だが、この大和の都で隼人の訳語に成りたい自分としては、言葉の抑揚が大和風に染まる事はむしろ望んでいるとしても、この年老いた左大衣にように、魂の奥底まで、天皇や朝廷に屈服してしまう事だけは避けたい。自分は、誇り高い海の民、海神と山神を頂く不屈の民、阿多人の子孫なのだ。あの火振りの祭の日、金峰山でウシと交わした固い誓いが、ふと懐しく思い出される。根っからの大和嫌い、都嫌いのウシは、今頃どうして居るだろう？　ヒメと同じように、クメにもややがもう出来たのではなかろうか？

「おおそうじゃ、そなたたちが今休んで居る、この大きな槻《つき》の広場は、われらが隼人縁《ゆかり》の場所でな。

口にするのも恐れ多い天武天皇様の御代にもその皇后、持統天皇様の御世にも、朝貢隼人たちは、ここで手厚くもてなされたものじゃった。わしはもう五十を越えてしもうたが、その時代からずっと訳語の役目を果して来たので、その光景は一つ残らずはっきり覚えて居る。この大きな槻の下で、大隅隼人と阿多隼人が相撲を取ったり、舞を舞ったり、禄を賜ったり、それはそれは、華やかで厳かな宴であったよ。もっとも、相撲の方は、わしら大隅の方がいつでも阿多には勝ったがな。

おお、そうじゃ、今、ふと思い出したが、持統天皇様の御世に、時の筑紫大宰、粟田朝臣真人様から、百七十四人もの隼人たちが献上されて来た時は、いつにも増して、賑やかな宴であったよ。その時、引率して来た隼人訳語が、わしの実の弟でな。今でも大宰府に仕えて居るがの」

「大隅忌寸和多利様ですね。大宰府でお会いしましたが、やはりご兄弟だったのですね。それで思い出しましたが、その時の隼人は、最初は二百余人だったと、言葉少なに語っ

て居られました。私は、隼人司や訳語の事をもっと詳しく知りたかったのですが、それ以上は何も語っては頂けませんでした。」

「あゝ、弟は相変わらずのようじゃな。

ここだけの話じゃが、当時の筑紫大宰、粟田朝臣真人様は、中々の御仁《ごじん》での。口にするのも恐れ多い天武天皇様の後に、皇位を継がれた持統天皇様の即位の御祝いに、いろいろな貢物と一緒に、隼人二百余人を献上されたのじゃが、その旅の途中、安芸国で疫病に罹《かか》っての。三十人以上が命を落してしまったのじゃ。

日の出の勢いの持統天皇様の御即位に際し、隼人たちを引率するよう命じられたのは、他ならぬわしの弟だった故、本人は裏目に出たその不吉な事件をひどく気に病んでな。幸い、処罰は免れたものの、それ以来、大和の都へ帰って来ようとせんのじゃ。もっとも、わしが生きている限り、弟が、隼人司、左大衣に成れる見込みは先ず無いがの。この度の、タカ殿たちの朝貢も、来年の遷都の御祝いに、大宰師となられた粟田朝臣真人様が、またしても仕組まれた行事であろう。重ね重ね因果な巡り合わせじゃ。

話せば長くなるが、わしと弟は、壬申の乱の後、神と崇められた天武天皇様に、尊い忌寸《いみき》の姓《かばね》を賜った大隅直《あたえ》の双子の兄弟でな。天皇家と朝廷には、言葉では尽くせぬ程、深い恩義を感じて居る一族じゃ。真面目な弟の気持も分からぬではないが、正直や良心だけでは、今の世を生き抜いては行けないでな。タカ殿も、隼人訳語に成りたければ、今少し世渡り上手になられるが良い。われ等隼人が、大和の都で人並みに生きて行くには、権力の座にある人に従うのが一番じゃ。タカ殿も、そのうち分かって来るであろう。」

相変わらず、問わず語りに、自らの思い出や身の上を延々と喋り続ける左大衣、乎佐には、実はその二日前、播磨国で落伍した十五人の朝貢隼人たちの変事が既に知らされていた。その不吉な報《しら》せをタカには明かさなかったのは、衛門府から厳しく口止めされていたからだけではなく、大和の都に出て来たばかりのこの隼人の若者に、若き日の自分たち兄弟の面影がいつの間にか重なったためでもあった。若者に夢は付き物だが、厳しい現実の前にいつかは破れて行くのもまた夢なのだ。

先刻から、世故《せこ》長《た》けた年寄りの口振りで、この初対面の若者に、分別臭い教訓をいろいろ垂れてはいるが、この自分にも、青年らしい数々の夢、柔らかい真っ直ぐな心、そして、力に満ち溢れた身体などとともに生きた日々がかつて有ったのだ。衛門府の話では、その変事は、明日、朝貢隼人たちが朝廷に参内した時、民部省から正式に知らされるとの事だったので、上司の命令に敢えて背いてまで、自分の方から今ここで、口に出すまでもないであろう。夢を見るのは、一日でも長い方が良いのだから。

一方、左大衣、乎佐の長広舌《ちょうこうぜつ》にひたすら聞き入っていたタカは、目の前のこの人物と、大宰府で出会ったあの年老いた訳語が、双子の兄弟であった事に、最初は素直に感動したが、この人和の都で隼人訳語を目指す自分のささやかな夢に、いきなり水をさすようなこの隼人司の官人の忠告には、軽い反発も覚えた。かつて、引率した隼人たちを死なせた事に強く責任を感じたと言う大宰府の弟の方には、未だ少しは同情出来るとしても、強者に靡《なび》く生き方を露骨に勧める隼人司の兄の方には、どうしても心の距離を感じてしまうのだ。

それに、骨の髄まで都風に染まっている兄の方は、大和の都へ朝貢して来たタカたちの仲間を一応歓迎する振りをしているが、何かもっと秘密な事を隠して居るような気がしてならない。幼馴染のウシが言い張っていた事はどうも本当のようだ。大和の官人たちは、威張り腐っているだけではなく、いつも何か陰険な事を企んで居る様子も見え隠れする。薩摩国で出会った、右大衣、羽志様は、この人物に何でも相談せよと言って下さったが、これからは、決して本心は明かさないようにしよう。

その日の夕刻、隼人司、左大衣、大隅忌寸乎佐が、甘樫丘《あまかしがおか》と呼んだ西側の小高い丘に、初冬の太陽が沈み始めた頃、槻《つき》の大木の周囲に休息していた朝貢隼人たちは、その麓を流れている小さな川に移動して、男も女も、思い思いに、体を清めた。ヒメとタカが世話してきた阿多郷の二頭を除いて、ここまで同行して来た牛たちも、明日にはこの広場で隼人司の使部《しぶ》たちに引き渡さなければならないので、特に念入りに洗ってやった。タカも、他の仲間たちに混じって、久し振りに清々しい水の感触を心ゆくまで楽しんだが、初冬の夕刻の、この地は、さすがに肌寒い。

それにしても、飛鳥川と呼ばれているらしい、この川の狭さにはいささか閉口する。朝貢隼人たちが一斉に身を浸すと、水の流れがすっかり消えてしまう程、せせこましいのだ。それはこの四十数日間、辿って来た諸国のどの川よりも、余りにも狭苦しく、みすぼらしい感じがする。左大衣、乎佐様の話では、この狭苦しい飛鳥の地で、昔から大きな出来事がいくつも起ったらしいが、荘厳な飛鳥寺や天を衝く槻《つき》の大木は別にして、甘樫丘《あまかしがおか》と言い、飛鳥川と言い、この辺りの自然は余りにも平凡でいさかか貧弱過ぎるのではないか？

　こんな有り触れた狭い地域から、日本全体を統治する強大な権力が生れたとはとても信じられない気がする。そして、これまでも度々、朝貢を命じられたタカの先輩たちが、長途の旅を続けて、他ならぬこの地に辿り着き、天皇の饗《あえ》を賜ったと言うのだ。大和の都で隼人訳語に成る事ばかり夢見続けている若いタカも、さすがにそんな昔の時代にも思いを馳せずには居られない。

　その夜、飛鳥寺の周囲を取り巻く回廊に宿泊を許された朝貢隼人たち全員に、いつの間にか数の増えた隼人司の使部たちから、取り敢えず、一人当て黒米三升と塩三勺が支給された。さらに、女たちには、いずれ絹の布が与えられると通告された時、生れて初めて見た大和の都の風物や昔の出来事に心を奪われていたタカも、再び、絹の裳を着て朱雀大路を歩きたいと頻りに願っていたヒメの事を、無性に懐しく、そして、少し哀しく思い浮かべた。

　播磨国のあの森の中で、他の十四人の仲間たちとともに臥せているヒメは、今頃、どうしているだろう？　残された食《じき》や水で、疫病を癒す事が出来たであろうか？　ヒメは、大和の都に無事に辿り着けたならば、黒米の握り飯を思う存分食べたいと頻りに言っていた。今夜は、ヒメの分まで取って置いてやろう。いずれ配られる絹の裳を着て、朱雀大路を晴れやかに歩くヒメの姿を、一目見たいものだ。

　播磨国のあの森の中に、十四人の仲間の長として残されたヒメにさまざまな思いを馳せているタカの耳に、耳慣れない、厳かな梵鐘の音が、不意に飛び込んで来た。飛鳥寺の夜の勤行《ごんぎょう》が始まったのであろう。今夜はやっと四十数日振りに、空の見えない屋根の下で、ぐっすり眠る事が出来るのだ。タカは、支給された黒米と塩を、ヒメを抱く時のように、何度も強く握り締めた。

タカが、ヒメはじめ十五人の仲間全員の死を知らされたのは、翌、十月二十六日の早朝、総帥、薩摩君須加に率いられた朝貢隼人百八十八人と共に、朱雀大路の両側に展開した数百の騎兵たちの仰々しい出迎えを受けながら、藤原宮に参内し、民部省主計寮による人数と貢物の点検を受け始めた時であった。

その訃報は、朝貢隼人たちが藤原京に到着した日の二日前、播磨国府の早馬によってすでに民部省にもたらされていた事、十五人の遺体は、播磨国府によって現場に丁寧に葬られた事、そして、その不吉な知らせは、元明天皇のその日の謁見が終るまでは、誰にも口外してはならない事、等を、最初に告げられたのは、当然の事ながら、総帥、須加であった。民部省の主管の官人から、事の次第を事務的に知らされていた須加は、密かに恐れていた事態であったとは言え、それがまさしく現実のものになって見ると、その衝撃の大きさに一人では耐えられない程、心の動揺を覚えた。

誰かに語りたい、その言いようのない悲しみを皆と分かち合いたいと、須加は、何度も強い衝動に駆られたが、その度に民部省の官人の厳しい通達を思い出し、元明天皇の謁見を済ますまでは、自分一人だけの胸に何としても仕舞って置こうと必死で堪えた。だが、貢物の点検の順番を待っているタカの、希望に溢れた姿が目に入った時、そんな総帥の決意は少しずつ揺らぎ始めた。

この度の朝貢の旅は、何とか一応の目的を達成しはしたが、故郷の阿多で、夫婦となったばかりのタカとヒメには、総帥として、償い切れない程の負い目がある。とくに、ヒメには、女としても、タカの妻としても、耐え難い辱《はずかし》めを強いたし、病気の仲間たちの長としての役目も重ねて押し付けた。だから、厳しく口止めされたとは言え、皆に知らせる前に、タカにだけは、あのヒメの訃報を告げて置きたい。意を決した須加は、点検の準備でごった返している朝貢隼人たちの群れから、少し離れた広場の一角に、タカを誘った。

総帥、須加の徒《ただ》ならぬ様子に、タカは、一瞬、不吉な予感を覚えたが、その口から告げられた事実は、タカの想像を遥かに絶するものだった。

「…何もかも、総帥たるわしの責任じゃ。ヒメには、重ね重ね難儀をかけた。タカよ、済まぬ、済まぬ、この通りじゃ。」

「…」

愛しいヒメがややと一緒に死んだ！　十四人の仲間とともに、播磨国のあの森の中で果てたのだと自分自身に言い聞かせようとするが、余りにも突然過ぎて、タカには、次の言葉がどうしても浮かんで来ない。

ほんの二ヶ月前、阿多の浜辺で夫婦になったばかりのヒメ。長い朝貢の旅を続けながら、日に日に妻らしくなって行ったヒメ。朝貢隼人全体のために、安芸国の官人たちに進んで身を任せたヒメ。疫病に罹《かか》った仲間たちを救いながら、自分自身も病んでしまった身重のヒメ。そして、大和の都へ着いたなら、歌人に成り、絹の裳を着て、朱雀大路を歩くのが夢だったヒメ…そんな愛しいヒメがやや共ども、もうこの世に居ないとは、どうしても信じられないのだ。

だが、余りにも突然の出来事に、呆然となったタカの状態も、ほんのしばらくしか続かなかった。我に返ったタカの目に、あの日ヒメにしたように、今度は自分に向って地面に身を伏せようとする総帥、須加の姿が飛び込んで来たのだ。タカは総帥たる須加には決してして欲しくないそんな振舞を慌てて押し止めた。

「何をなされます、須加様。死んだのは、ヒメ一人ではありません。十四人の仲間たちも、亡くなったのです。ヒメも、皆の役に立つ事が出来て、本望だったでしょう。ここは、もう厳かな朝廷の中です。そのような振舞はどうかお止め下さい。」

「有難う、タカよ。そう言って呉れると、わしも少しは気が楽になるが、この度の朝貢については、総帥として必ず責任を問われるであろう。貢物の数はどうやら揃える事が出来たが、朝貢の人数を十五人も減らしてしまったのじゃからな。それに、ご禁制の牛殺しまで命じてしまった故、厳しい処罰は免れまい。わしは疾うに覚悟を決めて居る。いかなる極刑でも進んで引き受けるつもりじゃ。ヒメと十四人の仲間たちの供養のためにもな。」

総帥、須加とタカが、まるで実の親子のように、暖かく心を通わせていた間、待機していた朝貢隼人たちの間では、民部省主計寮の官人たちによる厳格な点検がすでに始まっていた。それは、諸国の調庸物の収受に慣れ切った、いかにも大和朝廷の官人たちらしい、執拗で非情な照合作業だ。薩摩国十一郡の長たちは、隼人司、左大衣、大隅忌寸乎佐の立ち合いの下、それぞれの郡の報告を始めたが、中には、事前に提出していた目録と、持参した貢物の数とが合わず、官人たちの叱責を受けている者も居る。

民部省主計寮の官人たちによる、貢物の厳格極まる点検作業がようやく終ったのは、朝貢隼人たちが、見上げるように高く、豪華な藤原宮朱雀門を初めてくぐってから一時《いっとき》（約二時間）以上経った頃であった。だが、総帥、薩摩君須加だけは、その後も、民部省主計寮の長《おさ》らしい人物に、詳しい報告を強いられている様子だ。播磨国での疫病の模様や、帯同した牛一頭の屠殺の事情などを詳しく問い質《ただ》されているのであろう。貢物の点検を受け終わった他の仲間たちと共に、その後に予定されている元明天皇の謁見を待ちながら、タカは、さまざまな出来事が起った四十数日の長い旅を一気に振り返ってみたが、それは、現実の事ではなくて、ヒメの死をはじめ、何もかも白昼夢のように思われてならなかった。

藤原宮大極殿で、元明天皇の短い謁見を受けた朝貢隼人たちは、午《うま》の刻（午前十二時）近く、再び朱雀門をくぐり、朱雀大路に出た。十月末の大和の空は、一応晴れてはいるが、狭い盆地を取り巻く山々との境界もはっきりしない程、灰色に霞んでいる。朱雀門から南へ真直ぐ延びている朱雀大路を見渡すと、その朝早く、大路の両側に物々しく整列して彼等を出迎えた数百の騎兵たちの姿も、その異例の仰々しい歓迎振りを一目見ようと大路の両側の端に集まって来た大勢の京民たちの姿も、いつの間にか、すっかり消え失せていた。時折、家財道具を荷車で運ぶ京民たちと行き逢う事もあるが、彼等は、遷都の準備にかまけて、朝貢隼人たちの長い列に好奇の視線を向ける余裕などないのであろう、誰もこちらを見向きもしない。

だが、その朝早く、朝廷に参内する時には、路の両側に整列した数百の騎兵や、蝟集した見物人たちのせいで、それ程広大とは見えなかった、この朱雀大路も、人影が絶えた今では、道路と言うよりも、まるで広場と呼ぶ方がふさわしいと、タカには感じられる。それは、一見した所、幅八丈程はあろうか？

その前日、通過した横大路や下ツ道などとは比較にならない程、大きく広い路だ。その朱雀大路を、隼人司、左大衣、大隅忌寸乎佐が、藤原京の「表通り」だと誇らしく形容した理由が、今分かった気がする。

それにしても、藤原京第一の「表通り」に漂っているこの微かな糞尿の匂いは、一体どうした事であろう？ その朝早く、藤原宮に向った時には騎兵たちの物々しい歓迎振りに緊張していたせいで、殆ど気付かなかったが、朱雀大路を南下して行く朝貢隼人たちの背後から、時折、吹き付ける北風のせいであろうか、明らかに糞尿の匂いと分かる不快な悪臭が、絶えず鼻腔を刺すのだ。それは、タカたちが、この四十数日間、旅を共にした牛たちの糞便とは全く違う、人間臭い生活の匂いである。

こんなに不潔な朱雀大路を、絹の裳を着たヒメが歩いたとしたら、どんなに失望したであろう？ いや、それでも、ヒメは、何としても生き延びて、この大和の都を一目見たかったに違いない。そんな思いに、またしても沈みながら、歩を運んでいるタカの耳に、総帥、須加と並んで列の先頭を歩いている、左大衣、乎佐の例の多弁が再び聞こえて来た。

「いやあ、この嫌な匂いが、藤原京の唯一の欠点でな。口にするのも恐れ多い天武天皇様の御遺志

をついで、皇后、持統天皇様が、それこそ精魂込めて御造りになった都じゃったが、この悪臭だけはどうされようも無いと聞いて居る。これより北の平城《なら》の地へ都を移される事になった理由はいろいろあるが、この悪臭もその一つだと専らの噂でな。
　それもじゃが、元明天皇様の、本日の御謁見には、わしもすっかり感激致した。わしは衛門府隼人司、左大衣として、先々代の持統天皇様の御代から隼人訳語の役目を仰せ付かって参ったが、この藤原京で朝貢隼人たちが、こんなに盛大な出迎えを受けた上に、あんなに打ち解けた御謁見が行なわれた事は一度も目にした事が無かったよ。
　これも偏《ひとえ》に、女性《にょしょう》であられる元明天皇様の深い御慈愛と、情深く気さくな右大臣、正二位、藤原朝臣不比等様の、寛大な政《まつりごと》の賜であろう。まことに有難いかぎりじゃ。
　何よりも先づ、本日、わしが最も驚嘆し感激したのは、慈悲深く御聡明な元明天皇様の、あの異例の御下問じゃ。隼人の女たちの青い服は何で染めてあるかと、いかにも女性らしい御尋ねであった。余りの突然の事で、わしは通訳しながら、夢ではないかと、思わずわが身を抓《つね》ってみた程じゃ。

それに、上辺を飾らない右大臣、不比等様からは、本日、参内した皆さんにも、短いながら特別に労《ねぎら》いの言葉を賜った。右大臣、不比等様は、今、この大和の都で、並ぶ者のない権勢の御仁じゃ。その厚い御恩をゆめゆめ忘れてはなるまいて。」

相変わらず、話し出すと止まらなくなる、この年老いた左大衣の多弁を洩れ聞きながら、タカもまた、先刻終ったばかりの、天皇の形式張った謁見の模様を、勝手に舞い上がった左大衣とは反対に、何か物悲しく思い出した。

前日、やっとの事で大和国に入り、藤原京や飛鳥寺の威容に圧倒され続けたタカも、今朝、参内した朝廷で、総帥、須加から、ヒメたちの死を真先に知らされてからは、九州の大宰府などとは比べようもなく広大で豪華な藤原宮の佇まいにも、もうすっかり関心を失ってしまっていた。巨大な広場の北に位置する二層の大極殿も、東西に分かれた廟堂群も、南に開いている二層の朱雀門も、いつものタカなら、目を皿のようにして見惚《みと》れる筈なのだが、今はもうその旺盛な好奇心がどうしても沸いて来ないのだ。

大極殿で、形ばかりの謁見の儀を終えた元明天皇から、侍従を通じて、朝貢隼人の女たちの青い貫頭衣について、異例の御下問が有ったのは、そんな時であった。

それは、いかにも女性らしい細やかな質問ではあったが、そのような公式の席では、凡そ前例の無い突飛な御下問であった。侍従の背後で訳語を務めていた、隼人司、左大衣、大隅忌寸乎佐は、余りにも唐突な出来事だったので、それを隼人の言葉に直す前に、高御座《たかみくら》の傍に控えている右大臣、正二位、藤原朝臣不比等の判断を咄嗟《とっさ》に仰ごうとした。だが、全く意外なことに礼服姿の百官に囲まれた右大臣は、いかにも鷹揚に小さく頷いたのだ。

「遥かな南の海で採れる、数少ない青い珊瑚で染めてございます。」

薩摩国十一郡の、何処かの若い女が、いささか興奮気味の左大衣の通訳を介して、そのように答えた時、タカは、妻のヒメが、もうこの世に居ないのだという、悲痛な現実を今更ながら、厳しく思い知らされた。もし、この場にヒメが居合わせたとしたら、元明天皇のその女らしい繊細な質問に答えるべき隼人の女は、ヒメ以外には有り得なかったであろう、と人知れず思ったからだ。ヒメのそんな晴れがましい役割は、タカだけではなく、ヒメの勇気と献身を知っている仲間たち全員がきっと認めたであろう。

一方、先刻から、相変わらず多弁な左大衣と並んで、一行の先頭を歩いている総師、須加もまた、タカとは違った出来事のために、悲痛なもの思いに沈んでいた。

朝貢隼人たちが、民部省主計寮の官人たちによる人数と貢物の厳しい点検をようやく受け終り、藤原宮の広大な広場の片隅で、元明天皇の謁見を待っている間、総師、須加だけは、官人たちの長らしい朝服姿の人物に、執拗な質問を受け続けたのだが、全く意外な事に、その尋問をずっと通訳していた、この左大衣の口から出た結論は、一切咎《とが》め無し、であった。播磨国で十五人の朝貢隼人を病死させた事も、食料確保のために、牛一頭を屠殺した事も、大宝律の掟に触れる重大な科《とが》ではあるが、今回は、元明天皇の格別の御慈悲と右大臣、藤原朝臣不比等の厚い恩情によって、すべて不問に付されると告げられたのだ。

民部省主計寮の長の査問が余りにも細かく厳しいので、密かに重罰を覚悟し、むしろそれを望んですらいた総師、須加は、一瞬、呆気《あっけ》にとられたが、続いて発せられたもう一つの宣告を耳にした時、それまで抱き続けて来た不安や恐怖など、一遍に吹き飛んでしまう程、強い衝撃を全身で感じた。と言うのも、寛大な処置を告げたばかりの同じ官人の口から、それとは正反対の厳命が発せられたからである……この度朝貢した隼人百八十八人は、来る年の朝賀に参列した後は、そのまま大和に止まって、男女を問わず全員、遷都の労役に従事すべき事。但し、男たちの中から、舎人《とねり》一人、「狗吠《くはい》」の要員二十人を推挙すべき事、但し、舎人以外の人事は、朝賀の儀が終るまでは、全員に伏せて置くべき事、等々。

ああ、成程、そう言う事だったのか!

この度の長い朝貢の旅の間ずっと、総師としての責任にばかり気を配っていた、真面目な須加も、この時初めて、その朝貢の本当の狙いが何処に在ったのかを、思い知らされた気がした。朝貢の旅に出発する時、薩摩国守から、途中で大宰師から、それぞれ恩着せがましく、尤もらしい訓辞を受けた時、すでにこのように仕組まれていた事に早く思い至るべきであった。大和の朝廷に反抗した自分に、朝貢の総師としての役目が命じられたのも、単なる懲罰や報復のためではなく、晴れがましい朝賀に参列させるという形ばかりの名目で、薩摩国の隼人たちを、大和の都へ召し出して、遷都の辛い労役に利用するためだったのだ。

そう言えば、昨日、宿所の飛鳥寺の西の広場で、北国の蝦夷《えみし》たちの姿を初めて目にした時、遷都のため諸国から徴発された役民たちの中には、労役の余りの厳しさに耐え切れず、逃亡する者が後を絶たないと、あの多弁な左大衣が、それとなく洩らしていた。あの蝦夷たちもまた、我等隼人と同じように、その穴埋めに利用されるのであろう。

それにしても、大和の朝廷とは何と不気味で陰険な所であろう！　天皇に仕える官人たちは、かつて大宰府と戦った時、思い知らされたように、武力に秀い出て居るだけではなく、知力や策謀に於いても、我等とは段違いだ。拝謁を賜った元明天皇も、そんな官人たちの頂点に位《くらい》して居られるのだから、恐らく並みの女性ではないのであろう。朝貢隼人の女たちに、女帝らしく、青い衣服の染め方など、やさしく尋ねて居られたが、その裏には、朝廷の百官や天下の万民を畏怖させる、もう一つの恐ろしい顔を隠して居られるのであろう。

おお、そうだ、今はこんな政の世界に思いを馳せている場合などではない。飛鳥寺に着いたならば、この四十数日間、辛苦を重ねた仲間たち全員に、ヒメ以下十五人の死を告げなければならないし、来年の朝賀が終ったならば、それ以上に、衝撃的な遷都の労役の命令を伝えなければならないのだ。幸い、自分自身は、覚悟していた重罰は一応免れはしたが、総師とは言え、何と気の重い、嫌な最後の役目であろう。

そんな重苦しい思いを抱きながら、初冬の朱雀大路を南下しつつある総師、須加の目の前に、いつの間にか、甘樫丘に連なる小高い丘が迫っていた。突き当りを左に曲がって、飛鳥川を渡れば、今夜の宿所、飛鳥寺はもうすぐだ。

命じられた舎人一人は、やはりタカが最適であろう。大和の都へ着くまでは、予想もしなかった人事だが、隼人訳語などとは違って、舎人はとても名誉な高い身分だと、予《かね》て聞いて居る。タカの父、阿多君比古は、歴とした阿多郡主政だし、その資格は十分に有るだろう。それに、舎人となって王臣に仕えれば、都や朝廷の事情も、誰よりも早く、そして良く知る事が出来るし、隼人訳語に成るにも一層有利になるに違いない。それに、その昔、我等隼人の祖先たちは、歴代の天皇や皇子たちの身近に仕えていたと、阿多郡の古老たちから伝え聞いた事もある。

その上何と言っても、今回の朝貢では、タカとヒメの夫婦には、総師として、償い切れない程の大きな負い目があるのだ。だから、播磨国で命を落したあのヒメのためにも、タカには倍も報いてやらなければならない。タカがどういう反応を示すか予想も出来ないが、遷都の重労働ではなく、高い身分の舎人なら、何とか納得して呉れるのではなかろうか？　そうすれば、総師としての自分の負い目も、少しは軽くなるかも知れない。

気が付けば、初冬の午後の太陽の光を浴びて、黄金色に輝いている飛鳥寺の五重塔がすぐ目の前だ。ふと振り返ると、長途の旅に疲れた足を引き摺りながら歩いている仲間たちの長蛇の列の中程に、まるで別人のように肩を落したタカの姿がはっきり見分けられた。今夜、あの若者とじっくり語ってみよう。列の先頭を行く総師、須加の足取りが、急に軽くなり始めた。

第八章　朝賀

和銅三年（七一〇年）、春正月一日、丑《うし》の刻（午前二時）過ぎ、藤原宮の東西の朝集殿は、恒例の、朝賀の点呼を受けた五位以上の礼服姿の官人たちで賑わっていた。広い室内は、あちこちに点された灯明で僅かに明るいが、建物の外は、今なお漆黒の闇だ。藤原宮内で、火気を用いて暖を取る事は厳しく禁じられているので、元日の大和平野の寒さは殊の外骨身に沁みる。だが、間もなく東の空が白み始めれば、晴れ渡った青空の下、恒例の朝賀の儀が、厳かに、そして賑々《にぎにぎ》しく、営まれるであろう。その期待感からか、この高位の官人たちの表情は、皆一様に明るく、談笑の声もいつになく弾んでいる。

左将軍、大伴宿禰旅人《おおとものすくねたびと》は、昨年の人事で、正五位上に昇任したばかりなので、兵部省の他の将軍たちと一緒に、先刻から、東の朝集殿に待機していた。その顔触れは、彼の直属の部下、左副将軍、従五位下、穂積朝臣老《ほづみのあそみおゆ》、右将軍、正五位下、佐伯宿禰石湯《さえきのすくねいわゆ》、その直属の部下、右副将軍、従五位下、小《お》野朝臣馬養《ののあそみうまかい》と言った面々だ。皆、いずれも五位の身分なので、冠をはじめ、浅緋《うすあけ》色の袍《ほう》、白色の袴、象牙の笏《しゃく》などすべて、元旦朝賀の礼服で身を包んでいる。だが、周囲に満ちている朝賀の華やいだ雰囲気とは不釣合いに、彼等の話題は、前年八月、征越後蝦夷将軍として勇躍凱旋した、右将軍、佐伯宿禰石湯の、武人らしい手柄話で持ち切りだった。

「いやあ、副将軍、紀朝臣諸人《きのあそみもろひと》殿と二人、宮中に参内して、戦果をご報告申し上げたが、大君様も、右大臣様も、殊の外、御喜びであった。大君様には、直《じか》に労いの御言葉を賜った上に、特別な禄まで手厚く頂いた。さすが、口にするのも恐れ多い天智天皇様のご息女じゃ。女性《にょしょう》ながら、軍事にも、服《まつろ》はぬ者どもにも、深い関心を御持ちであられる。

都へ引き連れて参った蝦夷の俘虜たちの中に、女も数人含まれていると申し上げた所、衣服の事まで詳しく御尋ねであったが、わしは、その方面は全く不案内故、副将軍殿に御任せした。あのように御聡明な大君様を頂く我々百官、何にも増して心強いし、天下の万民も何より幸せであろうよ。」

東の朝集殿の上座に待機している四人は、頭に白い物が混じり始めた大伴宿禰旅人が四十五歳で最年長、次に、赤ら顔の佐伯宿彌石湯が四十歳になったばかり、穂積朝臣老と小野朝臣馬養は、未だ三十歳代の白面《はくめん》の若い将軍たちである。大宝律令が施行されて丁度十年。過ぐる天武天皇の御代に制定された「八色《やくさ》の姓《かばね》」の権威が、依然として幅を効かせているとは言え、官人たちの朝廷での序列は、今では新しく官名と位号によって表示されるようになっている。

今、一座の話題を独り占めしている佐伯宿禰石湯も、その恩恵を蒙っている一人だ。と言うのも、宿禰という姓《かばね》の点では、以前ならば、朝臣姓を持つ若い穂積老や小野馬養にも劣るのだが、右将軍、正五位下という官名と位号の点では、今では若い二人の将軍に優越しているからである。雑談の口調がともすれば長上官風になり勝ちなのはそのためであり、しかも遠い越後の国から、目覚ましい戦果を上げて凱旋したばかりなので、余計鼻息が荒くなってしまうのだ。

一方、左将軍、大伴宿禰旅人は、官名の点でも、大伴氏の一族が、昔ながらの朝廷第一の名門氏族である点でも、さらに、その父、正三位、大伴宿禰安麻呂《やすまろ》が、今や大納言の要職に在る点でも、本来ならば、それなりの深い敬意を表しなければならない相手である。それにも拘わらず、この朝賀の待機の席で、左将軍の旅人をいつの間にか差し置いて、つい自分を押し出してしまったのは、同じ宿禰姓を頂きながら、前年の軍役では、征越後蝦夷将軍として、血生臭い実戦を経験したという武人としての誇りと自信を秘かに抱いていたからである。

「蝦夷《えみし》はとても強くて、飛ぶ鳥のように山に登り、逃げる獣のように野原を走ると聞いて居りますが、実際には如何でしたか?」

「蝦夷の男は、父子兄弟の区別が無くて、互いに裏切り、徒党を組んでは、境界や良民を犯すそうですが、女どもはどんな暮らしをして居りましたか?」

天下を分けたあの壬申の乱（六七二年）の数年後に生まれ、四十年近く続いた平和の卜で育ち、およそ干戈《かんか》を交えた経験のない若い将軍たちにとっては、遠い越後の国まで遠征し、多数の蝦夷を俘虜にして都に凱旋した、この年長の将軍は、まさしく英雄だ。二人は、まるで理想の英雄に憧れる少年たちのように、目を輝かせながら、戦場の模様を矢継ぎ早に尋ねる。

「なあに、蝦夷どももそんな奴等ばかりではない。わが大君様の御聖徳を慕い、土地の産物を献上しようとする善良な輩も中には居るのじゃ。ところが、この度、越後の蝦夷どもは、大君様に服《まつろ》はぬばかりか、朝貢までも拒み続けた故、皇軍《すめらみくさ》の武力によって懲罰を加え、多数の俘虜を戦利品として、都へ引き連れて参ったのじゃ。

口にするのも恐れ多い天武天皇様が、かつていみじくも仰せられたように、政《まつりごと》の要は何と言っても軍事ぞ。北や南の服はぬ者どもには、決して甘い顔をしてはならぬ。皇軍の威力を思い知らさねば、奴等はいつまでも王化に服しはせぬ。今は、幸い、太平の御代じゃが、いつかまた、奴等と干戈《かんか》を交えねばならない時が必ず来る筈じゃ。そこもとたちも、その時に備え、武人としての心構えを、常日頃からしっかりして置く事じゃな。

おお、蝦夷の女の話が出たが、目合った若い兵士たちの噂では、毛深い上に、情も濃いそうじゃ。わしにはもうそんな元気はとても無いがな。」

若い二人の副将軍と、ますます先輩面をひけらかす右将軍との間で、そんな長話が頻《しき》りに交わされるのを傍らで聞き乍ら、最年長の左将軍、大伴宿禰旅人は、相変らず口を閉ざしたままだ。それは、朝廷最古の有力な軍事氏族として、他の将軍たちとは別格なのだという特権意識のためばかりでなく、三人の若い将軍たちの戦《いくさ》談義が余りにも単純で子供染みているせいでもある。

おいおい、前の年の蝦夷征討は、そんな上辺だけの目的で行われたのではないぞ。越後国とその周辺の蝦夷たちが、武力で反乱を起した訳でもないのに、東国の遠江・駿河・甲斐・信濃・上野、それに、隣国の越前、越中などからも、多数の兵士を動員し、大勢の俘虜を手に入れたのは、本当は何のためだったか、未だ分からんのか？　今年は、律令制定から十年、三月には、北の平城《なら》の地へ遷都も行われる大事な一年だ。本日の朝賀に際し、南の隼人と並んで北の蝦夷を参列させる本当の狙いは、その政の大義を天下に知らしめる事に有るのだぞ。そして、それが終れば、両方とも人手の足りない遷都の労務に当てる手筈になって居る。

右将軍、佐伯宿禰石湯が言うように、昔から政の要が軍事である事は確かだが、今はもうそれだけで事の済む時代ではない。これまでと違って、政は全て、朝廷から発せられた数々の律と令に従って厳格に、しかも、万民を前にして賑々しく行われる時代になったのだ。若いお前たちは、将軍として、軍事にばかり関心を抱いて居るようだが、そんな近視眼的な考えにばかりこだわっていると、いつの間にか新しい時代の流れに乗り遅れてしまうぞ。

左将軍、大伴宿禰旅人の、朝廷最古参の氏族らしい、しかも年寄り臭い、そんな分別を余所《よそ》に、若い将軍たちの戦談義は、ますます熱を帯びている。

「北の蝦夷どもは、去年の秋、勇猛な右将軍様に、残らず征伐されましたが、南の隼人どもは、どうなりましょうか? 去年の冬の初め、朝貢して来た隼人たちは、大部くたびれている風でしたが……」と食い下がるのは、若い右副将軍、小野朝臣馬養だ。

「南の隼人どももも、北の蝦夷どもと同様、大君と朝廷の威光に従わぬ「化外《けがい》の民」である事に変りはない。これまでも度々、武器を手にして皇威に逆らって来た事は、皆も良く承知して居ろう。だから、何時また、謀叛を起すか知れたものではない。油断は禁物じゃ。

そう言えば、大宝二年、薩摩の隼人どもを征伐した時には、そなたの叔父御《おじご》、大宰大弐、小野朝臣毛野《けぬ》殿が将軍、わしの従兄、大宰少弐、佐伯宿禰大麻呂が副将軍であったの。尤も、あの時は、九州の軍団ばかりで、わしの蝦夷征討とは比べ物にならない位、規模は小さかったと聞いて居る。あれか

ら、八年にもなるが、こうしてまた互いに同じ役目を引き受けて居る。まことに因果な巡り合わせじゃ。」

軍事以外には全く関心の無いらしい、他の将軍たちの長たらしい会話に、いささかうんざりしながらも、去年の十月末、朝貢してた隼人たちの話が不意に割り込んで来た時、気位が高く分別臭い老将軍、大伴宿禰旅人にも、左将軍として、諸国の騎兵五百騎を率いて、彼等を出迎えたあの日の光景が、さすがに生々しく蘇って来た。

そうだ、あの日も、同じく、この四人の顔振れであったたな。

兵部卿、従四位下、息長真人老《いきながのまひとおゆ》様から、朝貢して来た薩摩国の隼人どもを騎兵五百騎を率いて朱雀大路で出迎えるよう命令が下ったのは、確か、去年の九月半ばだったと記憶する。

天下を分けたあの壬申の乱以降、南の隼人どもは、度々、大和の都へ朝貢して来るようになったが、皇軍が整列して隼人どもを出迎えると言うような大袈裟な儀式は、口にするのも恐れ多い天武天皇様や、次の持統天皇様の御代でさえ、ついぞ無かった筈だ。

抑々《よくよく》、九州南端の隼人どもは、朝廷に仕えているとは言っても、衛門府隼人司に属する下僚《かりょう》ではないか。大君様と朝廷を御護りする役目という点では、わが兵部省も、衛門府と全く同格なのだ。そんな隼人どもを、幾ら遥々と本国から朝貢して来るとは言え、我々兵部省の将軍たちが何故仰々しく出迎えなければならないのか、どうしても納得出来ない。それではまるで、新羅のような外国の使節並みの、特別な処遇ではないか！

そこまで、去年の出来事を振り返り乍ら、左将軍、大伴宿禰旅人は、その理屈っぽい疑問と抑え難い不満を、大納言、正三位たる父、大伴宿禰安麻呂《やすまろ》にぶっつけた日の事もまたふと思い浮かべた。

未だ二十代だった若き日々、一族の馬来田《まぐた》や吹負《ふけい》とともに、あの壬申の乱で活躍した父も、今では既に六十代半ば近く、もうすっかり頭に霜をいただいている。そんな老躯ながら、相変らず大納言という太政官の要職を占め続けている父の姿は、長子たる旅人の目にさえも、何となく痛々しく感じられる今日この頃であったが、その年老いた父が、いつになく気負った口調で、嫡男旅人に諭《さと》したのだ。

「今更言うまでもない事じゃが、旅人よ、わが大伴一族が、大君の醜《しこ》の御楯《みたて》として、他の氏族たちの上に立っていたのは、もうずっと大昔の事じゃ。かつては尊貴この上もない大君の下、物部氏とともに、天下を二分して居ったものじゃが、今では、ほれ、あの御方の後塵を拝している始末よ。

何と言っても、あの御方は、口にするのも恐れ多い天智天皇様から、大職冠の栄誉と大臣の顕位を賜った、藤原朝臣鎌足様の直系だからの。しかも、あの御方は、三年前崩御された文武天皇様の夫人《ぶにん》に、娘を輿入れさせて、天皇家とは深い縁戚の関係にあるでな。いかなる手立てを用いても、天皇家と血の繋がりを持てと言うのが、父御、鎌足様のご遺言でもあったとわしは聞いて居る。

それに引き換え、わが大伴の一族は、大昔から大君様の第一の臣下たる故、天皇家と婚姻を結ぶ事は決して出来ぬ運命にある。尤も、我等大伴の面々は武辺《ぶへん》・無骨が身上、あの御方のような巧みな処世はとても真似出来ぬがな。」

いつの世も、年寄りの話は回りくどく、しかも昔話が多いものだ。この大和朝廷切っての名門氏族、大伴宿禰安麻呂も決してその例外ではない。だが、大納言たる父が、老人特有のそんな話しぶりになり勝ちなのは仕方ないとしても、朝廷におけるわが一族のかつての栄光を新興の藤原氏に奪われた口惜しさを、あの御方という卑屈な言い回しににじませているのを聞く時、その嫡男たる旅人もまた、その父と同じ思いに囚われずには居られない。

「じゃが、あの御方は、仲々、如才無く、腰の低い御仁《ごじん》でな。右大臣、正二位として、大納言、正三位のわしよりも、官職も位階も、一段上でありながら、年長者や由緒ある氏族の面子《めんつ》を立てる事を決して忘れないし、議政官会議でも自説を無理に押し付けようともされぬ。

じゃが、その場が終って、次の会議が始まる時には、あの御方の方針通りに、何時の間にか事が運んでしまうのじゃ。

此度の遷都の議が、まさしくそうであった。

遷都の議が初めて起されたのは、三年前、慶雲《きょううん》四年頃の事だったと記憶して居る。当時は、諸王、諸臣、五位以上の氏族の大半が、無論、わしもじゃが、その議に反対したし、他の誰よりも先づ、文武天皇様より皇位を継がれた元明天皇様御自身が、強く反対して居られた。何しろ、藤原京は、口にするのも恐れ多い天武天皇様と皇后・持統天皇様の夢の都であったからの。

ところが、その年が明けるとすぐに、元明天皇様ご自身が、平城《なら》の地を新たな都とする詔《みことのり》を下されたのじゃ。何故、急にそう言う事になったのか、朝廷の官人なら、上下を問わず、誰でも薄々察してはいたが、皆、何も言おうとはせぬ。

良いか、旅人。これからは、あの御方の天下じゃ。あの一門と事を構えたが最後、いかに朝廷最古の氏族であろうとも、わが大伴一族に未来は無いものと心得よ。わしが、大納言として、右大臣たるあの御方の風下に立ち続けて参ったのも、すべてはわが大伴一族の存命のためじゃ。

良いか、旅人。そちもわしの嫡男として、あの御方が如何に無理無体な命令を下されようとも、ひたすら耐えよ。じゃが、大君様の醜の御楯として、わが大伴の昔ながらの誇りだけは決して失ってはならぬ。これから朝堂に、如何なる事が起ろうとも、大君様と皇室を身命を堵して固く御守りせよ。そして、その旨を、そちの長子にも確と伝えて置け。」

そうか、そう言う事だったのか、と左将軍、大伴宿禰旅人は、やっと納得する。

周囲の官人たちは、誰も表立っては口にしないが、重大な遷都の方針も、あの御方、つまり、右大臣、正二位、藤原朝臣不比等様の意向だったとすれば、朝貢隼人たちを朱雀大路で出迎えるという仰々しい儀式も、あの御方の命令だった事は間違いあるまい。だが、その儀式の素案も、元はと言えば、あの御方と昵懇《じっこん》の、大宰帥、従三位、粟田朝臣真人様から出されたとも、父は言っていた。

そう言えば、かつて、口にするのも恐れ多い天武天皇様の皇后、持統天皇様が即位された時、その御祝儀として、南九州の隼人百七十四人を献上したのも、当時の筑紫大宰、粟田朝臣真人様であったと、父は冷笑気味に洩らしてもいた。だが、年老いた父がいみじくも言ったように、そう言う世故《せこ》長《た》けた振舞は、昔ながらの武門の棟梁たる大伴一族の者たちが、最も苦手とする処世術なのだ。

今は未《ま》だ、左将軍、正五位上の身分だが、自分にもまた、そう言う大伴一族の世渡り下手の血が流れているに違いない。けれども、そんな自分にもまた、いずれ、父と同様、大伴一族の統領としての役目を果さなければならない日が必ずやって来るであろう。そうして、あの御方が未だ御存命ならば、この年老いた父と同じような屈辱と苦悩を味わわなければならないだろう。他の若い将軍たちは、こうして気楽に戦談義などして居るが、大伴一族の統領となるべき自分は、そんな訳には行かないのだ。

あゝ、それにしても、この同じ四人の将軍の顔振れで、朝貢隼人百八十八人を朱雀大路で出迎えた、去年の初冬の日の、あの惨めさと言ったら無かった。

すでにその年の八月、越後の蝦夷征討で一応の武勲を上げた右将軍、佐伯宿禰石湯は別にして、その日の儀式が初めての軍務であった若い二人の副将軍は、まるで初陣に臨む兵士のように、異常に興奮し、不必要に気負っていた。朝貢隼人たちと干戈《かんか》を交える訳でもあるまいに、彼等を出迎えるだけの仰々しい儀式で、何故そんなに血気に逸《はや》らなければならないのだ？

　実戦の経験が無いせいだと言えばそれまでだが、若い将軍たちの高ぶった様子を見るに付け、左将軍、大伴宿禰旅人の、何とは無しの惨めさと憂鬱は募る一方だった。

　その第一の理由は、あの日、二百人にも満たない朝貢隼人たちを、その倍以上の五百騎で出迎えなければならなかったと言う、人数上の著しい不釣合だった。

　去年の九月半ば、兵部卿、息長真人老様から、朝貢隼人たちの出迎えの命が下された時、彼等の人数は、二百三人とされていた。それだけの一行を、倍以上の五百騎で出迎えるだけでも、余りにも大袈裟過ぎると不満に思っていた矢先、朝貢隼人たちが、朝廷に参内した十月二十六日には、何と百八十八人にまで減っていたのだ。それだけに、朱雀大路の両側に展開した五百騎に、物々しい出迎えを受けた朝貢隼人たちは、まるで大勢の勢子《せこ》たちに取り巻かれた兎の群れのように、すっかり怯えていたし、その場の雰囲気は、華やかであるべき歓迎の式典とは全く裏腹に、ひどく見すぼらしく、むしろ滑稽でさえあった。

　もう一つの理由は、兵部省の騎兵たちに先導されて、朱雀大路を藤原宮に向って歩いて来た朝貢隼人たちの、かつて見た事も無いような不様な恰好だった。

　その前日、藤原京に辿り着いたらしい朝貢隼人たちが、どんなに長く苦しい旅をして来たか、知る由も無いが、先頭を歩いている総帥らしい中年の隼人はじめ、彼の後に続く男たちの、今にも倒れそうな疲れた足取り、貢物の余りの重さに押しひしがれそうな両肩、それに、長い行列の所々に混じっている、青い貫頭衣姿の女たちの、野の獣のように薄汚れた容姿は、一体何だ？

それにしても、去年の秋八月、これも兵部卿、息長朝臣老様の命により、同じ朱雀大路で、新羅使節三十余名を出迎えた時とは何と言う違いであろう！ 彼等も勿論、故国の産物を一杯携えてはいたが、金信福と呼ばれた新羅大使はじめ使節団一行は、異国風な身形《みなり》も足の運びも、皆一様に堂々として居り、今日の倍もの大勢の騎兵に出迎えられながらも、それを物ともせず、自信に満ちた表情を決して崩さなかった。

無論、かつてあの大唐をも退けた程の外国、新羅と、国内の「化外《けがい》の民」、隼人とを同一視するのは、明らかに不当だろう。けれども、こうして、新羅使節並みの大層な出迎えを受ける以上、わが大君様の「賓客」らしく、服装も、足取りも、少しはそれなりの品格を保って欲しいのだ。新羅使節たちとは余りにも懸け離れた、こんな見すぼらしい有様では、この日の儀式のために、畿内五ヶ国（大和・山城・河内・摂津・和泉）から急拠駆

り出された、飾り馬姿の五百人の騎兵たちの志気も沮喪《そそう》するばかりであろう。

これもすべて、あの御方の御意向とあれば仕方無いが、長旅で疲れ切った朝貢隼人どもは、五百人の皇軍の騎兵たちに威圧されるどころか、彼等の威容を目に入れる気力も体力も、もはや失くしてしまったかのような、情無い有様だったではないか！　こんな惨めったらしい儀式では、物見高い京民たちに、大君と朝廷の威光を思い知らせようとする、あの御方の企ても、却って逆効果だったのではなかろうか？

左将軍、正五位上、大伴宿禰旅人が、先刻から他の将軍たちの戦談義を黙って聞き乍ら、父・安麻呂の遺言めいた教訓や、あの日の惨めな歓迎式を、ゆっくり反芻していた時、広大な藤原宮の大門の方角から、元日朝賀の開始を告げる大太鼓の、あの重々しい音が響き始めた。それと同時に、同じ朱雀門の方角から、六位以下の官人たちの参内を告げる、例の隼人の「狗吠《くはい》」が朗々と沸き起こった。

気が付けば、元日の朝は、もうすっかり明るくなっている。

「おおう、ひょひょう、おおう、ひょひょう、おおう、ひょひょう！」

あゝ、またかと、左将軍、大伴宿禰旅人は顔をしかめる。この国に二つと無い藤原宮の南に開く朱雀門は、天皇と朝廷の威光を天下に知らしめる最も重要な大門だ。他の氏族たちに先んじてそこを護衛するのが、わが大伴一族の、昔ながらの第一の役目だったのに、その神聖な大門に、いつの間にか、あの隼人どもの、犬の遠吠えのような「狗吠」が響くようになってしまった。かつては朝廷第一の名門であった、わが大伴一族にとって、何と言う屈辱であろう！

だが、元日朝賀をはじめ朝廷の大事な儀式が行われる度に、聞かれるようになったあの「奇声」も、また、あの御方の御意向だと父から聞いた事がある。それもまた、かつて、持統天皇様に隼人どもを献上した大宰帥、粟田朝臣真人様の入れ知恵であろうが、父から忠告を受けたように、如何なる場合でも、あの御方には黙って従わざるを得ないであろう。

「では、方々《かたがた》、そろそろ罷《まか》ろうかの」

右将軍、佐伯宿禰石湯を中心に、先刻からずっと戦談義に花を咲かせていた若い将軍たちは、この日初めて口を開いた左将軍、大伴宿禰旅人の存在にやっと気が付いたように、一斉に会話を止め、彼に向って軽く拝礼した。あらゆる邪気を払うとされる隼人たちの「狗吠」は未だ続いている。四人の将軍たちは、急に威厳を取り戻した左将軍、大伴宿禰旅人を先頭に、他の官人たちの雑踏を掻き分けながら、元日朝賀が行なわれる夜明けの広場へ向けて、ゆっくり歩き始めた。

早朝から延々と続いた、恒例の朝賀の儀式がやっと終わった巳《み》の刻（午前十時）過ぎ、藤原宮の南に開いた朱雀門の周辺は、これから朱雀大路を行進する隼人や蝦夷の集団で、ごった返していた。前の年十月末に朝貢して来た隼人たちは、大路の東側を、同じ八月末に俘虜として連れて来られた蝦夷たちは、西側を行進する予定なのだが、それぞれの訳語の数が少ないせいか、それが仲々徹底しないようなのだ。日頃、よく訓練された騎兵たちならすぐ揃うのだろうが、こういう儀式張った行進には全く不慣れな、総勢四百人近い隼人や蝦夷たちは、出発の刻限が迫っても、相変わらず右往左往している。

この年の三月十日に遷都を控えた大和平野の元日の空は、雲一つ無い青天だ。朱雀大路の右方には、男らしい畝傍山《うねび》が、左方には、女らしい香具山《かぐ》が、もう高く上がった初日の明るい光を浴びて、穏やかな佇まいを見せている。だが、元日のこの晴れがましい行進を指揮しなければならない四人の将軍たちは、そんな風景の事どころではない。

中でも、最も苛立《いらだ》っているのは、前年八月末、自ら拉致して来た北国の蝦夷たちを先導しなければならない右将軍、佐伯宿禰石湯だ。と言うのも、南国の隼人たちは、「遠《とお》の朝廷《みかど》」たる大宰府の命令に一応大人しく従って来たのに対し、北国の蝦夷たちは、武力によって無理矢理連れて来られたためもあって、未だに反抗心を捨て去っていないからである。中には、憎悪と敵意に満ちた鋭い視線を、こちらに向けながら、わざと列を乱している蝦夷も目に入るので、行進の副指揮官たる右将軍、佐伯宿禰石湯の、怒りと焦りは募る一方だ。副将軍、小野朝臣馬養や部下の騎兵たちも、そんな右将軍に叱咤されながら、蝦夷たちの雑踏の間を、忙しく動き回っている。

一方、左将軍、大伴宿禰旅人は、元日のこの異例の行進の総指揮官として、勿論、集団全体に気を配ってはいたが、右将軍、佐伯宿禰石湯ほどは苛立たず、むしろ一寸した解放感さえ覚えていた。それは、蝦夷たちよりはまとまりのよさそうな隼人たちの整列を、初めての晴れがましい任務に張り切っている若い副将軍、穂積朝臣老に、すべて任せてしまったせいだけではない。周囲に満ちている混雑と喧噪とは裏腹に、この総指揮官たる老将軍が一人だけ、ゆったり落ち着いて居るのは、何よりも先ず、すべてが形式張った、あの長ったらしい、恒例の元日朝賀の儀が、先刻、やっと終ったせいでもあった。

毎年の事ながら、新しい年の始めを言祝《ことほ》ぐあの堅苦しい朝賀の儀ほど退屈で嫌な行事は無い。わが大伴氏が、佐伯氏とともに、朝廷の最も重大な儀式の一つである朝賀の主役の一人であり、藤原宮の正門たる朱雀門の、昔ながらの守り手として、不可欠の存在である事は、重々承知してはいるが、単に長いだけで、何にも中身の無いあの儀式には全く閉口する。中でも、胡床《こしょう》に腰かけたまま、毎年一字一句変わらない奏賀や、やたら言葉を飾り立てる奏瑞《そうずい》を延々と聞かされる時の退屈な事と言ったら無い。幸い、今年は、一昨年の和銅のような瑞宝が出なかったので、あの時のような仰々しい奏瑞こそ行われなかったが、それでも、毎年、耳にたこが出来る程聞かされている奏賀は、もう飽き飽きだ。

「明神と大八州を御する日本根子天皇《ねこのすめらみこと》が、朝廷に仕え奉る親王等・王等・臣等・百官人等・天下の百姓の衆諸、新年の新月の新日に、天地と共に、万福を持ち参り来たり、天皇が朝廷を拝み仕え奉る事を、恐る恐るも申し賜ふと申す」

すでに四十代の半ばに差し掛かった左将軍、大伴宿禰旅人が、政治の最高権力からは外されているとは言え、少なくとも武門の氏族に生まれて良かったとつくづく思うのは、神祇の氏族たちが役目として奏上する、こんな朝賀の決まり文句を耳にする時だ。そして、その度毎に、この種の無味乾燥な言葉の世界ではなく、自分のさまざまな心の動きを、思いのままに表現出来る歌の世界が頻りに懐かしく感じられる。

わが国古来の歌は、五字の言葉と七字の言葉を多様に組み合わせるだけで、短歌でも長歌でも、人の心の世界を隈無く外に表すことが出来る芸術だ。朝廷最古の武門の家系に生まれながら、若い頃からその歌に親しんできた自分は、本当に幸せだった。天皇と朝廷を御守りするという至上の役目の傍ら、折々、詠んで来た歌も、もう相当な数に上っている。それ等を公にする機会は仲々無いが、いつかは心有る歌人たちに披露する日も来る事であろう。

そう言えば、和銅と改元された一昨年、知太政官事、穂積親王様の妻となった異母妹、大伴坂上郎女《おおともさかのうえいらつめ》も、歌の腕前がめきめき上達していると聞いている。自分より三十歳も年若ながら、未だあどけない少女の頃から、歌の先輩として自ら手解きをしてやったあの異母妹が、そんなに秀れた歌詠みになるとは、全く予想もしなかった。わが大伴氏の一員として、女ながら、まことに頼もしい限りだ。そのうち、詠み比べをして見る事にしよう。

「左将軍様、隼人の行列は整いましてございます。蝦夷の方も、準備完了との事でございます。出立の御指図を賜りますよう。」

周囲の喧噪からしばし浮き上がった感じで、そんな思いに耽《ふけ》っていた「歌人」大伴宿禰旅人の耳に、副将軍、穂積朝臣老の、若い、弾んだ声が不意に飛び込んで来た。

おう、そうであった。北の蝦夷と南の隼人の行列の先頭に立って、元日の朱雀大路を行進せねばならない大事な役目が未だ残っていたな。三月に遷都を控えているためとは言え、いささか大袈裟なこの異例の行進を、遷都に不満な京民たちもまた注目していよう。

「うむ」

見るからに派手な唐鞍《からくら》の白馬に跨った左将軍の右手がさっと上がると同時に、朱雀門の辺りで、激しい小太鼓の連打が始まった。

いよいよ出発だ。

藤原京では、最も幅の広い朱雀大路の両端は、兵部省の将軍たちや護衛の騎兵に先導された、この異例の行列を一目見ようと集まった京民たちですっかり埋め尽くされている。朱雀大路を東西に分かれて先導する騎乗者たちの飾り馬姿も確かに珍しいが、彼等の視線が、日頃は滅多に目にする事はない、隼人や蝦夷の行列の、異国風な出立ちに向けられている事は明らかだ。

とりわけ、大路の東側の行列に混じっている隼人の女たちと、西側の行列に散見される蝦夷の女たちの服装が、彼等の視線を捉えて離さない。隼人も蝦夷も、男たちは一様に黄色の貫頭衣だが、隼人の女たちの青い貫頭衣と、蝦夷の女たちの丹色《にいろ》の横幅衣という派手な装いが、男女ともに一律に黄色の袍《ほう》を強制されている京民たちの目には、とても新鮮に映るのであろう。その珍しい行列が目の前を通り過ぎて行く度に、指を差したり、顔を見交わしたりする、女の京民たちも居る。

もう午《うま》の一刻（午前十一時）頃であろうか、元日の大和平野は、寒気こそ厳しいが、相変らず風も無く、雲一つ無い好天だ。朱雀大路を南下して行く行列の、すぐ左に見える香具山も、すぐ右に見える畝傍山も、そして、遥か前方に霞んでいる多武峰《とうのみね》も、先頭を行く左将軍、大伴宿禰旅人にとっては、良く見慣れたいつもの光景だが、この三月には、北の平城《なら》の地へ都が移るのだと思うと、いつになく懐しい気持が頻りに込み上げて来る。

思えば、この藤原京は、わが青春そのものであった。中でも、藤原京を貫流している飛鳥川は、妻の巨勢郎女《こせのいらつめ》と数々の熱い思いを交した、わが故郷・飛鳥の地へ通じている愛しい川だ。姉君たる持統天皇様の一子、草壁皇子様との仲睦まじい思い出を、いくつも御持ちの元明天皇様も、恐らく自分と同じ思いで居られるだろう。あの御方が強行しようとする、平城への遷都に、当初は、強く反対されたのも、天皇という絶対至高の立場とは全く無関係な、一人の女性《にょしょう》としての深い愛情と、飛鳥に対する強い愛着のせいだったのかも知れない。

だが、その元明天皇様さえ、この三月にはいよいよ北の平城京へ遷幸されなければならないのだ。わが大伴の一族も、平城京の北、佐保川の辺《ほとり》に、一応土地を賜って居る。父・安麻呂が、あの日いみじくも諭したように、これもまた大きな時代の流れと言うものであろう。

ふと前方に目を移すと、少年時代に良く上った甘樫丘《あまかしがおか》が、もうすぐそこに迫っている。そうだ、三月の遷都の前に、もう一度、妻と一緒に、あの丘に上って見よう。あの丘から見下ろす飛鳥の地は、何と言っても、二人が結ばれた、わが懐しい、心の故郷なのだから。

「左将軍様、隼人どもも、蝦夷どもも、全員無事、到着致してございます。解散の御指図を賜りますよう。」

またしても、副将軍、穂積朝臣老のあの若々しい、弾んだ声が、すぐ近くで聞こえる。

「うむ」

金色の兜を被り、金色の飾り太刀を佩《お》びた左将軍、大伴宿禰旅人の顔がたちまち「武人」らしさを取り戻したかと思うと、元日の真昼の陽光を浴び乍ら、武骨な右手が、再びさっと上がった。

第九章　平城京遷都

藤原宮での最後の朝賀が終った後、左将軍、大伴宿禰旅人以下四人の将軍に率いられた朝貢隼人や俘虜の蝦夷の集団が、朱雀大路を行進した年の三月十日、今度は、北の平城《なら》の地へ遷都する元明天皇自身の長大な鹵簿《ろぼ》が、同じ大路を南下し始めた。

先頭は、徒歩の隼人十人、次に、騎乗の兵衛数人、内舎人《うどねり》数人に前後を護衛された天皇の輦輿《れんよ》、議政官たちの輿《こし》数基、徒歩の五位以上の王臣たちや命婦《みょうふ》たち、彼等に従う史生たちや内侍たちなど、総勢二百人程であろうか？　新都までは約六里、三時《とき》（六時間）程の、やや長い旅だ。

一方、朱雀門の前に整列して、その長大な鹵簿《ろぼ》を見送って居るのは、廃都となる藤原京の留守司を押し付けられた、七十歳間近い、左大臣、正二位、石上《いそのかみ》朝臣麻呂はじめ、六位以上の官人たち、数百人である。

いずれもこんもりとした大和三山（畝傍《うねび》山、香具《かぐ》山、耳成《みみなし》山）に囲まれた藤原宮は、その朱雀門を出てすぐ、右に曲れば、平城の地へ通ずる下ツ道へ、左に曲れば、同じく中ツ道へ、すぐ接続する格好な位置を占めている。だが、この日の元明天皇の長大な鹵簿《ろぼ》は、そのいずれにも曲らず、北の平城の地とは逆の方向に、すなわち、元日の隼人や蝦夷の行列と同じように、朱雀大路を飛鳥の方角へ南下し始めたのだ。そして、九条大路に突き当たってからは、左折を繰り返しながら、漸く中ツ道に入り、香具山寄りに、北の方角へ向かおうとしていた。

その異例の道順のせいでもあろうか、いつもなら鹵簿《ろぼ》を見送る大勢の京戸たちの姿は、朱雀大路はじめどの沿道にも殆ど見られない。皆、すでに昨年末から始まっている新都への移住の準備に追われているのであろう。そんな多忙な京戸たちに、今日の遷都の行列の見送りを強制するのは、元より、何事にも控え目な元明天皇の本意ではなかったので、女帝は、その一見寂し気な沿道の光景に、少しも奇異な感じを受けなかったし、屈辱の感情さえも何等《なんら》抱かなかった。

だが、春三月十日の大和平野は、無類の快晴に恵まれた正月元旦とは打って変わって、朝から今にも雨が降り出しそうな、生憎《あいにく》の曇り空だ。

ともに天智天皇を父とするが、母を異にする姉の持統天皇が、精魂込めて作り上げた、この愛しい藤原京を見捨て、北の平城の地へ遷都する当日であるからには、せめて好天であって欲しかったと、元明天皇も思わないではない。春三月の明るい陽光が一筋でも差しさえすれば、頭部に金色の鳳凰を頂き、四人の屈強な輿丁《よてい》に担がれた、この華やかな輦輿《れんよ》も、また一段と映えた事であろう。そして、それは、この豪華な輦輿を愛用して、度々、吉野を訪れた、派手好きの姉君への何よりの供養になった事であろう。

唯だ、元明天皇は、在りし日の持統天皇の思い出をあれこれ反芻しながらも、実は、その日の天気の事などは、それ程気にはしていなかった。それどころか、三年前に即位して以来、抱き続けて来た鬱屈が一遍に解消し、現人神《あらひとがみ》としての天皇の威力を初めて体験する、奇妙な快感すら味わっていた。

あれは、昨年の暮れの事であったが、今日の遷都の鹵簿《ろぼ》の道順が論じられた時、あの者が頻りに下ツ道を主張していると、朕は侍従から報告を受けた。右大臣、正二位として、王臣百官に睨みを利かせているあの者は、議政官会議の評決を意のままにした上で、遷都の鹵簿《ろぼ》の道順として、秘かに中ツ道を望んでいた朕の意向に反して、あくまで下ツ道を主張していると言う。それは、この大和古道の一つが、新しい都、平城京の朱雀大路に直結して居り、そこを通って遷都する方が、京戸だけでなく、天下万民に対しても、天皇と朝廷の威厳と栄光を顕示する絶好の機会になるという理由からであった。

あの者のやり方は、いつもこうなのだ。

ほぼ同齢の天皇たる朕に向かっては、決して直接に自分自身の意見は述べず、何事に付け、議政官たちの総意だとして、いかにも実《まこと》しやかに上奏して来る。だが、今の議政官たちは、最年長の左大臣、正二位、石上《いそのかみ》朝臣麻呂はじめ、中納言三人、小野朝臣毛野《けぬ》、阿倍朝臣宿奈麻呂《すくなまろ》、中臣《なかとみ》朝臣意美麻呂《おみまろ》など、いずれもあの者の息が掛かった者たちばかりだ。そんな当てにならない議政官たちの中で、朕が心から信頼出来るのは、大納言、正三位、大伴宿禰安麻呂、唯一人である。

この者の一族は、あの天下分け目の壬申の乱で、多大な功績を上げたばかりか、遥か大昔より、わが皇祖と皇室の藩屏《はんぺい》として、忠誠この上も無い武門の一統だ。朕の世となっても、あの者に牛耳られた議政官会議の内幕を、その都度、知らせて呉れるのは、この者だけである。ところが、したたかなあの者は、それを百も承知の上で、諸々の政《まつりごと》を臆面もなく朕に上奏して来る。そして、二言目には、やれ大宝律令の規定だの、やれ議政官会議の総意だのと、やたら理屈を捏《こ》ね回す。これでは、まるで、天皇など居ても居なくても済むかのような、形式だけの存在に過ぎないではないか！

思えば、三年前、病死したわが子、文武天皇の遺詔に従って即位して以来、天下の政は、尽《ことごと》くずっとこんな異常な状態であった。抑々《そもそも》、朕の即位そのものが、あの者の暗躍の結果であったし、和銅の献上やそれに伴う改元、和同開珎《ちん》の鋳造などの政も、皆、そうであった。中でもあの者が朕の意向を無視してまでも、強行しようとしたのが、藤原京から平城京への遷都だったのだ。

「大君様《おおきみ》、左手に内裏《だいり》、右手に香具山が見えてございます。」

不意に、日頃、聞き慣れた、年寄り特有の嗄《しゃが》れ声が輦輿《れんよ》のすぐ傍らでした。元明天皇が即位以来の政をあれこれ思い返している間に、鹵簿《ろぼ》は、いつの間にか、北へ転じて居たのであろう。我に返って、右手の御簾《みす》を少し引くと朕と同じ五十歳ながら、頭部はもうすっかり白い物に覆われた侍従、従五位上、多治比真人嶋守《たじひのまひとしまもり》の端正な横顔がすぐ目に入る。この者も、大納言、正三位、大伴宿禰安麻呂と同等に、いや彼以上に、朕が最も信頼している股肱《ここう》の一人だ。

それは、この者が左大臣、正二位まで上り詰めた皇孫・多治比真人嶋を父に持つという、毛並みの良さのためばかりではない。側近中の側近として、姉の持統天皇と息子の文武天皇、二代に渡って、侍従を勤め続け、朕が即位してからも、その官職に止まりたい一心で、他の顕官への異動さえ度々固辞した程の、気骨ある人物だからである。

それにしても、これから新しい都で、新たな政をしなければならない身ながら、昔の事が頻りに思い出されるのも、やはり寄る年波のせいであろうか？　忠誠の権化のようなその侍従の声に促されて、右方に目を転じると、巨大な水盤を伏せたような、いつも見慣れた香具山が、重苦しい曇天の下、ひっそりと盛り上がっている。その香具山の、如何にも女らしい佇まいに目を凝らして居ると、姉の持統天皇のあの御製《ぎょせい》が、ふと懐かしく思い出される。

春過ぎて夏来たるらし白たへの衣《ころも》ほしたり天《あめ》の香具山

藤原宮の内裏から眺めると、香具山は南東の方角に、畝傍山は南西の方角に、まるで大きな湖に浮かんだ小さな島々のように静かに横たわっている。今は未だ三月初め、しかも今日は、今にも雨が落ちて来そうな、重苦しい曇天なので、姉の持統天皇の目に鮮やかに映った、初夏の香具山の、洗い立ての白い衣が見える筈も無い。

それに付けても、姉の持統天皇は、政にも、服装にも、鋭い感覚をお持ちの立派な女帝であられたとつくづく思う。とくに、色彩については天性の高尚な嗜好を御持ちで、群卿群臣によってついに現人神に奉られてしまった、あの絶大な天武天皇様にさえ、決して妥協されなかった程だ。朕が、隼人の女どもの青色の貫頭衣や、蝦夷の女どもの丹色の横幅衣などにまで興味を持つのも、そんな姉と血を分け合っているせいなのかも知れない。

そこまで思いを馳せ乍ら、今度は、左手の御簾を少し引くと、先ず目に入るのは、土色の大垣に四方を囲まれた藤原宮の中で、最も威容を誇る、あの大極殿だ。即位して三年、朱の柱と白い壁、瓦葺き二層の太極殿は、確かに豪勢ではあるが、何となく陰気なあの建物の中で、これまで何度、天皇としての政務を執り行って来たことだろう！

姉の持統天皇は、生まれ乍らの強い性格で、何事にも派手を好まれたせいか、この宏壮な大極殿がとても気に入って居られたが、政には余り向かぬ性格の朕は、どちらかと言うと、大極殿の北側に奥まった内裏の方が居心地良かった。というのも、檜皮葺《ひわだぶ》き、木造のその建物は、朕が生まれ育った、飛鳥の後《のち》岡本宮に良く似て居ただけではなく、姉の持統天皇の一子、草壁皇太子の妃となり、最愛の一男二女を設けた、懐しい思い出の場所だったからでもある。忠実この上も無い侍従、多治比真人嶋守が、その藤原宮を後にせねばならないこの日、大極殿ではなく、内裏の方を先に告げて呉れたのも、朕のそんな思いを熟知して居るからであろう。この者の忠誠心の、底知れぬ深さには、いつもの事ながら、ほとほと感嘆せずには居られない。

数々の懐しい思い出に満ちたその内裏の一室で、孫の文武天皇に譲位して、太上天皇となられた姉君と、本当に久し振りに、心ゆくまで

語り合ったのは、確か、崩御される年（大宝二年）の初夏の頃であったと記憶する。

　今から思えば、あの頃すでに、わが姉君は、妹の朕が、孫の文武天皇の次に、皇位に就くことを秘かに望んで居られたのかも知れない。夫の大海人皇子《おほしあまおうじ》（天武天皇）とともに、生死を賭けて戦ったあの壬申の乱の数々の思い出や、皇孫たちの噂話に花を咲かせた後、急に厳しい顔付きになられ、あの者には、決して心を許してはならぬと、何度も念を押された。

「あの者は、確かにわが最愛の孫、文武天皇の舅《しゅうと》であり、天皇家と皇室にとって全くの他人ではないが、あの者は、常に腹に一物秘めた油断ならない人物である。過ぐる天下分け目の壬申の乱に大勝したわが夫・天武天皇は軍事こそ政の要である、と事有る毎に強調されたが、これからの新しい時代は、人事こそ最高の力を発揮する政の手段となる事は必定。あの者は、そのような大きな時代の流れを、恐らく誰よりも先に、鋭く見抜いたのであろう。

　あの者は、かの輝かしい大化の改新の最大の功労者、大織冠・藤原内大臣《うちつまへきみ》を父に持つ栄誉の家系ながら、そんな特権など曖気《おくび》にも出さず、ひたすらわが天皇家と皇室に忠誠を尽くす姿勢を取り続けているが、あの者が、「第二の蘇我」たらむと秘かに画策している事は、誰の目にも明らかである。

　唯だ、機を見るに敏なるあの者は、われらが父・中大兄皇子《なかのおおえのおうじ》（天智天皇）に滅ぼされた蘇我一族の二の舞とならぬよう、わが天皇家と皇室には、これからも一応恭順の姿勢を示し続けるであろう。けれども、常に二心を秘めているあの者に、決して油断してはならぬ。母たるそなたが、わが最愛の孫、文武天皇を絶えず補佐し、とくに皇位に関しては、あの者に決して嘴《くちばし》を容れさせぬよう、絶えず気を

配られねばならぬ。
そなたの心やさしい気立ては、幼い頃から承知してはいるが、唯だ、それだけでは、天皇たる者の政を粛々と執り行う事は出来ぬ。良いか、何度も念を押すが、これからの政の要は人事じゃ。皇位をはじめ、主だった皇親たちや議政官たちの人事に、絶えず目を光らし、あの者の野心通りに決してならぬよう万全の目配りを夢々怠らぬようにせよ。」
ああ、今から思えば、あれは、太上天皇としての姉君の朕への「遺言」だったのだ。英邁この上もない姉君は、朕の今日を既に見通され、秘かに女帝としての心構えを諭されたのであろう。
元明天皇が、懐かしくも厳しい、そんな回想からふと現実に返ると、細目に引いた左手の御簾の向うに、香具山とほぼ同じ高さの耳成山が、これもまた、大きな湖に浮かんだ小さな島のように、三月初めの大和平野に盛り上がっている。晴れた日ならば、品の良い、円錐形の香具山と変わらぬ、常緑の美しさを見せる女らしい山なのに、今にも雨になりそうな今日の曇天の下では、巨大な土竜《もぐら》が盛り上げた汚ない土塊のようにしか見えない。

香具山は　畝火ををしと　耳梨と　相争ひき　神代より　かくなるらし　いにしへも
しかなれこそ　うつせみも　つまを　争ふらしき
反歌
香具山と耳梨山とあひし時立ちて見に来し印南国原《いなみくにはら》

姉君と朕との共通の父・天智天皇が、未だ中大兄皇子だった頃、詠まれたと聞いているこの長歌を、勝気な姉君は、生前良く愛唱して居られたが、内気な朕には、こういう激しい恋の世界は、全く無縁だった。唯だ、ひたすら、姉君の最愛の一子、草壁皇太子一人だけをずっと慕い続けた、平凡な青春だったが、朕は何も悔いていない。のちに、文武天皇となる軽皇子、氷高《ひだか》皇女と吉備皇女、こんな可愛い三人の子供たちに恵まれただけでも。朕は十分に幸せであった。

でも、姉君と朕にとっては、忘れ難い父・天智天皇縁《ゆかり》の耳成山をもう通り過ぎようとしているのに、侍従、多治比真人嶋守のあの嗄《しゃが》れ声は、先刻から一向に聞こえて来ない。現人神と称えられた天武天皇以上に、英傑であられた天智天皇を、口にするのが憚《はばか》られるせいであろうか？　それとも、いつものように、朕の胸中を深く察して呉れているせいであろうか？

ならばもう少し回想を続けよう。

三年前、慶雲《きょううん》四年、わが最愛の子、文武天皇が崩御し、その遺詔によって、皇位を継いだ朕は、太上天皇たる姉君が、藤原宮の内裏の一室で、真心込めて朕に与えたあの「遺言」が、ついに現実のものになったと痛感した事を、今でも鮮やかに思い出す。

と言うのも、姉君の警告通り、その崩御によって、太上天皇という最大の重しが取れた途端、あの者は、廟堂でめきめき頭角を現わし始めたからである。

その前年、大宝元年に、すでに大納言、正三位に昇進していたあの者は、若い頃からの朋友、民部卿、従四位上、粟田朝臣真人と手を組んで、大宝律令の選定や施行に、辣腕《らつわん》を振るっていたのだが、太上天皇の崩御を機に、ついに皇位の継承にまで、口を挟むようになったのだ。すなわち、その五年後に、続いて崩御した、わが子、文武天皇の後継には、天武・持統両天皇亡き今では、わが父・天智天皇がお決めになった皇位の常典こそが、不変の法である、従って、その四女である朕こそが、皇位を継ぐべきである、などと、いつもの得意の理屈をこねて、廟堂《びょうどう》の大勢を決めてしまったのだ。

無論、あの者に、改めて指図されずとも、朕の皇位継承は、わが子・文武天皇の遺詔によって、すでに決まっていた人事だ。わが姉・持統太上天皇が頻りに強調していたように、今後は、人事こそ政の要である。他ならぬ皇位の継承という、天下至高の政《まつりごと》を、臣下たるあの者などに、左右されてたまるものか！

とは言え、朕は、姉君からあの「遺言」を賜った日以来ずっと、この日の来る事を密かに覚悟してはいたのだが、いざ、天《あま》つ日嗣《ひつぎ》の至上の位に就く事を思うと、不安と恐怖で、日夜、命が縮まる思いであった。その時、朕は、すでに四十七歳、娘二人には、もう孫が生まれても少しも可笑しくない老齢ながら、心労の絶えないであろう皇位を継ぐのは、どうにも気の進まない人事であったことは確かだ。にも拘らず、そんな朕に、父・天智天皇の四女にふさわしい誇りと勇気を取り戻させて呉れたのは、やはり、姉君のあの日の厳しい訓戒であった。廟堂の人事をあの者の言いなりにしてはならぬ。「第二の蘇我」を密かに狙っているあの者の薄汚い野望を野放しにしてはならぬ！

そう言えば、即位した翌年、皇位の不安をそれとなく託した朕の歌に、母を同じくする姉の、御名《みな》部《べ》皇女が、温かい励ましの歌で応えて呉れた事などもあった。

ますらをの鞆《とも》の音《おと》すなりもののふのおほまへつぎみ楯立つらしも

わが大君ものな思ほし皇神《すめかみ》の嗣《つ》ぎて賜へる吾《われ》無けなくに

しかしながら、不安と誇りを綯《な》い交《ま》ぜにして、形だけは一応皇位を保ち続けたとは言うものの、廟堂の政は、何事に付け、現実にはあの者の思惑通りに進められて来た事だけは認めなければならないだろう。

政に長けたあの者は、一方では、わが父・天智天皇を「口にするのも恐れ多い」大君として祭り上げ、その四女たる朕の顔を立てる振りをし乍ら、他方では、大宝元年、遣唐執節使として、約四十年振りに唐に渡った、仲間の粟田朝臣真人と密かに示し合わせ、あの者なりの日頃の野望を次々と遂げて来たのだ。

　その最たる例が、今日のこの遷都であった。

　わが父・天智天皇や姉の夫・天武天皇の多年の夢であった大宝律令をついに実現させたあの者が、その総仕上げとして、遷都を企んでいる事は、朕が即位する年の初めに、廟堂の諸王・諸臣たちに、幅広く遷都の問題を論議させた時、すでにはっきりしていた。そして、わが姉・持統太上天皇亡き後、廟堂に恐れる者はもはや一人として居なくなったあの者は、遷都の議も、廟堂の衆論を、例の巧みな手口で己れの野望に従わせ、朕が即位するや否や、あくまでも議政官会議の総意であると、まことしやかに、しかも慇懃《いんぎん》無礼に、朕に奏上して来たのだ。

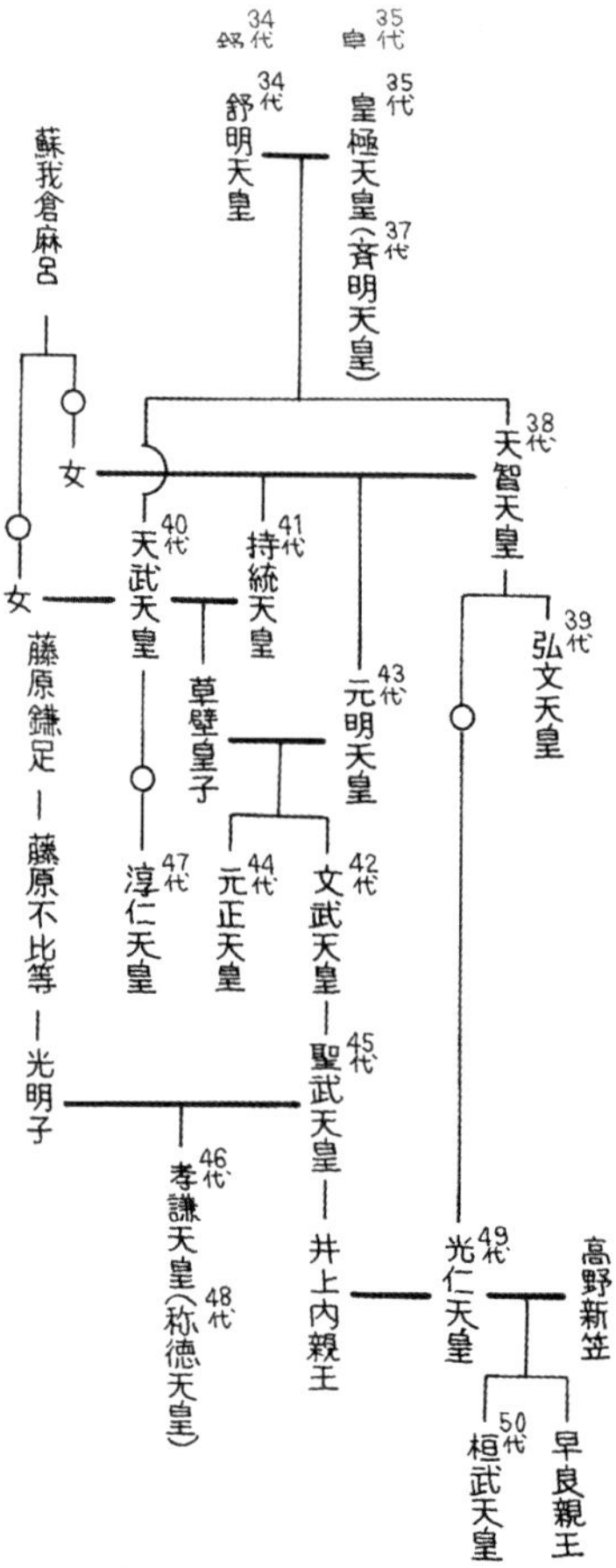

　朕は即位して以来ずっと、昔ながらの皇室の藩《はん》屏《ぺい》たる、大納言、大伴宿禰安麻呂から、議政官会議の模様を余さず知らされていたので、事、遷都

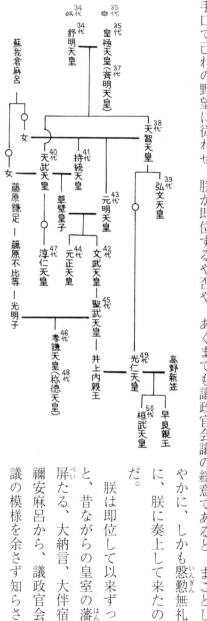

の議については、あの者の陰険な策謀に振り回されずに、朕の真意を明言せねばならぬと固く決意していた。だが、朕が即位して以来、初めて口にした政の言葉は、いささか舌足らずで、あまりにも平凡だったと我ながら思わずには居られない。

宮室《おおみや》を作る者は苦労し、これに住まう者は楽をする者じゃ。

朕は、あの者を前にしてそう述べた時、その教訓めいた言葉が、わが姉・持統太上天皇の受売りであった事を密かに恥ずかしく感じたが、咄嗟《とっさ》の事で、そうとしか言えなかったのだ。と言うのも、天

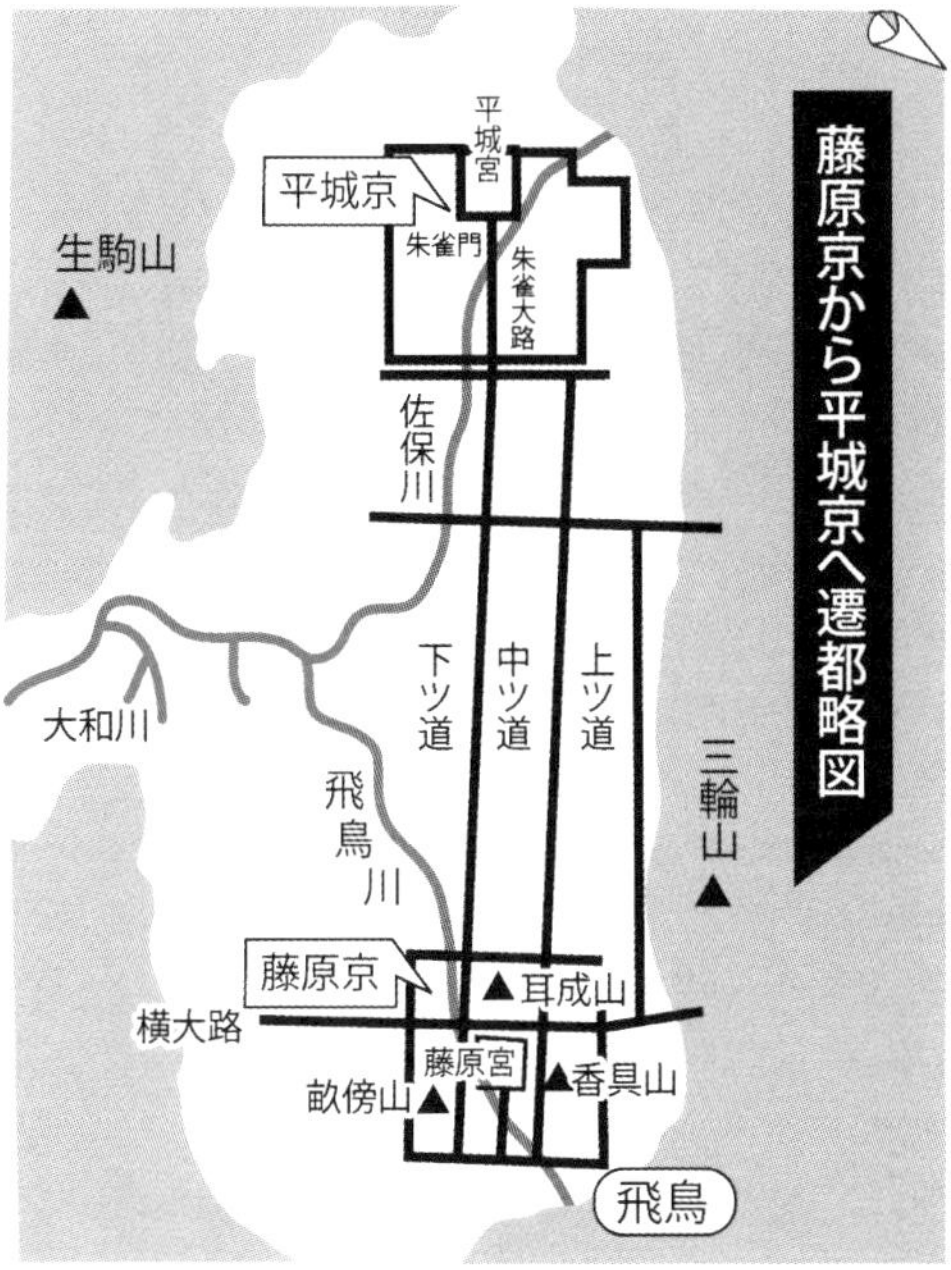

武天皇の遺志を継いで新都を藤原の地に造営したとき、持統天皇として采配を振るったわが姉が、万事に渡ってどんなに苦心惨憺したか、心を許せる唯だ一人の妹たる朕に、たびたび洩らされた事を、朕は決して忘れては居なかったからである。

中でも、わが姉が天皇として、最も腐心されたのは、人の問題。とくに難儀な土木工事に徴発した諸国の民たちの動向であったと聞く。大和の都に集められた大勢の役《えだち》の民たちは、表向きは、天皇と皇室の威光に忠誠の素

振りを示してはいたが、本心では、政への不満を誰もが深く溜め込んで居たのだ。厳しく辛い労役の合間、彼等が好んで歌う謡歌《わざうた》を聴けば、政への風刺がそれとなく託されていると鋭く見抜いた朝臣が居たとも聞く。わが姉君が、晩年に、太上天皇として藤原京の繁栄を満喫し乍らも、真に恐るべきは、朝臣たちの謀反などではなくて、天下万民の心の離反だと、朕にも頻りに諭されたのも、そのためだったのだろう。

ところが、あの者は、いかにも女性らしい朕の情の理屈に対して、外国たる唐の先例や思想を引用しながら、いかにも男性らしい理を並べ立てて、天皇たる朕に真っ向から反対したのだ。曰く、北の平城《なら》の地は、青竜、朱雀、白虎、玄武の四匹の動物が、陰陽の吉相に適い、周囲に三つの山、すなわち、東の春日山、西の生駒山、北の平城山が、鎮護の働きをなす絶好の都である。しかも、亀甲や筮竹《ぜいちく》の占いでも悉く吉と出ている、と。

朕は、その理屈が、遣唐執節使として、数年前に帰国した、あの者の親友、粟田朝臣真人の入れ知恵である事にすぐ気付いたが、大和に生まれて此の方、異国の事物には全く触れた事の無い朕には、筋道立った反論など出来よう筈も無かった。だから、朕は天皇としての威厳を形だけでも保つために、造都の労役に徴発された諸国の民たちには、決して過重な負担を押し付けぬよう、そして、子が親を慕うように、自然に新都になつくように配慮せよと、最初の理屈よりは少しは増しな女帝としての言葉を添えるだけで、その場は済ませるしかなかった。

こうして、遷都の議があの者の思い通りになった後、朕が、前後三回も平城の地へ行幸し、新都への移転で難儀している京戸たちに労いの言葉をかけて回ったのも、あの者の面子を立てるためなどではなく、天下万民の心をつかめという、わが姉・持統太上天皇の、あの貴重な訓戒を、朕自ら守ろうと密かに決心したからであった。

「大君様、右手に三輪山が見えてございます。」

輦輿《れんよ》の左右の御簾を元通りにし、この数年来のさまざまな出来事を反芻していた女帝の耳に、又しても、侍従・多治比真人嶋守の、あの嗄れた声が聞こえて来た。右手の御簾を細めに開けて見ると、耳成山と形は同じ円錐形だが、高さはその三倍以上もありそうなあの三輪山が、ますます暗さを帯びて来た、三月初めの曇天の中に今にも溶け込みそうに、ぼんやり煙っている。

おお、そうであった！　あの日も、今日のような曇り空で、三輪山の頂《いただき》には、梅雨時のような厚い黒雲が掛かっていたような気がする。近頃、とみに耄むさくなった、この者もまた、少年の日の三輪山をふと思い出し、朕にそれとなく知らせて呉れたのであろうか？

朕が、神聖なこの山を初めて見たのは、未だ七歳の少女の頃であったと微かに記憶する。

あれは、わが父・天智天皇が、住み慣れた大和の飛鳥から、見知らぬ近江の大津へ、急に都を移された年の事だった。季節も丁度、今日と同じ三月で、あの日の鹵簿《ろぼ》もまた、今日と同じ中ツ道を辿って、遥か北方の近江へ向かっていた。何故、生まれ育った、美しい飛鳥を後にして、近江などという北の僻地に都を移さねばならないのか、未だ幼かった朕には、良く分らなかったのも無理はない。口にするのも恐れ多いと朝臣たちに崇められていたわが父・天智天皇の厳命なので、朕も他の姉妹たちと一緒に、止むなく鹵簿に従ったまでだ。
だが、近江までの長い旅路の出来事は殆ど全部忘れてしまったのに、遥か大昔から、厳かな神が鎮座する聖なる山として、大和に住むすべての人々から深く厚く崇められて来たこの三輪山に、今日と同じように、重そうな黒雲が掛かっていたあの日の光景だけは、どういう訳か、五十歳の今でも、鮮やかに脳裏に刻み込まれているのだ。

味酒《うまざけ》　三輪の山　あをによし　奈良の山の　山の際《ま》に　い隠るまで　道の隈《くま》　い積るまでに
つばらにも　見つつ行かむを　しばしばも　見さけむ山を　情《こころ》なく　雲の　隠さふべしや

反歌

三輪山をしかも隠すか雲だにも情《こころ》あらなむ隠さふべしや

こういう歌がかつて詠まれた事を、朕に初めて教えて呉れたのは、歌に詳しい、あの姉・御名部《みなべ》皇女であったと記憶する。その時は、遷都の話のごたごたで、ゆっくりと味わう暇も無かったが、こうして、遷都の途中、当の三輪山を目の当たりにすると、やっとその歌の心が分った気がする。わが姉の話では、長歌は、当代随一の歌人・額田王《ぬかだのおおきみ》が、反歌は、井戸王《ゐのべのおおきみ》が、それぞれ詠んだらしいが、二つの歌には、住み慣れた故郷、飛鳥を後にして、遠い見知らぬ土地へ移住しなければならなくなった都人達の、悲哀と郷愁の思いが、深く込められていて、今の朕の気持ちにぴったりだ。

それにしても、一生の間に、二度も遷都を経験するとは、何という奇しき巡り合せであろう！　しかも、二度目の遷都は、天皇たる朕が、自ら天下に号令したのだ。朕に、あの額田王やわが姉・御名部皇女程の歌才が有れば、朕以外には誰も体験した事のないこの複雑な思いを、形にする事が出来るのだろうに、返す返すも残念でならない。忠誠の権化のような、あの侍従・多治比真人嶋守が、それ以上、何も口にしないのも、例によって、朕のそんな胸中を慮《おもんぱか》っての事であろうか？

おおう　ひょひょう　おおう　ひょひょう
おおう　ひょひょう！

やれやれ、又してもあの隼人どもの「狗吠《くはい》」か！　藤原京の中なら未だしも、神奈備《かむなび》と呼ばれている程、神聖この上も無い三輪山を前にして、野獣の叫び声のようなあの「狗吠」をやらせるとは、何という畏れ多い所業であろう！

尤も、隼人たち自身には、その罪が無い事は朕も良く承知している。と言うのも、隼人どものあの「狗吠」は、元は、南の海の民たる阿多隼人どもが、深く信仰する海神と山神を招くための儀式の声であったのに、あの者の朋友、粟田朝臣真人が、築紫大宰として、九州・大宰府に赴任中に、全く別な意味に変えてしまったからだ。

あれは、わが姉が持統天皇となられる一年前の事であったと記憶する。

あの者に劣らず出世欲の強い、かの大和の豪族は、何事も派手を好み、何事にも見栄えに気を配るわが姉の歓心を買おうとして、いかにもみすぼらしい土地の貢物をいくつか添えて、阿多隼人を百七十四人も献上して来たのだ。大昔から大和の都へ度々朝貢して来た隼人どもとは違って、この度の阿多隼人どもの「狗吠」は、万《よろず》の邪霊を追い払い、天皇の身辺を守る絶大な霊力が有ると言うのが、その実《まこと》しやかな触れ込みであった。生まれ付き強気で剛胆なわが姉も、即位を前にして、さすがに女らしい不安に駆られていたのだろう。かの老獪《ろうかい》な筑紫大宰の巧みな術策に、まんまと嵌《はめ》められてしまったのだ。

本来は、阿多隼人どもの神招《お》ぎの声である「狗吠」が、大和風に勝手に理屈を付けられて、緋帛の肩巾《ひれ》、横刀、白赤木綿《ゆう》の耳形の鬘《かずら》という異国風な出立ちと共に、初めて公の場に登場したのは、まさしく、わが姉・持統天皇の即位の時であった。

それ以来、天皇の即位をはじめ、元日朝賀や大嘗祭など、皇室と朝廷の重要な儀式には、隼人どものその異様な「狗吠」が必ず行われるようになったし、天皇が京外に行幸する時にも、列の先頭に立つ隼人どもの「狗吠」が、耳目を驚かす「先払い」の役目を果たすようになったのだ。

思えば、わが姉は、夫・天武天皇とともに、壬申の乱に生死を賭けた、あの吉野の地が、終生忘れられなかったのであろう。持統天皇として君臨された間は勿論、孫の文武天皇に譲位して、太上天皇となられてからも、実にしばしばあの吉野に行幸された。そして、その行幸の列の先頭には必ず、隼人どもを立たせ、万《よろず》の邪気を祓うと固く信じて居られた「狗吠」を演じさせるのが常だった。霊験あらたかな隼人どもの「狗吠」は、あの山深い、いかにも魔境めいた吉野の地形にこそふさわしいと、今更ながら深く感じて居られたのであろう。

けれども、朕は、わが姉とは違って、隼人どものあの「狗吠」がどうしても好きになれない。隼人どものあの獰猛《どうもう》な獣じみた「狗吠」を耳する度に、朕は、邪霊を退散させるどころか、目に見えない異形の悪霊が、却って、今にも襲って来るかのような恐怖と不安さえつい覚えてしまうのだ。

抑々《そもそも》、遥か九州の南の端に住む隼人どもが、いかなる神を信じようが、天皇たる朕には関りの無い事だ。信仰心の厚い、強い性格のわが姉は、歴代の筑紫大宰に命じて、隼人どもを仏教に帰依させようと度々試みられたが、太古の昔から、海神や山神を深く信じて来た隼人どもに、馴染みのない異国の信仰を無理に押し付けるのは、如何なものか？　人の心は、人の数程違うもの。信仰とて同じ事ではなかろうか？

こんな勝手な考えを口にすれば、天下万民を統《す》べねばならぬ天皇として有るまじき事と、女帝の鏡のようなわが姉に、またしても叱られそうだが、天皇で有ろうと無かろうと、人として好きになれない物は、どう仕様もないのだ。だから、朕は、今日のこの遷都の鹵簿に隼人どもを加え、あの「狗吠」を演じさせる事には、本心では、大反対であった。遷都の議では、あの者の言いなりになったので、隼人どもの「狗吠」では、自分の意志を貫きたかったのだが、遷都の日には、中ツ道を通りたいと強く願った朕に、あの者が意外にも同意して呉れたので、わが姉が定めたこの「狗吠」の慣例に、素直に従う事にしたのだった。政の要は確かに人事だが、駆引きもまた、それに劣らず物を言うものだと、朕にしては珍しく、初めて天皇らしい政を体験したのもその時だった。

「大君様、長屋《ながや》の原に着きましてございます。中食《ちゅうじき》を準備致します故、今しばらく御輿に、お止まりいただきますよう。」

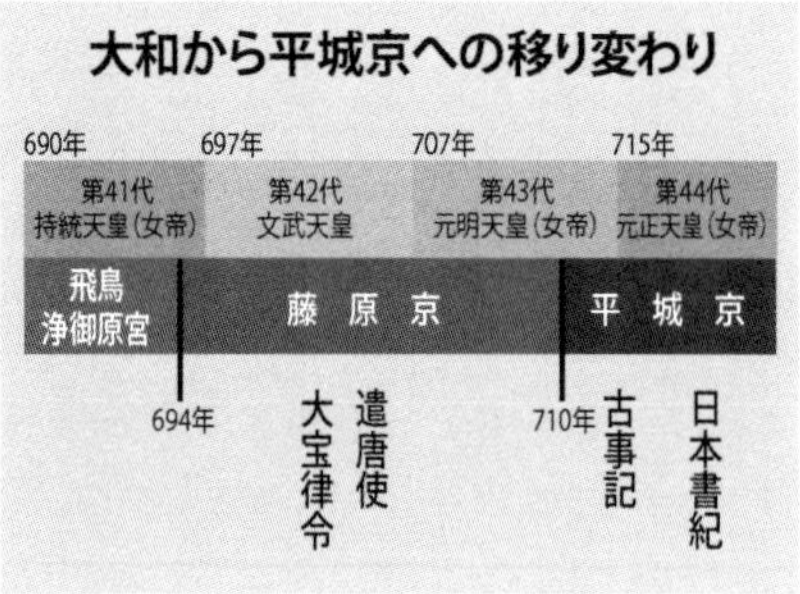

おや、もうそんな時刻であったか！　長屋の原とは聞き慣れない地名だが、朕よりも良く朕の心を分って呉れる、この者の事だ。ここで中食を取ろうとするのも、何か深慮が有っての事なのだろう。

元明天皇は、年老いた侍従、多治比真人嶋守の、いつもの嗄れ声を懐かしく聞き乍ら、今朝以来の、さまざまな物思いをやっと中断し、静かに下ろされた豪華な輦輿《れんよ》の中で、ほっと一息ついた。

ああ、しかし、朕一人だけに託されて居るこの狭い空間を一歩外に踏み出せば、また再び、あの者を頭とする王臣百官たちを前にして、女帝としての威厳を取り繕わなければならない、あの窮屈な世界が、朕を待ち受けて居るのだ。出来る事なら、いつまでもこうして独りで物思いに耽って居たいものじゃが……。今年でもう五十歳になった女帝の、端正だが、皺の増した顔に、誰にも見せた事の無い憂いの表情が、次第に浮かび始めた。

元明天皇の遷都の長大な鹵簿《ろぼ》が、長屋の原でそれぞれの中食を済ませ、目的の平城宮に到達したのは、申《さる》の一刻（午後三時）を、かなり過ぎた頃であった。

未だ完成していない朱雀門の前では、右大臣、正二位、藤原朝臣不比等はじめ、主だった朝臣たちが、その鹵簿を、一応、出迎えたが、その数は、何事にも控え目な女帝の意向に添って、圧倒的に少なかった。新しい都の京戸たちの姿も殆ど見られない。

遷都のこの日は、生憎《あいにく》、朝から今にも雨が振り出しそうな、暗い曇天だったのだが、新しい宮居に着くまでは、何とか持ち堪えて呉れて居た。だが、落ち着いて、平城宮の周囲を見回すと、大和平野の北辺に位置するこの辺りは、三方に低い山波が迫っているせいか、藤原宮よりも、全体として窮屈な感じがする。それに、春三月の初めにしては、南の飛鳥に近い藤原京より、なんとなく薄ら寒いのだ。

その上、新都の中核と成るこの平城宮が、藤原宮のあの宏壮な大極殿や内裏を見慣れた者の目には、いかにも見すぼらしく、荒涼とした感じを与えるのは、そのような北方的な自然や地形のためばかりではない。新しい都・平城京の中心にして、天皇の宮居たる平城宮が、今なお未完成である事が、その物寂しい雰囲気をもたらしている、第一の原因である事は誰の目にも明らかであった。

「大君様、御疲れの所、まことに申し訳ございませぬ。御覧の通り、内裏の造営、遅々として進まず、大垣の工事さえ、未だに着手して居りませぬ。大極殿も、藤原宮のあれを、解体・移送しましても、完成まであと数年は掛りましょう。すべては、造営卿を拝命致しましたる某《それがし》の、不徳の致す所でございます。何卒、御寛恕《ごかんじょ》賜りますよう、伏して御願い申し上げ奉りまする。」

　新しい内裏の全体は、未だ完成していないとは言え、さすがに天皇の寝所だけは、一応形を整えたらしく、そこは、木の香も新しい瀟洒《しょうしゃ》な一室だ。御側に仕える内侍たちをすべて下《さ》がらせ、急造の玉座に腰を下ろした女帝を前に、深々と叩頭《こうとう》しているのは、大納言、正三位、大伴宿彌安麻呂と、平城宮造営の最高責任者に任ぜられた、正五位上、大伴宿彌手拍《てうち》の二人である。その人事も、あの者の反対を押し切って、女帝自身が執り行ったのだが、無論、女帝が最も信頼している、この大納言の推挙に従ったまでの事である。それに、女帝自身も、これから永く

天皇としての暮しが営まれる内裏の造営を、あの者の息の掛った朝臣には、どうしても任せたくなかったのだ。新しい宮居の造営にふさわしい名を持つ、この大伴手拍は、安麻呂の兄、御行《みゆき》の子だが、年齢は、旅人とほぼ同じ位であろう。自分よりも遥か上位の大納言に代わって、先に口を開いたのは、この大伴一族の氏上《このかみ》が、最近とみに年老いて、言葉もはっきりしなくなったせいである。

「良い、良い。内裏の造営が遅れて居るのは、そちたちだけの責任ではない。他言無用じゃが、何もかも、あの者が遷都を急ぎ過ぎたせいである。朕は、取り敢えず、今夜眠れる部屋が有りさえすれば結構じゃ。久し振りの長旅で、少々、疲れたからの。

ほんに、造都、造営の苦労、如何ばかりであろう！　そちたちの昼夜を舎《お》かぬ働き振りに、唯だ唯だ、感謝するばかりじゃ。」

「身に余る温かい御言葉、まことに有難く承りまする。某《それがし》め、これからも身を粉にして、ますます精進致しますれば、何卒、より一層厳しくご指導・ご鞭撻を賜りますよう。」

「時に、役《えだち》の民たちは如何じゃ？　大納言の報告によれば、諸国から集められた役民たちは、造都の厳しい労役に堪え兼ねて、逃亡する者が跡を絶たないそうではないか。造都の計画だけはいくら立派でも、それを達成するのは、結局のところ、諸国の役民たちじゃからの。

新しい都に住まう事になる京戸たちは元より、諸国から召し上げられた役民たちを、常に労《いたわ》り、励ましてやらねば、この度の造都も造宮も、決して上手く運ばぬが道理。ところが、あの者は、逃亡する役民たちの穴埋めに、北の蝦夷どもや南の隼人どもを利用する腹らしいが、無辜《むこ》の民草を唯だ扱《こ》き使うだけでは、成るべき事も成らぬ道理を、少しも弁《わきま》えて居らぬようじゃ。朕が思うに、人を力によって動かせるのは一時《いっとき》の事、人はその心を掴まねば、どんな政《まつりごと》も決して永続きはせぬ。政の要《かなめ》は人事じゃが、人事は、それを行う者の心掛け一つで、良くもなれば悪くもなるものよ。

おや、そちの顔を見ている中に、つい年寄りの愚痴が出てしまったようじゃ。朕の歳に免じて、全部聞き流して給《たも》れ。」

「某《それがし》如き軽輩の者に、何という身に余る有難い御言葉！　相変わらずの御高邁な御叡慮、まことに以って、深く感服仕りましてございます。

大君様の御言葉に甘えて、某めも愚痴を申し上げ奉りますれば、造営卿と言えども、あの御方の思いのままに動く造平城京司たちの下知《げじ》に従わなければなりませぬ。故、匠丁《しょうてい》たちや役民たちの人数や糧食の事など、仲々、思うように参りませぬ。叔父の大納言には、折に触れ、何や彼や相談致して居りまするが、願わくは、恐れ多くも、大君様からも御督促賜りますよう、伏して御願い申し上げ奉ります。

以上、大君様には恥ずかしい事ばかり申し上げましたが、ご高覧の通り、平城宮は、今なお大垣さえ完成致しませず、内裏の防備も不十分でありまする故、今夜は、わが叔父・大納言・大伴宿彌安麻呂自ら、大君様の警護に当たる所存と承って居りまする。何卒、御心安んじて、ごゆるりと御休み下さりますよう。」

「そなた達一族の無私の誠忠、朕は、常日頃、心から頼もしく、そして有難く思って居る。わが皇室と朝廷第一の藩屏《はんぺい》として、これからも一層、忠勤を励んで呉れるよう、切に願って居るからの。」

いつになく慌《あわただ》しい、そして、長々しい遷都の行事が、こうして終わった日の夜、初めて眠る平城宮の寝所で、元明天皇は、仲々、寝付けぬままに、ふと或る企てを思い付いた。

造宮卿から報告を受けたように、造宮はじめ造都全体の作業がこれほど遅滞しているとすれば、あの者は、当面、その方の対応で、手一杯であろう。だとすれば、朕は、その間、政争を好む男どもには、余り関心が無さそうな、あの史書の編纂を手懸けてみよう。

思えば、歴代天皇の系譜と上古の諸事を撰録する事業は、天武・持統両天皇の、終生の熱い願望であられた。わが皇室と朝廷には、遥か大昔、この国を統治し始めて以来、皇祖皇統たちの偉業と系譜、昔ながらの数々の説話などが、代々、忠実に継承されて来て居る。それらを余す所無く記録し、子々孫々まで伝えるという、大切な事業を、朕の代で実現させるならば、黄泉《よみ》に眠って居られる御二人もきっと喜んで下さるであろう。

またしても、年寄りの繰り言になるが、即位して二年半、朕が、日夜悩み続けたのは、天下に二つと無き天皇さえ恐れぬ、あの者の傍若無人振りだった。天武・持統両天皇無き今、わが父・天智天皇と朕を、一応立てる振りをしながら、御二人の偉大な功績を、極力払拭しようと日夜企んでいるあの者の事だ。このまま、放置し続ければ、あの者は、わが天皇家は勿論の事、この国の歴史さえ、勝手に改竄《かいざん》するやも知れぬ。過ぐる乙巳《いっし》の変では、あの横暴な蘇我蝦夷《そがのえみし》が、貴重この上も無い天皇記や国記を、焼き捨てようとさえしたと聞いて居る。

尤《もっと》も、老獪《ろうかい》極まりないあの者は、蘇我一味程の専横振りは露骨に示さないであろうが、藤原一族の遠い将来のために、わが天皇家やこの国の歴史を、都合良く書き換える危険は大いに有り得る。さすれば、それを防ぐためにも、あの英邁な天武天皇が、稗田阿礼《ひえだのあれ》とかいう若い舎人《とねり》に、誦習《しょうしゅう》させたと聞く、由緒ある帝皇日継と先代旧辞を、なんとしても撰録して置かねばならぬ。こうして、文字に記して置けば、あの者が如何に画策しようとも、わが皇室と朝廷全体の連綿たる歴史を、勝手に覆す事はもはや決して出来ないであろう。

いつもと勝手の違う寝所で、仲々、寝つかれぬままに、そこまでさまざま思いを巡らしながら、元明天皇は、いつの間にか浅い眠りに落ちていたが、日頃は、滅多に見ない夢の中に、若き日の夫・草壁皇子が、突然現われたのに驚いて、急に眼が覚めた。

おお、そうであった！　形ばかりの遷都の儀を何とか終えたこの日、もう一つ大事な仕事が残って居った。遷都の旅の途中、中食のため長屋の原とか言う小高い丘で休憩した時、ふと浮かんだあの思いを、何とか歌の形にして置かねばならぬ。

と言うのも、朕が輦輿《れんよ》を出て、辿って来た道をふと振り返った時、曇天ながら、遥か南の方に、あの懐かしい飛鳥の山々が、微かに望まれたからだ。その途端、夫・草壁皇子や三人の子供たちと過ごした、あの幸福な日々が、懐かしくも、哀しく想い出された。わが姉・持統天皇が心から望んでおられたように、夫・草壁皇子が健在で、皇位を継いでいさえすれば、朕は、皇后として、三人の子供たちと、仲睦まじい、幸せな家庭を営む事が出来たであろうに、余りにも早過ぎたその死が、返す返すも悔やまれてならない。

だが、朕の、若き日の数々の思い出が込められた飛鳥も、恐らくこれが見納めであろう。新しい都で新しい政が始まれば、過ぎ去った事などに構って居られなくなるであろう。朕の心を朕よりも深く弁《わきま》えたあの侍従が、飛鳥が見えるこの最後の土地に鹵簿を止めさせたのも、やはりそういう事だったのだ。朕は、何と有難い側近に恵まれた事であろう！

飛鳥《とぶとり》の明日香の里を置きていなば
君が邊《あたり》は見えずかもあらむ

しばらくして、そこまで歌が整った時、元明天皇は、やっと満ち足りた思いで、今度は深い眠りに次第に落ちて行った。

第十章　東市

和銅三年（七一〇年）三月十日早朝、北の平城の地へ遷都する元明天皇の長大な鹵簿《ろぼ》が、住み慣れた藤原宮を出発した時、大納言、正三位、大伴宿彌安麻呂が乗る古ぼけた輿《こし》を取り巻く資人《しじん》たちの中に、周囲より頭一つ抜きん出たタカの姿が見られた。

前の年の秋九月、薩摩国府を出発する時には、粗末な黄色の貫頭衣姿であったが、今では、打って変わって、都風なこざっぱりした黄色の袍《ほう》を身にまとっている。だが、外見だけは一応憧れの都人並みにはなったが、タカの心は、未だに阿多隼人のままだ。生まれて初めて加わった、この豪勢な鹵簿からも、主人の輿を取り巻く資人たちからも、何となく浮き上がったような、落ち着かない気分がし続けて居るのはそのためである。

前の年の冬十月末、仲間の朝貢隼人たちと朝廷に参内し、元明天皇に拝謁した後、飛鳥の大寺へ戻って来た夜、総帥、須加から、突然、舎人《とねり》の人事を持ち掛けられた時には、本当に吃驚《びっくり》した。

それと言うのも、何よりも先ず、トネリという言葉自体が初耳だったたし、その名誉らしい役目に自分一人だけが推挙されると言うのも、何となく不自然な気がしたからである。その場に同席した、隼人司、左大衣、大隅忌寸平佐が、いかにも羨ましそうにそっと耳打ちして呉れた所では、舎人とは、天皇や皇親たちの身辺を護衛する、重要この上もない名誉な役目であり、朝廷では、隼人司の役目などとは比べ物にならない位、高い身分なのだそうだ。それに、舎人は、諸国の郡司たちの子弟からしか選ばれないから、無事勤め上げて国に帰れば、栄達は間違いないとも言う。

だが、播磨国で命を落としたヒメにも固く誓ったように、タカには、都で隼人訳語に成る事以外に何の望みも無い。トネリという役目が、どんなに高貴で名誉なものか知らないが、自分にとっては、大和の官人たちとわが隼人たちとの橋渡しをする訳語こそ、最高の天職なのだ。それだけに、都や朝廷の裏側に幅広く通じている、この年老いた左大衣の、相変わらずの俗物ぶりに、益々、嫌気が差して来る。

そんな自らの人事に思い悩みながら、新しい年を迎え、蝦夷《えみし》たちとともに、朝賀の行進を終えたタカが、それ以上に吃驚したのは、朝貢隼人たちは全員都に残り、男二十人は「狗吠」の要員、残りは男女とも、造都の労役に従事しなければならないと、またしても、総帥・須加から告げられた時であった。その時、舎人に推挙されたタカの人事も、初めて公表されたのだが、そのまま都に残されて、「狗吠」や労役を課される事になった仲間たちの顔に現われた、驚愕と落胆の入り混じった複雑な表情を、タカは今でも鮮明に記憶している。

舎人とはどんな役目なのか、タカ同様、仲間たちも誰一人知らない風であったが、それが、「狗吠」や労役とは全く異なる特別の役目らしい事は、皆、薄々感付いてはいたようだ。薩摩国の郡司の子弟は、この度の朝貢隼人たちの中にも、大勢居る筈だ。なのに、何故、阿多郡主政を父に持つタカ一人だけが、舎人に推挙されたのか？　彼等は恐らく、その人事に、不満や嫉妬を抱くだろう。

けれども、タカの予想に反して、そんな素振りを見せる仲間は誰一人居なかった。総帥・須加は、タカの人事を全員に告知した時、その理由をはっきり述べはしなかったが、あの四十数日間の難儀な朝貢の旅の途中で、夫婦になったばかりのタカとヒメが、進んで示した数々の献身と犠牲を、朝貢隼人たちの誰もが決して忘れては居なかったのだ。これも、播磨国の路傍で、ややとともに命を落としたヒメの御蔭だ、そして、そんな夫婦を心から思い遣ってくれる仲間たち全員の御陰だ、と、タカは改めて深く感謝した。

ところが、遷都の年の春正月二十七日、総帥・須加や隼人司、左大衣、大隅忌寸乎佐とともに、太政官に出頭した「舎人」タカに下されたのは、それとは全く異なる意外な人事であった。

左弁官の下僚《かりょう》から、左大衣を通じて、タカに宣告された人事は、薩摩国から献上された「舎人」は、天皇と朝廷に対する服属の体裁に過ぎず、太政官に出頭した時点で、その役目はもう終わっているというものであった。それは、朝廷通の、世故《せこ》長《た》けた左大衣さえ、全く予想も出来なかった、余りにも突飛な人事だったので、この年老いた訳語は、その宣告を、もう一度確認し直してみた程である。

それでは、薩摩国阿多郡阿多郷出身、阿多君鷹の次の人事は、如何に？

余りにも意外な人事に、度肝を抜かれた左大衣が、その宣言を待ち構えていると、同じ下僚の口から告げられたのは、「資人《しじん》」として、大納言、正三位、大伴宿彌安麻呂に、下賜《かし》されるという、これもまた、左大衣が、全く予想もしなかった、異例の人事であった。

「舎人」と同じように「資人」という言葉も、タカには全く初耳だったが、太政官からの帰途、いつになく興奮した、多弁な左大衣が、問わず語りに、教えて呉れた所に依ると、それは、シジンと読む事、貴人の護衛や身辺の世話をするのが役目である事、大納言には百人の資人が下賜されて居る事、など、初めて知る事ばかりであった。同時に、舎人と資人の身分の違いを良く弁《わきま》えている、この世故長けた左大衣の顔に、安堵と侮蔑の表情が交々《こもごも》表れたのを、タカは決して見逃さなかった。

それにしても、総帥・須加様に突如、告げられたいくつかの人事を思うに付け、常に陰険で薄汚い企みが潜んでいる朝廷の政を、改めて恐ろしく感じずには居られない。左弁官の下僚から、タカの人事の変更を告げられた時、須加様は、又かという表情を見せただけだったが、大和の官人たちの政に対する不安と不信の思いは、自分と全く同じであっただろう。

とは言え、これから自分一人は、あくまで「資人」として、大納言、正三位という、朝廷の最高位らしい貴人に仕えなければならないのだ。舎人から資人へ人事を変更された時には、正直言って、ほっとしたが、その役目が、「狗吠」をさせられる仲間の男たちや、造都の工事に駆り立てられる、他の仲間たちとは異なって、やはり破格の待遇である事は、間違いないだろう。ヒメともども払った献身や犠牲を割引いてもなお、何となく後ろめたい思いを抱かずには居られない。

朝命により「資人」にさせられたばかりのタカのそんな複雑な思いは、何もかも初めての豪勢な鹵簿に加わってからずっと続いて居たのだが、とりわけ、行列の先頭で時折発せられる仲間たちの「狗吠」を耳にする時、より一層高まった。

今日、この遷都の鹵簿の先頭で、「狗吠」を発している隼人たちの中には、わが阿多人の先輩たちが含まれている事は確かであろう。あれは、誇り高き海の民、わが阿多人の厳かな神招《お》ぎの声だ。そんな神聖な儀式の祈りを、大和の朝廷のために、再現しなければならないとは、何と言う屈辱であろう！　しかも、良く耳を澄ますと、彼らが発する「狗吠」は、昨年のあの火振りの夜、金峰山の頂でウシとともに発した阿多人の神招《お》ぎの声とは、かなり違っている。

人事はじめ何事にも陰険で狡猾な朝廷の事だ。あの阿多人の聖なる神招ぎの祈りも、大和の官人たちの好みに合わせて、いつの間にか、都風な音調に作り変えられてしまったのであろう。そういう屈辱を、今回、自分一人だけは免れたのだが、あの大和嫌いのウシが、その事を知ったとしたら、いつにも増して、激しく怒り狂うに違いない。年一度、秋満月の夜、浜辺で出迎える海神と山神は、我等阿多人の命そのものなのだ。そんな純粋で敬虔な信仰心は、薄汚い官人たちの世界にもうすっかり染まってしまった、あの隼人司の、世故長けた左大衣などには、全く理解できないであろう。

平城京への遷都の儀が漸く終り、大納言、正三位、大伴宿彌安麻呂の古ぼけた輿を警備して来た資人たちが、佐保《さほ》の館《やかた》からやって来た資人たちと交替したのは、その日の酉《とり》の一刻（午後五時）頃であった。

春三月初め、北の平城《なら》の地の日暮れは早い。その日は、朝から今にも雨が降りそうな曇天が続いただけに、その早さが一層際立つのだ。今なお、未完成の平城宮を三方から囲む山々も、もうすっかり晩春の暮色に包まれている。

そんな春特有の淡い黄昏の中で、資人に登用されたばかりのタカが良く目を凝らすと、佐保の館からやって来た資人たちは、その数も格段に多く、皆一様に、弓箭《きゅうせん》と横刀で物々しく武装している。タカと共にその日の鹵簿に従った資人たちの話では、館の主人、大納言、大伴宿彌安麻呂が、この新しい平城の内裏で初めての夜を過ごす元明天皇を自ら警護するために、佐保の館から、急遽、呼び寄せたのだと言う。あの御方の息の掛かった衛士《えじ》府や兵衛府の兵士たちだけでは、女帝の警護に万全を期し難いと、強いてその役目を申し出たのだそうだ。

「いやあ、今日は疲れたね。あれだけ長い道程《みちのり》を歩いたの、近頃初めて。あなた、どうでした？」

武装した大勢の資人たちと入れ違いに、佐保の館へ帰る資人たちが、もうすっかり闇に包まれた佐保川の岸辺を、連れだって歩いて居た時の事だ。タカと並んで歩いて居た資人の一人が、突然、声を掛けて来たのだ。その声は、佐保の館で聞き慣れた大和の言葉のようではあるが、抑揚が少し違っている気がする。ひょっとして、あの人かな、とタカは、未だ住み慣れない佐保の館の日々を一瞬思い返す。

二ヶ月ばかり前、資人として佐保の館に伺候し始めて以来、タカは、周囲の資人たちの環の中に、どうしても入り込めないで居た。それは、タカが彼等の喋る都風な大和言葉に未だ十分に慣れないせいだけではなく、殆ど畿内の出身者らしい彼等の世界に、阿多隼人の出身として、どう仕様もない違和感を覚え続けているためでもあった。

そんな或る日、タカは、百人近い資人たちの中に、もう一人、自分と似た人物が居る事に、ふと気付いた。と言うのも、その人物は、タカと同じように、資人を示す黄色の袍を身に付けては居るが、周囲の人の輪にどうしても溶け込めないらしく、いつも一人で行動して居たからだ。いつか機会があれば、彼と口を利いてみたいと、密かに願うようになったのだが、日々の雑事に追われて、仲々、実行できないで居た矢先、向こうの方から、声を掛けて来たのだ。タカの青年らしい胸が、久し振りに躍った。

「私は、歩くのには慣れていますので、少しも疲れては居りません。もっと歩きたい位です。」

「おお、達者、達者！　失礼ですが、貴方はどちらから？　私は新羅から来ました金信厳《きんしんげん》といいます。大和の言葉を学ぶ学語生ですが、仲々、上達しませんね。」

ああ、やはり異国の人であったか！　佐保の館で時折見掛ける度に、服装は一応大和風乍ら、両耳の付け根まで伸びた濃い頬髭《ほおひげ》や長く垂れた顎鬚《あごひげ》など、明らかに他の資人たちとは違う風貌のその人物に、そんな予感が密かにしては居たのだ。しかも、この学語生は、去年の秋九月の末、朝貢の途中、大宰府の政庁で偶々《たまたま》同席した、あの新羅国の人だと言う。

「私の名は、阿多君鷹。九州は南の端、薩摩国から大和の都へ朝貢して来た者で、朝廷の人々には、隼人と呼ばれています。御国の方々とは、去年の秋、九州・大宰府で、偶然、席を同じく致しました。でも、大宰帥の訓示が御国の言葉に通訳された時、私にはさっぱり分りませんでしたが……」

「おお、それはそれは！　私も、実は、貴方が大宰府で出会った新羅使節の一員として、大和へ来た者です。大使の金信福は私の父、王臣の位階は沙湌《ささん》ですが、私の一族は、代々、通事を役目として居ります。十七位中八位という低い官職ながら、父が今回の使節の大使に任命されましたのもそのためです。私の方は、大和の言葉を学ぶために、この国に五年滞在する予定ですが、御国の言葉も難しくて、仲々物になりません。

それにしても、同じ国の民なのに、何故、朝貢するのですか?」

沙飡《ささん》という位階、通事を世襲する金一族、それに学語生など、タカにとっては初めて耳にする新羅の事ばかりだが、通事という言葉が聞こえた途端、この異国人との距離が、一気に縮まった気がした。大和の朝廷に、朝貢しなければならない役目と言い、大和の言葉を学びたい望みと言い、二人は全く同じ境遇ではないか! 年齢は、自分よりやや上のようだが、この新羅の学語生とは、これから上手く付き合えるのではないか? 資人に成り立てのせいもあって、百人近い他の資人たちにどうしても馴染めない自分にとっては、唯一の親友に成れそうな気がする。

「私たちの言葉は、大和の言葉とは全く違っていますので、大昔から異人扱いされて来ました。朝貢は、その証として、大和の朝廷が、私たちに命じた服従の儀式なのです。

そのためには、どうしても訳語が必要ですので、貴方と同じように、私も大和の言葉を是非とも物にしたいのです。尤も、私たちの薩摩国は、建国されたばかりで、学語生など送る余裕はとても有りませんが・・・。」

「大和の朝廷がする事は、皆同じですね。でも、私たち新羅は、大和の朝廷だけではなく、中国の王朝にも、朝貢しなければなりません。以前は隋、今では唐ですが、歴代の中国王朝に、年一回、朝貢しなければならない厳しい義務があるんです。私の父、金信福は、先祖代々の通事として、唐の都・長安を度々訪れて居りますが、私は未だかの国に行った事はないんです。」

「私には、政の事は良く分りませんが、唐の言葉は、友人と一緒に出掛けた南の島々で、度々聞いた覚えが有ります。御国の新羅でも、朝貢のために唐の言葉が必要だとすれば、唐という国は、とてつも無く強大な王朝なのでしょうね。」

「父の話では、唐の都・長安には、わが新羅のような周辺の国々は勿論、遥か遠く西洋の国々からも、商人たちや学者たちが、大勢やって来るそうです。大和の御国も、最近遣唐執節使を送られたとか・・・・。

そんな訳で、通事として長安に度々朝貢した父からは、何よりも先ず、唐の言葉を完全に身に付けるよう、厳しく命じられて居ります。唐の言葉は、今や世界の共通語なのだから、通事として生きて行くためには、絶対に必要だというのです。

けれども、私個人は、何となく瓢軽《ひょうきん》に響く、あの唐の言葉が余り好きにはなれません。私として

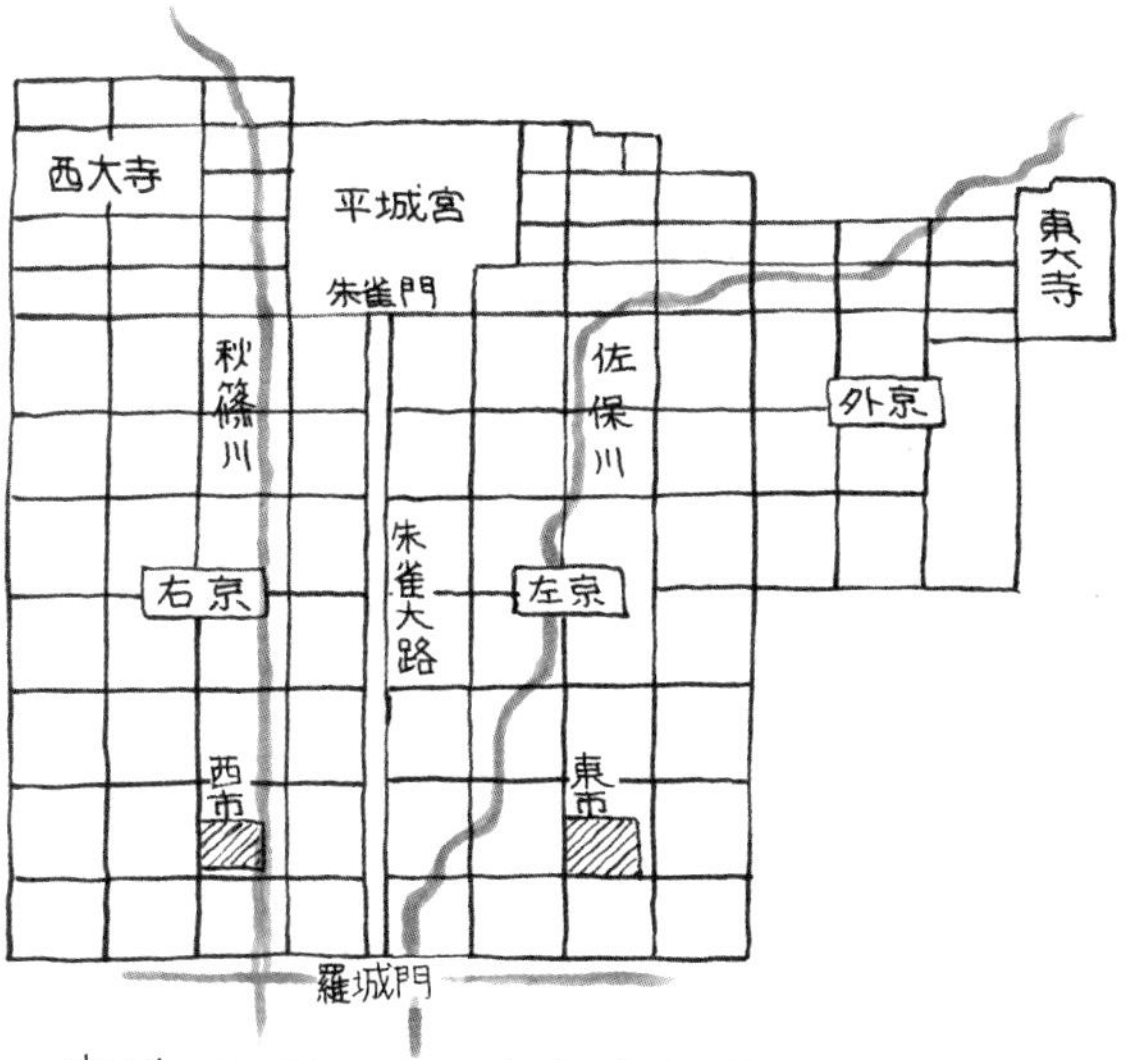

完成した後の平城京（略図）

は、この五年間の中に、大和の言葉をすっかり自分の物にして、新羅では非常に少ない大和訳語に成りたいんです。わが国は、これからもずっと、御国に朝貢しなければなりませんのでね。・・・」

ああ、自分と全く同じ思いだ。ともに大和言葉を身に付けたい二人。こんなに良い連れが出来るとは、全く思いもしなかった。明日からは、同じ館で、互いに励まし合おう。

それはそうと、この新羅の学語生は、何故、大納言、正三位、大伴宿彌安麻呂という、廟堂《びょうどう》の大官の館などに、資人として住んで居るのであろう?

タカは、話の序《つい》でに、その素朴な疑問を口にしようとしたが、やはり途中で思い止まった。と言うのも、今日初めて口を利いたばかりの、この新羅の学語生と、それ以上の立ち入った話をするのは、何となく礼を失するような気がしたし、この新羅の通事一族について、何もかも一遍に知ってしまうのは、何だかとても惜しい気がしたからである。

ふと気が付けば、館へ帰る資人たちの群は、いつの間にか、佐保川が東から北東へ向きを変える、あの小さな森の中に入り込んで居る。昼間であれば、両岸に、新緑の柳の並木が見える筈なのだが、今はもうすっかり夕闇に包まれて、黒々とした陰影が、時折、春風に揺らいで居るばかりだ。その佐保川の岸辺を左折し、もう一つの小さな森を抜けると、未だ殆ど人家は見られない、殺風景な広野の一角に、大伴一族の氏上《このかみ》の宏壮《こうそう》な館が、一つだけぽつんと、しかし、物々しく建って居る筈だ。

いつもなら重い足取りで帰り着く館だが、今日は、志を同じくする友人が出来たせいか、タカの心は、いつになく快く弾んで居る。タカの足取りが急に軽く、そして早くなり始めた。

春三月、元明天皇の平城京遷都の日に、初めて口を利くようになったタカと金信厳は、大伴一族の氏上の館で、時折、顔を合わせる度に、一寸した立話をするなど、ますます親密になり、時には、連れ立って外出する事さえあった。

百人近い資人たちの役目は、さまざまだ。

無論、平城宮の警護に出勤した資人たちのように、武装して、館とその主人を護衛するのが本来の役目ではあるが、その他にも、いろいろな雑事をこなさなければならない。たとえば、タカの役目は、米や塩など、食料品の仕入れ、キム―資人仲間にそう呼ばれて居た―のそれは、筆や墨など、文具類の調達である。いずれも、未だ未完成の平城京の南の端に、早々と開設された、東西の二つの市で購入しなければならない。

あの日から、一年以上経った今では、二人は、もうすっかり打ち解けて、タカ、キムさんと気軽に呼び合うようになっていたが、その日も、二人は、午《うま》の刻（午前十二時）に開かれる市に間に合うように、佐保の館を連れ立って出た。

昨年、春三月の遷都の日とは、打って変わって、夏四月の平城の地は、今日は、朝から雲一つない好天だ。

見慣れた佐保川の岸辺に近づくと、今日もまた、それぞれの役目を帯びて、市へ出掛けようとする資人たちが、小船の奪い合いで、大騒ぎしている。だが、タカとキムは、その喧噪を素通りして、いつもの岸辺に急いで行く。海の民タカは、小船の扱いに慣れているので、小船を先に確保した仲間たちが、いつでも待ち構えて居て呉れるのだ。今日も、タカは、キムを伴って、その小船に乗り込み、漕ぎ手の役を引き受けた。

新しい都・平城京を、南西の方角へ斜めに横切って居る佐保川は、真南の方角へ縦に流れている秋篠川と並んで、京戸たちには不可欠な交通路だ。二つの川は、平城京の南側で合流し、大和川となって、難波の海へ達すると聞くが、タカは、無論、未だそこまで下った事はない。

一昨年の冬十月、藤原京で、あの飛鳥川を初めて見た時もそうであったが、大和の川はどれもちまちまして、流れも大人しいと、タカは今更ながら思わずには居られない。タカの故郷阿多や南方の大海原、朝貢の途中渡って来たあの激流の海峡、それに、数々の大河などに比べると、大和の川たちは、まるで一筋の溝とでも呼びたい程細く、穏やかなのである。

今、下って行く、この佐保川も、全く同じ印象なのだが、その狭い川の両岸に沿って、ずっと続いている柳の新緑だけは、本当に美しいと思う。その優美な自然の風景は、大海原と金峰山が自然のすべてであったタカに、ここが、大和の都である事を、今更ながら強く感じさせるのだ。

だが、佐保川のその美しい光景とは裏腹に、新都の造営は、こうして時折、東西の市へ出掛けるタカの目にさえ、遅々として進んで居ないように見える。

佐保川が秋篠川と合流する地点で小船を下り、北の方角へ視線を移すと、道幅は、藤原京の朱雀大路の三倍程は有りそうな、新都の大路が先ず望まれる。だが、その突当たりに在るべき朱雀門も、未だに姿を現して居ないし、遥か彼方に見える平城宮にも、朝廷の権威を示す、あの大極殿さえ、未だに姿を現して居ない。さらに、朱雀大路を挟んで縦横に区画された道路も、全体としてそれらしい形を整えて居ないし、それ等に沿って配置された官人たちの邸宅も、未だに数える程しか見られない。そうして何よりも先ず、新都の造営や建築に従事する役民たちの数が圧倒的に少ないのだ。

タカは、そんな役民たちの姿を目にする度に、この新都の造営に駆り出された仲間たちの難儀を思わずには居られない。一昨年のあの祭の夜、金峰山でウシが言った事が、まさしく現実のものになったのだ。自分一人は、偶々《たまたま》、その苦役から免れる事にはなったが、総師・須加様以下、朝貢の仲間たちは、今頃、一体何処に居るのであろう？　無論、タカは、この一年半、あの長く苦しい朝貢の旅の途中で、ややとともに命を落としたヒメの事を一日も忘れた事は無かったが、舎人から資人の身分に取り立てられた自分とは逆に、造都の苦役や朝廷の「狗吠」を押し付けられた仲間たちの事もまた、決して忘れては居なかった。

「タカ、今日はどちらにする？　東、それとも西？」

今日もまた、小船から数人の資人たちを下ろした後、朱雀大路の方向に視線を走らせて居たタカに、キムが快活に声を掛けて来る。

「キムさん、また忘れたの？　今日は卯月十日、東市しか開いて居ませんよ。東市は、毎月十五日以前、西市は毎月十六日以後に開くのが決まりですからね。それに、市が開いている時間も、正午から日が沈むまでとね。」

「タカ、御免、御免！　僕は生まれ付き、数字や算術にとても弱くてね。学語生には一番大事な事なのに、これではとても通事には成れそうもないな。」

「キムさん、僕だって同じですよ。人の姓名を覚えたつもりが、いつの間にか忘れてしまって居る。数字よりも大切な事なのに、僕の方こそ、訳語には向いて居ないのかも知れませんよ。」

「おあいこだね。あはは・・・」

平城の地に遷都して一年余り、未完成の平城宮はじめ全体として沈滞した雰囲気の中で、平城京の南端（左京八条と右京八条）にすでに開設された、東西の市だけは、連日、活況を呈して居り、新都の力強い誕生を予感させる唯一の場所となって居る。

タカとキムは、日頃、何やかや用事を拵《こしら》えては、館の口煩《くちうるさ》い年寄りの家令《かりょう》を丸め込み、そんな東西の市に連れ立って出掛けるのを、唯一の楽しみにしていたが、タカは、どちらかと言うと、西市よりも東市の方が気に入って居た。

と言うのは、東市の方が、西市よりも、肆《いちくら》や客の数が多くて、ずっと賑やかな上に、どういう訳か、東市にだけ、とりどりの肆《いちくら》に四方を囲まれた、土砂作りの広場の中央に、背の高い木が一本、そそり立って居たからである。その大木は、高さでは、飛鳥寺の西の広場のあの槻《つき》にはとても及ばないけれども、夏場には、目の覚めるような白い花を咲かせるし、豊かな葉の重なりが恰好の日影を作って呉れるので、タカにとっては、その木の下に佇むだけで、しばし心が落ち着くのだ。南国育ちのタカは初めて見る木なので、キムに尋ねると、名は槐《えんじゅ》、新羅の都・金城では、良く街路樹として植えられている木だと、教えて呉れた。だが、卯月十日の今日は、東市のその大木の周辺は、いつもと様子が違っていた。

その日も、午の三刻（午前十二時）に開場を告げる鼓が鳴り始めると同時に、待ち構えていた大勢の客たちが、どっと市の広場に雪崩れ込んだ。客たちの身分はまちまちで、一様に黄色の服を着た商人や男女の京戸、墨色の服をまとった男女の奴婢、袈裟姿の僧尼など、都の内外で暮らすあらゆる階層の人々が集まっている。時には襤褸《ぼろ》を引き摺った物乞いまで混じって居ることもある。

こうして、その日も賑やかな取引が始まったのだが、半時ほど経った頃であろうか、猥雑ではあるが、和やかだった市全体の雰囲気が、突如、険悪で、緊張した空気に一変した。市の広場の中央にそそり立つ、例の大木を目掛けて、武装した物部《もののべ》の一団が、割り込んで来たのだ。彼等の後ろには、黄色の制服を着た市司《いちつかさ》の下僚《かりょう》たちが続いている。

「処刑じゃ、処刑じゃ！……」

それまで、いつものように賑わっていた広場のあちこちで、興奮した叫び声が沸き上がると同時に、四方の肆《いちくら》に群がって居た人々が、まるで申し合わせていたかのように、広場の中央へ一斉に集まり始めた。

丁度、その日の買い入れを終えたばかりのタカとキムも、興奮した周囲の群衆の気勢に押されて、いつもは閑散としている、例の大木の陰へ足を向けた。東西の市へ通い始めて、一年余り、こんな大騒ぎに出会うのは初めてだ。一体、何が起こったのだろう？

広場の中央に近付いても、群衆の頭に遮られて、目に見えるのは、周囲に遥かに抜きん出た、一本の大木だけだが、好奇心の強いタカが、キムより先に、次第に挟まって来る群集の輪を前に抜け出て見ると、異様な光景が待ち構えて居た。

いつもは和やかな広場の中央を、それとは不釣合いな武装集団が占めているだけでも異常だが、何よりも先ず人目を引くのは、彼等に左右を警護された一人の囚人が、首枷《かせ》を嵌《は》められ、太い縄で後手に縛られたまま、地面に跪《ひざまず》いている姿だ。伸び放題の頭髪、ごわごわした眉毛、胸まで垂れ下がった顎鬚、そして、黄色の横幅衣に丹色の腰帯—ああ、これは、昨年の朝賀の儀で、藤原京の朱雀大路を共に行進したあの蝦夷ではないか！　見た所、自分と同じ位の年齢のようだが、何か重大な罪でも犯したのだろうか？　タカは、まるで自分がその身に陥ったかのように、驚愕と憐憫を同時に感じながら、槐《えんじゅ》の大木の陰に引き据えられた、その囚人をじっと見詰めた。

「一同、静まれ、そして、確と見届けよ。唯今より、罪を断じ、刑を行う。刑部省より、犯状を宣告する故、一同、心して承るよう。」

新羅の通事を父に持つキムならば、この突然の出来事が何を意味するか、良く弁えているのではないか？　唐の事情にも詳しそうなキムの横顔を見ながら、タカが思案していると、市司の下僚の一人が、群集の輪の中に進み出て、突然、大きな声で呼ばわった。その声に促されて登場した、一団の上司らしい朝服姿の男が、囚人を背にして北を向き、先刻の口上に劣らない程、大きな声で、犯状罪名を読み上げる。

「蝦夷奴婢、乙代《おとしろ》。

右の者、某月某日、大恩ある主《あるじ》、正七位、佐伯宿彌男人を殺害せし不義の罪に依り、本日、ここに斬刑を申し付くる者なり。

　賊盗律の規定　依って件《くだん》の如し。

　　刑部卿　従四位上　竹田王」

その途端、市司の一団を取り巻いて居る群衆の間から、一斉に響《ど》動《よ》めきが起こった。

「おお！」

その応答の声は、まるで事前に申し合わせてあったかのように、刑の宣告と呼吸がぴったり合って居る。それが、「称唯《いしょう》」と呼ばれる処刑の儀式である事を、後でキムに教えて貰ったが、処刑の一団を取り巻いている都の人々は、こんな残酷な場面に驚くどころか、むしろ、それを楽しんで居る風にさえ、タカには思われるのだ。と言うのも、群集のその響《ど》動《よ》めきには、処刑に対する同意とも期待とも知れぬ、一種の歓迎の気分さえ、漂って居るように、タカには感じられたからである。

「おお！」

またしても、同じ声だが、今度は、群集ではなく、囚人を取り囲んで居る物部《もののべ》たちの一人から発せられる。これもまた、如何にも物馴れた様子だ。だが、太く長い横刀を帯びた、その物部の発する声は、群集のそれとは違って、鋭い殺気を含んで居る。

それを合図に、他の物部たちが、囚人の首枷を外し、頭髪を掴んで、身体を前屈みにさせる。それと同時に、囚人の横に立った、例の物部が、横刀をすらりと引き抜く。瞬間、卯月の午後の陽を浴びて、白い刀身がきらりと光る。

抜刀した物部の、次の動作を待ち構えて居る群衆の間にも、次第に異様な緊張が走り始める。先刻まで彼等を支配して居た同意や期待の弾んだ空気も、いつの間にか、憐憫と悲哀の重苦しい気分に変わったようだ。そんな群衆に紛れ込んで、その場面を凝視しているタカもまた、今にも自分の首に、横刀が振り下ろされるかのような、強い恐怖を覚えずには居られない。

「ああ、あやら〜、ああ、あやら〜、ああ、あやら〜！」

群集の視線を釘付けにして居たその囚人が、突如として立ち上がり、卯月の明るい空を仰ぎながら、先刻の物部の声を圧するような強い叫び声を上げたのは、その直後だった。それは、余りにも唐突な出来事だったので、彼を取り巻いて居た物部たちが制止する間も無い程だった。慌てた物部に再び押さえ込まれ、前屈みにさせられた囚人を睨み付けた、例の物部の目が、激しい憎悪に燃えて居る。いつもは自分の思い通りに進行する処刑の手順を、他ならぬ囚人によって、狂わされた事が口惜しくてたまらないのであろう。

そのせいか、その日の処刑は、異様な雰囲気の中、あっと言う間に終わった。

物部の白刃が、午後の陽に煌めいたのと、血しぶきが小雨のように周囲に降り注ぎ、囚人の首がころりと胴体から落ちたのは、殆ど同時だった。囚人の首を撥《は》ねた物部は、まるで何事も無かったかのように、平然と白刃の血を布で拭き取り、抜いた時と同じような素早さで、それを鞘《さや》に納めた。如何にも手錬《てだれ》の所作だ。

処刑を見届けた群衆の間に、強い緊張からやっと解放された後の、あの弛緩と安堵の空気がみるみる広がる中で、タカもはっと我に帰った。だが、二つに離れた囚人の無残な死体よりも、その突然の叫び声の方が、何時までも強く脳裡に残った。処刑寸前の蝦夷が突如発したあの叫び声は、われ等、海の民・阿多人の聖なる神招《お》ぎの祈りと同じものなのではないか？　あの蝦夷の囚人は、今はの際に、彼が崇める神を必死で呼んだのではないか？　そして、その神とともに、永遠に生きる事を願ったのではないか？

タカは、自分にもいつかそういう時がやって来るかも知れないという、漠然とした予感と不安を覚えながら、散り始めた群衆の中に、キムの姿を探し始めた。


東市で、偶々《たまたま》、蝦夷の処刑の場面に居合せたタカとキムは、何時もなら、下って来た小舟でまた佐保川を遡るのだが、その日は、言い合せたかのように、陸路を取る事にした。

遷都の日から一年余り、新都の造営が全体として大幅に遅れて居る事は、誰の目にも明らかだが、平城京の表通りたる朱雀大路の周辺だけは、さすがに、新都にふさわしい偉容を、少しずつ整えつつある。藤原京と同じく、平城京の象徴とも成るべき朱雀門こそ、未だに全貌を現しては居ないものの、次第に整備され始めた大路の両側には、所々、黄色の土壁に、黒い屋根瓦を被せた築地塀が、姿を現しつつあり、通行人の数も、徐々に増え始めては居る。

「タカ、今日は元気ないね。どうしたの？」

今から、東西の市へ出掛ける京戸たちであろうか、朱雀大路を南へ下って行く人々の流れとは逆に、北へ向いながら、黙りこくって歩いているタカに、キムが声を掛けて来た。先刻、目撃したばかりの、武装した物部たち、犯状罪名の宣告、群集の異様な応答、蝦夷の囚人の絶叫、降り注ぐ血しぶき、転がった首など、残酷な処刑の場面が、何時まで経っても脳裡を去らないので、タカは、並んで歩いて居るキムにさえ、口を利くのをすっかり忘れていたのだ。

「キムさん、一体、あれは何なのですか？　和やかな市の真中で、残酷な処刑をするなんて！」

「えっ、タカは初めてなの？

あれは、見せしめだよ。恩義ある主《あるじ》を殺害した家人や奴婢は、五穀豊穣を祈る立春から秋分の間と雖《いえど》も、公然と市で斬刑に処して、衆人への警告とするのさ。わが新羅では、良く見掛ける光景だし、僕も、都の市の広場で、もう何度も見た事があるよ。

唐の都へ、度々使いした父の話では、あれは、元々、あの国の昔ながらの政《まつりごと》らしい。唐の民衆は、今日のような、おお！と叫ぶだけの称唯《いしょう》などでは満足せず、処刑が終る度に、手を叩いて囃《はや》し立てるそうだよ。まあ、確かに、残酷なやり方だけど、いつの世にも、民衆には娯楽が必要だろうからね。政のためには、止むを得ないのさ。」

「見せしめ？　娯楽？　僕には、政の事は良く分からないけれど、都の人々が、人殺しを楽しむなんて、とても信じられないな。都には、他にも沢山娯楽はある筈なのに、処刑まで楽しむ事は無いでしょう。尤も、初めの中は、そんな空気を少しは感じましたけどね。」

「中にはそういう者も居るかも知れないが、実は、それは、彼等の本心ではないんだよ。処刑に居合せた市の群集が、一斉に称唯《いしょう》に応じ、如何にもそれを楽しんで居るかのように振舞うのは、ずばり、生きるためなんだ。

君は気付いたかどうか知らないが、処刑に居合せた群集は、別の市司たちや密偵たちに、密かに見張られているんだよ。そして、あの称唯に応じない者は、二度と市に出入り出来ないような仕掛けになって居る。すべてが、裏で仕組まれた芝居と言う訳さ。わが新羅では、こんな事は、子供でも弁えている常識だよ。」

ああ、やはりキムは大人だ、自分は未だ子供だと、タカは改めて痛感する。

一昨年の晩秋、生まれて初めて大和の都で暮らし始めて以来、タカが度々経験した、官人たちの露骨な豹変振りと言い、今日の処刑の密かな内幕と言い、大和の政の裏には、必ず悪賢い企みが隠されて居るのだ。そう言えば、隼人司のあの年老いた左大衣も、その事を頻りに仄めかして居た。われ等、隼人が、大和の都で人並みに生きて行くには、最も力の強い者に従うのが一番なのだと。だが、都の現実がたとえそうであったとしても、自分は、幼馴染《おさななじみ》のウシのように、海の民・阿多人の誇りだけは決して失なわないようにしよう。たとえ、いつの日か、あの蝦夷の囚人のように、処刑される身になったとしても……。

「いいかい、タカ。訳語に成りたければ、決して私情に惑わされてはいけないよ。通事の役目は、言葉が違う二つの国の仲立ちをする事だけど、その際、個人の感情を決して交えてはいけないんだ。たとえ、相手の国から、自分の国が侮辱されたり。嘲笑されたりしたとしても、その言葉を、ありのままに伝えるのが、通事たる者の第一の役目なんだよ。

万が一、それを怠れば、双方の真意が正しく伝わらず、結局は、自国に不利をもたらす破目《はめ》に陥るからね。だから、先刻のような血生臭い処刑の場面に居合せたとしても、訳語たる者、断じてたじろいだり、われを忘れてしまったりしてはいけないんだ。そして、そう言う事態など物ともせずに、その裏側の世界まで、広く、深く見抜くのが、訳語たる者の最大の使命であるぞ、タカ殿。」

「キムさんは、やっぱり大人だね。僕なんか、逆立ちしても敵わないよ。人の姓名が、仲々覚えられない上に、政の裏側までも見通せないんじゃ、僕など到底訳語には成れそうもないな。」

「あはは。偉そうな事、いろいろ言ったけど、今のは全部、通事の父の受売りさ。そんなに恐れ入る事はないよ。僕の方こそ、数字や算術に強くならないと、大和の通事にはなれそうもないからね。お互い、頑張ろうよ。」

朱雀大路を北へ向いながら、話に夢中になって居た二人が、ふと気付くと、いつの間にか平城宮のすぐ傍《そば》まで来て居る。二人の主《あるじ》、大納言、正三位、大伴宿禰安麻呂は、一年以上経っても、未だに大垣さえ完成して居ない平城宮を警護するために、今日も朝から任務に就いて居る筈だ。良く見ると、いずれ朱雀門が建つ予定の正面の一角に、仮設らしい衛兵所がぽつんと建って居り、武装した数人の衛士《えじ》が、厳めしく歩哨《ほしょう》に立って居る。

だが、大伴邸の資人たちの噂では、『軍防令』の規定により、一年交代で、上番して来る諸国の衛士たちは、どういう訳か、皆一様に体格が貧弱で、武芸の訓練にもそれ程熱心ではないとの事だ。中には、厳しい役目に堪え兼ねて、造都の役民たちの間に紛れ込み、そのまま逃亡する衛士が居るとも聞いて居る。

「タカも僕も、幸い、門衛の役目からは外されて居るけれど、平城宮は未だ完成して居ないから、わが主や仲間たちは、日夜、気苦労が多い事だろうと思うよ。そんな平城宮の守りを固めるために、更に、三人の将軍が追加されたそうだから、余程、宮居の防備が不安なんだろうね。

でも、どんなに将軍の数が増えたとしても、御国の天皇に、最も信頼されて居るのは、何と言っても、大昔から大伴一族さ。わが新羅でも、いや、他の諸国でも、大和の豪族と言えば、先づ大伴氏の名が浮かぶからね。」

金信厳と名乗る、この新羅の学語生は、話せば話す程、わが大和の国情に良く通じて居ると、タカは、今更ながら感心せずには居られない。自分は、日頃、資人仲間の好《よしみ》で、キムさんなどと気安く呼んで居るけれど、ひょっとしたら、この人物にも、大和の官人たちと似たような、裏の世界が潜んでいるのではなかろうか？　丁度、良い機会だ。この異国の学語生に、初めて出会った時のあの素朴な疑問を、この場でぶっつけて見よう。

「われ等が主、大伴一族が、御国はじめ諸国で良く知れ渡って居る事は一応分かったけれど、学語生のキムさんは、どうしてその大伴の館で暮らす事になったの？」

「ああ、その事ね。タカだから打明けるけど、僕が、新羅の学語生として、大和に残る事は、最初は断固拒否されたんだ。間諜《うかみ》の恐れが有ると言う理由でね。帰国した父の話では、御国の議政官会議で、そう決まりそうになった時、わが主、大納言、正三位、大伴宿禰安麻呂様だけが、唯だ一人、異議を唱えられたそうだ。そして、僕の行動には全責任を持つという条件で、資人として自分の館に引き取られたと聞いて居る。わが新羅は、かつては御国の敵だったのに、何と御心の広い方だろうね。カムサハムニダ！」

「成程、そう言う事だったのですね。でも、序《つい》でに聞くけど、間諜《うかみ》とは一体何なのですか？」

「おい、タカ殿よ。またしても僕に講義をさせるつもりかい？　えへん、それでは、教えて使わそう。間諜とは、秘かに敵方の動向を探り、味方に通報する者の事である。よって、この僕も、遷都したばかりの御国の状況を裏で偵察する、危険な人物と見做《みな》されたと言う訳さ。タカは気付いて居ないだろうけど、だから、僕にはいつも尾行が付いて居るんだ。」

「え？　尾行？　何なのですか？　それって」

「やれやれ。この講義、未だ続くのかい？　尾行とは、人の跡をこっそりつけて、その行動を監視する役目の事である。こんな後ろ暗い役目は、どの国にも存在するし、とりわけ、外国の使節団には付き物の事だからね。」

「だとすれば、外国の通事は、間諜にも成り得ると言う訳ですね。キムさんは一体、どちらなんですか？」

「あはは、自分から、間諜を名乗る人間なんて居ないよ。タカ、君もいずれ隼人の訳語に成りたいんだろう？　どちらを選ぶかは、それぞれ、自分自身で決めるべき事さ。

先も言ったけど、政には必ず裏が有るものさ。通事や訳語は、そんな事など百も承知の上で、二つの世界を行き来しなければならないんだよ。それでも、人に隠れて、裏で仕事をしなければならない尾行よりはずっと増しだけどね。

唯だ、僕は、新羅の学語生として、この大和の国で暮らす限り、大恩あるわが主、大伴宿禰安麻呂様を、裏切るような振舞だけは決してしないつもりだ。そんな事をすれば、僕個人だけではなく、わが新羅のためにも良くないからね。」

「……」

いつの間にか、平城宮を右に折れて、通い慣れた佐保川沿いの小道を、二人並んで歩き始めてからも、タカの方は、ずっと口を噤《つぐ》んだままだ。すでに、申《さる》の一刻（午後三時）頃であろうか？

佐保川の岸辺に沿って、ずっと続いて居る新緑の柳が、卯月の午後の陽光を浴びながら、時折、心地良く風に戦《そよ》いでいるのに、その爽やかな光景も、今のタカには、もう目に入らない。新羅の学語生、金信厳が、先刻、タカに突き付けた選択の意味は、これから隼人訳語になろうとするタカにとっては、余りにも複雑で深刻過ぎるのだ。大和の都に来て未だ一年余り。賑やかな市での残酷な処刑、間諜や尾行の隠れた存在など、これまで見聞きして来た朝廷の政は、タカには、全く

思いも寄らない出来事ばかりである。

「タカ、初めて聞くけど、君は独り身、それとも、妻が居るの？

僕は、妻を娶って未だ一年ちょっと。国を発つ時、身籠って居たから、五年後に子供に会える日をとても楽しみにして居るんだ。子供は男でも女でも、どちらでも構わない。僕という一個の命の分身だからね。尤も、昔気質の父は、僕は長男なので、孫は男でなきゃいかんと、勝手な注文を付けて居るけどね。」

「ああ、キムさん、羨ましいな。一人子の僕にも身重の妻が居たけど、一昨年の秋、朝貢の旅の途中で亡くしました。親子三人、都で暮らすのが夢だったのに、夢って仲々適わないもんですね。」

「……」

今度は、金信厳の方が、口を噤む番だった。

新しい大和の都で、遇々《たまたま》、好《よしみ》を結ぶようになった若い二人は、それぞれの未来に思いを馳せながら、新緑の柳の小道を、黙々と歩いて行く。この分では、明日も、市にふさわしい晴れの天気だろう。佐保川の水面に浮かんだ鳥の群れが、何かに驚いたように、一斉に飛び上がった。

第十一章　国史

平城京遷都から五年。霊亀《れいき》元年（七一五年）に、新しい都で初めて挙行した朝賀に、右大臣、正二位、藤原朝臣不比等は、頗《すこぶ》る満足して居た。朝廷の位階こそ右大臣だが、太政官の実力第一人者として、権勢を振い始めて以来、この年ほど心身ともに充実した朝賀を迎えた事はかつて無かったと思う。いつの間にか五十代半ばを過ぎてしまった今こそ、わが人生の頂点であろうと、人知れず快哉《かいさい》を叫びたくなる程である。

遷都を急ぎ過ぎて、平城宮はじめ、造都の作業は全体として遅れ気味だったが、新しい都の象徴たる大極殿の移築もやっと終ったし、宮居に南面する朱雀門も、ほぼ完成した。主立った親王たちや王臣たちの邸宅も、平城宮の周囲に出揃ったし、京戸たちの住居も、年々、京内に増え始めて居る。左右の京職からの報告に依れば、東西二つの市も、ますます繁盛して居るようだ。

元より、東西の両市は、処刑を公開して、朝廷の権威を天下に示す絶好の場所ではあるが、そこでの商いの方がもっと重要なのだ。この新しい都を、前の都以上に繁栄させて行くためには、何と言っても、商売が活発でなければならぬ。上は天皇から、下は京戸まで、毎日腹一杯食べて行ける事が、全ての政《まつりごと》に優先するのだ。

無論、何もかもが上手く行って居る訳ではない。造平城京司たちからの報告では、造都に駆り出された諸国の役民たちの中には、相変わらず逃亡を企てる者が居るらしいし、民部省からも、諸国の運脚たちの中には、帰国の途中、餓死する者も出て居ると、報告を受けて居る。

それだからこそ、すでに藤原京の時代に自分が、唐の制度に倣《なら》って導入した銭貨を、この新都に於いても、より一層普及させねばならぬ。新しい都では、須《すべから》く、新しい政が必要だ。その先頭に立てるのは、自分と、盟友、粟田朝臣真人の二人を措《お》いては他に誰も居ない筈である。

それにしても、今年の朝賀は大成功だった。

新しい都での初めての朝賀にふさわしく、元号も和銅から霊亀と改めたし、今年は、陸奥《むつ》や出羽の蝦夷たちの他に、南嶋の奄美・夜久《やく》・度感《とこ》・信覚《しかく》・球美《くみ》などの島民たちも残らず参列させた。五年振りに来朝した新羅の使節たちも、同席させたので、遙か北方や南方にまで、かくも勢力を広げた、わが日本国の偉大さを篤《と》くと実感した事であろう。

さらに、最近やっと完成した朱雀門の左右に、鼓吹《こすい》や騎兵を整然と配置し、鉦《しょう》や鼓《つづみ》を奏させたのも、今年の朝賀が初めてだが、それもまた、いつもの事ながら、わが盟友、中納言、従三位、粟田朝臣真人の、独創的な発案であった。

いや、そんな些細な政もだが、抑々《そもそも》、この度の遷都の大事業そのものが、約四十年振りに、遣唐執節使として入唐した、あの明敏この上も無い、わが盟友の開明的な建議に端を発したものであった。

自分もまた、日頃、廟堂《びょうどう》の中枢に在って、密かに遷都を目論《もくろ》んで居たので、唐の都・長安を模範として、わが朝廷の支配領域を南北に著しく拡大した日本国にふさわしい壮麗な都を、新たに造営すべきであ

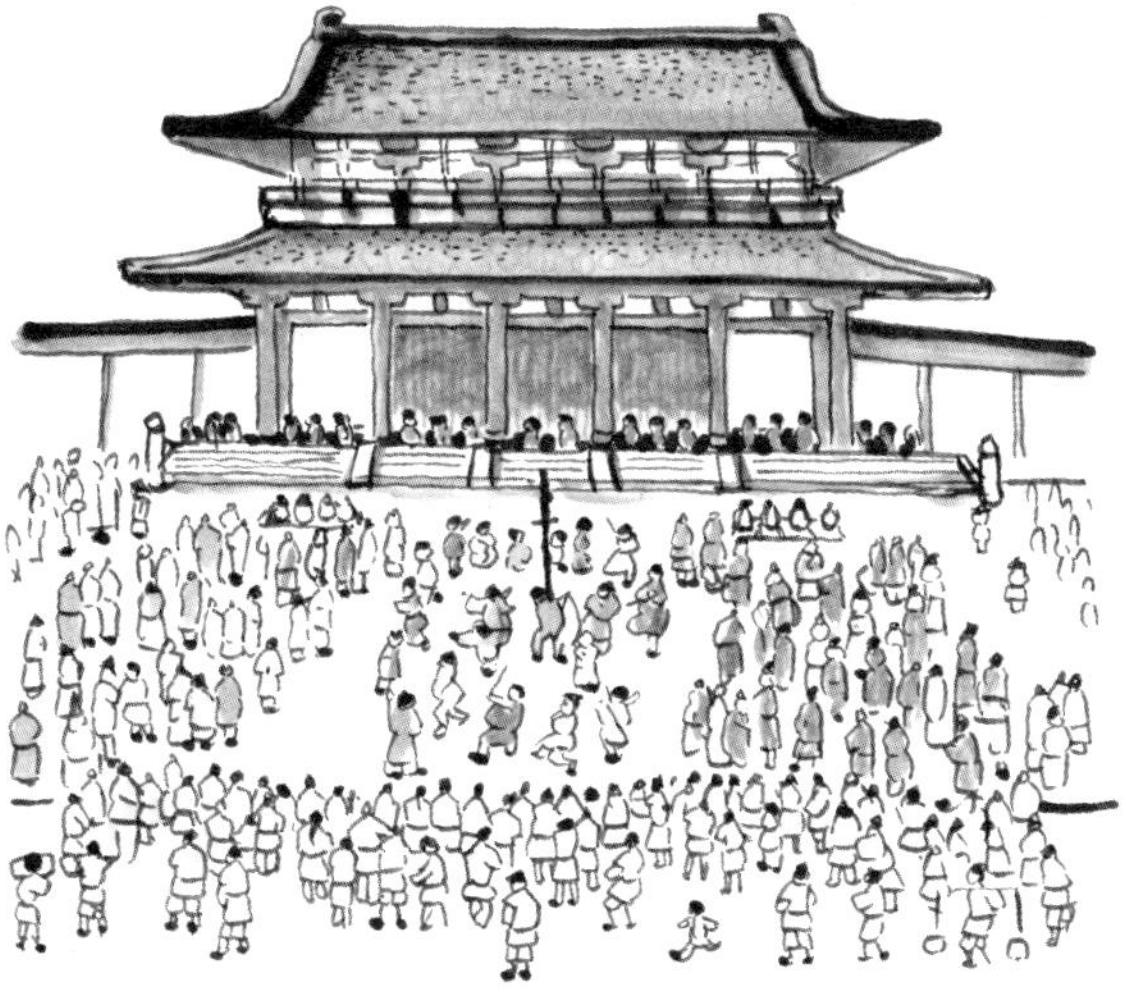

ると強調する彼の提案に、一も二も無く、賛同してしまった事は、言うまでもない。
思えば、大和の昔ながらの豪族の出でありながら、進取の気風に富んだこの人物とは、あの大宝律令の選定の頃から、同僚として、妙に馬が合って居た。それ以来、肝胆相照《かんたん》らす盟友として、廟堂の政に、共に携って来たのだ。そんな彼との強い絆が無ければ、今日の自分は存在しなかったであろう。その意味でも、この夏の成選《じょうせん》には、今年の心強い盟友を、何としても、正三位に昇格させてやらねばなるまい。それが、廟堂の人事権を全て掌握して居る自分に出来る、せめてもの心尽しだ。
人事と言えば、昨年五月、薨去《こうきょ》した、大納言兼大将軍、正三位、大伴宿禰安麻呂の後任の人選では、少々、手こずった。
現在の議政官たちの中で、唯だ一人、隠然たる存在だった大伴一族のあの氏上《このかみ》が、やっと消えて呉れたので、これでいよいよ自分の独擅場《どくだんじょう》だとほくそ笑んだのは、いささか早計だった。と言うのは、七年前の即位以来、人事を含む、廟堂の政一切を自分に任せて来た元明天皇が、この大納言の後任人事に関しては、どういう風の吹き回わしか、突然、口を挟んで来たからである。

自分としては、気心の知れた、左大弁、従四位上、巨勢《こせ》朝臣麻呂辺りを念頭に置いて居たのだが、女帝が指示して来たのは、何と、故大納言の長子、従四位上に昇格したばかりの、大伴宿禰旅人であった。直ちに、大納言は無理だとしても、先づは、中納言として、議政官に昇任させよとの、格別の仰せであった。

即位した当初、元明天皇は、口にするのも恐れ多いあの天智天皇の第四皇女ながら、勝気で活発な姉君、持統天皇とは正反対に、内気で大人しい御人柄と御見受けし、自分としては、与《くみ》し易《やす》しと密かに踏んで居たのだが、この人事の一件に限っては、全く別人のような、断固とした決意を表明されたのだ。即位して七年近く、あの昔ながらの荘厳な高御座《たかみくら》が、女帝の、いかにも女性らしい人となりを、天皇の座にふさわしい強い性格に、徐々に作り変えて来たのかも知れぬ。

だとすれば、女帝は、これからも、大昔から天皇家に最も忠実な氏族であり続けて来た大伴一族を通じて、廟堂の政全体に介入して来る恐れが十分に有る。こうなれば、即位した元明天皇に一年遅れて、右大臣に昇格した自分が、それ以来、廟堂の隅々まで張り巡らせて来た諜報の網をますます強化して、女帝周辺の動きを絶えず把握して置かねばなるまい。

いや、人事を巡る廟堂の政もだが、今年の賑々しい朝賀に一段と華を添えたのは、何と言っても、皇太子首《おびと》の初めての参列であった。

元明天皇の一子、文武天皇と、自分の娘、夫人《ぶにん》・宮子との間に生まれた皇太子首《おびと》は、女帝にとって内孫なら、右大臣たる自分には外孫に当たるのだ。前年六月に元服したばかりの皇太子首《おびと》を、今年の朝賀に参列させ、初めて礼服姿で拝賀させる方針を上奏した時、すでに五十代半ばの、女帝の、皺立った顔が、一瞬、綻《ほころ》び、いつの間にか、普通の祖母の表情に変わったのを、自分は決して見逃さなかった。早生した一人息子の忘れ形見だ。何で可愛く無い事があろう！

政の世界では、神と崇められ、大いに恐れられる天皇も、子や孫の世界では、一人の人間であり、生命を生み落とす一人の女性でもあるのだ。自分が、内大臣、藤原鎌足の二男として、廟堂の政に携わるようになって以来、密かに目を付けて来たのは、天皇という至高の存在の、そんな情愛の側面であった。天皇の人間としての、そういう部分と、切っても切れない、強い血の繋がりを保ち続ける事によって、廟堂の政の世界でも、絶大な権勢を振う事が出来るという人生の真実を、自分は、五十代半ば過ぎまで、身を以て立証して来た積りで居るのだ。

今にして思えば、臣下として最高位まで昇り詰めた父の遺言は本当に正しかった。

後に、口のするのも恐れ多い天智天皇と成られた中大兄皇子の片腕として、乙巳の変を成功させた父、鎌足が、臨終の床に自分を呼び寄せて、二つの事を固く守れ、と厳しく諭した時、十歳を過ぎたばかりの自分には、その真実の意味が、本当の所、未だ良く理解出来なかったと記憶して居る。

その遺言とは、常に天皇に最も近い所で忠誠を尽くす事と、他の有力氏族たちと上手く折り合いを付ける事、の二つだったが、臨終間際の父の念頭に有ったのは、崇敬する天智天皇から特別に賜った采女・安見子と、天皇家を凌《しの》ごうとして討たれた蘇我一族の記憶だったのではと、成人してからやっと気付いた。

吾《われ》はもや安見子得たり皆人の得かてにすとふ安見子得たり

これは、大織冠と大臣《おおおみ》の位を授けられ、藤原氏という、特別な姓まで賜ったわが父が、口にするのも恐れ多い天智天皇の第一の側女・安見子までも賜った時の時の歌だ。生来、武骨な自分には、この歌の良し悪しなど良く分からないが、天皇に最も近い位階を占め続けた父の、内から突き上げて来る大きな喜びが、まるで子供のように素直に表明されて居る事だけは確かであろう。

自分はと言えば、皇太子首《おびと》の祖父として、父よりも一段と天皇家に近付いたし、廟堂の位階も、右大臣に甘んじる事で、他の有力氏族たちの反発を柔げても居る。廟堂は、大昔から権謀渦巻く政の修羅場だ。とりわけ、他の貴族たちとは上手く折合いを付けて、天智天皇と父に亡ぼされた蘇我一族のような二の舞いだけは決して演じないよう、確と心懸けねばならない。

いずれにしても、そんなわが人生を想起するに付け、父のあの二つの遺言を、自分なりに忠実に守り続けて来た事が、何と言っても幸いしたと思わずには居られないのだ。

唯だ、一つだけ、日頃、気懸りなのは、昨年、やっと元服した、皇太子首《おびと》の行末である。

皇位の順位から言えば、わが孫首《おびと》こそ第一の権利を有して居るし、それだけがわが生涯の望みでもあるが、それがすんなり行くとは、どうしても思われない。元明天皇の周辺に放ってある間諜《うかみ》たちからは、最近、何となく譲位の気配がすると密かに聴いて居る。大納言の後任人事でも示されたように、この所、とみに、臣下の人事にも口を挟むようになった、あの女帝の事だ。それにも増して重要極まる譲位についても、すでに腹案を秘めて居るのかも知れない。

後に、孫首《おびと》が、皇太子としてそのまま皇位を継いだとしても、政の面では、右大臣たる自分の補佐がどうしても必要となろう。それだけに、天皇の外戚という至上の権威に頼るだけでなく、廟堂の公卿・百官たちとの折り合いにも、これまで以上に、絶えず気を配らなければなるまい。わが少年の日に、父から授かったあの二つの遺言を、これからも、一層、肝に命じて、来たるべき日をじっと待ち続けよう。女帝より二歳年長の自分も、いつの間にか翁の部類に入ってしまったが、首《おびと》の即位を見届けずに、このまま身罷《みまか》ってしまう訳には、どうしても行かないのだ。

「右大臣様。如何でございましょう、この上つ巻は?」

霊亀元年（七一五年）の朝賀も、例年になく賑々しく終り、夏の成選《じょうせん》もひと段落した頃、平城京、左京四条二坊に構へた豪勢な右大臣邸の一室で、平服姿の主《あるじ》にそう尋ねたのは、同じく平服姿の従四位下、太朝臣安萬侶《おおのあそみやすまろ》だ。

主客は、先刻から、部屋の真中に設えた唐風の台座を挟んで、同じく唐風の椅子に腰掛けたまま向き合って居り、広い室内には、歴代の新羅使節から献上された金器や屏風、虎皮や薬種などが、所狭しと並べられて居る。部屋の外には、手前に繋った藤棚、その向こうに佐保川の新緑の柳が見えるのだが、何やら深刻そうに、眉根《まゆね》に皺を寄せて居る二人は、夏場の大和のそんな美しい自然などまるで眼中に無いかのように、ずっと押し黙ったままだ。その息苦しい長い緊張に、居た堪らなくなった客が、主《あるじ》の手元に開かれたままの、一冊の草稿に視線を落しながら、ついに口火を切ったのである。

「うむ、全体に良く出来て居るとは思うが、一つだけどうしても引っ掛る事が有るのじゃ。」

「何でございましょう？　某《それがし》としましては、口にするのも恐れ多い天武天皇様の御詔命に依り、あの若い聡明な舎人、稗田阿禮《ひえだのあれ》の口誦する通りに、一字一句違えず、精魂込めて撰録した積りで居りますが・・・・」

「それは、その通りであろう。では、聞くが、あの本文中、所々に注を加えたのは、一体誰じゃ？　そちか、それとも、誰か別の者か？」

今や権勢の頂点に在る右大臣、正二位、藤原朝臣不比等が、皇位の継承にも匹敵する程、重大な或る情報を入手したのは、平城京遷都を実現した翌年の夏の事であった。例の間諜《うかみ》たちの注進によれば、女帝が、天武天皇の悲願であった、あの国史編纂の事業を再開するよう、或る者に命じたと言う。この所、遷都のどさくさに紛れて、その方面に気を配る余裕が無かったが、それは、本来なら、今や権勢第一の自分こそが、担うべき天下の大事業なのだ。一見大人しそうだが、さすがは天智天皇の第四皇女だけの事はある。やはり油断は禁物だ。それにしても、或る者とは、一体誰であろう？

右大臣でありながら、その最重要な情報を掴《つか》み損ねた自分に苛立《いらだ》っていた矢先、その正体が、その夏の成選で、従五位下から正五位上に昇格したばかりの、太朝臣安萬侶である事を知らせて呉れたのは、今度もまた、盟友・粟田朝臣真人であった。二人は、共に、昔ながらの大和の豪族なので、日頃、好《よしみ》を通じて居たのである。

過ぐる壬申の乱に勝利した天武天皇が、帝紀及び上古の諸事を撰録するよう、川嶋皇子や忍壁皇子はじめ諸王諸臣に詔命したのは、自分が二十四歳の時だったと記憶する。当時は、未だ、無位無冠だったので、その天下の大事業などは、全く別世界の出来事としか思われなかった。唯だ、その大事業は、天武天皇の存命中には実現せず、次の持統天皇の御代でも、ついに日の目を見なかったので、いつの間にか、廟堂全体が、その企てを忘れてしまって居たのだ。

ところが、その宿念の課題が、右大臣にまで昇り詰めた自分にとって、最も与《くみ》し易《やす》しと思われた、他ならぬ元明天皇の御代に、突如、まるで、天武・持統両天皇の亡霊のように、出来したのである。皇室とこの国の歴史を記録すると言う、極めて重要な政《まつりごと》が、大宝令の規定に反して、女帝の独断で行われた事には、この際、目をつぶろう。平城京遷都の時もそうだが、国史編纂の事業も、最終的には、自分の意のままになる議政官会議で、正式に決定しなければならないからだ。

今は、そんな政の手続きや自分の面子《めんつ》などよりも、女帝が命じたらしい史書の中味を、何としても確かめなければならぬ。いずれは皇位を継ぐ事になる、皇太子首《おびと》の安泰を図るためには、その出自が、皇室の正統な歴史の中に、断固として明記されなければならぬのだ。そうすれば、娘の宮子を通して、自分の血も流れている首《おびと》とともに、わが藤原一族の名が、皇室とこの国の歴史の中に、永遠に刻まれる事になるだろう。

そのためにも、その史書の撰録を命じられたらしい。太朝臣安萬侶を、一日も早く手懐《てなず》けて、遷都二年目には、早くも完成したと聞く、その草稿を、是非とも手に入れなければならぬ。その矢先、当の太朝臣安萬侶を、直接、自分に引き合せて呉れたのは、またしても、盟友、粟田朝臣真人であった。いつもの事ながら、わが盟友の、周到な心遣いには、全く以て、恐れ入るばかりだ。

「某《それがし》がごとき軽輩が、何でそんな大それた事をいたしましょう！　何もかも、大君様の御詔命の通りでございます。ですが、右大臣様、上つ巻に加えましたさまざまな注が、何故、そのように、重大な問題なのでございましょう？　改めて申し上げるまでもなく、注とは、単なる説明にすぎませぬが……」

「合い分かった。先も言ったように、この上つ巻は、全体として良く出来て居るし、いくつかの注も並《な》めて適切であると余も思う。

なれど、余は、この上つ巻、天孫降臨の場面で、三皇子中、一番最初に御生まれになった火照命《ほでりのみこと》に、『こは隼人阿多君の祖』などと、特別に施された注だけは、どうしても納得しかねるのじゃ。

そちも十分承知して居るであろうが、隼人は、北方の蝦夷と並ぶ、南方の夷狄《いてき》、天皇と朝廷に服《まつろ》はぬ不逞の輩《やから》じゃ。天下の大憲たる大宝律令にも従わず、これまでも度々、叛乱を企てて来た野蛮人どもじゃ。

そのような、隼人の祖先と、わが至尊の天皇家の祖先とが、血を分けた兄弟であるとは、何と言う不遜な作り話であるか！　これではまるで、天皇と皇室が、自ら進んで至尊の身を汚すようなもの、百害有って一利無き愚行ではないか！　そういう自明の理を承知しながら、何故、そちは黙って居たのじゃ？」

「右大臣様、何度も申し上げますが、某は、口にするのも恐れ多い天武天皇様と、唯だ今の大君様に、かたじけなくも命じられました御役目を、ひたすら忠実に果したまででございます。天皇家の至尊の御先祖につきまして、そんな大それた意見を、具申するなど、以ての外でございます。軽輩たる某の立場も、何卒、御察し下さいますよう…………」

つい最近、従四位下に昇格したばかりの、この並みの氏族を相手に、右大臣、大納言、正二位の顕職に在る身でありながら、これほど気色ばむのは、いささかはしたない振舞いである事は、不比等自身、重々承知して居るつもりである。だが、自らの立場も思わず忘れて、つい向きになってしまうのは、南方の夷狄たる隼人と至尊の天皇家が祖先を同じくすると記した、あの上つ巻の注が、他ならぬ元明天皇自身によって指示されたと知ったからである。右大臣たる藤原朝臣不比等にとって、南方の蛮夷たる隼人は、朝廷のための俳優《わざおぎ》や狗人《いぬひと》では有り得ても、天皇家の至高の血を引く親戚などで有っては決してならないのだ。敢えてそれを認めるならば、いずれ皇位を継ぐであろう、わが孫首の至純の権威を冒涜する事にもなるであろう。

思えば、大昔から「隼人」と呼ばれて来た、九州南部に住む原住民たちに、朝賀や鹵簿《ろぼ》に際して、「狗吠」をさせるよう、提案したのも、わが盟友、粟田朝臣真人であった。

当時、筑紫大宰だった彼の触込みでは、隼人どものあの吠声《はいせい》は、元来は、秋の収穫の祭に際し、信奉する神々を招くための儀式だが、一方では、あらゆる邪霊を祓う摩訶不思議な力を発揮するとも言う。わが信頼する盟友の言う事だから、それに間違いはないとは思うが、あの奇怪な叫び声は、他人はいさ知らず、自分には、あの獰猛《どうもう》な犬どもの吠え声に聞こえて仕方がないのだ。南方の隼人どもは、所詮、北方の蝦夷どもと同じく、昔も今も、王化に服せぬ夷狄である事に変りは無いし、これからも決して警戒を怠ってはならない輩なのである。

「では、重ねて聞くが、大君様が、三皇子の長子、火照命《ほでりのみこと》に、『こは隼人阿多君の祖』と、特別に注を加えさせた根拠は何であったか？　女性《にょしょう》ながら、英邁この上も無い大君様の事だ。それなりの道理を示されたであろう。」

「某は、右大臣様ほど、隼人には関心がございませんでしたので、その際の事、はっきりとは覚えて居りませんが、隼人の伝説につきましては、何でも大昔から、天皇家に代々伝わっているやに御聞き致しました。そうして、とりわけ、口にするのも恐れ多い天武天皇様も、皇后・持統天皇様も、天皇家と隼人が、血で繋がって居ると言う伝承を、固く信じて居られたとも御聞き致しました。

実は、某も、それをきっかけに、隼人の問題をいろいろ調べて見たのですが、大君様が特別に注を加えられたように、天皇家と隼人族は、大昔から血縁で結ばれて居たのではないかと思うようになって居ります。

たとえば、口にするのも恐れ多い天武天皇様の御代に、隼人の大隅直《あたえ》に、八色《やくさ》の姓《かばね》中、第四位の忌寸《いみき》が授けられたり、かの御崩御の際、北方の蝦夷などは捨て置いて、何よりも先づ、畿内在住の大隅・

阿多の隼人に、誄《しのびごとたてまつ》らせたりしたのも、天皇家と隼人族との、遙かに遠い昔からの、非常に親密な血縁関係を証拠立てるものではないでしょうか？

恐れ多くも、事の序《つい》でに申し上げますれば、南方の隼人は、遙かな大昔、天皇家の御先祖とともに、この畿内に移住して来た部分と、そのまま、南九州の現地に止まった部分とに分けて考えた方が良いのではないでしょうか？

あっ、これは、まことに恐れ多い物言いでございました。何卒、軽輩の妄言と、御聞き流し頂きますよう……。」

最近、従四位下に昇格したばかりだが、此奴《こやつ》、仲々の者だなと、内心では警戒しながらも、右大臣、藤原朝臣不比等は、一方では、いつもの利に聡《さと》い、権力者特有の思考をすぐさま働かせ始める。天下分け目のあの壬申の乱に勝利を収め、この国に新しい政を始められた、あの偉大な天武天皇が、国史の編纂という最重要な事業に際して、白羽の矢を立てた程の人物だ。衆に抜きん出たその才覚を見込んでの人事であった事は、間違い無いであろう。

だとすれば、平城京遷都の大事業が一段落した今、これもまた、わが盟友・粟田朝臣真人が、予《かね》てから進言して居る、新しい修史事業に、この者を引き入れない手は無いだろう。

そのためには、何と言っても人事が物を言う筈だ。

わが盟友・粟田朝臣真人が、大和の昔ながらの豪族の好《よしみ》で、この者の一族の現状を詳しく調べて呉れた所では、歴史だけは古いこの一族は、最近では、多《おおの》や大野などの支族にいくつか分裂して居て、未だに氏上《このかみ》さえ決まって居ないと聞く。そんな中で、この従四位下、太朝臣安萬侶《おおの》が、今の所、唯一の出世頭らしいので、すでに六十を越えているらしいこの者を、一族の氏上にしてやっても、他の支族からは、表立った不平・不満は起こらないであろう。

「そうじゃ、もう一つ、そちの意見を聞きたい事が有った。この上つ巻の本文中に、隼人の祖、火照命《ほでりのみこと》が、わが天皇の祖、火遠理命《ほおりのみこと》に降参して、『汝命の晝夜《ひるよる》の守護人《まもりびと》となりて仕へ奉らむ』と言う行《くだり》がある。隼人の祖が、わが天皇の祖に屈服した事は、まさしくその通りであろうが、その貶《おとし》められた身分の表現を、単なる守護人で済ますのは、如何なものかの？　余が、度々、口にして居るように、わが朝廷では、隼人は今や、卑しい俳優《わざおぎ》であり、狗人《いぬひと》なのじゃ。従って、国史に於いても、隼人は、その下賤な身分にふさわしい表現にせねばならぬと、余は思うのじゃが、如何かな？」

「御言葉ながら、某も、度々、申し上げて居りますように、口にするのも恐れ多い天武天皇様、直々、某に撰録を御命じになりましたこの国史、唯だ今の大君様のご詔命無くば、一字一句と言えども変更適いませぬ。もし、どうしても、右大臣様のご希望通りになさりたいのであれば、この書とは全く別に、新たな国史を編纂される以外に手立ては無いと愚考仕《つかまつ》りまするが……」

かつて、持統天皇の御代、三十一歳という若さで、判事に任命され、その長い官人生活を始めた、右大臣、藤原朝臣不比等は、一体に、理詰めで雄弁な人物が好きだ。自分より少し年長とは言え、若い頃から、粟田朝臣真人と妙に馬が合うのも、まさしくその秀れた論理力のせいである。今もまた、従四位下ながら、この老官人から、理路整然とした物言いがなされた時、右大臣の心が、急に弾み出し、そのしかつめらしい顔が、網に掛かった魚をたぐり寄せる漁師のように、綻《ほころ》び始めたのも、そのせいなのである。

「それよ。

本日、余がそちを呼んだのは、他でもない、唯だ今、まさしく、そちが口にした新たな国史を、編纂するためじゃ。

この平城《なら》の地へ遷都を終えて五年、これから、わが国は、西方の唐にも並ぶ、堂々たる律令国家として、それにふさわしい政と正史を持たねばならぬ。

そちが撰録した国史は、確かに、全体として立派な出来ではあるが、残念ながら、推古天皇の御代で終わってしまって居る。わが至尊の皇統は、その後も現在まで、なお連綿として続いて居るのじゃ。その厳たる事実を、後世のためにも、何としても記録して置かねばならぬ。

さらに、新しい国史には、皇祖皇孫たちの単なる系譜だけではなく、歴代天皇の輝かしい政の御業績をも、細大漏らさず記録して置かねばならぬ。そのためには、独り天皇家だけではなく、他の有力氏族たちが秘蔵して居る筈の、夥《おびただ》しい伝承や墓記なども、残らず蒐集しなければならぬ。また、国内の資料だけではなく、そちと懇意らしい、あの粟田朝臣真人が、遣唐執節使として、四十年振りに、唐から持ち帰った、数々の異国の典籍等も、合わせて参考にしなければならぬ。

その大事な役目を果たせるのは、先に国史を撰録したそちしか居らぬと、余は確信して居るのだが、如何かな？　のう、新たな国史の編纂に、そちの力を貸しては呉れぬかな？」

「身に余る御褒めの御言葉、まことに恐悦至極に存じ奉りまする。然《さ》り乍ら、余りにも急な御話の故、今ここでは、即答致し兼ねまする。

とは申せ、実は、某も、この書の続きを編纂しなければならぬと、かねて密かに愚考しては居りました。なれど、新たな国史を、右大臣様の仰せの通りに編纂するとなりますと、某一人の力では、到底適いませぬ。若い舎人・稗田阿禮の膨大かつ詳細な記憶を、文字に再現する作業さえ、途中で投げ出し度くなる程、繁雑を極めました故・・・・」

「無論、何もかもそち一人に任すと言うのではない。

良いか、これは絶対に他言無用じゃが、近くそのための人事を発令する事になって居る。新たな国史の編纂の長《おさ》は、舎人《とねり》皇子、以下、中務卿《なかつかさきょう》、従四位上、大伴宿禰旅人、正五位下、平群朝臣安麻呂《へぐりのあそみやすまろ》、従五位下、粟田朝臣人上《ひとかみ》、他、十数人じゃ。余の長男、武智麻呂《むちまろ》も加えて有る故、そちも是非、顔を出して貰いたい。

ここだけの話じゃが、舎人皇子は、かつて神と恐れられた天武天皇の御三男故、形ばかり長に推挙するまでの事。さらに、大伴宿禰旅人は、元明天皇様の御信任、格別に厚い故、外す訳には行かぬ。然れど、後の者どもは、並めて余の息の掛った人物たちばかりじゃ。

そこで、新たな国史の編纂の実務は、そちに音頭を取って欲しいのじゃ。勅命に依り、この書を撰録したそちの事。廟堂の誰にも文句は言えまいからの。」

「重ね重ねの御恩情、この卑賤な身に余りにも過ぐる御処遇と、まことに痛み入ってございます。その栄誉極まる御役目、某、御引き受け致しましたる上は、全身全霊を以て、精進致す所存でございまする。右大臣様には、今後も、何卒、御指導、ご鞭撻の程、宜しく御願い申し上げ奉りまする。」

右大臣、正二位、藤原朝臣不比等は、長い官人生活を通して、昇格や大役を告げられた下僚《かりょう》たちが、その直後、如何なる反応を示すものか、もはや十分知り尽くして居る。

彼等は、その人事を告げられた途端、満面に喜色を浮かべると同時に、決まって形通りの決意を表明するのだが、従四位下とは言え、この太朝臣安麻呂も、まさしく例外ではない。こういう時の、下僚たちの興奮した表情をもたらしたのは、他ならぬこの自分であると感じる時程、廟堂の人事権を全て掌握したわが身の至福を味わう事は無いと、不比等はつくづく思う。

だが、待てよ。この度の人事は、いつもとは全く違うのだ。平城京遷都に次いで行う、この新たな国史の編纂は、わが最愛の孫、皇太子首《おびと》の即位を通して、我等藤原一族の永遠の繁栄をもたらすために、何としても実現せねばならない一大事業なのだ。そのために最重要の鍵を握って居るのが、この人物である。ここは一つ、大事を取って、駄目を押して置こう。

「時に、そちの一族は、未だに氏上《このかみ》が決まって居ないと洩れ聞いて居るが、どうじゃ。そちが引き受けては。今年はもう済んでしまった故、来年の成選《じょうせん》で、余が推挙して使わそう。天武天皇様以来の宿願であったこの書を美事に物にしたそちの事じゃ。元明天皇様も、よもや反対なさるまいて。楽しみに待つが良いぞ。」

「某、この身に過ぐる大役を賜った上に、更なる栄誉を御授け下さるとは、何という果報者でございましょう。まことに有難く、恐縮至極に存じ奉ります。

所で、先刻、右大臣様がいみじくも御指摘になられた隼人の件、某も、わが天皇家と皇室の御尊厳に係る重大な問題と、愚考仕りまする。付きましては、某、今少し詳細に考究致し度く存じまするが、右大臣様には、何か妙案等ございますまいか？」

「そうじゃな。

天皇家と隼人とを血でつなぐのが、大君様の強い御意向であるとすれば、そちの言う通り、この書から、隼人の注を取り除く事は、先ず不可能であろう。だとすれば、われ等が新たな国史では、隼人以外の言葉で言い換えるか、それ以上にもろもろの事実を、書き加えるか、その二つの外に、確かな手は有るまい。

おお、今ふと思い出したが、佐保の大伴の館に、隼人の若者が一人居る筈じゃ。数年前、建国して間もない薩摩国から舎人として献上されたのを、余が、大納言、大伴宿禰安麻呂に、資人として払い下げた記憶が有る。遷都の儀に間に合うように、朝貢させた隼人どもの一人である故、現地の事情にも良く通じて居ろう。そちが、直接引見《いんけん》して、詳しく確かめて見よ。中務卿、大伴宿禰旅人には、余のほうから、話を通して置くが、呉々も、内密にな。さらば、場所は、そちの邸《やしき》が良かろう。」

「隼人の言葉は、新羅の言葉以上に難しいと、かねて洩れ聞いて居りまするが、意思相通じましょうか？　某、大和の言葉しか、存じませぬが……」

「大丈夫じゃ。大伴の館には、以前から異国の者どもが大勢住まって居るし、最近では、新羅の学語生も一人居る筈じゃ。あそこの資人どもは、どんな言葉にも慣れて居る故、その隼人の若者も、わが大和の言葉にももうすっかり慣れて居ろう。

唯だ、あそこは、得体の知れぬ間諜《うかみ》どもの巣窟でもある。その隼人の若者にも、別して気を配り、決して手の内を明かさぬよう確と心懸けよ。

いずれにしても、事は急がねばならぬ。宜しく頼むぞ。」

「委細承知致しましてございます。それでは、早速に……」

大和平野の夏は、異に暑い。

狭い盆地の四方を囲んで居る青垣のような山々は、見た目には確かに美しいが、それは、春と秋だけの事であり、真夏はとてつもなく暑く、真冬は何もかも凍り付くのだ。

タカが、大伴館の、例の年老いた家令《かりょう》の命を受けて、左京四条四坊に在る、太朝臣安麻呂の邸《やしき》を訪れたのも、六月末の、茹《う》だるように暑い、そんな夏の日の午後であった。

いつもなら、佐保川をそのまま小舟で下って行くのだが、遷都から五年経った今では、東市へ南下する東堀河が開通したので、その日は途中で、別な小舟に乗り換えて、完成したばかりの、その大きな運河を下って行った。両岸には、植えられたばかりの柳や紫陽花が青々と連なって居て、余りの暑さに、弛みがちな視線を、生き生きと引き立てて呉れる。

すでに、六十を越えた太朝臣安麻呂が、左京四条四坊のこの地に、邸を賜ったのは、昨夏の成選で、従四位下に昇格して以後の事である。佐保川を挟んで、右大臣、正二位、藤原朝臣不比等の館とも割りと近いので、新たな国史の編纂を巡って、二人の関係は、最近とみに親密だ。今日も、安麻呂は、早朝から右大臣の館に伺候し、隼人の表現に関する細々した指示を受けて来たばかりである。

「面《おもて》を上げよ、阿多君鷹。如何かな、大和の夏は？　そちも大和へ来て五年も経つそうじゃから、もうすっかり慣れたとは思うが……」

新羅の貢物に埋まって居た右大臣の館の一室とは違って、夥しい書籍が山のように積み上げられて居る太朝臣安麻呂邸のこの部屋は、あらゆる種類の武具が部屋毎に並べられて居る大伴の館ともまた全く異なった雰囲気だ。

その声を合図に、叩頭して居たタカが、恐る恐る身体を起こして見ると、もうかなりの年配な感じの当の主《あるじ》は、平服のまま、正面の椅子にゆったり腰掛けて居る。

良く見ると、声の主は、昨年、新しくタカの主となった、中務卿、従四位上、大伴宿禰旅人とは、歳こそ離れては居るものの、並みの官人たちとは、何処か違った、共通の知的雰囲気を帯びて居るようだ。そんな年老いた上級官人が、他の氏族の資人に過ぎない自分に、一体、如何なる用事が有るのであろう？　わが姓名も、都へ来てすでに五年経った事もすでに知られて居るとすれば、やはり、わが故郷、阿多の様子でも知りたいのであろうか？

それにしても、わが主と、位階はそれ程変わらない、この高級官人の、何と腰の低い、物柔らかな物言いであろう！　だが、待てよ、新羅の学語生、金信厳が、度々、忠告して呉れたように、大和の政にはいつでも裏が在る筈だ。日頃は、南方の夷狄として蔑《さげす》まれて居る隼人に、これ程の丁重さを示すからには、何か魂胆が在る事は間違いない。今こそ、金信厳の、あの貴重な教えを実行する時だ。心して掛かろう。

「大和の夏の暑さには閉口して居ります。何年経っても少しも慣れません。海に面した、私の故郷・阿多も、夏はさすがに暑いですが、大和のこの暑さには適《かな》いません。ここの暑さは、とてもじっとりとして、身体の芯まで応えますが、阿多の暑さは、もっとからっとして、凌ぎ易いです。陸と海の違いでしょうか？」

成程、右大臣が言われた通りだ。この隼人の若者は、もうすっかり大和言葉に慣れて居るようだ。この分なら、何か役に立ちそうな話が、聞き出せるかも知れない、と、安麻呂は急に乗り気になった。

「海か。海と言えば、余は、若い頃、難波の海を一度見た切りでな。すぐ向うに、淡路島が横たわって居るので、まるで、山に囲まれた、波静かな湖としか見えなかったと記憶して居る。したが、四十年振りに唐に渡った者たちの話では、外の海は、とてつも無く広々として、波の荒いものらしいの。余など、この歳になるまで、唯だ唯だ、妄想を逞《たくま》しうするばかりじゃ。

ところで、そちの故郷・阿多には、山は無いのかの？　笠沙とはどんな所かの？」

そら、来たぞ。いよいよ本題に入るようだ。でも、海の次に、山を尋ねるとは、一体、どう言う訳なのだろう？　金信厳が忠告して呉れた通り、大和の官人たちには、やはり裏が在るようだが、自分のような「南方の夷狄」にさえ、素直に胸の内をさらけ出す所を見ると、この年老いた貴人は、案外、根は正直な人物なのかも知れない。それならば、自分も、有りの儘《まま》を語る事にしよう。

「南北に長い阿多の浜辺に立ちますと、三つの山を望めます。東に、金峰山、西に、野間岳、そして、南に、長屋《ちょうや》山。いずれも、大和三山や三輪山は元より、あの二上山よりも高い山々かと思われます。女性《にょしょう》の乳房のように盛り上がった、東の金峰山は、われ等海の民、阿多人が、神降《かんくだ》りの峰として、大昔から深く崇めて居ります聖なる山。毎年、仲秋の満月の夜、阿多の浜辺では、天より峰に降って来る山神《やまつみ》と、遙か南方の海から渡って来る海神《わだつみ》の姫御《ひめご》が、厳かに目合《まぐわ》う、火振りの祭りが催されます。

西の野間岳は、男根のように、鋭く尖った勇しい山、そして、南の長屋山は、女性《にょしょう》がうつ伏したような、なだらかな山です。御尋ねの笠沙は、その野間岳の麓に在る、美しい岬の名前ですが、余り詳しくお話しても、大和の方々には、無用な事かと存じますが……」

「いや、構わぬ。もっと続けて呉れ。東の金峰山とやらが、そちたち阿多隼人の、昔ながらの霊山である事は良く分かったが、西の野間岳とやらは、どうなのじゃ？　海の民、阿多人にとって、何か役に立つ事でも有るのかの？」

「勿論です。西の野間岳は、広々とした阿多の海に、長く突き出た笠沙の岬にそびえていますので、われ等海の民にとって無くてはならぬ、大事な目印となって居ります。われ等は、漁に出掛けた時、また、遥か南方の島々に、商いに出掛けた時、帰りには必ず、この男らしい山を目掛けて、舟を操るのです。

序《つい》でに申し上げますと、野間岳の麓は、竹の林に取り巻かれ、まるで島のようにも見えますので、地元では、竹の島とも呼び慣わして居りますが……」

「そうか。合い分かった。笠沙の岬と竹の島が、漁師や水夫にとって、そのように大事な目印になって居るとすれば、遠い外国から渡って来た船にとっても、有難い目標となるであろうの。

そちの故郷・阿多の地で、そのような昔話でも聞いた事はないかの？　そちの姓・阿多君《あたのきみ》は、その辺りでは昔ながらの名家と洩れ聞いて居るが、外国について、何か

言い伝えでも遺っては居らぬかの？」

「わが阿多君が名家かどうかは、存じませんが、われ等が阿多の地は、遙か大昔から、南海の島々と北の筑紫を結ぶ、中継ぎの役目を果たして来た事は確かです。遠い南の海で採れます、美しい巻貝を買い求め、この地で貝輪に加工し、北の地方で売り捌くのです。

時には、その美事な貝輪を求めて、遙か西方の大陸から、商人たちの船がやって来る事もあったと、言い伝えられても居ります。小さい頃、父から良く聞かされた話では、わが阿多の浜辺から、真西へ真直ぐ船で行きますと、今では唐と呼ばれる大きな国に辿り着くのだそうですが、私は未だ一度もその国へ出掛けた事はありません。」

そんな会話を、取留めも無く交しながらも、主客は、心の中では、それぞれ全く別な思いに捕われて居た。

主《あるじ》の安麻呂は、西の大陸から貝輪を求めて商人たちの船がやって来たと言う伝説が、かの阿多の地に遺されて居るとすれば、わが天皇家の御先祖たちも、遙か大昔に、かの大陸から渡って来て、そこで阿多隼人の祖先たちと婚姻を結んだ事実も、ひょっとしたら有り得るのではないか、と思い始めて居た。わが撰録したあの史書では、天孫・邇邇芸能命《ににぎのみこと》は、高天原《たかまのはら》から天降《あまくだ》りされた事にしたが、大山津見神《おおやまつみのかみ》の女・神阿多都比売《かむあたつひめ》と出会ったのが、阿多隼人の故郷、笠沙の地だとすれば、そんな仮の説も、決して考えられない訳ではないだろう。

いずれにしても、元明天皇様が、皇室の大昔からの言い伝えとして、はっきりと御認めになったように、隼人阿多君の祖・火照命《ほでりのみこと》と、天皇家の祖・火遠理命《ほおりのみこと》は、紛れも無く、御兄弟なのだ。綸言《りんげん》汗の如し——一度、天皇の口から出された言葉は、何人《なんぴと》と言えども、すなわち、たとえ、右大臣、藤原朝臣不比等様と言えども、抗《あらが》う事は絶対に出来ないのである。

だが、右大臣様は、隼人の祖先と天皇家の祖先が兄弟であるとする、上つ巻のあの注を、とても嫌って居られた。元明天皇様に対して忠誠を尽くさねばならないのは、朝臣として、当然の事であるが、新たな国史の編者として、晴れがましい役目を与えて下さった、しかも、わが氏族の氏上《このかみ》まで約束して頂いた右大臣様にも、測り知れない恩義が有る。御二方ともに顔を立てる、妙案は何か無いものか？

おお、そうじゃ。右大臣様は、兎に角、隼人が御嫌いなのだから、隼人の祖先については、新たな国史では、隼人という言葉を削除して、「吾田君小橋《をばし》等が本祖なり」と注記すれば良いのではないか？「阿多の小椅君」は、わが中つ巻で、神武天皇の義父として、すでに明記して有るので、問題は無いであろう。

こうすれば、元明天皇様の御詔命にも適って居るし、右大臣様も、何とか納得されるのではなかろうか？　だが、天皇家の御先祖が、はるか大昔、西の大陸から、阿多の地へ渡って来たのではないかと言う、先刻の思い付きだけは、決して口外しないようにしよう。わが上つ巻でも、確と撰録したように、天孫はあくまでも高天原から天降りされた事にして置かねばならぬのだ。

一方、客のタカは、主の安麻呂に問われて、故郷・阿多の自然や言い伝えを口にする度毎に、大和へ来てから数年の間は、さまざまな出来事に振り回されて、心の何処かに密かに仕舞われて居た望郷の念が、少しずつ頭をもたげて来るのを次第に感じ始めて居た。

親友ウシと二人で上った金峰山、阿多人たちの火振りの祭、ヒメと初めて目合った阿多の浜辺、等々、懐かしい場面が次々と浮かんで来る。ああ、しかし、あの夜のヒメは、もうこの世に居ないのだ。播磨国の何処かに、ややとともに葬られたと伝え聞いたヒメの魂は、今頃、何処をさ迷って居るのであろう？　出来る事なら、この手で、魂とともに、その亡骸《なきがら》を、故郷の阿多へ連れ帰り、もう一度、あの美しい阿多の浜辺や母なる金峰山を見せてやりたい。

おお、そうだ。わが父上は、その後どうして居られるであろう？　阿多郡主政、阿多君比古として、薩摩国府に今でも伺候して居られるだろうか？　だが、思えば、親一人、子一人でありながら、自分は何と度々親不孝を重ねて来た事であろう！

「これが、最後じゃが、そちたちの火振りの祭とやらを、もう少し詳しく聞かせて呉れぬかの。山神と海神の姫御が目合うそうじゃが、そちたちは、遙か南の海からやって来る海神の姫御を、何処で迎えるのかの？　阿多の浜辺でかの、それとも海の中でかの？」

これはもう、唯事ではないと、タカはつくづく思う。われ等海の民、阿多人の、あの火振りの祭の模様を、こんなに詳しく知りたいとは、この年老いた貴人、一体、何を企んで居るのであろう？　この余りにも、唐突で不可思議な、老官人の問い掛けの真意――あの聡明な新羅の学語生・金信厳でさえも、読み解く事は出来ないのではないか？　でも、これが最後の問いなのであれば、有りの儘《まま》に答えて、一刻も早くここから退出したいものだ。

「われ等阿多人の火振りの祭では、毎年、中秋の満潮の日の夕方、阿多の浜辺で、海神の姫御を迎えるのは、十四歳になったばかりの、阿多の娘たち十人です。浜辺に一列に横に並んだ後、沖へ向って一斉に進み、寄せて来る波と戯れながら、溺れる寸前まで、歓迎の仕草を続けます。海神の姫御が、浜辺に御着きになった後、今度は、十五歳になったばかりの、阿多の若者たち全員が、神招《お》ぎの声を発して、姫御の到着を御祝い致します。

私もその年、十五歳になったばかり、金峰山で、山神を御迎えするのが、大事な役目でしたが……」

おお、やはり、あの人並み外れた記憶力の持ち主、若い舎人・稗田阿禮が、口誦した通りであったわい。あの上つ巻の終りの方で、天皇家の祖・火遠理命《ほおりのみこと》の「守護人《まもりびと》」と成る事を誓った火照命《ほでりのみこと》を、「故、今に至るまで、その溺れし時の種々《くさぐさ》の態《わざ》、絶えず仕へ奉るなり」と表記したのは、全く正しかったのだ。

だが、この阿多隼人の若者の、口だけの説明では、その模様が、今一つはっきり思い浮かばない。出来る事なら、その神招《お》ぎの声を聞いてみたい所だが、外に洩れる危険が有る。出来るだけ内密に事を運べと、右大臣様からも厳しい御達しを受けて居る。ならば、ここでは、その一応の仕草だけでも、この目で確と見届けて置きたい。

「海神の姫御を出迎えるのは、阿多の娘たちの役目だそうじゃが、どうであろう、せめてその簡単な仕草だけでも、男のそちに出来まいかの？　そちが見知って居る限りで結構じゃ。この場で、余に見せて欲しいのじゃがの。」

左京四条四坊の邸で、従四位下、太朝臣安麻呂と、長い面談をやっと済ませた後、全身に重い疲労を感じながら、佐保の大伴の館へ帰り着いたタカは、その夜、六月末の、まるで熱風が吹き付けて来るような暑さの中で、仲々、寝付けなかった。

と言うのも、海神の姫御を出迎える神聖な役目を阿多の娘たちから奪ってしまったと言う、自責の念と、阿多人が崇める神々に対する、その罪深い所行を、朝廷の顕官の面前で、半ば強制されたと言う、屈辱の念が、交互に、タカの心を苛《さいな》み続けたからだ。すでに子《ね》の刻(午後十二時)も過ぎた頃であろうか、狭い部屋に詰め込まれた他の資人たちは、何の悩みも無いかのように、ぐっすり寝入って居る。

不意に、タカの目に涙が沸いた。吹き出る汗よりも熱い涙は、次から次へ溢れ出し、やがて、それは、喉を掻きむしるような激しい嗚咽《おえつ》に変わった。大和の都へ来て五年、二十歳に成ったタカは、その夜、初めて声を殺して泣いた。身の回わりに余りにも沢山の出来事が有り過ぎたこの五年だったが、こうして振り返って見ると、まるで遠い昔の事のような気がする。今は亡き最愛のヒメ、親友のウシヤクメと過した、あの阿多の日々が無性に懐しい。隼人の訳語に成ると言う夢は、未だに果せて居ないが、いつの日か、あの金峰山の見える故郷・阿多へ帰ろう。さまざまな思いに囚われて、仲々寝付けなかったタカが、やっと深い眠りに落ちたのは、もう寅《とら》の刻（午前四時）に近い頃だった。

一方、従四位下、太朝臣安麻呂は、阿多隼人の青年、阿多君鷹を邸《やしき》から下がらせた後、早速、巻紙と筆墨を準備し、先刻の面談の模様を文字に写し始めた。

思えば、大和へ来て未だ数年しか経って居ないのに、あの隼人の青年の言葉は、もうすっかり都風に変わって居るし、話す中味も、予想以上に、豊富で、示唆に富んで居た。右大臣様始め大和朝廷の官人たちは、無闇《むやみ》矢鱈《やたら》に、北の蝦夷や南の隼人を夷狄とみなし、ともすれば、侮蔑しがちであるが、たとえ、辺境の民ではあっても、あの隼人の青年のように、流暢に大和の言葉を話し、理に適った物言いの出来る人物も確かに居るのだ。

さすれば、凡そわれ等国史を編纂すべき者、独り善がりな予断を控え、何事に付けても、曇りの無い目で、事実を有りの儘に見なければなるまい。とりわけ、隼人については、元明天皇様と右大臣様では、全く評価が相反して居るのだ。そのためにも、能《あた》う限り、数多くの事実を書き記して、後世の判断に資するしかあるまい。

と、一応、偉そうな事を頭では考えたが、自分もすでに六十を越えた、老残の身だ。右大臣様には、新たな国史の編纂を任された上に、わが一族の氏上《このかみ》と成る事まで、固く御約束頂いた。自分だけではなく、わが太氏《おおの》全体の将来のためにも、あの御方の意向には決して逆らはぬよう、上手く立ち回らねばなるまいて。

思案を終えた老官人は、先刻、隼人の青年が演じて呉れた、あの海中の儀式を思い浮かべ乍ら、巻紙に筆を動かし始めた。

「乃《すなわ》ち、足を挙《あ》げて踏行《ふ》みて、其の溺苦《くるし》びし状《かたち》を学《なら》ふ。初め潮《しほ》、足に漬《つ》く時には、足占《あしうら》をす。膝に至る時には足を挙ぐ。股《もも》に至る時には走り廻る。腰に至る時には腰を捫《もち》ふ。脇《わき》に至る時には手を胸に置く。頸《くび》に至る時には手を挙げて飄掌《たいろか》す。爾《それ》より今に及るまでに、曾《かつ》て廃絶無《やむことな》し。」

第十二章　歌人

右大臣、大納言、正二位、藤原朝臣不比等が、その長い官人人生の中で、得意の絶頂に在った同じ年、佐保の大伴氏の館では、主《あるじ》の側に、二つの大きな人の入れ替りが在った。と言うのは、先づ、前年五月に薨去《こうきょ》した、大納言兼大将軍、正三位、大伴宿禰安麻呂に代わって、その嫡子・旅人が主の座に就いたし、同じく七月に薨去した、知太政官事、一品《いっぽん》、穂積《ほづみ》皇子の妻、大伴坂上郎女《さかのうえいらつめ》が、婚家を引き払って、館に同居するようになったからだ。

新たに館の主を継いだ旅人は、その年の初めには、従四位上に昇格し、五月には、中務卿《なかつかさきょう》に任ぜられるなど、順調に出世しつつあったが、それは、昔ながらの名門中の名門、大伴一族の氏上《このかみ》として、廟堂の誰の目にも、至極当然の人事と受け止められて居た。だが、すでに五十の坂を越えた当人は、その名誉な地位に就いて以来、大方の予想に反して、何となく沈み勝ちな日々を送って来て居た。

その最大の原因が、太政官を含む廟堂全体を支配して居るあの御方の隠然たる存在に在る事は言うまでもない。おまけに、旅人の直接の上司である左大弁、従三位、巨勢朝臣麻呂は、あの御方の腹心中の腹心と来て居るので、日々の役務を一応こなしながらも、どうしても気が晴れないのだ。無論、元明天皇の厚い信頼を背景に、いずれ自分も、太政官の一角に、大伴一族なりの然るべき地位を占める事に成るであろうが、廟堂の地位を上昇して行く度毎に、より強く感じる、あの御方の絶大な権力

を思うと、何とも遣り切れない気持で胸一杯になるのである。

今にして思えば、昨年五月、天寿を全うされた父上も、あの御方の意の儘《まま》になる議政官会議で、今の自分のような、鬱屈《うっくつ》した気分をずっと味わって居られたのであろう。

これからは、あの御方の天下となろう、あの御方の一門と事を構えたならば、たとえ、昔ながらの名門、大伴一族であろうとも、未来は無いと、まるで遺言のように、日々諭されて居た亡父の気持が、今にしてやっと理解出来る気がする。

果して、あの御方は、この自分と並べて、長子の藤原朝臣武智麻呂《むちまろ》を、従四位上に、次子の藤原朝臣房前《ふささき》を、従四位下に、それぞれ昇格させ、廟堂に於ける藤原一門の勢力を、着々と固めつつあるではないか！

この七月初め発令された、新たな史書の編纂の人事でも、舎人皇子と中務卿の自分を除けば、残りは皆、あの御方の息の掛かった者たちばかりであった。今の廟堂で、あの御方の専横を押え込めるのは、元明天皇様しか居られないが、その大君様も、九月には、到々《とうとう》、娘の氷高《ひだか》内親王様に譲位された。

こうなれば、皇太子首様《おびとさま》が、追って皇位を継がれる事は、ほぼ確実であろう。その時こそ、廟堂に於けるあの御方の勢威は、名実ともに、盤石のものになる筈だ。

「ねえ、旅人様、何をそんなに悩んで居られますの？ 何となく御顔の色が勝れませぬが……」

亡父・安麻呂が、書斎として愛用して居た館の一室で、先刻から物思いに耽《ふけ》って居た旅人に、庭先から声を掛けて来たのは、異母妹の坂上郎女《さかのうえいらつめ》だ。振り向くと、部屋に飾るつもりであろうか、晩秋の淡い午後の陽を浴びながら、広大な館の庭のあちこちに群生して居る秋萩の小枝を、二本、両手に挟んで立って居る。

十年近く、知太政官事の重職を占めて来た夫の、一品《いっぽん》、穂積《ほづみ》皇子に先立たれて間も無いこの異母妹は、未だ二十歳を越えたばかりのせいか、しかも、白い喪服姿のせいもあってか、匂うような女性の美しさだ。すでに、五十を越えた旅人は、三十も年下の、この美しい異母妹と向き合う度に、まるで自分の娘を前にして居る時のような、愛しさと懐しさを覚えるのが常である。時には、こんなかわいい女性を娶《めと》れば良かったと、ふと後悔する事さえ有る程だ。丁度、良い時に来て呉れた、男の話でもして、気を紛らすとするか。

「そこもとの行末を案じて居たのよ。その若さで、寡婦《やもめ》とは、余りにも勿体無いからの。誰か好きな男は居らぬのかな？」

「まあ、何とはしたない事を仰せられます！ 妾《わらわ》は、夫の喪に服したばかりでございますよ。あの愛しい穂積皇子様以外の殿方に、何の興味もございませぬ。きつい冗談はお止め下さいませ。」

「亡くなられた御方を、そうやって何時迄も惚気《のろけ》て居ても、仕方あるまいに。そこもとのその美貌と才覚じゃ、若い男どもが黙って居る筈は無いと思うがの。そう言えば、あの御方の御子息の何方《どなた》かが、そこもとに御執心とも、洩れ聞いて居るぞ。もう、歌でも貰うたかな。」

「存じませぬ。何て嫌らしい旅人様。ご自分の事は棚に上げて、人の嫌がる事ばかりお口にされるのですもの。

そんな事より、中務卿の御役目、如何です？　大君様と太政官との御仲立、色々と気苦労の多い事でございましょうね。」

生来、利発で、しかも愛敬《あいきょう》のある、わが娘のようなこの異母妹と、折角、楽しい軽口《かるぐち》を交して居た所なのに、他ならぬ当の相手から、生々しい政《まつりごと》の話が出るとは、何と不粋で興醒めな成行きであろう！　一瞬、旅人は、先刻までの物思いに引き戻された気がして、またもや気が滅入ったが、何時迄も子供に見えて居たこの異母妹が、何時の間にか、政の世界までも口にするように成って居る様子に、ふと新鮮な驚きを覚えた。形ばかりの重職とは言え、知太政官事を十年も勤めた、一品、穂積皇子と、七年近く連れ添って来た、異母妹の事だ。今年やっと中務卿に昇進したばかりの自分など、凡そ与《あずか》り知らぬ廟堂の裏の世界も、洩れ聞く機会が多かったのかも知れぬ。

思えば、この若く美しい異母妹には、母を異にするとは言え、自分と同じように、大納言まで上り詰めた亡父・安麻呂の血が紛れも無く流れて居るのだ。だとすれば、わが娘のようにかわいいこの女《にょ》性《しょう》には、生まれ乍らの歌の才だけではなく、ひょっとすると、政の才までも、備わって居るやも知れぬぞ。恐れ多くも、かの天武天皇の第五皇子と結ばれた、この才気煥発な異母妹が、草深い佐保路のわが館に移り住むようになって以来、それまで沈み勝ちだった屋敷の雰囲気が一変してしまったのも、そのせいに違いないと、旅人は、今更ながら思わずには居られない。

一方、今年、唯だ広いだけが取得《とりえ》の、この佐保の館で、大きな人事の変化が見られたのは、当の主の側だけでは無く、家臣たちの側でも、そうであった。

先づ、亡父・安麻呂が大納言だった時には、百人近く居た資人《しじん》たちも、中務卿に就任したばかりの旅人が、新しい主に成った途端、三十数人に激減した。更に、資人たちの中では異色の存在だった、新羅《しらぎ》の学語生、金信厳が、五年振りに来朝した祖国の使節団と一緒に帰国した代わりに、理願《りぐわ》と言う名の、新羅の若い尼《あま》が、大伴の館に住むようになった。新羅の尼、理願の入国も、学語生・金信厳の場合と同じように、当初は、太政官に拒否されたのだが、この度は、女帝たる元明天皇の強い意向により、再び大伴一族の預りとなったのだ。

主の入れ替りや資人たちの激減で、火の消えたように成った、そんな館に、まるで春の花々のように華やかなこの異母妹が、大勢の侍女や家女《けにょ》たちを引き連れて、突如、乗り込んで来たのだ。その日以来、若い女たちのきびきびした挙動や艶《なまめ》かしい笑声が、広い館中に満ち溢れ、それまでむくつけき資人たちばかりで、兎角、ぎすぎすし勝ちだった館の雰囲気が、すっかり変わってしまった。そして、その著しい変化をもたらしたのは、何と言っても、持ち前の明るい性格で、生国《しょうごく》や身分を分け隔てせず、誰とでも気さくに接する、二十歳を過ぎたばかりのこの美しい異母妹だったのだ。

思えば、この徒広《だだっぴろ》い佐保の館は、大和の都広しと雖も、誰知らぬ者の居ない、名門中の名門・大伴一族の氏上《このかみ》の本拠なのである。だが、それにふさわしい、堅実な家政を取り仕切って行く役目は、生まれ付き、病弱で、内気なわが正妻、大伴郎女《いらつめ》には恐らく無理であろう。この若く美しい異母妹は、いずれまた、他の男に嫁ぐ事になろうが、成ろう事なら、この佐保の館の家政を、全部任せてやり度いと願わずには居られない。

五十を過ぎた途端、急に分別くさくなった旅人が、そんな将来に思いを馳せている間、坂上郎女は、何時の間にか、部屋に上がり込み、古い文机に置かれた、小さな花瓶に、秋萩の小枝を二本挿して居る。生れ付き、歌にも長けたこの異母妹の事だ。秋萩を題にして、何か詠もうとして居るのかも知れないぞ。

「さては、一本はそこもと、もう一本は、穂積皇子様のつもりじゃな。近頃、そこもとの歌をとんと聞いては居らぬ。穂積皇子様も歌の名手であられたが、例の惚気《のろけ》でも良いぞ、何か一つ詠んでは呉れぬかの。」

「何時までも、下らない戯言《ざれごと》ばっかり！　二十歳の小娘だと思って、馬鹿になさいますのなら、たとえ旅人様でも決して許しませんよ。この二本の秋萩は、言わずもがな、旅人様と大伴郎女様に、捧げるのですよ。」

「待て、待て。そう、本気で怒るでない。どうしてだか、そこもとと話すと、ついこんなふざけた調子になってしまうのじゃ。許して呉れ。

それはそうと、わしは、近頃、譲位された元明天皇様が、羨ましくて仕方が無くての。皇太子首《おびと》様は、未だ幼ない故、愛娘の氷高内親王様に譲位したいと仰せられたのは当然至極じゃが、その際の、御心境が、つくづくわが身に沁みたのじゃ。

そこもとも、既に洩れ聞いて居るとは思うが、元明天皇様は、譲位に際して、こう仰せられた。

『今、いきいきとした若さも衰え、年老いて政事にも倦み、静かでのどかな境地を求めて、風や雲のようなとらわれない世界に、身をまかせたいと思う。さまざまなかかわりを捨て、履物を脱ぎ捨てるように俗をはなれたい』となる。

その御清廉な御心境、五十を過ぎたこのわしにも何処か通じるものが有るでな。あの厳かな高御座《たかみくら》に、数えて九年も就かれた大君様の御心中、如何ばかりであったか、中務卿に過ぎぬわし如きが、推察申し上げる事など出来よう筈も無いが、あのように痛切な御叡慮、わが心にもひしひしと感じられてならないのじゃ。

さすが、大君様は、口にするもの恐れ多い、あの天智天皇様の、第四皇女であらせられる。元明天皇として、政を立派に果たされただけではなく、人としても、慎み深く、無欲な御心をずっと持ち続けられた。皇位を継がれた元正天皇様も、あのように立派な母御を、太上天皇に持たれて、さぞかし御心強い事であろうの。」

「ようやっと、中務卿らしく成って参られましたね、旅人様も。

人は、それぞれ、その地位に応じて、それなりに悩みを持つものだ、と、妾《わらわ》が穂積皇子様も、生前、良く口にして居られましたよ。御承知のように、知太政官事という重職も、結局は、形式だけのもので、廟堂の政は、今でもそうですが、実際には、何もかもあの御方の思いの儘でしたからね。

それはそれとして、旅人様、中務卿ともあろうお方が、就任早々、早くも引退を口にされるとは、一体、如何なる御料簡《りょうけん》でございますか？　あの御方などは、旅人様などより遥かに年長ながら、今以てますます、政に励んで居られるではありませぬか！」

それ、来たぞ！　如何にも明けっ広げな性格のこの異母妹らしい、率直な物言いだ。恐らく、亡くなられた穂積皇子様も、御生前には、こうやって、聡明この上も無い若い妻に、事有る毎に、尻を叩かれて居たのではあるまいか。

「そこもとは、廟堂の政の裏にも通じて居る故、これ以上、話はせぬが、わしも、五十を越え、中務卿の地位に就いて見て、初めて父御の御心中が、察せられるようになったのじゃ。そこもとも先刻、口にしたように、あの御方の権勢は、今やますます絶大じゃ。亡くなられた父御も、あの御方の一門と、決して事を構えてはならぬ、と、生前、良くわしを諭して居られた。

それだけにの、中務卿の役目が、毎日憂鬱でならぬのじゃ。わしも、もう決して若くは無い。元明天皇様のように、皇位を譲るべき娘でも居ればまだしも、わしには、氏上《このかみ》を継いで呉れる男児さえ居らぬからの。」

「上は天皇様から、下は並みの氏族に至るまで、大昔から、名門中の名門と称えられて来た、わが大伴一族の、しかも氏上《このかみ》たる旅人様が、何と御気の弱い事を仰せられます！

あ、の、御方が、今、廟堂で、どんなに思いの儘に権勢を振って居られましょうとも、皇室の藩屏《はんぺい》としての、わが大伴一族の、昔ながらの大切な御役目が、損なわれる事など、いささかもございませぬ。

海行かば水漬《みづ》く屍《かばね》、山行かば草むす屍、大君の辺《へ》にこそ死なめ、のどには死なじ

と、遙かに遠い昔から、代々言い伝えられて来た名誉な、そして尊い御役目ではございませぬか。寄る年波は、誰にとっても仕方の無い事、そんな大伴一族の氏上《このかみ》として、もう少し自信と誇りを御持ち下さいませよ。」

「いやあ、そこもとには適わんな。やさしい顔をしながら、時々、きつい事を口にする。亡くなられた穂積皇子様も、さぞかし度々同じ目に会われたのであろうの。

わしも、坂上郎女様の御言葉を、確と肝に命じて、中務卿の職務に一層邁進する事に致そうぞ。あはは。

時に、先刻、わが大伴の歌が出たが、資人たちから洩れ聞いた所によれば、そこもとは、近頃、館の侍女や家女《けにょ》たちを相手に、歌の手解きを始めたそうではないか！　首尾は如何じゃ？　それにしても、わしの弟子だったそこもとが、いつの間にか、師匠の役に回わるとは、時代も変わったものよの」

この才気煥発な異母妹との、いつもの軽口を楽しみながらも、旅人が、ふと話題を転じようと思ったのは、鬱陶《うっとう》しい政の話から逃れたかったためだけではなく、先刻、異母妹の口から出た歌をきっかけに、最近、とみに歌境著しいと聞く、この余りにも若過ぎる寡婦の、歌の上達振りを、急に確かめたくなったせいでもあった。

自分自身は、この所、中務卿の政務多忙で、仲々、歌を詠む機会に恵まれないが、久し振りに、自分が手解きをしてやった、この女弟子と、歌の話を交して見よう。明朗活発なこの異母妹と、元々好きな歌の事を語り合えば、日々の政がもたらす、この憂鬱な気分も、少しは晴れるかも知れないて。

「男の話が終ったと思ったら、今度は、歌の事ですか？　他ならぬ歌の事でしたら、真面目にお答え致しましょう。

この世に歌という芸が在る事を、旅人様に初めて教わりましたのは、妾《わらわ》が、やっと五歳になったばかりの頃でございました。五文字と七文字を巧みに組み合わせるだけで、心の動きを隈無く外に表わす事が出来ると知りました時の、あの驚きと喜び！　二十を過ぎました今でもなお、あの時の感激をまるで昨日の事のように、はっきり覚えて居りますよ。

さすれば、妾は、生涯、歌人・大伴宿禰旅人様の不束《ふつつか》な弟子の一人でございます。師匠などとは、滅相も無い事、これからもどうぞ宜しくご指導・ご鞭撻を賜りますよう、切に御願い申し上げ奉りまする。」

「此奴め、先とは打って変わって、しおらしく成りおって！　政では鼻息荒い癖に、歌では、控え目とは、一体どう言う料簡じゃ？　今のわしには、逆さで有って欲しいがの。」

「まあ、妾の昔話、最後まで御聞き下さいませな。

妾は、有難き御縁有って、早くも十四歳で、あの穂積皇子様に嫁ぎましたが、皇子様は、密かに愛して居られた、異母妹の但馬皇女様を失くされたばかりで、悲しく辛い日々を過ごして居られました。


ふる雪はあはになな降りそ吉隠《よなばり》の猪養《ゐかい》の岡の塞《せき》なさまくに

穂積皇子様は、十四に成ったばかりの妾を、未だ男女の事など分からぬ、並みの子供と思われたのでしょう。この御歌を、何と、初めて枕を交した夜の床で、何度も繰り返し、妾に聴かせて下さったのでございます。

当時の妾は、穂積皇子様が容易《たやす》く見抜かれた通り、確かに、未だに初心《うぶ》な少女ではございましたが、そういう大人の恋愛の世界も、歌で表わす事が出来るのだと知りまして、一段と歌に精進するようになったのでございます。

さすれば、あの愛しい穂積皇子様は、妾の二番目の歌の師匠とも呼ぶべき御方なのですよ。」

「やれやれ。何を語らせても、最後はやはりお惚気じゃな。

それはさておき、重ねて聞くが、そこもとの歌の弟子たちは、どんな具合かの？　少しは目鼻が付いて居るのかの？　それとも、わしのように、痛め付けられて、皆、いじけて居るのではあるまいな。」

「まあ、何と憎らしいことを。妾の教え宜しく、皆々、めきめき上達して居りますよ。

侍女たちは、勿論ですが、とりわけ、新羅から来たばかりの、あの理願尼《りぐわに》と、隼人の家女《けにょ》、阿多君吉賣《きめ》なる娘の二人が、群を抜いて居ります。歌の才は、生国や身分に関わり無く、遍《あまね》く潜んで居るものだと、つくづく思い知らされている今日此の頃でございます。」

「わしが身分を引き受けた、新羅の理願尼は、才女の誉れ高いと予々《かねがね》聞いては居るが、隼人の家女に、歌才に秀い出た者が居るとは、いささか腑に落ちぬな。何処の者じゃ、その阿多君吉賣《きめ》なる隼人の家《け》女《にょ》は？」

「妾が、あの愛しい穂積皇子様に嫁いだ頃からの、家女たちの一人でございます。

隼人司左大衣、大隅忌寸乎左なる者の、断《た》っての懇願を容れて、家女の一人に加えました所、あの隼人たちの出ながら、機転の良く利く、利発な娘と分かりました。

そこで、かの左大衣に、その出自を子細に問い質《ただ》しました所、同僚の、隼人司右大衣、阿多君羽志の一人娘との事。大和国宇智郡阿陀郷の生まれにて、父親が、訳語として、薩摩国へ赴任した後は、山城国綴喜《つづき》郡大住郷にて、親友の左大衣に育てられたそうでございます。

唯だ、その父親は、二年前、大隅国が建国されました折、皇軍と反乱軍との衝突に巻き込まれ、命を落としたとも聞いて居りますが……」

思えば、南方の隼人についての旅人の印象は、北方の蝦夷と同じように、若い頃から、余り良い方ではない。とくに、数年前、藤原京最後の朝賀に参列するため上京して来た、朝貢隼人たちの、総じて、惨めたらしい風体や、名門中の名門たる、わが大伴一族の命とも呼ぶべき朱雀門で発せられる、隼人どもの犬の遠吠えのような、あの「狗吠《くはい》」などを想起すると、中務卿に就任した今でも、まるで、わが身が汚されるかのような、不快の念を覚えずには居られないのだ。

唯だ、亡父の代から、大伴の館の雑務を一手に引き受けて居る、年老いた家令《かりょう》の話では、あの御方の厳命により、資人として、この館に受け入れた阿多隼人の若者は、思いの他、聡明で、向学心が強い、との事だ。自分自身は、若い頃から、隼人や蝦夷は苦手だったが、生国や身分の差を問わず、何事に付け、才能有る者を、庇護し、育成するのが、わが大伴一族の、昔ながらの家訓でもある。

聞けば、阿多君鷹と名乗る、その阿多隼人の若者は、将来は、隼人の訳語に成りたいそうだが、ひょっとすると、この若者にも、その阿多君吉賣と同じような、歌才が、潜んで居るやも知れぬではないか。それに、歌が詠める隼人訳語なら、これから何かと役立つ事もあろう。あの御方などは、何にも増して、内外の蛮夷がお嫌いで、双方の橋渡しをする訳語など、端《はな》から軽蔑して居られるが、新羅や百済など、異国との外交の際は勿論、隼人や蝦夷など、辺境の夷人等との交渉に於ても、訳語の存在は、絶対不可欠なのだ。

おお、そうじゃ。わが異母妹の弟子たちの中に、新羅の理願尼なる者が居るのなら、こちらにも、百済の資人、余明軍《よみょうぐん》が居る。故有って、すでに十代の初めに、東国から都へ上って来たのだが、元を正せば、歴《れっき》とした百済王家の末裔でもある。武骨一点張りの若者じゃが、ひょっとすると、その理願尼のように、歌の才に恵まれて居るやも知れぬ。丁度良い機会じゃ。あの隼人の若者と一緒に、もうすっかり師匠らしくなった、この異母妹に弟子入りさせてやろう。

「いくら愛弟子《まなでし》だとは言え、たかが家女一人の戸籍を、良くもそこまで諳《そら》んじて居るものよのう。そこもと程の、確かな記憶力が有れば、かの民部卿の御役目さえも、立派に果たせようぞ。

時に、そこもとの弟子の中に、新羅の尼や隼人の家女が居るのなら、百済の資人や、隼人の若者が、顔を出しても、おかしくは有るまいの。

わしが日頃、目を掛けて居る二人じゃが、一人は、百済王家の血を引く、資人・余明軍《よみょうぐん》、もう一人は、訳語志望の阿多隼人・阿多君鷹と申す。どうじゃ、ひとつ、この館の男どもにも、歌の手解きをして呉れまいかの。

くどいようじゃが、何らかの才能が有れば、生国《しょうこく》や身分、男女の区別無く、伸ばしてやるのが、わが大伴一族の、昔ながらの家訓じゃからの。」

「おほほ。妾には、かの民部卿の御役目などは、とても手に負えませぬが、歌の手解さ位なら、何とか勤まりましょう。早速、お寄越し下さいませ。毎月、月の初めに、館のあの庵《いおり》に集まって、それぞれの作を朗読し、妾が批評する事にして居りますれば……」

「有難い、恩に着るぞ。但し、二人とも、歌は全くの初心者故、余り手厳しくしないよう、宜しく頼む。どれ、そろそろ、そこもとの秋萩の歌、聞かせて呉れぬか。もう疾《と》うに、仕上がって居るのであろう。それに、ほれ、その二本の枝の正体もな。」

「他ならぬ、わが御師匠様の御命令とあらば、不束《ふつつか》ながら、ご披露致しましょう。


秋萩は咲くべくあるらしわが家戸の浅茅《あさじ》が花の散りぬる見れば

出来栄え、如何でございましょう？　わが第一の御師匠様」

「此奴め、またしても年寄りをからかい居って！　それは、穂積皇子様の若い頃の、御歌ではないか。これで、その二本の秋萩の正体がついに知れたぞ。どこまで惚気《のろけ》れば気が済むのじゃ、このお茶目な若後家め！」

ああ、若く美しいこの異母妹と、こんな他愛ない、楽しい会話をずっと続けられたなら、どんなに幸せな晩年であろうか、と旅人は、今更乍ら思わずには居られない。気が付けば、今年も残り三カ月だが、年が代わっても、あの御方が仕切る廟堂の、あの憂鬱な政の日々が、未だずっと続くのだ。この分では、退位された元明天皇様の、あの清々しい脱俗の御心境などには、仲々、辿り着けそうにも無いな。

ならば、ここは一つ、亡父・安麻呂の生まれ変わりのような、この気丈で才長けた異母妹の忠告に素直に従い、昔ながらの大伴一族の氏上《このかみ》として、中務卿の役目を果たし続ける他は無いであろう。

数年前、平城京遷都を前にして、亡父・安麻呂が、まるで遺言のように、自分に諭した通り、天皇と皇室を、身命を賭して御守りする事こそが、大和氏族の名門中の名門たる、わが大伴一族の、至上の律命なのだ。さすれば、御聡明な元明天皇様が、太上天皇となられた今、未だ皇位に不慣れな、あの美しく大人しい元正天皇様を、何としても御守り申し上げねばならぬ。

それにつけても、この異母妹のような、利発で愛敬有る女性を娶れ無かった事が、返す返すも悔やまれてならぬわ。

「この所、わしなりに政務多忙で、歌など詠む暇《いとま》も無いが、どれ、久し振りに、わしの歌も、披露致すとするか。若い熱々の御二人に、この年寄りもすっかり煽られたでな。

指進《さしすみ》の栗栖《くるす》の小野の萩の花ちらむ時にし行きて手向けむ

人間、歳を取ると、生まれ故郷が無性に懐しく成るものでな。元明太上天皇様も、わしも、あの飛《と》鳥《とり》の明日香で、生まれ育った同郷の身だからの。」

「さすがは、わが第一の御師匠様の御歌。この不束《ふつつか》な弟子め、深く感じ入ってございます。おほほ。妾《わらわ》は、先刻、つい偉そうな事を口にしてしまいましたが、事の序でに、申し上ぐれば、あの御方のように、廟堂で如何に絶大な権勢を振われましょうとも、政の威力は、唯だ、その時その場だけの事。その地位に止まる限りは、人々も付き従いますが、そこを去れば、もう誰も相手にしては呉れませぬ。わが愛しい穂積皇子様も、生前良く、その事を口にして居られましたよ。

けれど、歌は違います。五文字と七文字を多様に組み合わせて、人の心の動きを隈無く表わす、わが国古来のこの文芸は、時代がどんなに変わろうとも、亡びる事は決して有りませぬ。わが大和の国が、この世に存在する限り、歌は、千年も万年も、人々の心に生き続けるでありましょう。それに、歌は、万人のもの。生国や身分の違い、言葉の壁など、一切関わりございませぬ。

さすれば、譲位された元明太上天皇様も、『風や雲のようなとらわれない世界』で、これまで以上に、素晴しい御製《ぎょせい》を、いくつも示される事でありましょう。わが第一の御師匠様も是非そうなさいませ。政務多忙などとは、怠惰な歌人の、小賢しい言訳にしか過ぎませぬよ。」

「人の歌を、最初は褒めて置き乍ら、最後は、またもやお説教か！　はいはい、若くて美しい御師匠様、某《それがし》めも御仰せの通り、精々励みましょうぞ。あはは。」

大和平野の北端に位置しているせいか、佐保路の冬は、何処よりも早く、そして厳しい。身体の芯まで氷らせるような、その真冬の酷寒は、茹るような真夏の酷暑と、著しく対照的だ。

十月初めの佐保路にも、朝晩は、すでにその予兆が感じられるが、兎角、沈み勝ちだったこの館も、今年の冬は、あの底抜けに明るい異母妹のお陰で、少しは凌ぎ易くなるだろう、と坂上郎女が、立ち去った後の書斎で、旅人は密かに思いに耽る。

それにつけても、自他ともに認める、名門、わが大伴一族に、氏上《このかみ》を継ぐべき男児が、未だに生まれていない事だけが心残りだ。生まれ付き、病弱な正妻・郎女に、それを望むべくもないとすれば、結局、世の習いに従って、若い側女《そばめ》を持つ以外に手は無いであろう。そんな旅人の脳裡に、つい先刻まで、軽口を交して居た、二十歳を過ぎたばかりのあの異母妹の、匂うような、若々しい肢体が、不意に浮かんで来る。ならぬ、ならぬ。仮に、もう五十を過ぎた自分がそれを望んだとしても、亡くなられた穂積皇子を今でも慕って止まない、あの愛らしい異母妹が、承知する事など金輪際有るまい。

中務卿、従四位上、大伴宿禰旅人は、年甲斐もなく、若い異母妹の、艶《なまめ》かしい面影に引かれる自分を叱り付けながら、そのお陰で、久し振りに心を遊ばせた歌の世界に、再び一人で帰って行った。

第十三章　相聞

大伴館の二人の若い資人、余明軍《よみょうぐん》と阿多君鷹が、新しい主《あるじ》、大伴宿禰旅人の命により、坂上郎女《さかのうえいらつめ》が主催する歌の集いに初めて顔を出したのは、その年の十二月初めの、如何にも佐保路らしい、底冷えのする日の昼過ぎであった。

場所は、徒広《だだっぴろ》い大伴館とは別に、奥まった庭の一角にぽつんと建って居る、小振りな庵《いおり》で、二人の若者が、おずおずと入口の扉を明けた途端、狭い室内に籠って居た、娘たちの嬌声が一瞬に止み、異性を見詰める時に示す、あの獣のような鋭い視線が、一斉に二人に向って来た。

ここは、普段は、代々の主が、大伴氏の昔ながらの氏神に、一族の強盛と子孫の繁栄を願って、祈りを捧げる神聖な場所だが、その年の春三月、大勢の侍女や家女《けにょ》たちを引き連れて、大伴館に乗り込んで来た、坂上郎女の、断っての希望により、その歌の集いの場所としても、利用されるようになったのだ。

娘たちの鋭い視線に、どぎまぎしながらも、好奇心の強いタカが、良く観察して見ると、一座は、約十人位であろうか、資人たちの部屋では、およそ見られない、大きな火鉢を中心に、小さな車座を成して居る。皆一様に黄色の裳を着て居る侍女たちとは違って、唯だ一人だけ、白い喪服に身を包んで居るのが、この一座の主、大伴坂上郎女であろう。

唯だ、もっと良く目を凝らして見ると、他の侍女たちとは全く違う衣服を身にまとった娘が、あと二人居る。一人は、一目で尼《あま》と分かる、黄橡《きつるばみ》色の衣をまとった、やや年嵩《かさ》の娘、もう一人は、これもまた一目で、家女《けにょ》と知れる、橡墨《つるすみ》の衣を着た、未だうら若い娘だ。

序でに、部屋の奥に目を転じると、黒光りする小机の上に、タカが初めて目にする、丈一尺ばかりの釈迦仏の金銅像が一体、仏典が数巻、如何にも重々し気に並べられて居る。とすれば、この神聖な庵では、大伴氏の氏神だけではなく、異国の神のためにも、祈りが捧げられて居るのであろう。唯だ、ひたすら、海神と山神だけを深く信仰して居る、われ等、阿多隼人と、何と無く似て居る気がする。

「それでは、今日の歌の題目は、鹿《しか》、皆それぞれ詠んで来た歌を、いつものやり方で披露してみよ！その前に、今日から、ここで学ぶ事になった、二人の資人を紹介して置きたい。われ等が主《あるじ》、大伴宿禰旅人様の、格別の御命令により、歌を習う事になった余明軍と阿多君鷹、皆に顔を見せるが良い。生国《しょうこく》や身分、男女の違いを問わず、才有る者を育てるのが、わが大伴一族の昔ながらの家訓なれば、皆々、確かと承知致すよう。」

十月の或る日、例の年老いた家令に指示されて、新しい主の部屋に伺候して見ると、タカと同じ歳位の、資人・余明軍がすでに、きちんと叩頭して居た。その資人は、タカが初めて見る顔だったが、帰国した新羅の学語生、金信厳と、何処か似通った、異国風の雰囲気を漂わせて居る。それもだが、何しろ、タカにとっては、館の新しい主、中務卿、大伴宿禰旅人に拝謁するのはその日が初めてだったので、緊張しながら、叩頭して居ると、余明軍と一緒に、大伴坂上郎女に歌の手解きを受けるよう、突如、厳命されたのだ。

同席した余明軍の事情はいざ知らず、新しい主の命令は、タカにとっては、まさしく寝耳に水の出来事であった。憧れの大和の都で、自分が本当に成りたいのは、隼人の訳語であって、歌人ではない。数年前、旅の途中、播磨国で命を落とした、わが妻ヒメこそ、それにふさわしい夢の持ち主であった。成ろう事なら、あのヒメに代わってやりたいと頻りに思ったが、如何せん、これは、新しい主の特命だ。ならば、丁度良い機会だ。あの愛しいヒメのためにも、この際、歌を学んで置く事にしよう。

それにしても、新しい主、大伴宿禰旅人もだが、今日、初めて、その顔と声に接した、大伴坂上郎女の、何と気品と威厳に満ちた佇《たたず》まいであろう！　見た所、タカや余明軍とそれ程変わらない若さなのに、新しい主以上の、強い意気地が、全身に溢れて居るのだ。資人たちの噂では、出戻りして未だ一年も経って居ないのに、すでにこの館の家政を一手に引き受けて居るとも聞いて居るらしい。

そんな、新しい女主《あるじ》から、若い娘たちの集団に、突如、紹介されたのだ。若い二人の資人は、指示された通り、余明軍、阿多君鷹の順に、それぞれ名乗ったが、タカは前より一層強く向かって来た、娘たちの好奇の視線に、前にも増して、どぎまぎした。こう言う場面はどうも苦手だな、とタカはつくづく思う。傍の余明軍をそっと見ると、タカと似たような、困惑の表情を浮かべて居る。

「さあ、誰からでも良い。それぞれ詠んで来た歌を、声に出して見よ。恥かしがって居ては、歌は決して上達せぬものぞ。」

若い二人の資人にとって、こう言う歌会の場も全く初めてだが、一座の侍女たちは、師匠に頻りに促されても、一向に手を上げようとしない。それどころか、互いに身体を突っ突き合ったり、ひそひそと言葉を交し合ったりするばかりで、まるで、師匠など眼中に無いかのような、雑然とした雰囲気だ。

それも其の筈、この歌の集いにやって来た侍女たちの、本当の目的は、月一度、館の繁雑な日々のお役目から、一時《いっとき》、解放されて、仲間たちと他愛無いお喋りをする事にこそ有ったのだ。そんな侍女たちと、余り歳の違わない、歌の師匠も、その辺りの事情は、百も承知の上で、自分自身もまた、若い女同士の、気の置けない雰囲気を、結構、楽しんで居るのである。

それに、十人程の集いなら、唯だ広いだけが取得の、この大伴館には、それにふさわしい部屋が、幾らでも有るのに、館からかなり離れたこの小さな庵を、特に選んだのは、名目は歌の師匠とは言え、館の女主人としては、未だに喪中の身であるためであり、だが、一人の女としては、ほぼ同世代の侍女たちとの砕けた語らいを、思い切り楽しみたいためでもあった。しかも、今日は、侍女たちにとって、日頃は、親しく接する機会など無い、若い二人の異性が、突如、目の前に現れたのだ。そんな侍女たちが、もうすっかり気も漫《そぞ》ろ、とても歌どころでは無いのも、無理は無いだろう。

「全く、仕様が無いねえ。それでは先ず、阿多君吉賣《きめ》に披露して貰おう。そちたちよりうんと年下の隼人の娘なのに、いつもちゃんと宿題を果して居るよ。見習うが良い。」

一座の主に、阿多君吉賣と名指しされて、怖《お》ず怖《お》ずと立ち上がったのは、皆一様に、黄色の裳をまとった侍女たちとは、一風変わって、橡墨《つるすみ》の衣を慎ましく着た、先刻の家女だ。車座の群れを脱け出て、こちら向きになったその家女に、冷やかしとも羨みとも見分けが付かぬ、侍女たちの視線が一斉に、注がれる。

(あっ、ヒメ!)

タカもまた、侍女たちと同じように、その家女に、好奇の視線を向けた途端、危うく声が出そうになった。

小柄で小麦色の肌、敏捷そうな肢体、厚く太い眉、そして、鋭い眼の光・・・

これは、紛れもない阿多人の娘、否、わが最愛のヒメではないか! 数年前、旅の途中、身重乍ら播磨国の森の中で果てた、あの可哀想なヒメは、やはり生きて居たのだ!

否々《いやいや》、そんな筈は無い。姓こそ同じ阿多君だが、この家女とヒメが同じ人間である事など絶対に有り得ない。これは、自分の目がどうかして居るのだ。

だが、タカのそんな瞬時の惑乱にも拘らず、この家女とヒメは、見れば見る程、そっくりである。大勢の人々が暮らして居る都の事だ。中には、良く似た人も居るのかも知れないが、それにしても、こんな瓜二つの例が、本当に有り得るものだろうか? タカは、自分以外の誰かに、相槌を打って貰いたくて、傍の余明軍に、そっと顔を向けて見たが、彼もまた、侍女たちの集団の一点に、じっと視線を注いだ儘だ。


さ牡鹿《おじか》の鳴く音を聞けば日向《ひゅうが》なる役《えだち》に果てし父御《ちちご》偲ばゆ

興奮覚め遣らないタカが、まるで双子のように良く似た、その家女とヒメが、やはり全くの別人である事を思い知らされたのは、こちら向きに立った彼女が、自作の歌を、朗詠し始めた時であった。と言うのは、長さ一尺程の、竹のような一片を両手で支えながら、そこに書かれているらしい歌を一字一字、噛み締めるように、読み上げて行く時のその声が、明らかに、タカが聞き慣れたヒメの声とは違って居たからだ。南国阿多の熱い太陽の光の中で生れ育ったヒメの声は、飽く迄も、高く明るかったが、その家女の声は、一座の中では、一番年下らしいのに、意外に、低く、大人びて居るのである。

タカは、先刻は、二人の女の類似に気を取られ、今度は、その差異に心を奪われて、肝心な歌の中味を理解する余裕など無かったが、ふと気が付くと、若い歌の師匠の批評がすでに始まって居た。

「いつものように、良く出来た歌だね。遙か九州の南の果て、日向の地で、役《えだち》に命を落した父御を、傷ましく、そして、懐しく思う娘の心と、妻を呼ぶさ牡鹿の物哀しい声とが、微妙に響き合った、とても素直な挽歌だよ。

唯だ、妾《わらわ》の好みを言えば、日向なる役《えだち》、という言葉遣いは、余りに露骨過ぎる気がする故、ここは、たとえば、天伝う日向と、枕詞を充てた方が、聴く人の想像力を、より一層、膨らませる効果が生まれるのではないかと思うよ。とは言っても、一人娘のそちとしては、こう詠まずには居られなかった気持も良く分かるけどね。

皆の者、歌とはこう言うもの。一番若い吉賣《きめ》の作を、心して味わうが良い。」

自作の歌を人前で披露する、年下の家女には、仲間内の砕けた表情を見せて居た、侍女たちも、若い歌の師匠の批評は、余りにも水準が高過ぎるせいか、一勢に頭を垂れたまま、依然として沈黙を続けて居る。中には、師匠の批評など上の空で、車座の背後に、神妙に控えて居る、若い二人の資人を、時折、盗み見する侍女なども居る。

今日、生まれて初めて、こういう歌の集いに出席したタカにも、如何にも練達の歌人らしいその批評は、さっぱり理解出来なかったが、褒められた家女の歌は別にして、阿多君吉賣という、その家女の名前は、一度何処かで聞いた事が有るのを、その時になって、やっと思い出した。そうだった！阿多君吉賣は、数年前、朝貢の旅を前にして、薩摩国府で初めて出会った、隼人司、右大衣、阿多君羽志様の一人娘。同僚の、左大衣、大隅忌寸乎左様に、預けて有るという、歌の好きな娘と、聞いて居た。あの時は、唯だ、漠然とその名を聞いただけだったが、その時の一人娘こそ、他ならぬこの家女だったのだ。

それにしても、何と言う、思いも寄らない、巡り合わせであろう！

だが、待てよ。吉賣の歌がその通りだとすれば、親身な心遣いの人で、娘思いだったあの阿多君羽志様も、わがヒメと同じように、もうこの世に居ない事になる。あの時は確か、しばらくは薩摩国に止まると言って居られたが、それなのに、どうして日向の役《えだち》で亡くなられたのであろうか？

「では次に、理願尼《りぐわに》に披露して貰おう。かの半島から唯だ一人、冬の荒海を乗り越えて、わが大和へ来たばかりの新羅の人が、何時の間にか大和の言葉を覚え、早くも立派に歌が詠めるようになって居るのです。そちたちも、お喋りばかりせずに、少しは歌の方にも身を入れねばなりませぬの。」

若い歌の師匠に、理願尼と呼ばれた、その新羅の娘は、一座の中では最年長のようだが、家女の吉賣と同じように、立ち上がってこちらを向いた様子は、色白の素肌に、黄橡《きつるばみ》色の衣をまとって居るせいか、至って若々しい。だが、良く見ると、その両手でひろげて居るのは、吉賣とは違って、古ぼけた紙のような物であり、それに書かれて居る歌を詠む速度も早く、声にも張りが有る。

牡鹿鳴く大和の国へはろばろと一人来にけり歌に焦れて

「あっ！　これは‥‥」

理願尼の朗読が終った途端、傍のタカにもはっきり聞こえる程、大きな驚きの声を上げたのは、今度は、余明軍の方だった。そう言えば、余明軍もまた、先刻から侍女たちの誰かを、見詰め続けて居たような気がするが、相手は、この若い新羅の尼だったのだろうか？　それにしてもなぜ？‥‥。

その年の秋、タカは、新しい館の主、大伴宿禰旅人から、共に歌の集いに行くよう命令を受け、余明軍と同じ部屋で暮らすようになっては居たが、日常の役目に追い捲《まく》られて、互いに、詳しい身の上話などする余裕が未だに無かった。

それまで、タカが、知り得た事と言えば、僅かに、同室のこの資人が、自分とほぼ同齢である事、異国・百済の人らしい事、位のものであった。

大和と海を隔てた、かの半島の新羅と百済が、昔から敵対関係に有る事は、帰国した新羅の学語生・

金信厳から、良く聞かされて居た。それだけに、ついに勝者と成った新羅と、敗者の憂き目に会った百済が、対等に付き合い、親密と友好を深める事は、先ず望めないであろう。遠い異国の事情など、タカには、未だに良く分からないが、良く考えて見れば、新羅の尼《あま》と、百済の資人が、こうして、同じ館で暮らし、しかも、同じ部屋で、歌を学ぶ事など、金輪際、有り得ない筈だ。

　だが、傍のタカの耳にはっきり聞こえた、余明軍の声は、祖国を亡ぼした新羅に対する、激しい敵意や反感どころか、逆に、好意や親密の調子さえ帯びて居たような気がする。ひょっとすると、この百済の資人も、自分と似たような、青年らしい懐旧の情に浸って居るのではないか？　取り留めもなく続くタカのそんな思いを、不意に遮ったのは、今度もまた、若い師匠の、やや説教地味た、例の手馴れた批評の声だった。

「これもまた、とても異国の人とは思われない程、良く出来た羇旅《きりょ》の歌だね。若い尼の身ながら、大和の歌に憧れて、唯だ一人で、海を渡って来た、健気な気概と大きな喜びが、力一杯、見事に表現されて居る。これこそ大和の歌。妾から付け加える事は何も無いね。

日頃、妾が口を酸っぱくして諭して居るように、歌は万人のもの。生国や身分に関わり無く、誰もが親しめる、昔ながらの大和の文芸ぞ。

新羅の理願尼が、深く信仰して居る、釈迦牟尼《むに》の教えも、万人の前に、等しく開かれて居ると聞いて居る。何と有難い教えではないか！

よって、理願尼の歌は、その二つを一身に集めて居る故、取り分け、人の心を強く打つのだよ。良いか、そちたちも大和の娘として、隼人や新羅人に負けぬよう、この際、心を入れ替えて、より一層歌に励むように致せ。

では、最後に、妾が歌を披露しようぞ。そちたちは、今、またかと言った、迷惑そうな顔をしたが、人の歌を、あれこれ批評するのも、大事な歌の修行の一つだよ。阿多君吉賣や理願尼の歌と、妾の歌が、どのように違うか、そして、どのように感じたか、後で全員に尋ねる事にする故、心して聞くが良い。

吉名張《よなばり》の猪養《ゐかい》の山に伏す鹿の妻呼ぶ声を聞くがともしさ

未婚のそちたちには、夫婦の間の、強く深い愛情の事など、未だ十分には分かるまいがの。おほん。」

一座の主の批評は、その歌とともに、初心者のタカには、相変わらず良く分からないが、この若い聡明な歌人は、いつもこうやって、大勢の侍女たちの心を、しっかり把んで居るのであろう、その歌を、べた褒めされたせいか、真白な顔を、すっかり紅潮させた、その新羅の若い尼も、恐らくその中の一人であろう。

ふと傍の余明軍に視線を移すと、何時の間にか、娘同士の他愛ないお喋りに加わった理願尼の顔を、相変わらず食い入るように見詰めて居る。タカもまた、侍女たちの、その陽気で明るい輪の中に、急いで吉賣の姿をさがす。その吉賣は、タカの視線など眼中に無いかのように、他の侍女たちとの、楽しそうなお喋りに夢中だ。隼人という異族の出自、家女という卑しい身分にも拘《かかわ》らず、吉賣が、その歌の集いの中で、伸び伸びと振舞って居られるのも、すべては、この明けっ広げな、一座の主の性格、延《ひ》いては、万人に開かれた大伴一族の、解放的な家風のおかげだと、タカは改めて痛感する。

元より、タカの本来の夢は、隼人の訳語に成る事であって、歌人などは全く念頭に無い。だが、これから毎月一回、わが最愛のヒメそっくりの、この隼人の家女に会えるのなら、自分も、この際、歌を正式に学んでみたい。歌人に成りたかった、わがヒメと一緒に、大和の都で、歌を習うのだと思えば良いではないか。

タカは、この数年間、いろいろな辛く悲しい出来が続いた都暮しの中で、初めて、二十歳の青年らしい、希望に満ちた、明るい気分を、密かに味わい始めて居た。

前年の十二月の初め、大伴館の新しい主、大伴宿禰旅人の厳命により、その異母妹、大伴坂上郎女が主催する歌の集いに、初めて顔を出して以来、タカと余明軍は、急速に親しくなり、いつしか互いの身の上を語り合う程、仲睦まじくなった。

余明軍は、遙かな昔、かの半島から大和へ亡命し、後に東国・常陸《ひたち》に移配された百済王家の末裔らしいが、東国に共通の、あの荒っぽい気風の中で育ったせいか、騎馬や剣や弓矢など、武芸全般に秀い出て居る。それに、どう言う訳か、祖国・百済の言葉は苦手らしいのに、十代の初めに、早くも大和の都へ出て来たためか、大和の言葉には、もうすっかり慣れて居る。

数年前、資人の一人として、大伴館で暮らすようになったタカにとって、あの新羅の学語生・金信厳ほど、その存在が目立たなかったのは、都暮しの長い余明軍が、服装でも言葉でも、もうすっかり大和風に成り切って居たせいであろう。中務卿、従四位上、大伴宿禰旅人が、大伴館の新しい主として、身辺の警護や身の回りの世話一切を、東国育ちの、武芸に秀い出た、この若い資人に、任せているのも、十分肯ける。

「いやぁ、僕は、若い娘たちばかりの、ああ言う歌の世界は苦手でね。どちらかと言うと、野山を馬で駆け回ったり、剣や弓矢で汗を流したりする方が性に合ってるんだ。わが主の命令でさえ無ければ、何時でも御免蒙りたい所なんだが、君はどうなの？」

「僕の方も、君と似たようなもんさ。尤も、僕には、君ほどの武芸の才も無いし、第一、歌に必要な漢字さえ、碌《ろく》すっぽ、覚えられないんだからね。旅人様に貸して頂いた『千字文』も、全く、宝の持ち腐れさ。われ乍ら、本当に嫌になってしまうよ。君だから打ち明けるけど、僕は、本当は、歌人より、訳語に成りたいんだ。」

「訳語って？　君は、隼人の朝貢で、九州・薩摩国から、大和の都へ来たらしいけど、どうして、訳語なんかに成りたいんだ？　大和の都で暮らすには、君のその大和言葉で十分じゃないか！　それとも、薩摩国へ帰って、国府にでも仕える積りなのかい？

　それはそうと、旅人様の話によれば、隼人の言葉は、まるで異国の言葉みたいに難解だそうだね。けれど、わが祖国・百済の言葉には適うまいよ。僕の一族も、祖父の代までは、祖国の言葉を、代々、受け継いでは来たんだが、父の方針で、僕は、大和の言葉だけに専念する事に成ったんだ。これからは、あくまでも、大和人として、この国で生きて行かなければならないからね。」

「異国の言葉は、新羅にしても百済にしても、僕にはさっぱり分からないけれど、われ等隼人の言葉が、異国風に難しく響く事だけは確かだろうね。太政官に、衛門府・隼人司なる役所が存在するのも、そのための対策らしいからね。

　だから、僕としては、出来る事なら、その隼人司に勤務して、訳語としてのいろいろな技を磨き、いつかは、故郷・薩摩国で、隼人訳語として、役に立ちたいと願って居るんだ。

　それに、僕は、一人っ子で、生い育った阿多では、年老いた父が僕を待って居るし、数年前、朝貢の途中、播磨国で命を落とした、身重の妻の供養もしてやりたいしね。」

「えっ、君は結婚していたのか？　僕とそんなに変わらない若さなのに、妻が居たとは、驚きだね。君が良く、ヒメとかキメとか寝言を言うから、変に思って居たけれど、これでやっと分かったよ。

　おい、どっちが君の妻なんだ。白状しろ。」

　いつの時代もそうだが、若者たちの会話は、途中、どんなに紆余曲折を経たとしても、最後には決まって、女性《にょしょう》の事に行き着くものだ。元正天皇の御代に代わって二年目、霊亀二年（七一六年）春三月末、佐保路の大伴館の資人部屋で、語らって居るタカと余明軍の二人もまた、決してその例外ではない。話が、女性《にょしょう》の事に移ると同時に、若い二人の心は熱く燃え上がり、火の気の無い、狭い資人部屋の、夜の寒さなど、全く意に介しないかのようだ。

「寝言を聞かれたとは、全く面目無いね。だけど、ヒメは妻の名、キメなんて言った覚えはないよ。君の聞き間違いだよ、屹度《きっと》。」

「まぁ、どっちでも構わないさ。

そう言えば、あの歌の集いに、何とか言う、隼人の家女が居たね。僕の理願尼と並んで、歌が上手いと、坂上郎女様にいつも褒められて居る、あの年若い家女。ひょっとして、あの隼人の娘の事かい？君が寝言で、キメとか言って居るのは。」

こうして、二人の若者は、時の経つのも忘れて、女性《にょしょう》の話に夢中になったが、それぞれの心の、最も深い所に秘めて居る、最も熱い思いを、互いに打ち明け合ったのは、もう明け方に近い頃であった。

タカは、歌の上手な、隼人の家女・阿多君吉賣《きめ》が、播磨国で果てた妻のヒメと、瓜二つである事を、余明軍は、新羅の若い尼、理願《りぐわ》が、少年の頃亡くした母親にそっくりである事を、心行くまで語り合ったのだ。それは、若者の心が最も激しく高揚する、あの目映い青春の一時《ひととき》であった。

だが、一方で、二人はそれぞれ、相手の女性《にょしょう》の世界に、それ以上、深入りする事は、何となく憚《はばか》られた。と言うのは、タカには、亡くなった妻ヒメに対する、微かな後ろめたさがずっと尾を引いて居たし、余明軍には、尼との恋愛を禁ずる、あの『僧尼令』の厳しい規定が、絶えず念頭に有ったからである。
ところが、若い二人の資人の、そんな心の抑制は、大和平野にまた夏が巡って来た、卯月の初め、連れ立って仕入れに出掛けた東市で、偶然、隼人の家女・吉賣と新羅の理願尼に出会った時、忽ち、吹き飛んでしまった。若い二人の女性もまた、衣裳こそいつもと変わらないが、あの歌の集いの時の、真面目な緊張した表情を、まるで仮面のように取り去って、若い女特有のあの伸びやかな華やかさを、周囲に放って居る。

若い四人の男女は、まるで毎月の歌の集いの続きででもあるかのように、何方《どちら》からともなく、連れ立って、東市の中央に聳えて居る、例の槐《えんじゅ》の大木の根元に腰を下ろした。市場は、相変わらず雑踏して居るが、もうかなり繁った槐の木陰だけは、静かで心地好い。それに、何にも増して爽やかなのは、人いきれに満ちた広場を、時折、吹き抜けて行く、柔らかな初夏の風だ。四人は、互いの存在もすっかり忘れたかのように、誰も進んで口を聞こうともせず、その自然の恵みにしばし身を委ねて居る。

憧れの都へ来て早や八年、平城遷都からも六年経った今、大伴館の資人として、ほぼ一日置きに通って居るこの東市だが、この数年の間に、随分、変わったと、タカは改めて思う。

前年九月、実母の元明天皇から、皇位を譲り受けた元正天皇は、三十代半ば過ぎても未だ独身だが、生まれ乍らの美貌とやさしい心根のせいもあってか、官民ともに人々の評判が良い。母后の時代と同じように、廟堂の政の実権は、右大臣、正二位、藤原朝臣不比等の手に帰したままではあるが、新しい都が、年々、繁栄しつつ有るのも、あの者なりに力を尽して居るからでもあろう。

広場に、その槐の大木が聳えて居るせいで、西市よりもタカの気に入って居る東市も、この所、肆《いちくら》の数も種類も目立って増えたし、何よりも先づ、集まって来る客の数が、以前より格段に多くなった。その雑多な買物客の中には、時折、服装も容貌も、明らかに大和とは違う、異国の人々の姿も見受けられる。中でも、とりわけ、人目を引くのは、背の高い、碧い眼の色をした、胡人《こじん》と呼ばれる商人たちや、褐色の肌をした、僧服姿の、天竺人《てんじく》と呼ばれる渡来僧たちだ。

それに、数年前、新羅の学語生・金信厳とともに目撃した、見せしめのための例の処刑も、一段と活況を呈している東市の真っ只中で、もっと頻繁に、そして、もっと仰々しく、行われるようになって来て居る。ひょっとしたら、今日辺り、出し抜けに、執行されるのではないか？　だが、思わず目をそむけたくなるような、残酷極まるあの場面だけは、この二人の若い女性《にょしょう》には、絶対に見せたくないと、タカはつくづく思う。

「あゝ、可笑《おか》しい！　あの御二人は、前から約束して居たみたいに、連れ立って、筆と墨を買いに出掛けましたよ。

私は、坂上郎女様に、お餅とお菓子を頼まれましたの。でも、肆《いちくら》の場所が分からなくて…。貴方、ご存知有りません？」

その声をきっかけに、長い回想から、急に現実に引き戻されたタカが、ふと後を振り返ると、家女のキメが、今にも吹き出しそうな様子で、顔をほころばせて居る。成程、つい先刻まで、一緒に腰を下ろして居た、余明軍と理願尼の姿が、何時の間にか、消えて居る。余明軍からは、事前に、何の断りも無かったけれど、ひょっとしたら、あの二人は、キメが言うように、予《かね》て示し合わせて居たのかも知れない。今日、この東市で、偶然、出会ったのも、今から思えば、何だか出来過ぎの感が無きにしも有らずだ。

それにしても、キメの口調は、生まれながらの大和言葉だ、都暮らしの長い余明軍でさえも及ばない、

昔ながらの生粋の都の言葉だ、とタカは改めて痛感する。その柔らかい、笛を吹くような抑揚を、あの親友のウシは嫌って居たけれど、それは、九州最南端の阿多で、生まれ育ったタカなどが、生涯懸けても、完全には身に付ける事の出来ない、大和の都、独特の口調なのだ。

それはまた、同じ隼人の血が流れて居るとは言え、たとえば、八年前、和泉国から大和国へ入る例の峠で、タカたち朝貢隼人を出迎えた、隼人司、左大衣、大隅忌寸乎佐の大和言葉とも、何処か微妙に違って居る。大和氏族の名門中の名門、大伴一族の中でも、取り分け、傑出して居る、あの女流歌人、坂上郎女に親しく仕え、しかも歌の指導までも受けて居る、稀有な境遇

のせいでもあろうか？

「米と塩を求めるのが、私の役目だけど、偶《たま》には、餅や菓子も頼まれます。肆《いちくら》は、隣合わせだから、私が案内しましょう。評判が良いから、早く行かないと売り切れますよ。」

タカは、大和の都へ来てすでに八年も経つのに、大和育ちの若い女性《にょしょう》と、面と向かって言葉を交すのは、今日が初めてだ。かつては、最愛のヒメと、隼人の言葉乍ら、こうして、親しく語らって居た筈なのだが、何時の間にか、そんな場面の事は、もうすっかり、忘れてしまって居た。そのためだろうか、自分では上手くなったと密かに感じて居る、その大和言葉も、いつもと違って、何となくぎこちない。

タカは、そんな自分を少し恥かしく感じ乍ら、目当ての肆《いちくら》の方角へ、キメを誘った。

初夏の東市は、爽かな好天のせいもあってか、何時にも増して、賑やかだ。日没までは、未だかなり時間が有るにも拘らず、蝟集した客たちは、目当ての品々を手に入れようと、立ち並んだ肆を目掛けて、我勝ちに殺到して居る。何時の間にか姿を消してしまった余明軍と理願尼も、その殺気立った群集の何処かに、紛れ込んで居るのであろう。

それにしても、余明軍の大胆さには、今更乍ら、驚嘆を覚えずには居られない。と言うのは、尼僧と付き合う事は、『僧尼令』で固く禁じられて居る筈なのに、白昼堂々と、しかも、人目の多い東市を、二人連れで、徘徊しようとして居るからである。新羅の渡来僧、理願尼が、幾ら、幼い頃亡くした母親にそっくりだからと言って、重罰を覚悟してまでも、わが意を通そうとする余明軍の勇気と情熱には、とても適わないと、タカはつくづく思う。

とは言うものの、今日、初めて口を利いた、家女のキメも、見れば見る程、わが最愛のヒメに瓜二つだ。ヒメよりは少し低い声は別にして、背丈が、一寸とした仕草が、そして何もかもが、在りし日のヒメとぴったり重なるのである。

だが、自分はやはり、余明軍のように、身の危険も省みず、遮二無二、行動する訳には行かない。最愛のヒメに対する信義が、その第一の理由だが、自分は、隼人訳語に成ると言う、そのヒメとの固い約束も、未だに、果して居ないのだ。それまでは、この家女のキメを、ヒメ同然に思い続けるだけに止めよう。佐保路の大伴館で、共に暮らして居るのだ。今日のような機会は、これからもっと増えるだろう。

タカは、八年前、長い朝貢の旅をヒメと続けて居た時のような、幸福な気分を久し振りに味わいながら、キメを従えて、市場の雑踏を、元気良く、掻き分けて行った。

その日の夜もまた、昼間の、思い掛けない出来事のせいで、すっかり興奮した、若い二人の賓人は、床に就きながらも、仲々、寝付けなかった。

何しろ、仕事で出掛けた東市で、それぞれの意中の人と、全く偶然に出会い、その上、二人切りの機会さえ、持つ事が出来たのだ。その夢のような感激と興奮を、相手に告げたくて、密かに会話の主導権を競い合ったのだが、最後にそれを制したのは、やはり、新羅の人・理願尼と、四人の輪を先に抜けた、百済王家の末裔・余明軍の方であった。

「君に無断で、急に居なくなったりして、御免、御免！　気が付いたら、何時の間にか、筆と墨の肆の前に、二人で立って居たんだ。と言っても、君は信じては呉れないだろうけど、あはは！

話してみたら、理願尼の故郷は、亡くなった僕の母と同じ、新羅の都・金城、父親は、華厳《けごん》宗の高僧だそうだ。小さい頃から、郷歌《ヒャンガ》に親しんで来たけど、何か物足らず、異国・大和の歌を学ぼうと、一念発起、たった一人で海を渡って来たらしい。歳は僕より一つ上だけど、大和の言葉は、五年前、修業のために、新羅へ渡って来た、大和の若い僧から、手解きを受けたと言うから、中々のものだよ。隼人の君より、上手いかも知れないぞ。

僕の方は、唯だ、亡くなった母そっくりの理願尼と言葉を交すだけでも満足なのに、秀れた歌人の多い大伴一族の資人をしながら、歌を学ぼうとしないのは、怠け者の証拠だ、と逆に説教されてしまったよ、やれやれ……」

「僕には、異国の事は、さっぱりだけど、その郷歌《ヒャンガ》って、何なの？」

「僕も、その方面の事は、全く苦手なんだが、何でも、郷歌とは、漢字の音訓を借りて表現された新羅語の歌らしいよ。大和の歌も、同じように、漢字の音訓を用いるから、作り方は、殆ど一緒だって、事も無げに、仰せであった。

百済の血を引き乍ら、大和で生まれ育った僕などは、新羅どころか、祖国・百済の言葉さえ、満足に喋れないいんだから、全く嫌になってしまうよ、いやはや……。

それでも、僕は、あの理願尼が大好きさ。理願尼と話して居ると、母が未だ元気だった少年の頃に戻る気がして、とても懐しい気持になるんだ。」

理願尼の事を語り出すと、いつも止まらなくなる余明軍の事だ。次は、自分が、キメの事を話す番だが、ここはやはり、余明軍に思い切り語らせてやろう、とタカは、聞き役を続ける事にした。

「去年、帰国した、あの新羅の学語生・金信厳の話だと、新羅と百済は、昔からずっと敵同士《かたき》だったし、今でもそうらしいね。なのに、どうして、君の母御《ははご》は、新羅から百済へ、嫁入りする事が出来たんだろう？」

「僕も、物心つく頃から、その事をずっと疑問に思って居たんだが、祖父が、昔話の序でに、新羅も百済も、元はと言えば、同じ韓族なのだと、教えて呉れた時、やっと腑に落ちたよ。新羅も百済も、大昔から、互いに、漢字で意思を通じて来たし、共に、仏教を深く信仰して来た、同じ民族なんだ。それなのに、何時も間にか、敵対するようになったらしいんだが、元を辿れば、新羅人も百済人も、同じ韓族の血でつながって居るんだよ。

だから、新羅人の母と、百済人の父が、結ばれたのも、決して有り得ない事では無いと言う訳さ。尤も、僕の祖国・百済は、五十数年前、唐と結んだ新羅に亡ぼされて、今ではもう、この世に存在しないけどね。」

「序でに聞くけど、そんな君の一族が、今でも、この大和で暮らして居るのは、しかも、他ならぬ大伴一族の庇護を受けて居るのは、どうしてなんだい？」

「君は、何時から、そんなに聞き上手になったんだい？　もうそろそろ、君からキメ様の事を聞こうと思って居るんだが、それは、わが一族にとって、とても大切な事だから、取り敢えず、先に話して置くよ。

祖父の話だと、僕の一族が、百済人乍ら、こうして大和で暮らして居られるのも、異国の人々に寛大な歴代の天皇様方の御蔭なんだ。しかも、その度量の広さは、上は天皇から、下は民草まで、大和の国全体に行き渡って居る美風だが、中でも、大伴一族は、群を抜いて、心が広いからね。

と言うのも、大伴一族は、室屋、金村、長徳、安麻呂、そして、今の旅人様まで、大昔からずっと韓族と深く関わって来たし、大和へ亡命して来る半島の人々を暖かく迎えて呉れたからね。おっと、これは、博識な祖父の受売りだが、大伴氏の家風が、生国や身分を問わず、どんな人物にも、寛大である事は、坂上郎女様のあの歌の集いでも、君が見ての通りさ。

だから、僕は、そんな大伴氏の資人の一人として、わが主《あるじ》・旅人様に、身命を堵して、忠誠を尽くす覚悟で居るんだ。」

昨年、帰国した新羅の学語生・金信厳もそうであったが、こうして、百済人・余明軍の告白に接すると、大和へ渡って来る、半島の人々の視野は、本当に広いと、タカは、改めて思わずには居られない。自分などは、せいぜい、大和言葉を習得して、隼人の訳語に成る事だけが夢だが、彼らの場合には、そんな個人の低い次元を遥かに越えて、何時でも祖国全体の運命を背負って居るのだ。

この余明軍もまさしくその好例であろう。大和で生まれ育ったせいで、祖国・百済の言葉は、殆んど喋れないけれど、かの半島や祖国の歴史は元より、わが大和の国の政までも、すべて視野に入れて居るのだ。しかも、昨年、帰国した新羅人・金信厳と全く同様に、大和氏族の名門中の名門、大伴一族に、深い感謝と厚い忠誠を、真心から表明して居る。

「去年、新羅へ帰国した、あの金信厳も、君と全く同じ事を口にして居たよ。尤も、彼は、一方では、いつも誰かに尾行されて居るとも、洩らして居たがね。旅人様の信頼この上無い君に言うのも何だが、大和の政には、何時でも必ず裏が有るのだ、と口癖のように言っても居たよ。僕などには、そんな政の世界はさっぱりだがね。」

「もう済んでしまった事だから、君だけには話すけど、あの新羅の学語生・金信厳を、ずっと尾行して居たのは、実は、この僕だったのさ。

と言うのは、万が一、彼が新羅の間諜《うかみ》だったとしたら、廟堂の大半の反対を押し切って、身元を引き受けたわが大伴一族に、必ず累が及ぶからね。わが主が、僕に尾行を命じたのは、それを避けるためだったんだ。

けれど、大和で暮らした数年間、金信厳は、そんな素振りは全く見せなかった。正真正銘の学語生として、大和の言葉や文物を学ぶ事だけに、日々、専念して居たよ。

だから、僕は、尾行は嫌だったけれど、その事は、正直言って、とても嬉しかったよ。あの金信厳は、同じ韓族の血を引く者として、大恩有るわが大伴一族を、決して裏切らなかったのだからね。」

「何だ、それじゃ序でに、僕まで尾行されて居たと言う訳か！　金信厳とは殆どいつも一緒だったからね。やれやれ、やっぱり、金信厳が事有る毎に言ってた通りだな。大和の政には、油断も隙も無いんだね。

われ等、朝貢隼人は、蕃族《ばんぞく》並みの扱いだから、これからは、僕にも尾行が付くのかな？　いや、もう付いて居るかも知れないな。」

「馬鹿だな、隼人の君は、そんな大物じゃないよ。この大和の都では、名門中の名門、大伴氏の資人と言うだけで、上は天皇様から、下は京戸たちにまで、絶大な信用が有るんだ。だから、君もあの金信厳を見習って、目を掛けて下さる、わが旅人様を決して裏切らないようにしなければいけないよ。

それでは、大変お待たせしました。今度は、愈々《いよいよ》、君の番だ。

あの歌の上手な隼人の家女《けにょ》、君の亡くなった妻とそっくりな隼人の娘とはうまく行ったのかい？」

冗舌な余明軍が、やっとの事で、自分の方に話題を向けて来た事に、タカは、一応気を良く

しはしたが、今日初めて、東市で口を利いたキメの事を、余明軍に打ち明ける意欲は、もう疾《と》うに失せて居た。余明軍との会話は、確かに、彼の意中の人・理願尼の自慢から始まったのだが、話題は、何時の間にか、かの半島の二国、新羅と百済の歴史、大和朝廷や大伴氏との関わり、果ては、大和の政や間諜《うかみ》の世界にまで広がったので、タカは、その余りの刺激の強さに圧倒されて、キメとの初めての会話を余明軍に告げる興味を、すっかり失くしてしまって居たのだ。

それに、実際、タカは、あれから、餅と菓子を商う肆《いちくら》にキメを案内した後は、これと言った、気の利いた会話をする事も無く、例の槐《えんじゅ》の大木の下で、そのまま、キメと別れたのだった。今日は、最愛のヒメそっくりのキメと、初めて口を利いただけで良しとしよう。憧れの都へ来て、約八年、悲しい事や辛い事が余りに多く有り過ぎたけれど、今日は、久し振りに、明るく楽しい一日だった！

「悪いけど、話の続きは、明日にしようよ。もう夜明けも近いから・・・・」

「そうかい、残念だな。じゃ、明日、屹度《きっと》だぞ。」

若い二人の資人は、それを潮に、大きく欠伸《あくび》しながら、並べて敷いた寝床の中で、互いに背を向け合った。

佐保路の大伴館の、徒広い庭の何処かで、時鳥《ほととぎす》が、頻りに忍び音を洩らして居る。

第十四章　隼人司

「大宰帥、従三位、多治比真人池守《いけもり》のこの言上《ごんじょう》、御身は、如何が思《おぼ》さるるかな？　英邁な持統天皇様の御代から、遠《とお》の朝廷《みかど》に居られた御身の事じゃ。西国《さいごく》の事情は、手に取るように良く御分かりであろう。」

霊亀二年（七一六年）、夏五月の半ば、右大臣、正二位、藤原朝臣不比等は、平城宮内の朝堂院・右大臣室で、長年の盟友、正三位、粟田朝臣真人に、一枚の解《げ》を示した後、いつものように、その鋭い、かつ適確な論評を待ち受けた。

遷都六年目、新都の中核たる平城宮も、今やすっかり、本来の有るべき姿を整えて居た。新たに皇位を継いだ、元正天皇の住まう内裏《だいり》は勿論の事、北の大極殿も南の朱雀門も、新都の権威と繁栄を、それぞれに代表して居るし、その二つの豪華な高楼に挟まれた朝堂院群も、政に従事する各級の官人たちで、連日、賑わって居る。

さらに、その南面する平城宮を要《かなめ》として、東西南北に延びて居る広大な平城京も、また一段と、新都の名にふさわしい、宏壮な外観を呈するように成って来て居る。と言うのも、遷都の時には、未だに疎《まば》らであった、官人たちの邸宅も、今では、どの区画でも密集して居るし、仏教各派の寺院も、左右両京の、あちこちに荘厳な姿を現わし始めて居るからである。

それもこれも皆、若い頃から、文字通り、二人三脚で、大和国の政を、仕切って来た、この無二の盟友・粟田朝臣真人の、御蔭である。時々の重要な政に直面する度に、、藤原朝臣不比等は、必ず、この老練な盟友と意見を交換し、その透徹した見識を、政の決断の第一の基準として来たのだ。

今日もまたそうである。

造平城京司長官・右京大夫《だいぶ》として、新都の造営に辣腕《らつわん》を振った見返りに、大宰帥、従三位、に昇格させた、多治比真人池守から、薩摩と大隅両国の朝貢隼人たちを、早急に帰国させたいと言う解《げ》が、今月半ば、太政官に届いた時、不比等自身は、長年の政の経験から、その言上の背後に、何か不穏な動きが潜んで居る事を直観した。

だが、正二位に昇格はしたものの、六十を過ぎた老齢のせいか、最近、兎角、病み勝ちなその盟友を、不比等が、わざわざ朝堂院に呼び出したのは、いつもの習慣通り、相手の反応を確かめたいためだけではなかった。自身もまた六十に近いせいか、最近、とみに、体力・気力ともに、微かな衰えを感じ始めて居り、何かに付けて、漠然とした不安を覚え始めて居たせいでもある。互いに、いつしか老境に差し掛り、往年の精気を失くしつつあるとは言え、慣れ親しんだ盟友の懐かしい顔を見れば、自分も少しは、元気を取り戻すのではなかろうか？

思えば、生憎の雨のために、新たに皇位を継いだ元正天皇にとっては、初めてとなる重要な朝賀を取り止めざるを得なかった今年は、年初から、何とは無しに不吉な予感が、右大臣、正二位、藤原朝臣不比等の胸に萌《きざ》し始めて居た。例えて言えば、澄み渡った大空に輝く中秋の名月に、俄かに薄雲が懸かり始めた時のような、何か嫌な感じである。

　平城京遷都以来数年、新都の造営も、一応軌道に乗り、日本国のこの政の中心が、一段と安定した様相を呈して居るのは、確かに、誰の目にも明らかであろう。

　だが、新都の外へ一歩踏み出すと、地方の官人たちの不正や、民草たちの不満が、国中に蠢《うご》いて居るのもまた、歴《れっき》とした現実である。中でも、『賦役令《ぶやくりょう》』の規定により、毎年、朝廷へ調を運ばなければならない、諸国の民草たちの疲弊が甚しい。

　尤も、その種の悪評は、廟堂の第一人者たる不比等の耳には仲々入って来ないのだが、最近では、左右両京の大夫《だいぶ》たちでさえも、入京して来る運脚たちの衣服は、ぼろぼろに破れ、顔色も、青菜のように、萎《しお》れ切って居ると、言上し始めて居る。さらに、調を納めて帰国する運脚たちが、途中で、病死したり、餓死したりする例が、依然として、跡を絶たないと、聞く事もある。

　わが政のそんな悪評は、民草たちの暮らし振りを常に心に掛けて居られる元明太上天皇様の御耳にも、何時の間にか、入ったのであろう。内裏の奥深く放って有る、わが手の者たちの密告に依れば、元正天皇様ともども、最近、頻りに、中務卿《なかつかさきょう》、従四位上、大伴宿禰旅人から、民情の報告を受けて居られるらしい。

　そう言えば、先日、右大臣たるこの自分にも、朝貢隼人たちの、その後の様子について、両天皇から、特別の御下問があった。何時もの事だが、あの御二方は、この大和国に二と無い、至尊至高の身でありながら、何故、あのように、蛮夷の隼人どもに、強い関心を抱かれるのであろう？

去年、新しい国史の編纂を命じた、あの太朝臣安麻呂も、示唆して居たように、ひょっとしたら、天皇家と隼人どもとは、やはり、先祖を同じくするのかも知れぬ。両天皇が、これ程、隼人どもの動向に執着されるのも、或いは、そのせいかも知れぬ。だとすれば、進行中の、新しい国史の編纂にも、両天皇の意向が及ばぬよう、絶えず目を光らせて置かねばなるまい。

「九州・大宰府は、世には「栄えある遠の朝廷」なれど、わしには、まさしく懐しい「第二の故郷」での。かの偉大なる持統天皇様の御代以来、恐れ多くも、筑紫大宰、遣唐執節使、大宰帥、等を拝命した、思い出深い、格別な場所なのじゃ。

当時、大宰帥であったわしが、右大臣の貴殿と示し合わせて、薩摩国から朝貢隼人たちを、大和の朝廷に献上したのは、確か、元明天皇様の御代、和銅二年の秋であったの。あれから、もう八年も経ったとは、時の流れは早いものじゃ。

所で、あの時の朝貢隼人たちを帰国させるについては、わしの意見など改めて申し上げるまでも無い。新任の大宰帥殿が、言上して来たように、一家の中心たる夫や息子が、遙かに遠い大和の都へ朝貢した儘《まま》、八年間も家を留守にして居るのでは、妻子や父母たちが、とても心細く不安な毎日を送って居るのも、無理もなかろうよ。

因って、今後は、隼人の朝貢を、六年で交替させたいと言う、多治比真人池守殿の言上、如何にも人情味豊かな、あの御仁《ごじん》らしい御判断じゃな。それに、良く考えて見れば、あの時の朝貢隼人たちの役目も、もはや二つとも終わったのじゃから、そうするのが、政の本道と言うものでござろう。遷都の大事業も無事終り、平城の都は、今や咲く花のように、香しく匂って居るのじゃからの。」

ああ、わが長年の盟友、粟田朝臣真人も、年老いたな。人情に脆《もろ》い、世の年寄り並みに、口に出るのは、昔の事ばかりではないか。あの壮年の頃の、頭の回転の速さや理詰めな弁舌は、一体、何処へ消えてしまったのであろうか、と、不比等は、一瞬、一抹の寂しさと空しさを覚える。

昨年夏の成選《じょうせん》で、長年の功業に報いるべく、正三位にまで引き上げてやったのに、この所、それにふさわしい顕職に就いて居ないせいであろうか、それとも、六十代半ばという、老齢のためであろうか、この稀代の切れ者も、もはや昔日の面影を、すっかり失くしてしまったようだ。

以前であれば、新任の大宰帥から上って来たばかりの、この然《さ》りげ無い解《げ》の背後に、その鋭い政の嗅覚で、目には見えない不穏な蠢《うごめ》きを、逸速く察知して呉れる筈なのだが、今日は、一向に、いつもの頭脳の閃きが見られないのだ。新都の政の第一人者、右大臣、藤原朝臣不比等としては、隼人の「謀叛《むほん》」の一言が、その口から出て来て欲しかったのだが、何とも遣り切れない、もどかしさが募るばかりである。ふと気が付けば、六十に手が届こうとして居る自分もまた、何れはこうなってしまうのであろうか?

「無論、余も、大宰帥の言上通り、隼人の朝貢を、以後は、六年交替にする積りでは居る。唯だ、薩摩国の方は、ここ久しく鳴りをひそめて居る故、差し当り、問題無いとして、目が離せないのは、大隅国の方じゃ。

三年前、日向国から四郡を割《さ》いて、大隅国を設置した時も、大隅隼人どもは、執拗に反抗したし、建国した後も、仲々、王化に服さず、法令にも従わない、と報告を受けて居る。

二年前には、豊前国より百姓二百戸を移住させてまで、わが朝廷の権威に服させようと図ったのじゃが、大隅国の隼人どもは、頑として応ぜず、大宰府を梃摺《てこず》らせて居るとも言上して来て居る。

一方で、有力な隼人の酋帥《しゅうすい》どもには、それなりに叙位を行なって、手懐《てなず》けようとしては居るが、彼奴等も、隼人どもの不満や反抗を、完全には押さえ込んで居ないようじゃ。

此の儘では、何時かまた、必ず、例の「謀叛」が起きると、余は、睨《にら》んで居る。その事よ、先刻から、御身のいつもの御高説を拝聴したかったのは。」

やれやれ、長年のわが盟友、右大臣、藤原朝臣不比等殿は、廟堂第一の権力者として、今尚現役だな、と、正三位、粟田朝臣真人は、改めて痛感する。話の最後を、何時に無く、自分に対する皮肉で締め括ったのが、少し気にはなるが、その天性の鋭い政の感覚は少しも衰えては居らぬようだ。

だが、壮年の頃から、この御仁と、文字通り、二人三脚で、この大和国の政を取り仕切って来た自分にも、いつしか致仕《ちし》の年限が迫って来て居る。数々の顕職を経て、ついに正三位にまで上り詰めた今、わが六十余年の人生に、これ以上、何の望みも無い。幸い、平城の新都は、今こそ盛りの時を迎えて居るし、元正天皇様の御代も、安泰そのものではないか！

このような安らかな御時世に、かつて、赴任して居た、懐しい大宰府の管内で、仮に隼人どもの「謀叛」が起ったとしても、今の自分には、もはや関係無い事だ。そんな事より、自分もまた、「さまざまなかかわりを捨て、履物を脱ぎ捨てるように俗をはなれたい」と仰せられた、当時の元明天皇様の、あの脱俗の御境地に、一日も早く、達したいものだ。朝臣たちの中には、そんな御境地に共鳴した者も、少なからず居ると洩れ聞いては居るが、今尚、政の第一線に止まって居る、この御仁などには、先づは無縁な心境であろう。

だが、一歩下がって良く考えて見れば、この長年の盟友には、自分なりに数々の恩義が有る。大宝律令の選定や平城京遷都、隼人の朝貢や大隅国建国など、新たな国造りの事業に於て、確かに、この自分が果した役割は大きかったと自負しては居るが、それもこれも、今を時めく、最高権力者、右大臣、正二位、藤原朝臣不比等殿の御力添えが、有ったればこそだ。

そんな御仁が、大和の都からは遙か遠い、九州、大隅国の、隼人どもの「謀叛」を頻りに警戒して居られる。朝貢隼人の期限の問題など、自分が大宰帥なら、事後報告で済ます所だが、これもまた、かつて自分もそうしたように、新任の大宰帥の、都の最高権力者に対する、例のご機嫌取りなのであろう。

先刻の皮肉な口振りは、或いは、そんなかつての自分に対する揶揄《やゆ》を込めたものかも知れないが、ここは一つ、大恩有る、この長年の盟友に対して、最後の恩返しをして置こう。

「昔の事を思い出した序《つい》でに、と言っては大変失礼じゃが、三年前、和銅六年の大隅国の建国に至るまでには、わが皇軍《すめらみくさ》も、抵抗した隼人どものために、少なからぬ犠牲を強いられた事は、御身も御承知の通りじゃ。わしも、その当時、大宰帥として、一方ならぬ苦労を余儀なくされた。

中でも、最も腐心致したのは、言葉の問題でな。大隅国の隼人どもには、わが大和の言葉が全く通じないし、我々にもまた、彼奴等《かやつら》が喋る土地の言葉が、まるで異国の言葉のように、全く訳が分からなかった。あの時の激しい戦闘では、双方の言葉が通じないばかりに、共に無用な疑心暗鬼が生じ、無益な血が大量に流されたと、その後、叙勲を受けた千二百八十余人の、重立った者たちが、口を揃えて、述懐して居った。

そこでじゃ、右大臣殿、老婆心ながら申し上げるが、貴殿が危惧して居られる、大隅国の隼人どもの「謀叛」を未然に防ぐためにも、この際、隼人の訳語の数を、一気に増やす事を考えられては如何かな?

辺境の夷狄と言えども、言葉が通じなければ、纏《まと》まるべき事も纏まらず、何とか纏まった事も、何れは壊れてしまいましょうぞ。言葉の問題は、南の隼人どもだけではなく、北の蝦夷どもの場合も、全く同じ事情故、今後は、訳語の役割を、決して軽んじてはなりませぬ。然らば、隼人や蝦夷の訳語待遇も、唐や新羅など、異国語の通事に準じて、これまで以上に、厚くしてやるべきでしょうな。」

これだ、これだ! これこそ、長年、苦楽を共にして来た、わが盟友・粟田朝臣真人の真骨頂だ、と不比等は、改めて深く感じ入る。遙か九州最南端の、蕃夷《ばんい》、隼人の訳語を育てよとは、自分などが全く思い付きもしない、この盟友らしい、いつもの奇抜な策ではないか!

「成程、訳語の役目とは、そんなに大きいものかの?

異国の唐や新羅相手の外交の際に、通事が欠かせぬ事なら良く分かるが、国内の隼人や蝦夷相手の場合にも、訳語の役割が、そんなに大きいものとは、今日まで確と弁《わきま》えなかったわ。

何時もの事乍ら、御身には何かと教えられる事ばかりじゃ、有難い！　早速、衛門府・隼人司の正《しょう》に、命じて置こう。

時に、南方の夷狄たる隼人どもの言葉とは、そんなに難解なものなのかの？　余は、生まれてこの方、大和の言葉しか知らず、御身と違って、異国の言葉には、どれも全く通じて居らぬ。良い機会じゃ、隼人どもの言葉について、もう少し詳しく聞かせて呉れぬか。」

「わし自身は、若い頃から異国の言葉が好きで、唐や新羅の言葉に、少しは通じて居る積りじゃが、隼人どもの言葉だけは、全く御手上げでな。筑紫大宰や大宰帥に任ぜられた時は、政庁に長年仕えて居る、隼人訳語で、大隅忌寸和多利《いみきわたり》とか申す者に、全てを任せて居った。

彼奴《かやつ》の話では、隼人どもの言葉は、薩摩国と大隅国とでも、すでに、随分違うし、かの九州南部とこ

の畿内とでは、その差がもっと大きいとの事であった。何故、そうなのか、わしには良く分からぬが、彼の地と此の地で、隼人どもの言葉が、それ程異なって居るのは、遙かな昔、九州の南の端から、畿内にやって来た隼人どもの言葉も、長い年月の間に、いつの間にか、大和の言葉と混じり合ってしまったせいかも知れぬ。

然らば、隼人訳語も、これまでのように、隼人司に仕えて居る畿内隼人どもの中から選ぶのではなく、九州南部から朝貢して来る隼人どもの中から、これと言った人物を育て上げる方が、今の時勢に合って居るのではないかの。」

「合い分かった！

隼人訳語の件は、直ちに手を打つとして、今一つ、余が、気掛かりなのは、今の大隅国守・陽侯史《やこのふひと》麻呂《まろ》の事じゃ。

去年の成撰《じょうせん》で、一応、正六位上に引き上げてはやったが、五位との差は、歴然として居る。御身も、身に覚えがあろうが、貴族に列する五位は、並みの官人たちの、窮極の夢じゃからの。

それだけに、彼の者が、功を急いで、遮二無二、突き進み、大隅隼人どもと、無用の衝突を引き起こしはせぬか、いささか気になる所でな。

それに、御身の耳にもすでに達して居ろうが、今の大宰府管内では、筑後国守・従五位上、道君《みちのきみ》首名《おびとな》の評判が、群を抜いて居る故、彼の者は、辺境の大隅国守として、官人特有の競争心を、一段と激しく燃やす筈じゃ。同じく、去年の成撰《じょうせん》で、東国に配置した百済王《くだらのこにきし》の一族もそうじゃが、わが王化に服した、異国の氏族たちは、この国で、兎角、功績を上げようと、躍起になる癖が有るからの。」

もうすぐ六十に手が届こうと言うのに、今なお、現役の右大臣として、当面の政を、熱っぽく語る盟友と、こうして向かい合って居ると、いつの間にか自分もまた、往年の粟田朝臣真人に、つい戻ってしまう気がする。これではやはり、「さまざまなかかわりを捨て、履物を脱ぎ捨てるように、俗をはなれたい」と仰せられた元明太上天皇様の、あの切なる御希望も、言うは易く、行うは難しじゃな。御息女・元正天皇様に譲位されたとは言え、実際には、尚天下の政に目を配らなければならぬ太上天皇様御自身こそが、その事を、日々痛感して居られるのではなかろうか？

それもこれも、人並み以上に、長生きしてしまった者の、甘受せねばならぬ宿命であろう。然らば、序でに、これも忠告として置こうと、致仕《ちし》の歳に近い自分の身の上を、しばし棚に上げて、正三位、粟田朝臣真人は、駄目を押した。

「わが王化に服した、異国の氏族たちについては、わしも、貴殿と同じ危惧を抱いて居る所じゃ。あの者たちは、揃いも揃って、一芸に秀でて居るばかりに、却《かえ》って、目が離せぬからの。

新任の大隅国守・陽侯《やこの》史《ふひと》麻呂《まろ》は、確か、かの漢の出と聞いて居るが、未だ、歳も若いだけに、何を仕出《しだ》すか、知れたものではござらぬ。

天下の右大臣殿に対して、まことに僭越なご忠告じゃが、諸国の国司たちの言上を、決して字面通りに受け取ってはなりませぬ。貴殿もすでに十分御承知の通り、官人たちの一番の関心事は、都・鄙《ひな》を問わず、自らの人事じゃ。とりわけ、諸国の国司たちは、一日も早く、大和の都へ帰りたいばかりに、自分の有利になる事なら、どんな卑劣な手段にでも訴えようとするもの。貴殿が先刻、名を挙げられた、あの筑後守・道君首名のような、無私の、清廉潔白な国守など、例外中の例外でござろう。

然れば、彼等の上司たる者、その言上の裏を取る事こそ肝要かと存ずる。そのための手立ては、いろいろ有ろうが、かつて筑紫大宰や大宰帥であった頃、わしは、九州各国に絶えず間諜《うかみ》を放ち、国守たちの動静や政の現状をそれとなく探らせたものじゃ。当時の国守たちは、それを密かに察知してか、誰もが、有りの儘に、言上して来るようになったわ。

但し、九州と言えども、隼人どもの国では、間諜も、全く役に立ちませぬ。何となれば、先刻から、申して居るように、隼人どもの言葉は、余りにも複雑怪奇なる故、大宰府政庁の速成の間諜など、立ち所に、見破られてしまうからじゃ。然れば、言葉によって、正体を暴かれた間諜が、隼人どもの動静を探るなど、まさしく至難の業たる事は、理の当然じゃ。

かと言って、隼人どもの言葉に良く通じた、隼人訳語に、間諜をやらせるのもまた、意外に危険な手立てでの。

実は、わしも、かの大隅国建国に際し、大宰帥として、薩摩国守・多治比真人広守に命じ、大和の都から同行した隼人訳語、阿多君羽志なる者に、間諜の役目をさせたのじゃが、大和言葉風な抑揚をすぐに見破られ、挙句の果て、命まで取られる破目になって仕舞うた。

事程左様に、隼人どもの扱いは、一筋縄では行かぬ故、とりわけ、建国したばかりの大隅国では、これまで以上に、細心の注意が必要でござろう。然れば、大隅国では、隼人どもでさえ、訳語と間諜の使い分けが不可能だとすれば、国守・陽侯史麻呂の動静は、一昨年、豊前国より大隅国へ移住させた二百戸の民たちに把握・報告させるのが、最も確実な手立てでござろうの。何れにしても、大宰府が、絶えず監視を怠らぬ事じゃ。」

そら来た、訳語の次は間諜だ！　わが長年の盟友たる、正三位、粟田朝臣真人の頭脳の切れ味。老いたりとは言え、未《ま》だ未《ま》だ、現役そのものではないか！

おい、わが最も信頼する盟友、真人よ、もっともっと、永生きして呉れ、そして、わが最愛の孫、首《おびと》皇太子が、晴れて高御座《たかみくら》に昇る日まで、これまで同様、この俺を、支え続けて呉れ！　新たな国史の編纂も、最後の大事業として、我等に遺されて居るではないか！

そこまで思いを馳せた時、右大臣、正二位、藤原朝臣不比等の目に、不覚にも涙が滲んだ。

廟堂第一の権力者として、人前では決して涙など見せる事はない俺だが、やはり寄る年波には勝てぬようじゃな。この先、どちらが先に身罷《みまか》るか、知れたものではないが、此処まで来たら、共に最後まで歩もうじゃないか！

そんな不比等の老いの涙が、それとなく伝染したのであろうか、久し振りに、第一線の政に触れた、不比等の盟友の目にも、不意に、年寄りらしい自愛の涙が、滲み出て来た。

同じ霊亀二年（七一六年）の夏の終り、すなわち、六月の初めの或る日、タカは、大伴館に安麻呂の生前から仕えて居る、あの忠実な老家令《かりょう》から、突然、平城宮内の衛門府・隼人司《はやとつかさ》へ出頭するよう命じられた。用件は具体的には告げられず、身の回りの物を全部まとめて、直ちに出向くようにと言う、主《あるじ》・大伴宿禰旅人からの厳命だとの事であった。

遷都六年目、広大な平城京の北端に、威容を誇る平城宮に、大伴館の一資人に過ぎないタカは、当然の事乍ら、未だ一度も足を踏み入れた事は無い。尤も、東市からの帰途、時には、朱雀大路を経て、平城宮の前を通る事もあるが、六年前の遷都直後は、天皇の住む内裏だけが、ぽつんと建って居た平城宮も、今では、高い築地塀で四囲をすっかり囲まれてしまったために、内部の規模など、全く知り様が無い。さて、隼人司とは、一体、何処に在るのだろうか？

思い余ったタカが、その夜、同室の親友、余明軍に相談すると、隼人司に最も近い壬生《みぶ》門まで、同行して呉れると言う。大伴館の主たる中務卿・大伴宿禰旅人に最も信頼されて居る、この東国生まれの資人は、護衛を兼ねて、常に影のように主に付き従っているせいか、平城宮内部の事情にも精通して居るのであろう。

その翌日の日の出前、タカは、余明軍と連れ立って、いつものように、佐保川を小舟で下り、途中、二条大路に掛かる橋の袂《たもと》で、岸に上がった。目指す壬生門は、そこから三坊隔てた、平城宮の南の一角に在る。すぐ隣に接して居る、平城宮最大の正門・朱雀門には、さすがに見劣りはするが、それでも、南面する壬生門の前は、その日の開門を待つ官人たちで、すでにごった返して居た。タカの出頭の理由を事前に知らされて居たらしい余明軍は、いつにも増して、明るく振舞い、午《うま》の刻（午前十二時）に、東市で会う約束をして、そのまま、大伴館へ引き返して行った。そして、別れ際に、女性《にょしょう》たちも一緒にな、と小声でタカの耳に囁《ささや》いた。

一刻（三十分）後、タカは、官人たちの群れに混じって、例の太鼓を合図に開かれた壬生門を潜り抜け、余明軍に事前に教えられた通り、門のすぐ左側に建って居る衛門府の庁舎に向かった。目指す隼人司は、その中に在るらしい。タカが初めて目にする衛門府は、檜皮葺《ひわだぶき》の掘立柱建物だと、余明軍が、物知り顔に教えて呉れて居たが、近付いて見ると、その左右に、同じ様式の二つの建物が隣合って居る。衛門府と並んで、天皇と内裏を警護する衛士府と兵衛府であろうか？

大和の都へ来て、すでに八年目、大伴館の一資人として、タカは、新たな都・平城京のどんな佇《たたず》まいにも、もはや以前程、深く感動しなくなっては居たが、初めて足を踏み入れた平城宮の、余りにも広大な敷地と、夥《おびただ》しい数の建物群には、さすがに驚異の目を見張らされた。それは、八年前、初めて目にした、九州の大宰府政庁とも、同じ大和の藤原宮とも、各段に異なる威厳と華麗の雰囲気を、目路の限りに、醸し出して居る。

さらに、タカは、二人の衛士が厳めしく守って居る衛門府の入口で、名を告げると、すんなり通して呉れたのにも驚いたが、隼人司らしい建物に入り、旧知の二人の人物の顔を見付けた時には、それ以上に、愕然とした。

と言うのは、全く思い掛け無い事に、一人は、七年前、藤原京で別れた切りの、朝貢隼人の総帥・薩摩君須加であり、もう一人は、その前年、大宰府で出会った隼人訳語・大隅忌寸和多利だったからだ。異常な興奮の一瞬が過ぎ、少し落ち着いて良く見ると、一段と白髪の増えた総帥の背後には、あの長い朝貢の旅で、タカと苦楽を共にした、薩摩国十一郡の長たちの懐しい顔も並んで居る。思わず近寄って、再会の言葉を交そうとすると、彼等の前に進み出た、当の大隅忌寸和多利が、突然、大声を張り上げた。

「唯今より、衛門府隼人司の正《しょう》、正六位下、佐伯宿禰百男《ももお》様より、朝貢隼人のそちどもに、特別の御達しが有る。同じく、隼人司佑《ゆう》・正八位上、阿曇《あずみ》宿禰船人《ふなと》様が代読される故、謹んで拝聴致すよう。」

ああ、ここ平城宮は、やはり大和国の政の中心だな、とタカは、今更乍ら痛感する。大和朝廷の政に於ては、上から下まで、何時でも何処でも、一座の主たる人物は決して、口を開かず、下位に在る者が、その意向を代読するのだ。その勿体振った様式は、薩摩国府でも大宰府でも、そして、藤原宮でも全く同じだったし、初めて参上した、平城宮内の、この衛門府隼人司でも、寸分の狂いも無い。

「去る和銅二年冬十月、わが大和の都へ、朝貢して来た薩摩国の隼人ども、この八年間、遷都の大事業に際し、骨身を惜しまず良く働いて呉れた褒美に、この度、太政官より帰国の御沙汰が下された。

一同、有難く承るよう。

顧みれば、その方ども、かの遠い故郷に、年老いた父母、或いは、最愛の妻子を遺したまま、良くぞ今日まで、至尊の天皇様と厳粛な朝廷に対し、一方ならぬ忠誠を尽して呉れた。御聡明なる元明太上天皇様、慈愛溢るる元正天皇様、そして、公平無私なる右大臣、正二位、藤原朝臣不比等様より、格別に労いの言葉も賜って居る。序でに申せば、爾後、そちどもの朝貢は、六年に一回と定められた。

一同、謹んで承るよう。

なお、そちどものこの度の帰国は、大宰帥、従三位、多治比真人池守様の篤実《とくじつ》な御配慮により、秋の収穫に間に合うよう、時期が設定されて居る事を、付け加えて置こう。九州は南の果て、薩摩国まで、来た時と同じように、再び厳しく辛い長途の旅が続くであろうが、全員無事帰国して、尊い農事に専念出来るよう、呉れ呉れも、身体には気を付けるが良い。

そのため、この度の帰国に際しては、特に、元明太上天皇様より、その方ども全員に、銅銭を下賜《かし》するようにと、特別の仰せが有った。長い道中、下賜される銅銭で、糧食を購《あがな》えとの、まことに慈悲深い御叡慮である。諸国の運脚たちにはついぞ為されぬこの御措置、一同重ねて深く感謝致すよう。

但し、この数年、隼人の吠《はい》に従事した二十人の者どもだけは、本年十一月の践祚《せんそ》大嘗《だいじょう》の日まで、そのまま都に滞在し、麗しき元正天皇様の御目出度き即位の儀を無事に終えた後、追って帰国するようにとの、特別の御指示が下されて居る。その方ども、確と承るよう。

最後に、中務卿、従四位上、大伴宿禰旅人様の資人、阿多君鷹、良く聞け。

その方、本日を以て、衛門府隼人司の隼人訳語に任じられる事と相成った。これもまた、公平無私なる右大臣、正二位、藤原朝臣不比等様よりの、格別のご命令である。謹んで承るよう。」

殆ど棒読みに近い、長い代読の最後に、自分の人事が告げられた時、タカは、長年の夢がついに実現した喜びで、一瞬、全身の血が沸き立つような、強い感動を覚えたが、総帥須加以下の仲間たちの、長く辛い帰国の旅を思い浮かべた途端、自分だけのその興奮は、水を浴びせられた焚火のように、忽《たちま》ち凋《しぼ》んでしまった。

あゝ、またしても、わが朝貢隼人たちの人生が、大きく変わったのだ！　自分たちの関り知らぬ、大和の朝廷の政によって、自分も含め、総帥・薩摩君須加様以下、薩摩国十一郡の仲間たちの運命が、いつものように、否応なく決められてしまったのだ！

無論、八年振りの帰国と言う思わぬ出来事は、紛れも無い朗報であり、しかも、今回は、恐れ多くも元明太上天皇様より、特別に、路銀として銅銭までも下賜されるそうなので、まことに有難い御沙汰ではある。

だが、大和の都まで四十五日も掛かった、あの長く苦しい朝貢の旅が再び繰り返されるのだと想えば、素直に手放しで喜んでばかりは居られない。急に老け込んだように見える総帥、須加様はじめ仲間たちの難儀は、如何ばかりであろう？「狗吠」に従事して居た二十人の仲間たちも、この冬には、最後の役目を終えて、その後を追うのだ。

それなのに、今度もまた、自分だけが、隼人訳語として、今を時めくこの平城京に、留まり続ける事になった。八年前、自分一人だけが舎人に推挙された時と全く同じように、今回もまた、自分一人だけが、隼人の仲間たちとは次元の異なる世界に住み続ける事になったのだ。

あの長く苦しい朝貢の旅の途中、わが最愛の妻ヒメが、進んで身を汚したり、疫病で命を落としたりした事などは、二人の人生にとって、余りにも大きな犠牲であった事は確かである。けれども、総帥、須加様は元より、他の仲間たちもまた、それぞれに人知れぬ労苦を重ねて来た事もまた確かであろう。とりわけ、平城京の造営に駆り出された仲間たちの、長い苦難に満ちた日々は、察するに余り有る。にも拘らず、引き続き、自分一人だけが、こんな好遇を受けて良いのであろうか?

その一方で、「資人」タカは、大伴館の歌の集いで偶然出会った、ヒメそっくりのキメ、この夏の初め、東市で初めて口を利いたキメが、いつの間にか心の片隅に住み始めて居るのを、密かに感じずには居られない。

大和の都へ来て八年、ヒメと固く約束した、隼人訳語に成ると言うわが長年の夢は、ついに実現した！　歌人に成ると言うヒメの夢は、無残にも破れてしまったが、その代り、歌の巧みなヒメそっくりのキメと、奇しくも出会う事が出来たのだ。隼人司の訳語として、このまま、平城京に止まって居れば、そのキメと言葉を交す機会も、今以上に増えるであろう。

ああ、それにしても、自分もまた、この八年間、大和の二つの都で暮らして居るうちに、いつの間にか、あの隼人司左大衣、大隅忌寸乎佐のように、利に聡《さと》い、卑俗な人間に成り下がってしまったのではなかろうか？　一方では、総帥、須加様はじめ仲間たちの運命に同情し乍ら、他方では、隼人訳語に成れた事を喜び、キメとの逢瀬を密かに期待して居るもう一人の自分が居るのだ。

不意に、八年前、別れた切りの、親友ウシの顔が、そんなタカの胸に懐しく浮かんだ。根っから、大和嫌いのウシは、大和の都で隼人の訳語に成ると言う自分の夢を、一応、認めて呉れはしたが、海の民・阿多人の誇りだけは失うなと、釘をさす事も決して忘れはしなかった。ウシよ、俺は、自分の長年の夢を遂に果しはしたが、海の民・阿多人の根性だけは、これからもずっと命懸けで守り続ける覚悟だ。いつの日か、また会おう！

「阿多君鷹、久し振りじゃな。わしの顔、覚えて居るかの？　八年前、大宰府で出会った大隅忌寸和多利じゃ。

今は、二年前に亡くなった兄、乎佐《うさ》の跡目を継いで、衛門府隼人司左大衣の大役を仰せつかって居る。これから、一緒に仕事をする事になるでな、宜しく頼むぞ。

この度、特別に、そちが隼人訳語に任じられたのは、何よりも先づ、大隅隼人の言葉と大和言葉を自在に操り、大隅国の政に役立たせるためだと聞いて居る。そち自身が、大隅隼人の今の言葉を完全に物にするだけではなく、この冬、朝貢して来る大隅隼人たちの中から十人選び、大和言葉をすみやかに身に付けさせるのが、そちの大切な役目でもある。

隼人司の正《しょう》、佐伯宿禰百男《ももお》様も、特に強調されたように、これは、公平無私なる右大臣、藤原朝臣不比等様より、そちの主・中務卿・大伴宿禰旅人様に、取り急ぎ、折り入って依頼された御処置と伺って居るでな。その事、夢々、忘れぬように致せ。」

皀縵《くりのかとり》の頭巾、黄色の袍、白色の袴、烏皮《くりかわ》の履《くつ》と言う和多利の出立ちは、隼人司左大衣の身ながら、未だに無位に止まって居る証拠だ。だが、幾らか年老いたとは言え、大宰府で初めて出会った頃とは、打って変わって、和多利の口調は滑らかであり、全体として明るく活発な雰囲気を漂わせて居る。「遠《とお》の朝廷《みかど》」と一応、崇められては居るが、九州の大宰府も、所詮、地方の一官庁に過ぎないのであり、大和の朝廷の至上の権威には及ぶべくもないからであろう。そんな官人たちの世界で、畿内生まれの双子の隼人にも、この八年の間に、兄は逝き、弟がその跡を継ぐと言う、それなりに大きな人生の転変が有ったのだ。

とは言え、この八年間、朝貢隼人の一人として、自分も、また、和多利に劣らぬ、一身上の大きな変化を蒙ったのだと、タカは誰かに語りたい気が頻りにする。こちらとしては、一刻も早く、あの長い朝貢の旅で、苦楽を共にした総帥・須加様や他の仲間たちと、積もる話をしたいのだが、目の前の大隅忌寸和多利は、隼人司左大衣として、これから自分の上司に成る人だ。取り敢えず、上司に挨拶するのが、筋であろう。

「大隅忌寸和多利様も、あれから御変わりも無く、御元気そうで何よりです。こちらで、再びお会い出来るとは夢にも思って居りませんでした。この度、隼人司に召されましたる事、この上無い名誉な御配慮と、心より御礼申し上げます。

御兄君、乎佐様には、御話では、二年前に、身罷られたとか、藤原京で大変お世話になりましたが、心より御悔み申し上げます。

その節、御同僚の隼人司右大衣、阿多君羽志《はし》様の一人娘、吉賣《きめ》なる方を預って居られると伺いましたが、ひょっとして、阿多君羽志様も、大隅国で身罷られたのではありませんか?」

「良く存じて居るの。さすがは、顔の広い、昔ながらの名門、大伴氏の資人じゃな。

今から三年前、和銅六年夏四月、大隅国の建国に際し、大宰府からはわしが、薩摩国からは阿多君羽志殿が、訳語として、派遣されたのじゃが、大和言葉の抜けきらない羽志殿は、間諜の役目が隼人たちに知れ渡る所となって、不幸にも命まで奪われて仕舞うたのじゃ。幸い、わしは現地に似た筑紫訛《なまり》のせいで、難を免れたのじゃが、羽志殿は、真面目で、人柄の良い、範とすべき隼人訳語であられた。

隼人司の同僚の好《よしみ》で、わが兄乎佐が預って居た、愛娘の吉賣なる者は、かの穂積皇子の夫人《ぶにん》・大伴坂上郎女様の家女《けにょ》として、大伴館に奉公させて居ると聞いて居ったが、わしは未だ会った事は無い。人の噂では、歌の才に秀い出、大歌人・坂上郎女様に、大層可愛いがられて居るとか。もう良い年頃であろうな。」

私は、大伴館ですでにその吉賣に会って居ります。しかも、坂上郎女様の歌の集いで、いつも一緒です。この卯月の初め、東市で初めて口を利きました。その後も時々、東市で会って居りますが、今日も実は、午の刻に、親友の資人と一緒に、待ち合せる予定です、と今にも口に出そうな言葉を、夕力は危うく呑み込んだ。

「タカよ、随分、長く会わなかったが、元気そうで何よりじゃ。」

ああ、これは、待ちに待った、総帥・薩摩君須加様の、あの懐しい声だ！

隼人司左大衣、大隅忌寸和多利に一礼して、その声の方に目を向けると、仲間たちとの打ち合せを終えたらしい、総帥・須加が、こちらに微笑んで居る。

タカの父、阿多君比古《ひこ》とほぼ同じ年齢なのだが、七年振りに再開した総帥･須加は、良く見ると、すっかり年老いてしまったようだ。一段と増えた白髪、深く刻まれた顔の皺、心持ち曲がった腰付、など、すべてがあの老人特有の徴候を呈して居る。四十五日間の、あの長く苦しかった朝貢の旅、大和の官人たちとの度重なる難儀な折衝、平城京遷都の厳しい労役、その他、余人には知り得ない、数々の心労が、一遍に、その身に現れたのであろう。

だが、年寄染みたその容貌とは裏腹に、総帥・須加の声だけは、力強く、男らしい以前の張りを、未だ失っては居ない。

「聞けば、この度、そちは、隼人司の訳語に任ぜられたとか。そちの長年の夢がついに実ったのじゃ、目出度い、目出度い！

思えば、そちたち夫婦には、一方ならぬ苦労を掛けてしもうた。そちも、あれから、大伴館の資人として、人知れぬ難儀を味わったであろうが、それだけに、この度の栄えの人事が、わしにも嬉しくてならぬ。

これで、播磨国で果てたヒメも、きっと満足して呉れるであろう。歌人になりたいと言う自分の夢は、到々適わなかったが、最愛のタカが、隼人訳語に成ると言う、長年の夢を遂に果したのじゃからな。

わしたちは、朝廷の思し召しにより、間も無く帰国するが、播磨国を通る時には、必ずヒメの墓に、立ち寄って、この名誉な出来事を報告する積りじゃ。それが、あの長い旅の途中で、命を落したヒメへの、何よりの慰霊になるからの。」

「須加様も、御元気そうで、私も安心致しました。

私の方は、隼人訳語に成ると言う、長年の夢をやっと果しましたが、皆さん方の、長く辛い帰国の旅を思えば、喜んでばかりも居られません。私も、この隼人司で、一日も早く、一人前の隼人訳語に成って、いつか必ず薩摩国に帰る積りで居ります。

その節は、私も必ず、ヒメの墓に立ち寄って、久し振りに、夫婦の会話を交したいと願って居ります。

この度は、ヒメの事、どうぞ宜しく御願い致します。」

あれから七年振りに、やっと再会出来たと言うのに、総帥に対する自分の口調が、何処と無く紋切型に、しかも余所余所《よそよそ》しくなって居るのに、タカは自分でも驚く。

総帥・須加の方は、身体こそ老いては居るものの、その言葉付きも、声の張りも殆ど変わって居ないのに、タカの方は、この七年間、大伴館の資人として、国内外の人々と接して来たせいか、その言葉遣いも抑揚も、いつの間にか、大和風に染まってしまったのかも知れない。そうして、何よりも先づ、自分の本当の心は、もはや播磨国に眠るヒメや、帰国する総帥たちの側ではなく、ヒメとそっくりのキメが居るこの大和の側に、いつの間にか向いてしまって居るのかも知れない。

そんなタカの、心の奥をまるで見透かすかのように、先刻とは打って変わった、厳しい口調で、総帥・須加が、念を押した。

「タカよ、我等は誇り高い海の民、海神《わだつみ》と山神《やまつみ》を共に頂く不屈の民じゃ。栄えある隼人訳語に成れたとしても、阿多人の根性だけは、決して忘れてはならぬぞ。

万一、それを失うような事が有れば、あの阿多の女の鑑《かがみ》、ヒメが屹度《きっと》怒り、そして、嘆き悲しむ事になるぞ。良いな。」


その日、思いも掛けず、憧れの隼人訳語に任命されたタカが、翌日からの仕事の打ち合わせを済ませ、少し遅れて、左京八坊の東市に来て見ると、早くも賑わっている広場の、例の槐《えんじゅ》の大木の下で、待ち構えて居たのは、どういう訳か、余明軍、唯だ一人だった。

「いやあ、参ったよ。

あれから、佐保の館に帰った所、主の旅人様からきつい御叱りを受けてね。大伴一族の資人たる者、白昼、おおっぴらに、異国の尼と出歩くのは怪しからんとの仰せであった。

同じ御叱りが、坂上郎女様を通じて、僕の理願尼にも有ったらしく、本日は、外出禁止と言う訳さ。君の吉賣も、その巻き添えを食ったと見えて、ご覧の通り、僕一人になっちまった。

実は、今日は、この東市で、四人落ち合って、ささやかに君の出仕祝いをする予定だったんだが、僕と理願尼のために、こんな事になっちまって、まことに申し訳無いよ。許して呉れ。」

成程、そう言う事だったのか、とタカは、今朝以来の余明軍の、いつになく弾んだ振舞にやっと納得が行ったが、先刻、総帥・須加と、何となく気まずい思いで、別れただけに、余明軍の心遣いが、とりわけ嬉しく感じられた。

「とんでもない！　そこまでして貰うなんて、僕の方こそ御礼を言わなきゃならないよ。だけど、どうして、君と理願尼の事が、旅人様の耳に入ったんだろう？」

「異国の間諜に目を光らせている刑部省の密偵にやられたんだ。唯だ、僕は、名門中の名門、大伴一族の資人だし、理願尼もその庇護を受けているので、刑部省も直接、咎め立て出来ず、右大臣、藤原朝臣不比等様から、中務卿たる旅人様に、それと無く、注意が有ったという訳さ。

それにしても、以前は、新羅の金信厳を尾行した僕が、逆に、尾行されるとは、とんだ笑い種だね。あはは！」

「実は、僕も前からその事が気になって居たんだが、『僧尼令』の掟って、そんなに厳しいものなの？」

「わが主・旅人様の御話によれば、『僧尼令』では、僧尼は互いに寺を行き来する事は固く禁じられては居るが、恋をするなとは、書いてないそうだ。しかも、僕は僧ではないし、理願尼は何処の寺にも属して居ない異国の人だからね。

今度の事は、そんな理由などではなくて、異国の人々が、自由に出入りして居る、わが大伴館がまたしても、世間の疑惑を招いたせいさ。

君も見ての通り、旅人様も坂上郎女様も、生国や身分など少しもこだわらず、才有る者を大切にされる方々だから、兎角、世間から不審の目で見られがちなんだ。とりわけ、坂上郎女様は、相聞の得意な、恋多き歌人で居られるから、なおの事さ。

なあに、しばらくじっとして居れば、其の内、世間のほとぼりも覚めるに決まって居る。今日から君は、東市にすぐ近い、例の宿舎で暮らすんだ。折を見て、また四人で、此処に集まろうよ。君も、大好きな吉賣に会いたいだろうからね。

此処だけの話だけど、旅人様は、その事で僕を戒められた時、何もかも分かっていると言う風に、最後にはにやりとされたから、大丈夫さ。僕たちは、未だ若いんだ！　坂上郎女様を見習って、うんと恋をしようよ。」

それにしても、東国生まれの武人・余明軍の、度胸の良さには、ほぼ同じ齢ながら、とても適わないと、タカは改めて感じ入る。しかも、タカは、余明軍が理願尼に恋い焦れているのと同じ位、吉賣に熱い思いを寄せて居るか、となると、自分でも未だ確信が持てないで居る。

だが、いずれにせよ、昨日までは、大伴館の一資人に過ぎなかった自分も、明日からは、衛門府隼人司の訳語として、あのキメとも会える事になるのだ。これで、隼人司右大衣を父に持ったキメの世界に一歩近づいた事だけは確かであろう。すべては、これからだ！

再会を約して、余明軍と東市で別れた後、タカは、初めて通る七条大路を、西へ向った。住み慣れた佐保の大伴館を辞して、これからは、朱雀大路に近い、衛士《えじ》たちの宿舎で、新たな暮らしが始まるのだ。ふと見上げると、晩夏の午後の太陽が、いつになく、大きく、そして、明るく輝いて居る。タカは、急に足を早めた。

平城宮内の衛門府隼人司で、総帥・須加以下、薩摩国十一郡の長たちに、帰国の命令が下された日から三日後、左京七条一坊に位置する、地方出身者用の、粗末だが、部屋数だけはやたらに多い宿舎の前は、帰国する朝貢隼人たちで、早朝からごった返して居た。

広大な平城京の南端に近い、この宿舎は、『軍防令』の規定に従って、諸国から上京して来る衛士《えじ》や仕丁《しちょう》たちが、一年から三年の間、寝起きを共にし、それぞれの役目を果たす、生活の場だ。

隼人司に仕えるようになったタカは、一応、彼等とは朝廷内の身分を異にしては居るが、薩摩国の朝貢隼人の一人である点では、彼等と全く同格である。とは言え、この七年間、佐保路の、あの宏荘な大伴館に慣れ親しんで来たタカには、当初、粗末な掘立柱で支えられた、この平屋群は、余りにも見すぼらしく、不潔な感じがしてならなかった。

タカは、この三日間、その落差の極端な大きさに、戸迷い続けて来たのだが、帰国する仲間たちの、何れも生彩を欠いた表情を目にした時、自分もまた、八年前、四十五日間の、長く苦しい旅を共にした朝貢隼人の一員であった事を、改めて心から実感した。同時に、この七年間、自分一人だけが、如何に彼等と異なった世界で生きて来たかを、つくづく思い知らされた。

「一同、列を組め！　辰の刻きっかりに、出発致すぞ。」

総帥・須加の掛け声を合図に、それまであちこちに散らばって居た朝貢隼人たちが、のろのろと、縦に長い列を作り始めた。

良く見ると、八年前、薩摩国を出発した時には、二百人以上居た仲間たちの数も、かなり減って居るようだし、ヒメを含めて十一人居た娘たちも、すっかり大人びたとは言え、もう半分しか残って居ないようだ。中でも、播磨国で命を落とした十五人や「狗吠」に従事して居る二十人を差し引いても、男たちの数が著しく減少して居る事が、とくに、タカには痛々しく感じられる。それは、この七年間、大和の官人たちに強制された遷都の労役が、如何に過酷を極めたかをそれと無く物語って居るからだ。

同じ都の空の下で、自分一人だけが、大伴館の資人として、大和風な暮しを満喫して居た間、総帥・須加様以下、仲間の隼人たちは、一体、何処で、如何なる苦役を余儀なくされて居たのであろう？三日前、隼人司で偶然再会した総帥・須加様も、その事には一切触れようとはされないし、仲間たちもまた、タカと目を合わせても、唯だ、軽く頷くばかりで、何も語ろうとしないのだ。

とは言っても、遠い故郷で、帰国を待ち焦がれて居るであろう、尊い父母や愛しい妻子の事を想えば、もっと楽しく明るい表情が生まれる筈なのだが、彼等は、一様に、押し黙ったままだ。それとも、大和の都へ来た時と同じような、長く苦しい旅が、再び待ち構えて居る現実に、長い間待ち侘びた帰国の喜びも、否応無く、押し拉《ひし》がれてしまうせいであろうか？　そんな彼らの目に、最愛の妻ヒメを失いこそしたが、またしても、一人だけ、都で優遇される事になった自分は、どのように映って居るのであろう？

タカが、そこまで思いを巡らして居た時、何処かで、辰の刻を告げる、太鼓の低い音がした。いよいよ、出発だ！　タカは、大和へ来た時と同じように、行列の先頭に立って居る、総帥・須加に、走り寄って、型通り、惜別の挨拶をした。

「須加様、長い道中、身体には十分お気を付け下さい。そして、皆様が全員無事に帰国出来ますよう、心から祈って居ります。」

「うむ。タカ、そちも達者でな。いつの日か、またあの阿多の浜辺で会おうぞ。

亡くなったヒメの事は、わしから阿多君保佐殿には話して置くが、父御には何か伝言は無いか？　そちは、一人子故、比古殿も、とても案じて居られるだろうからな」

「隼人訳語として、ヒメの分まで頑張るから、とお伝え下さい。阿多君鷹は、誇り高い海の民、海神と山神を共に崇める不屈の民、阿多人の気概と真心を、決して忘れぬからと・・・」

六月上旬の大和は、上空を一面に覆って居る厚い雲のせいか、早くも朝から、ひどく蒸し暑い。この分だと、帰国する朝貢隼人たちの一行が、大和国と摂津国の国境を越える頃には、大和盆地特有のあの耐え難い炎暑が待ち構えて居る事だろう。

「タカよ、さらばじゃ！」

タカは、いつの間にか、隼人訳語の身分も忘れ、総帥・須加の言葉を、まるで永遠の別れのように感じ乍ら、帰国する朝貢隼人たちの長い列が、朱雀大路を横切って、右京の築地塀の彼方に消える時まで、ずっと手を振り続けた。

見送りの役目を負い乍ら、出発の時刻を失念したらしい、隼人司左大衣、大隅忌寸和多利が、数人の使部《しべ》たちを引き連れて、あたふたと駆け付けて来たのは、それから、一刻（約三十分）以上も経った時であった。

第十五章　問　答

タカが隼人司に出仕するようになって、丁度三カ月経った九月初めの或る日、佐保路の大伴館から一通の文が届いた。使いの小者の口上によれば、資人の余明軍《よみょうぐん》からだと言う。

新任の隼人訳語としては、来年初冬、朝貢して来る大隅隼人たちの中から十人選び、出来るだけ早く大和言葉を身に付けさせるのがタカの本来の役目なのだが、この三カ月間は、何よりも先ず、畿内しか知らない隼人司の他の隼人たちに、現地の隼人言葉の初歩を手解きする仕事に忙殺されて居た。と言うのも、大和言葉で育った彼等も、父祖から伝えられた隼人言葉を、一応話はするが、それは、長い年月の間に、大和風に染められてしまい、いつの間にか、今の時代には通用しなくなって居たからである。

その日も、早朝から、隼人言葉の教習に追われて居たタカは、暇を見て、余明軍の文に目を通した途端、内容の余りの突飛さと大胆さに、またしても、度肝を抜かれた。三日後の正午、これまで通り、四人で会おうと言うのだ。しかも場所は、余明軍が理願尼《りぐわに》と一緒に居た所を、刑部省の密偵に見咎められた、あの東市だと書き添えて有る。

あの時から、まだ三カ月しか経って居ないと言うのに、これはまた何と無謀な振舞であろう！　いくら当主・大伴宿禰旅人様が、中務卿《なかつかさきょう》として、廟堂《びょうどう》にそれなりの権勢を振って居られるとは言え、大伴館の資人としては、余りにも軽率過ぎるのではないか？　それもこれも、余明軍が、資人たちの中で、旅人様に最も信頼されて居るせいかも知れないが、新羅の歌人・理願尼に対する余明軍の思い入れは、やはり、唯事ではないと、タカは改めて呆れてしまう。このまま、余明軍と付き合うのは、やはり危険なのではなかろうか？

それに、自分はすでに大伴館の一資人ではなく、今では、歴《れっき》とした衛門府隼人司の訳語なのだ。中務卿を後ろ楯に出来る余明軍とは違って、自分を庇護して呉れる者は、この広い都に、もう誰も居ない。ヒメともども、自分を最も良く理解して呉れた総帥・須加様さえも、すでに帰国されて久しい。その意味でも、今後は慎重に振舞わなければなるまい。

とは言え、自分もやはり、キメに会いたい。この三ヵ月、またしても身辺に大きな出来事が続いたせいで、キメと顔を合わす機会がずっと無かったが、ヒメの生れ変りのような、あの隼人の娘に、一目会いたいと、タカも、願わずには居られない。

思い余ったタカが、いつものように東市に立ち寄る振りをして、余明軍の指定の日時に出向いて見ると、全く意外な事に、例の槐《えんじゅ》の大木の下で、タカを待ち受けて居たのは、キメ一人だけで、余明軍と理願尼の姿は、何処にも見当たらない。

「うふふ、あの御二人は、貴方を待ち切れずに、とっくに居なくなってしまいましたよ。今日は改めて貴方の出仕祝いをすると言う触込みだったのに、本当は、御二人で睦み合うのが目的だったみたいなの。

新羅と百済は、今では敵同士なのに、そんな事などまるで御構い無しに、御二人は、とっても仲が宜しいのよ。私は、毎月の歌の集いの度に、理願尼から、たっぷりお惚気《のろけ》を聞かされてばかり。いつも損な役ばかりだから、たまには、私の方からも聞かせてやりたいわ。うふふ。だから、先刻、別れ際に、タカ様の御祝いはどうするんですか、と少し意地悪く尋ねたら、私と会うのが一番の御祝いだって、御二人とも口を揃えて仰しゃるのよ。それでは、まるで私たちも、御二人と同じように、思い者同士みたいじゃありませんか？　うふふ。」

ああ、姿形はそっくりでも、こう言う物の言い方は、ヒメとキメでは、全く違って居るな、とタカは、つくづく思う。

阿多の浜辺で育ったヒメは、親友のクメ程は奔放ではなかったが、男女の交情を、これ程おおっぴらに自ら口にする事もまた決してなかった。大和の都で生まれ育つと、女性《にょしょう》もまた、このキメのように、ねび勝るのも、何処よりも早いのかも知れない。憧れの大和の都へ来て八年、ヒメ以外の女性《にょしょう》をずっと避け続けて来たタカは、身体の奥底に潜んで居る、若い男の生命が、キメに向って蠢《うごめ》き出そうとするのを鋭く感じる。今日は、ひょっとすると何かが起こりそうだな。

「あはは。僕も、大伴館で、余明軍から、毎晩やられましたよ。何でも、あの理願尼が、少年の頃、亡くした母御に瓜二つだとかでね。東国の勇ましい武人たちも、母なる女性には、頭が上がらぬものと見えますね。」

いつもなら、それぞれ目当ての品々を仕入れた後は、四人連れ立って、ごった返す東市の肆《いちくら》を全部覗いて歩く習いなのだが、二組に分かれてしまった今日は、何となくいつもと勝手が違う。そのせいか、タカとキメも、日頃、見慣れた市場の混雑や聞き慣れた喧騒を、どちらからとも無く、むしろ避けるかのように、遡れば、佐保川と交わる東堀河の方角へ足を向けた。

広大な東市を南北に貫流して居るこの人工の運河は、横幅三丈《じょう》（十メートル）以上もあろうか、六年前の遷都の際には、未だ開通して居なかったのだが、今では、京内外の雑多な物品や取引の人々を舟で運ぶ、極めて重要な交通路と成って居る。タカの記憶では、その完成には数年以上を要したので、帰国した総帥・須加はじめ朝貢隼人たちも、或いは、その長期の、難儀極まる工事に、連日、駆り出されて居たのかも知れない。

今は、晩秋九月の初め、卯月には、柔い緑の新芽を吹き出す沿岸の柳の並木も、さすがに濃い青味を帯び始めては居るが、時折、濁った川面を渡って行く風に、枝ごと揺らめく様子は、如何にも秋らしく、清々しい光景だ。そんな運河の岸に佇み乍ら、タカもキメも、午後の川面を行き来する雑多な舟や、船着場を右往左往する人の群れに、先刻から見惚《みと》れたままだ。それは、この平城京に暮す人々の、もう一つの活気を示す光景であり、表舞台たる東市とはまた、いささか異なった力強い生活の雰囲気に包まれて居る。

「ねえ、タカ様、八年前、薩摩国府で初めて父と会われた時、どんな話をなさいましたの？」

「えっ？」

またしても、先に口を開いたのは、キメの方だが、今度は、先刻、東市の槐の大木の下で見せた、あの砕けた口調とは打って変わって、真剣そのものの表情だ。

ああ、そう言う事だったのか！

昨年の暮れ、例の歌の集いに、初めて同席して以来、大伴坂上郎女の家女《けにょ》、阿多君吉賣《きめ》は、こちらの身の上を、すでに何もかも承知して居たのだ！

思えば、今でこそかの藤原一族に一歩を譲っては居るが、遙か大昔から、天皇家第一の藩屏《はんぺい》として、朝廷中に根強い勢力を保ち続けて来た大伴一族の事だ。天皇家はじめ他の氏族たちの間に、強大な情報網を隈無く張り巡らし、廟堂内の動向は、どんなに些細な出来事でも、残らず把握して居るに違いない。

だとすれば、衛門府隼人司は勿論の事、「遠《とお》の朝廷《みかど》」たる大宰府や薩摩国府の動向も、細大漏らさず、大伴一族の耳に入って居る筈だ。そんな一族の本拠に仕えて居るのだから、畿内隼人の娘キメが、今では、大伴館の事実上の主《あるじ》たる、坂上郎女を通して、隼人司の内情に通じて居るのも、確かに頷ける。

それに、何と言っても、キメは、かつて衛門府隼人司右大衣を勤めた、阿多君羽志の一人娘なのだし、すでに少女の頃から、同僚の、左大衣・大隅忌寸乎佐に預けられ、育てられて来たのも事実なのだ。

この分では、キメは、ヒメの事までも、すでに知り尽して居るに違いない、とタカは、一瞬、身構えた。

だが、キメがそこまで、こちらの身の上を承知して居るのであれば、これで、心の垣根が一気に崩れ去ったも同然だ。あの押しの強い、余明軍に倣って、自分も一歩前へ出て見よう。

「大和の都に一人残して来た、歌の好きな十歳の娘、つまり、貴女の事を、とても懐かしそうに話して居られましたよ。隼人司の同僚、左大衣・大隅忌寸乎佐様に預けて居る事も含めてね。

それに、薩摩国の阿多の地こそが、阿多君を名乗る御一族の、昔ながらの本貫《ほんかん》なのだとも、お聞き致しました。私もまた、同じ阿多君と称する一族の裔《すえ》、初めてお会いした御父上に、まるで身内のような親しみを覚えたのも、そのせいかも知れません。

今、ふと思い出しましたが、御父上は、話の最後に、阿多の野に聳える金峰山に、是非一度登ってみたいと言って居られました。何でも、大和の平野にも、二上山《にじょうざん》と言う、形が良く似た山が、横たわって居るとの事でしたが、私も、八年前、大和の都へ来て、初めて納得致しました。

思えば、その時、御父上には、大和の都の事情など、いろいろ親切に教えて頂きました。私が、念願適ってついに隼人訳語に成れましたのも、御父上の御蔭と言っても決して過言ではありません。けれども、その御父上も、あれから間もなく、大隅国で命を落されたのですね。坂上郎女様の歌の集いで、貴女の歌を聴いた時、初めて、御不幸を知りましたが……」

「ああ、あの頃のやさしかった父の姿が、目に見えるようです。

その父が、隼人司右大衣として、母の居ない私を一人大和の都に残し、遙か九州、南の果て、薩摩国に旅立った時、私は未だ十になったばかり。左大衣・大隅忌寸乎佐様に預けられましてからも、父が恋しくて恋しくて、毎日泣き暮らして居りました。

そう言えば、父は、私が未だ年端《としは》も行かない頃から、阿多や金峰山の事を、とても懐かしそうに話して呉れましたが、大和国宇智郡阿陀郷で生れ育った私には、余りにも遠い土地の話なので、まるで見知らぬ異国の事のように思われてなりませんでした。

金峰山って、そんなに素敵な山なのですか?」

タカは、幼なき日々のキメの思い出を聞き乍ら、昨年の夏の終り、全く思い掛けなく、従四位下、太朝臣安麻呂から、似たような質問を受けた日の事をふと思い出した。

あの時は、わが阿多の海や山の事を、まるで刑部省の官人の取調べのように、根掘り葉掘り聞かれたが、自分と同じ阿多人の血を引く、大和生まれのこの娘には、一体、何と答えたものであろう?

あの日は、余りに突然だったので、金峰山を女性の乳房に、野間岳を男根につい譬えてしまったが、このうら若いキメに、まさかそのまま答える訳には行くまい。

そうだ。大伴館の家女、キメは、主《あるじ》同然の坂上郎女に、他の誰よりも可愛がられて居る歌人なのだから、あの阿多人の秋の祭の歌に、自分の拙い歌を添えて、この場を済ます事にしよう。大和の都で歌人に成りたかった、あのヒメの代わりに、自分が生まれて初めて形にしてみた歌を、歌才に恵まれた、このキメは、一体、どんな風に批評するであろう?

「海神《わだつみ》の　命畏《みことかしこ》み　出で座《ま》す姫御
はろばろと　海原《うなはら》越えて　阿多の浜辺に
天降り　峰を下《お》り来る　猛き山神《やまつみ》

麗しき　姫御と目見ゆ　阿多の浜辺に
有り余る　海山の幸　恵み給へな
来る年も　また来る年も　阿多の我等に

神降《かんくだ》る金峰仰ぐ南の阿多の野《ぬ》こそは愛《ほ》しき故郷《ふるさと》

如何です、私が生まれて初めて作って見た歌は？　尤も、前の方は、大昔から我等阿多人に、伝わって居る、秋の祭の歌ですが、金峰山は、阿多人たちにとって、それ程、大切な山なのです。」

「まあ、タカ様。初めての御歌にしては、上出来ではありませんか！

九州は南の果て、阿多の野に立つと、聖なる金峰山が、目の前に聳えて居るのですね。そうして、振り向けば、海神の姫御がお見えになる阿多の浜辺が広がって居るのですね。私は、生まれて此の方、海と言うものを未だ見た事はありませんので、唯だ唯だ、空想するばかりです。

でも、阿多人たちのその歌は、今、私が坂上郎女様に手解きを受けて居る、大和の旋頭歌や長歌に、何処か似て居ますね。タカ様の御歌が、反歌になって居る形まで、何だかそっくり。

と思って居る中《うち》に、私にも一首浮かびました。わが御師匠様にはとても及びませんが、タカ様の御歌にお返し致しましょう。

遥かなる南の国の父祖の地を未だ踏まずも阿陀に生まれて

それにしても、こちらの初めての作に答えて、こんな歌を即座に詠めるとは、大伴館のこの家女、新羅の理願尼と並んで、あの才気煥発な、歌人・坂上郎女様に、とりわけ、目を掛けられる筈だと、タカは、今更ながら感じ入る。タカの初めての歌に対するキメの批評が、ちょっぴり揶揄を含み乍らも理路整然として居るのも、そんな秀れた師匠の薫陶《くんとう》を受けて居る中に、歌の批評の仕方までも、いつの間にか師に似て来たせいなのであろう。自分も、キメに褒められた序でに、キメを師匠と見なし、心を入れ替えて、歌の修業に励む事にしよう。その意味でも、目の前のキメは、大和の都で歌人に成る事が夢だったヒメの、生まれ変りなのだと、タカは改めて思うのだ。

「ねえ、タカ様。

私、幼ない頃から、いつか誰かに詳しく聞こうと思い続けて居たんですけど、海ってどんな所ですの？　生まれ育った大和の空と青垣の山、そして狭い盆地しか知らない私には、全くその形が浮かんで来ないのです。

尤も、私だけではなく、大和に生まれ育った者は、身分の上下を問わず、海というものを見る事も無く、一生を終えるのが普通ですけれどね。

思い余って、或る時、荒海を渡って来たと言う、あの理願尼に尋ねて見たんだけど、思い出し度くも無いと顔をしかめるばかりで、何も教えて呉れないんです。

ねえ、タカ様、重ねて聞くけど、海って、どんな所ですの？」

やれやれ、山の次は海か！

去年の夏、初めて対面した、朝廷の重臣、太朝臣安麻呂もそうであったが、大和の都には、海を知らない人々が、余りにも多いと、タカはつくづく思う。上は、天皇様から、下はキメのような家女まで、あの広大な海を知らずに、この狭い盆地で、都が営まれて居るとは、何と言う摩訶不思議な現実であろう！

だが、良く考えて見れば、九州は南の果て、阿多で生れ育ったタカが、大和の都を全く知らなかったように、大和で生まれ育ったキメが、海なるものを全く知らないのも、至極当然と思うべきであろう。だとすれば、ヒメの生まれ変りのようなキメには、出来る限り詳しく海の有様を教えてやりたいが、歌に秀い出た、この隼人の家女に、あの夏の日のような、詳細な描写を繰り返すのは、野暮と言うものであろう。金峰山の時と同じように、今ふと海の歌が浮かんだので、それで、この場を済ます事にしよう。

「われ等阿多人は、誇り高き海の民、山神と海神を共に崇める不屈の民です。

われ等阿多人は、海に生まれ、海に生き、そして、海に死ぬのが、神々の定め給うた運命なのです。

海は、天と同じです。何処まで行っても、果てが有りません。

海は、船の道です。広い世界のどんな国々とも、つながって居るのです。

果てし無き海の彼方に陸《くが》ありと聞けば懐し阿多の夕焼け　」

「まあ、タカ様、またしても初心者らしからぬ素敵な御歌です事！　季節は、晩秋の今頃でしょうか、阿多の浜辺に立つと、夕焼けに染まった天と同じように、目の前に、海が果てし無く広がって居るのですね。そうして、その遙か彼方には、外《と》の国の人々の住む陸《くが》が、同じように在ると言われて居るのですね。

私も、一生の中《うち》、一度で良いから、その海を見てみたい。そして、船に乗って、見知らぬ外国へ行ってみたいな。

でも、そんな事は、夢のまた夢。ならば、私も、タカ様に負けずに、歌に思いを込める事に致しましょう。

山波の遙か彼方に外《と》つ国が在りと知らずに阿陀の夕焼け

それはそうと、タカ様、阿多の夕焼けを一緒に御覧になったヒメ様は、どんな御方でしたの？」

ほら、やっぱり来たぞ！　ヒメについても、或る程度、予想しては居たが、相変らず即席の歌を、苦も無く披露したかと思うと、今度は、突然、八年前、播磨国で命を落したヒメの事を、キメは聞いて来た！　生まれ乍らに利発で、機転の利く、この阿多隼人の娘は、いつでも相手の意表を突くのが、得意のようだ。

それにしても、こんな時に、しかもこんなに直截に、ヒメの存在に、踏み込んで来るとは、思いも寄らなかった。大伴館の家女、キメと口を利くようになって約半年、東市で出会う度に、キメと、時候の事や買物の話はしても、自分の方から身の上話をした事は一度も無いし、増してや、ヒメの存在など、曖気《おくび》にも出した事は無い。

だが、畿内隼人の娘ながら、大伴館の家女として、キメは、こちらの人生を、すでに何もかも承知して居るのだ。だとすれば、ヒメについても、長い昔話などくり返すのは、まさしく野暮だろう。では今度も、先刻と同じように、歌で済ます事にしよう。

「**雁金の渡るを見れば播磨なる野辺に果てたる吾妹《わぎも》偲ばゆ**」

「いやはや、タカ様ったら、いきなりヒメ様のお惚気ですの？ やはり、ヒメ様って、海神の姫御のように、やさしく、美しい御方だったのですね。それに、私のように歌がお好きだったとか。タカ様の今の挽歌も、歌人を目指されたヒメ様への何よりのご供養とお見受け致しましたよ。

それにしても、何と調べの良い、心の籠った良い御歌でしょう！　あの武骨な余明軍様など、とても足元にも及びませんわ。

ヒメ様のお惚気を歌でたっぷり聞かされたんですもの、今度は、私にも昔話をさせて下さいね。

大隅国から父の訃報が届いたのは、今から三年前、私が、山背国綴喜《つづき》郡大住郷に在る、隼人司左大衣、大隅忌寸乎佐様の館に、身を寄せていた時でした。

大住郷は、名前の通り、大隅隼人の人々ばかり、阿多君を名乗る隼人は、私一人だけなのです。それだけでも、何かと心細い上に、最愛の父までも失ってしまいましたので、一時は、目の前が真っ暗になる程、落ち込みました。

でも、そんな私に、生きる希望と勇気を与えて呉れたのは、やはり、幼い頃から親しんで来た歌でした。

私の不幸を見兼ねた乎佐様のご尽力で、家女にして頂いた、大伴坂上郎女様が、歌を詠む事で、父を失った悲しみや寂しさを乗り越える術を、私にやさしく教えて下さったのです。

私は、思いも寄らず、最愛の父を失くしましたが、今では、歌を最愛の友として、日々を過ごして居ります。ですから私は、坂上郎女様や侍女たち、それにあの理願尼と一緒に居る限り、とても幸せなんですの。

あ、いけない、日頃は、こんな湿っぽい身の上話など、誰にもしないのに、タカ様だと、つい口に出てしまいました。御免なさいね。

それでは、私も、タカ様のお惚気の歌にはとても適いませんが、物に寄せて今の思いを陳べてみましょう。

佐保川を流るる水に恋衣《ごろも》浮かべて遣《や》らむ吾背子《あがせこ》が許《もと》」

長い身の上話の最後に、突然、こんな艶っぽい歌を口にするとは、如何にもキメらしい、いつもの遣り方だが、これは、紛れも無く、恋の歌だ、とタカも、さすがに直観した。

だが、吾背子《あがせこ》とは、一体、誰の事であろう？　あの宏壮な大伴館には、今でも、余明軍のような、若い資人たちが大勢居る筈だ。キメも、その中の一人に今思いを寄せて居るのであろうか？　或いは、もっと身分の高い、若い官人にでも、密かに憧れて居るのであろうか？

畿内隼人の娘・キメは、大伴館の家女と言う低い身分乍ら、新羅の理願尼と並んで、当代有数の歌人・大伴坂上郎女に、最もかわいがられて居る歌の弟子なのだ。とすれば、キメの恋の相手は、穂積皇子のような、歌才に恵まれた立派な男なのに違いない。

先刻は、キメの長い身の上話につい絆《ほだ》されて、貴女は、姿形がヒメそっくりなのだと、口走らなくて、本当に良かった。大伴館のこの家女は、同じ隼人の血が流れて居るとは言え、本来ならば、隼人司の一訳語などが、対等に付き合える、大和の女性《にょしょう》ではないのだ。

「あのね、タカ様、これは絶対、秘密にして欲しいけど、坂上郎女様ったら、今年の七月末に、穂積皇子様の喪が明けた途端、新しい恋を始められたらしいの。

御相手は、正六位下、藤原朝臣麻呂様、今を時めく右大臣、正二位、藤原朝臣不比等様の御四男とか。二十歳を過ぎたばかりで寡婦になられたせいもあってか、御師匠様ったら、恋は女の命だからと頻りに仰せられて、若い私達を逆に嗾《けしか》けたりなさるの。

それで、あの理願尼も、余明軍様に、首っ丈と言うわけ。女は、恋のためには、尼《あま》の身分も、令《りょう》の掟も、無いも同然ね。だから、私も、理願尼に負けずに今恋して居るの。」

「・・・。」

今日は、三カ月振りにキメと会えただけでも十分満足なのだから、これ以上、立ち入った話をするのは止めようとタカは、思い直す。キメの方は、何となく、その方に、話を向けたがって居る様子だが、キメの恋の相手が誰なのか、今ここで告白されるのは、一方では、嫌な気がするし、他方では、怖い気がしないでもないからだ。

それよりも、阿多隼人の血を引き乍ら、大隅隼人たちばかりの里に、たった一人で暮らしたと言うキメの昔話が、先刻から気に掛って居る。大和の都へ来て八年、ヒメの死はじめ、余りにも数多くの出来事が有り過ぎたせいで、大隅隼人の故郷、霧島山の麓に移り住んだウシとクメの事を思い出す余裕などついぞ無かったが、二人は今頃、どんな暮しをして居るだろう？

元来、大隅隼人の血が流れて居るウシは未《ま》だしも、ヒメと同じ阿多隼人の一族であるクメは、大丈夫だろうか？　いや、何事にも思い切りの良い、あのクメの事だ。今では、大隅隼人たちの世界にすっかり溶け込んで、もう子供の一人や二人は居るかも知れない。お腹のややと共に命を落したヒメの分まで、幸せに成って欲しいと願うばかりだ。

「今日は、いろいろ有難う！

貴女に褒めて貰ったせいか、自分でもびっくりする位、次々と歌が飛び出しましたよ。

でも、僕には、貴女のような、さまざまな言葉を紡ぐ歌人よりも、全く異なる言葉を互いに入れ替える訳語の方が、生れ付き、性に合って居るのです。

最初に出て来た歌も、去年の暮、大伴館の歌の集いで、どなたかが披露された、あの秀れた挽歌を、厚かましくも、唯だ、拝借しただけ。僕の歌は、形にこだわり過ぎて、心が十分に盛られて居ないと、あの余明軍には言われそうですね。」

「私の拙い挽歌を、善くぞ覚えて置いて頂きました！

他人の歌を借りて、自分の思いを陳べようとする業は、歌人として、決して恥かしい事ではありません。物に寄せて思いを陳べる業と同じ、歌の形の一つなのです。

おほん！　今のは全部、私の御師匠様の受け売りでございました。勝手な振舞い、許して下さいね。」

「貴女に褒めて貰った序でにと言っては何ですが、これからも、僕の歌のご指導宜しくお願い致します、お師匠様。」

「私で宜しければ、お引き受け致しましょう。でも、ヒメ様のお惚気の歌だけは、もう御免ですよ。」

時刻は、もう申の刻（午後四時）頃であろうか、夢中で言葉を交して居るタカとキメの背中を、釣瓶落しの秋の夕日が、赤々と照らして居る。目の前の運河では、荷物や人々を満載した小舟が、先刻以上に、数多く行き来して居るのに、若い二人は、そんな忙しい光景など、まるで眼中に無いかのように、運河の岸辺に佇んで居る。

ヒメとキメの間を揺れ動くタカ。タカの事だけを思い続けるキメ。

そんな二人の間を、妙にもどかしく、変に悩ましい、あの青春特有の、濃密な時が、ゆっくり流れて行く。

晩秋の平城京は、明日もまた晴れだろう。

第十六章　大隅国異変

霊亀元年（七一五年）の成選《じょうせん》で、建国されたばかりの大隅国の二代目国守に任命された正六位上、陽侯史麻呂《やこのふひとまろ》は、養老三年（七一九年）も終ろうとする頃、いつも以上に苛立ちと焦りが募って居た。と言うのも、国守の任期も後一年しか残されて居ないにも拘らず、未だに、これと言った、捗々《はかばか》しい業績を挙げて居ないからであり、このままでは、大和朝廷の氏族や官人なら誰でも憧れる、あの五位の顕位も、結局、夢のままで終ってしまう事は、ほぼ確実だったからである。

大宝二年（七〇二年）、大宝律令を諸国に頒布する事によって、漸く、唐や新羅並みの律令国家の体制を整えた日本では、五位の位階が、朝廷に於ける氏族や官人たちの浮沈の分れ目だ。五位に叙された者たちは、確立された律令国家の顕職を、それなりに保障されるし、これ以上の昇格の可能性さえも残されて居る。

だが、不運にも、その顕位に叙せられなかった者たちは、本人は元より、その子孫までも、いつまでも、肩身の狭い、下僚《かりょう》の地位に甘んじて居なければならない。とりわけ、その昔、大和へ渡って来た「蕃《ばん》国《こく》」の者たちの場合には、極く少数の例外を除いて、五位の顕位に昇れない事が、むしろ、無慈悲な宿命でさえあったと言って良い。

その点では、大国・隋の煬帝《ようだい》の裔《すえ》と称し、遠く推古天皇の御代に、大和へ渡来した、陽侯《やこ》一族の場合も決して例外ではなく、暦法などの技芸には秀いで乍ら、これまで、五位の顕位に叙された者は、皆無である。それだけに、五年前、二代目国守として大隅国に着任した時、三十代半ばの陽侯史麻呂が、その夢を是非とも実現させようと、密かに決意したのは、無理からぬ事であり、そのためには、如何なる手立てをも辞すまいと固く心に決めたのもまた、自然の成行きでさえあった。

時は今、元正天皇の御代、美貌と仁徳の誉まれ高い、若い女帝の下で、遷都十年近い平城京は、政《まつりごと》の綻《ほころ》びが諸国で出始めて居るとは言え、外見上は、一応の安定と繁栄を呈しては居る。さらに、廟堂《びょうどう》の政の実権が、依然として、右大臣、正二位、藤原朝臣不比等とその党派に、独占されて居る事実に、少しも変りは無い。

とりわけ、廟堂の人事に関しては、右大臣の権限は絶大であり、「遠《とお》の朝廷《みかど》」と、一応形だけは崇められて居る九州大宰府の帥やその管内の国守たちの人事さえも、今を時めく最高権力者の意の儘に、決められて居るのだ。

それだけに、任期も後一年しか残されて居ない、大隅国守、陽侯史麻呂は、大和の平城京では、右大臣、正二位、藤原朝臣不比等、九州大宰府では、その配下の、大宰帥、従三位、多治比真人池守の、目に止まるような、立派な業績を未だに挙げて居ない事が、何としても悔やまれるのだ。

思えば、この五年間、大隅国の政は、五位の顕位を密かに望むこの陽侯史麻呂の目論見《もくろみ》通りには、仲々行かなかった。

大隅国二代目国守としての、彼の最大の任務は、新設された『田令《でんりょう》』の規定通りに、国内の六歳以上のすべての男女に、それぞれ口分田を支給する事であった。だが、大隅隼人たちの所有する田地は、彼等の祖先たちが、代々、荒地を苦労して切り開いた墾田《こんでん》ばかりなので、大和の朝廷が押し付けて来る口分田という新しい方式に、彼等は激しく抵抗し続けた。

大隅国が建国された和銅六年（七一三年）の秋、千二百八十余人の将兵や士卒たちに対して、朝廷より叙勲が行なわれたのも、彼等が、口分田を拒否して、ついに武装蜂起した大隅隼人たちを無慈悲に鎮圧した功に依るものであった。その叙勲の数の多さは、その時の両軍の戦闘が如何に大規模で激烈なものであったかを示していると同時に、恐らく皇軍《すめらみくさ》の数倍に及んだであろう、大隅隼人軍の抵抗の根強さを示しても居た。

我々がすでに見たように、隼人司右大衣、阿多君羽志が、大和朝廷の間諜《うかみ》の嫌疑を掛けられて、大隅隼人たちに命を奪われたのも、その時の事であった。

そんな歴史を持った大隅国に着任した、二代目国守、陽侯史麻呂にとって、口分田の課題は、喉に刺さった魚の骨のように、絶えず気になる、政の最たるものであった。

と言うのも、大隅隼人たちは、例の戦闘に敗北した結果、『戸令《こりょう》』の規定による、戸籍の作成までは一応受け入れたのだが、当の「口分田」については、断固拒否し続けて来たし、今なおそうだからである。そんな事情を承知の上で、無理に懸案の口分田を強行すれば、再び、建国前のような大規模な戦闘が起りかねないし、そうなれば、五位への昇格どころか、逆に左遷さえ覚悟しなければならないだろう。

口分田を巡る以上のような苛立ちと焦りの他に、この二代目大隅国守には、さらに、不愉快極まる行事がもう一つ有った。

それは、大宰帥の命に依り、毎年正月に、大宰府で開かれる国守会議である。

毎年正月、恒例の朝賀の儀を終えた後、大宰府管内の九国の国守たちや三島の島守たちは、前年の政の実績を報告するのが、年に一度の大切な役目だ。しかも、その実績は、官人としての彼等の命運を左右するだけではなく、彼等を束ねる大宰帥の栄達にも、直結して居るので、会議の雰囲気は、正月気分も吹き飛ぶ程、真剣そのものである。

だが、五年前から、その会議に出席して居る大隅国守、陽侯史麻呂は、その度毎に、居《い》た堪《たま》れない、嫌な思いを余儀なくされて居た。と言うのも、すでに口分田を実施している国守たちや島守たちは、当然の事として、その成果を発表出来るのに、未だにそれが日の目を見て居ない大隅国だけは、薩摩国と共に、これと言った業績を報告出来ないので、会議が開かれる度に、肩身の狭い思いをしなければならなかったからである。

中でも、陽侯史麻呂が、わが身の屈辱を最も強く感じるのは、筑後守、正五位下、道君首名《みちのきみおびとな》の報告を聴く時であった。

和銅六年（七一三年）、つまり、大隅国建国の年、筑後守に任じられた、その老練な官人は、在任中に施した数々の善政により、官人の鑑《かがみ》として、朝廷からも人民からも等しく称賛された、第一級の模範的な国守である。寄る年波には勝てず、昨年、卒したので、今年は、もはやこの会議には姿を見せては居ないが、彼の上司たる大宰帥、従三位、多治比真人池守も、会議の度に必ず、見習うべき国守の鑑として、その高名な筑後守を、露骨なまでに褒めそやすのが常だった。

そして、何時の世も、部下の功績は、上司のものである。

養老元年（七一七年）、従三位、多治比真人池守が、大宰帥としての功績大なりとして、元正天皇より、綾や絹など高価な布類を、数多授与されたのも、翌、養老二年（七一八年）、中務卿、大伴宿禰旅人と共に、中納言に推挙されたのも、筑後守として、数々の善政を施した、道君首名の上司と言う地位が、自づともたらしたものに過ぎなかった。

その手の廟堂の褒賞と人事の裏側で、糸を引いて居る張本人が、今を時めく右大臣、正二位、藤原朝臣不比等である事は、中央・地方を問わず、現職の官人なら、誰でも弁《わきま》えて居るいつもの出来事だ。『賦役令《ぶやくりょう》』の規定では、南の辺遠国とされて居る大隅国に赴任した、陽侯史麻呂もまた、その一人だが、大和の都に居た頃には、余りに近過ぎて、見落しがちだった廟堂の裏側の有様も、逆に良く見通せるようになったと、最近、つくづく思うのだ。

いや、遙かな大和の、そんな夢のような褒賞や人事などは、どうでも良い。残された一年の任期中に、辺遠国乍ら、何としても、それなりの業績を挙げて、今を時めく右大臣の目に止まるように、何か手を打つ事が、先決だ。若しそれが実現出来なければ、五位の顕位を望む自分の夢も潰《つい》えるどころか、由緒ある陽侯一族全体が、いつまでも下僚に甘んじなければならないだろう。

「国守様、拙僧に妙案がございますれば、後程、しばしお時間を下さいませ。」

東は日向国に、西は薩摩国に接して居る大隅国は、さすがに南国だ。季節は、晩冬十二月の末だと言うのに、日中は、未だに少し汗ばむ程の暖かさである。

だが、六年前、建国と同時に建てられた大隅国府の政庁は、「道理を弁《わきま》えず、法令を守ろうとしない」大隅隼人たちに、大和朝廷の勢威を見せつけようと、やたら大きく構えたせいか、どの建物も余りに広過ぎて、昼間でも、朝夕とほぼ変わらない程、ひんやりとして居る。

今日も、官人たちの退庁の時刻、つまり、午の刻（午前十二時）が迫って居るせいか、徒広《だだっぴろ》い政庁の脇殿は、少しずつ、何時ものように騒めき始めて居る。

そんな政庁の見慣れた光景の中で、上座の椅子に腰掛けた、大隅国守、正六位上、陽侯史麻呂を見上げながら、口を開いたのは、五年前、和銅七年（七一四年）、大隅隼人たちの範となるべく、豊前国から移住させられた二百戸の民とともに、大隅国にやって来た、僧・法蓮だ。

一目で僧と分かる法蓮は、身体こそ未だにがっしりしては居るが、霜が降ったかのような、その真白な頭髪から推して、もうかなりの年配なのであろう。未だ三十代半ばの若い国守と、こうして向き合って居ると、まるで親子のようにしか見えない。尤も、二人が、並みの親子のようにしか見えないのは、その懸け離れた年齢のせいだけではない。

と言うのも、この未熟な大隅国守が、任期も後一年で終ると言うのに、未だに目覚ましい業績を挙げて居ないのに対し、僧・法蓮は、すでに壮年の頃、その目覚ましい医療活動の功に依り、豊前国の野田十町を授けられた、実力者であり、その存在は、廟堂全体に広く知れ渡って居たからである。

五年前、大隅国に着任して以来、陽侯史麻呂が、朝廷の官人と在野の僧侶と言う、立場の差を抜きにして、世情に良く通じたこの老僧を何かと頼りにして居るのは、そのためなのだ。今日も、五位昇格のための奥の手は何か無いものかと、布教と診療で多忙な法蓮を、政庁に呼び寄せたのだが、果たして妙案が有ると言うではないか！

退庁の太鼓を待ち兼ねたように、身分雑多な国府の官人たちが、国守に一礼して一勢に退出するのを見届けるのももどかしく、陽侯史麻呂は、急いで膝を乗り出した。

「妙案とな？　聞こう！

兎に角、何でも良いのだ。大隅国守にふさわしい政の功績となるならば、如何なる企てをも辞さぬと、吾は、固く心に決めて居るからな。」

「さればでございます。

大隅国の隼人どもに、口分田の制を守らせる事が、百年河清《かせい》を俟《ま》つようなものだとしますれば、あの者どもの信仰を変えさせるのも、手っ取り早い策ではないかと、愚考いたしまする。」

おお、そうか、法蓮と言えば、医術が浮かぶばかりで、元はと言えば、僧侶である事をすっかり失念して居ったわ。

今日も、その方面の事で、密かに妙案を期待して居たのだが、信仰の話が出るとは、全く意外であった。

「あの者どもに、信仰を変えさせるとは、一体、どう言う事かな？

吾の一族は、暦法などの技芸には長じて居るが、信仰の方面には、全く疎いでな。」

「過ぐる十七年前、大宝二年に、隣の薩摩国が建国されました時、阿多隼人どもが崇める山の名を、大和風に変えさせた事に、愚僧も思い至ったのでございます。

あの時は、初代の薩摩国守が、阿多隼人どもの信仰の山、神降《かんくだ》りの峰を、大和のあの霊山と同じく、金峰山と呼び換えるよう、大いに尽力されたと聞いて居りまする。

あの者どもは、日頃、誇り高い海の民、海神《わだつみ》と山神《やまつみ》を共に崇める不屈の民、などと嘯《うそぶ》いて居りますので、最初は、激しく抵抗致しましたが、「遠の朝廷」の無敵の武力の前に、ついに屈服したと、確かに記憶して居りまする。

さすれば、わが大隅国に於ても、それは可能でございましょう。」

「大隅隼人どもは、大昔から、霧島山を厚く信仰して居ると聞いて居るが、その名を別なものに変えさせると申すか？

成程、一見、妙案のようだが、幾ら、道理に暗い大隅隼人どもとは言え、大昔から慣れ親しんで来た山の名を、別なものに無理に置き換えさせるとは、親から貰った名前を、強いて別なものに変えさせるようなもの。恐らく無事では済むまいよ。」

「あいや、国守様、先《さっき》は何と仰せられましたかな？

大隅国守にふさわしい功績を何としても挙げたい、そのためには、如何なる手立ても辞さぬと口にされたばかりではございませぬか？

薩摩国の場合も、当初は、阿多隼人どもの激しい抵抗を受けましたので、大隅国でも、それを強行すれば、大隅隼人どもの強い反発が、必ず起きましょう。

けれども、それを恐れて居ては、如何なる政も、決して成就致しませぬ。薩摩国の場合と同じように、最後には、武力を用いて、解決する他はございませぬ。

拙僧、五年前、豊前国の民二百戸と共に、この大隅国に入りましたが、大隅隼人どもの間で、布教や医療を行なう度に、あの者どもが、如何に道理に暗く、粗野で、法令など眼中に無いか、日々痛感致して居りまする。

思えば、遠く持統天皇様の御代にも、阿多と大隅の地に、沙門《ほうし》を遣わして、仏教を弘めようとされましたが、全く焼け石に水だったとか。こう言う手合には、理屈や説教ではなく、最後には、武力で臨むのが、政の常道かと愚考致す次第でございまする。」

いやはや、まるでわが実父のような、この御仁には、理屈でも勇気でも、とても適わぬな、と陽侯史麻呂は、心中、密かに、恐れ入る。世情に広く通じたこの老僧に改めて諭されたように、事勿《な》かれ主義一点張りでは、目覚ましい政は、決して成就せぬのだ。すべては、五位昇格と言う、わが生涯の夢のためだ。ここは、素直に、この御仁の忠告に従う事にしよう。

「まことに然り、貴僧の御高説、吾には全く一言も無い。して、その山の名は何とする？　まさか薩摩国と全く同じと言う訳には行くまいに・・・・」

「拙僧の勝手な思い付きではありまするが、大隅国では、霧島山を韓国《からくに》山と呼び慣わせる事にしたら如何かと。

かつて、拙僧が褒賞を受けました際、大和朝廷の官人たちから洩れ聞いた所では、かの壬申の乱の後、口にするのも恐れ多い天武天皇様の命により、編纂されたとされる国史には、此所《ここ》、霧島の地は、天孫・邇邇藝能命《ににぎのみこと》が高天の原《たかまはら》より降臨された聖なる山と崇められて居りますし、しかも、此処は、「韓国《からくに》」に向って居る、いと吉き地と記されて居るそうでございまする。

従いまして、霧島山を韓国山《からくにやま》と呼び換える事は、かの天武天皇様の尊い聖旨にも適う、名誉極まる政ではなかろうかと愚考致す次第でございまする。」

「韓国山とは、全く思いも寄らぬ名だが、貴僧も確か、ご先祖は、韓国の出であったの。吾は、隋の煬帝《ようだい》の裔《すえ》故、韓国とは無縁だが、我等渡来人に由来する山の名が、たとえ南の辺遠国ではあっても、永久に遺るとすれば、まことにご同慶の至り！　重ねて礼を申すぞ、法蓮法師殿！　」

医術にも秀い出たこの老僧、さすがは、わが政の第一の顧問だ。薩摩国の例に倣って、大隅国の山の名を変えさせるとは、何と稀有で奇抜な思い付きであろう！　幸い、来年の朝賀も間も無くだ。その祝賀の席で、それを一気に公布して、大隅国府の官人たちは元より、大隅隼人ども全員に、韓国山を新たに周知徹底させる事にしよう。

無論、僧・法蓮に指摘されるまでもなく、この改名を強行すれば、大隅隼人どもの激しい抵抗が生じるであろう事は、目に見えて居る。だが、その時は、その時だ。大隅国府の護衛軍だけで鎮圧出来ない時には、近くの稲積《いなづみ》に、強力な軍団も控えて居るではないか。抑々《そもそも》、大隅国桑原郡に造築された稲積城は、大隅隼人どもの武装決起を鎮圧するために、軍団を温存して居るのだから、大宰府の裁可を得て、彼等を動員する事も出来るであろう。

さらに、大隅国では唯だ一人、王化に功があったとして、すでに、建国前に、外従五位下の顕位を授けられて居た、大隅隼人の酋帥《しゅうすい》・曽君細麻呂《そのきみほそまろ》の力を借りる事も考えよう。たかが、隼人の分際で、国守の自分より上の位階を授けられるとは、何とも我慢ならない屈辱ではあるが、それもこれも、わが生涯の夢、五位の顕位を手に入れるためだ。どう仕様もない時には、些細な私情などには目をつぶって、助力を頼む事にしよう。

そこまで思いを巡らし乍ら、若い大隅国守、正六位上、陽侯史麻呂は、着任以来、初めて味わう晴れ晴れしい気持にしばらく浸って居た。言うなれば、それは、この五年間、日々囚われて居た、あの焦りと苛立ちの真っ暗な闇の中に、急に、一条の明るい光が差し込んで来た感じだ。

そんな明るい、浮き浮きした気分を、取って置きの秘策を授けて呉れた老僧と分かち合おうと、陽侯史麻呂は、隣の脇殿に控えて居る宿直の官人たちに、酒肴の準備をさせるべく、勇んで手を打ち鳴らした。医術に秀い出たこの老僧が、疾病に利く、薬湯と言う口実で、『僧尼令』では厳禁されて居る酒を、密かに嗜んで居る事実を、疾っくに聞き知って居

たからである。

「のう、ウシよ、如何《どう》有っても、国守様のご命令には、従わぬと申すか？　そちももう二十と五つ、しかも妻子の居る身ではないか！　そろそろ人並みに大人になって、世の中の複雑な事情なども、少しは弁《わきま》えて良い年頃ぞ。何時までも、嘴の黄色い物言いをするでない……」と、如何にも大隅人らしい独特の口調で諭して居るのは、大隅国では、唯だ一人、外従五位下の顕位を持つ、曽於郡大領、曽君細麻呂だ。

此処は、大隅国は霧島山の麓に在る、豪族・曽君の、郡家《ぐうけ》を兼ねた私邸、相手は、十年前、薩摩国阿多郡から、妻のクメと共に、この地に移り住んだ、ウシ事、曽於郡主帳、曽君宇志《うし》だ。向き合った二人に、新春一月の午後の日が明るく照り返して居る。

二人は、叔父と甥の間柄なので、普段は、とても気が合うのだが、今日のウシは、何時に無く、端《はな》から気色ばんで居る。

「叔父上の申されよう、某《それがし》も、重々承知をして居ります。某も、大隅国曽於郡主帳たる身、国守様の政を忠実に守り、施す事が、第一の役目である事は、今更、口にするまでもありませぬ。

ですが、国守様の、此の度の政だけには、どうしても従い兼ねるのです。

他の政なら未《ま》だしも、選りに選って、我等大隅人の聖なる山、霧島を、韓国山と呼び換えさせるとは、たとい、権有る国守様の御命令でも、承服する訳には参りませぬ。

霧島山は、太古の昔から、我等曽君一族だけではなく、あの聖なる山を崇めて来た、すべての大隅人たちの、命の山なのです。

さすれば、我等が命と恃《たの》む山の名を、別なものに変えよと仰せられるのは、我等山の民に死ねと命じられるのも同然！

そのような思いは、某一人だけのものではありませぬ。凡そ、大隅人なら、老若男女を問わず、誰もが抱く同じ気持なのではありませぬか？　私の朋輩たちは、とりわけそうなのです。」

大隅国守、正六位上、陽侯史麻呂から、突如、霧島山の改名が告げられたのは、今年、養老四年（七二〇年）正月一日、桑原郡に在る大隅国府で、例年通り、開かれた朝賀の席であった。『儀制令』の規定通り、国府の主だった官人たちや国内の郡司たちから、いつもの賀を受けた若い国守は、その後の宴の真最中、平城京から同行した、中年の介《すけ》、正七位上、大伴宿禰国持に、その旨を、突然、公表させたのだ。

官人たちには、事前に知らせてあったので、何の反応も起きなかったが、年に一度の豪華な酒肴に、舌鼓を打って居た郡司たちは、その寝耳に水の出来事に、一瞬、沈黙し、続いて一勢に響動《どよ》めいた。中でも、霧島山に最も近い曽於郡の郡司たちの動揺は、格別だった。すでに、二十歳にして、亡父の跡を継ぎ、曽於郡主帳に任じられて居た、曽君宇志もまた、その中の一人だったのだ。

もう十年にもなるが、薩摩国阿多郡阿多郷で、親友のタカや妻のヒメ、そして、わが妻のクメと、共に青春を過したウシにとって、崇拝する山の改名は、全く初めての出来事ではない。

と言うのは、薩摩国でも、建国と同時に、海の民・阿多人が、神降る山として、日夜、崇めて来た霊峰が、薩摩国府の一片の告示によって、一朝にして、金峰山と大和風に改名されたからである。

海神と山神を共に崇める阿多人たちも、さすがに憤激し、薩摩国府に対して、抗議の戦いを続けたが、大宰府から派遣されて来た皇軍《すめらみくさ》の、圧倒的な武力を前に、為す術も無く、終には、その改名を受け入れざるを得なかったのだ。かつて、女帝・持統天皇の御代には、大宰府から派遣された仏教の沙門《ほうし》を、拒み続けた阿多人たちも、有無を言わせぬ皇軍の威力に、結局、屈服するしか仕方無かったのである。

親友のタカと共に、未だ幼かったウシは、抵抗し、敗北した阿多の大人たちが、見せしめのために、阿多郷の広場で、次々に斬首された、あの日の残虐な光景を、二十五歳になった今でも、昨日の事のように、はっきり記憶して居る。

大和朝廷のそんな武力の強さと残酷さを、目の前で見せ付けられた、親友のタカは、それ以来、決して大和に刃向ってはいけないと、頻りに、服従を説くようになったが、数年前、建国された、この大隅国でも、全く同じような政が今、行われようとして居るのだ。

それでも、敢えて、国守の命に背くとすれば、薩摩国と同じように、その結果は、火を見るよりも明らかだ。自分一人だけではなく、愛しい妻のクメも、三年前、二人の間に生まれた可愛い男の子、クシまでも、ひょっとしたら、処刑されるかも知れない。そうなれば、その累は、曽於郡大領の地位に在る叔父や、曽君一族全体にまで、屹度《きっと》及ぶに違いない。

大和の天皇と朝廷に支配される律令国家とは、結局、そう言う事なのだ。

だから、親友のタカや、恩義のある叔父の言う通り、この度の山の改名も、国守の命令通り、素直に受け入れるのが、確かに、大人の生き方と言うものであろう。自分だって、普通の人間だ。人並みに、妻や子が愛しくて仕方が無いのだ。とりわけ、自分の命を継ぐクシが生まれてからは、わが最愛の者たちとの今の幸せな暮しを何としても守りたいと、頻りに、思うようになって来て居る。

とは言え、一方では、あの日、阿多の大人たちを無残にも、処刑した大和の朝廷を、絶対に許せないと言う、怒りの感情を、どうしても捨て去る事もまた、ウシには出来ない。それは、クメやクシを愛しく思う心と、何処かでつながっても居る、如何ともしがたい強い情念だ。あの頃は、親友のタカ共々、未だ幼なくて、何の意思表示も出来なかったが、今は、既に、妻子有る二十五歳の、ちゃんとした大人なのだ。今度こそは、大隅国守の横暴に対して、山の民・大隅人の意地と誇りを、思い知らせてやらなければなるまい。

「いや、尤も至極じゃ、ウシよ。

霧島山を深く崇める心では、わしも、そちやそちの朋輩たちと寸分変わらぬ、いや、それ以上かも知れぬ。わが曽君の一族こそ、遙かな昔から、代々、聖なる霧島山の麓で、生まれ、育ち、そして死んで行ったのだからな。

見よ、あの美しくも神々しい霧島山を！

わしにとっても、曽君一族にとっても、霧島山は、希望ぞ、命ぞ！

それ程に尊い霧島山を、韓国山と呼ばねばならんとは、何と言う屈辱ぞ、理不尽ぞ！

わしも、あの日、腹の虫がどうしてもおさまらないので、国府の下僚《かりょう》たちに、其と無く探りを入れて見たのだが、国守様に、山の改名を吹き込んだ張本人は、あの悪僧・法蓮であった事が知れたのじゃ。わしも、曽於郡大領でさえ無ければ、そして、心ならずも拝受した、外従五位下の位階さえ持たねば、若い国守様を誑《たぶら》かした、あの老い耄《ぼ》れの法蓮に、鉄槌を下してやりたい所なのじゃが・・・・」

この一帯では、最も有力な豪族・曽君の統領、細麻呂が、頻りに誉めそやす霧島山は、日向国と大隅国の国境に連なる秀麗な山並だ。今は、初春一月の末、さすがにその頂《いただき》は、樹氷で白く覆われては居るが、初夏には、その中腹に、紅の躑躅《つつじ》が群生し、秋には、全山、取り取りの紅葉に彩られる。

先祖代々、その麓で暮らして来た大隅人たちにとって、そんな霧島山は、まさしく心の山なのだ。人々は、喜びに付け、悲しみに付け、時には厳しい父のように、時にはやさしい母のように、霧島山を日々仰ぎ見て来たのである。

「叔父上の御本心、改めて御聞きするまでもございませぬ。私たちは皆、同じ曽君の一族、あの美しく神々しい霧島山を崇めぬ者が一人とて居りましょうか？

それにしましても、その老僧・法蓮とやら、朋輩たちの噂でも、いささか評判が悪うございます。八幡大菩薩と言う、異国の神に仕える身であり乍ら、薬湯と称して、密かに酒を嗜み、病人の治療と偽って、生娘や寡婦たちに、手を出して居るとも聞いて居ります。

さらに、何としても許せぬのは、病気を治してやった人々に、異国の神を祭る、あの宇豆峰《うずみね》神社を拝むよう、半ば強制して居る事実です。若い国守様を焚き付けて、我等が山の名を変えさせたのも、結局は、それが本当の狙いだったと、専らの評判なのです。

叔父上も、すでに御承知かと思いますが、そんな薄汚い、悪僧の口車に、まんまと乗せられて、欲に駆られた国守様もまた、世評芳しく有りません。

『戸令』の規定に従い、年一回、大隅国内を巡察する度に、郡民に送迎や供応を強要したり、これに跪《ひざまず》かぬ者を鞭打ったりするなど、非道で目に余るとも聞いて居ります。

いずれにしましても、此度《こたび》の突然の改名、それぞれ腹に一物秘めた二人の、醜い私利私欲に基いた政である事は、誰の目にも明らかでありましょう。だとすれば、此度の霧島山の改名、大和の朝廷や大宰府の正式の方針とは、言えますまい。それどころか、逆に、天皇様と朝廷の神聖と尊厳を冒瀆しさえする、大罪に他なりませぬ。

と言いますのも、某が、国府の下僚たちから洩れ聞いた所では、我等が霧島山の一つ、あの高千穂の峰は、天皇家の祖が天降りされた聖なる山として、『古事記』なる史書に、すでに記されて居るからですし、大隅国の建国と同時に、朝廷に奉呈した『大隅国風土記』にも、霧島山は、古来伝承されて来た由緒ある名として、すでに記録されて居るからでございます。外従五位下、曽於郡大領、曽君細麻呂様を前に、随分と差し出がましい物言いをつい長々と致しました。此度の山の改名に断固反対する某と朋輩たちの理由も、少しは御分り頂けましたでしょうか？」

おお、わしは立派な跡継ぎに恵まれたぞ、生まれ乍らの訥弁とは言え、この筋道立った、男らしい物言いはどうだ、と、六十に近い、曽君細麻呂は、改めて、亡き弟に感謝するばかりだ。

思えば、すぐ下の弟、曽君麻多里《またり》が、今のウシの年頃だった頃、旅先の薩摩国阿多で、後にウシの母親になる女と懇ろになった時、わしは由緒ある曽君の長として、また、昔ながらの一族の掟に依り、阿多人の女との婚姻を認める訳には、どうしても行かなかった。

だが、この世の事は、仲々、思うようには成らぬものだ。

と言うのも、四十代の半ばを過ぎても、曽君の長たるわしの跡を、継いで呉れる子が、どうしても生まれなかったからであり、曽君一族の者たちに対しても、日々、肩身の狭い思いをし続けなければならなかったからである。

このままでは、曽君の長としての、誇り高く、貴重な血が途絶えてしまうと、やきもきして居た矢先、阿多人たちの地で暮らす弟に、男児が誕生した事を、風の便りで聞き知ったのだ。それが、このウシだが、思い余ったわしが、これまでの厳しい態度を突如翻《ひるがえ》して、ウシをわしの跡継ぎにしたいと申し出た時、あの心やさしい弟は、わしの冷たい仕打ちなどまるで無かったかのように、即座に了解して呉れたではないか！

その弟も、曽君の本拠地、霧島山の麓に移り住んで間も無く、大隅国の建国を前に、進攻して来た、大宰府の軍団との戦闘で、命を落としてしまったが、こんなに立派に成長したウシの姿を見れば、屹度、喜んで呉れるに違いない。

それもこれも、我等大隅人が、大昔から崇めて止まない霧島山の御加護の賜であろう。

幸いな事に、わしは、この甥と、何かに付けて不思議と馬が合う。

ウシは、未だ二十代半ば、曽於郡内の地位も、最下位の主帳に過ぎないが、行く行くは、わしの跡を継いで、最上位の大領の地位に就いて貰わねばならぬ。それだけに、一層、処世に慎重を期して欲しいのだ。

此度の霧島山の改名は、確かに、私利私欲に目が眩んだ、あの二人の悪巧みと分かっては居る。だが、大隅国守の権に逆らって、目の前に敷かれて居る出世の道を、自ら閉ざしてしまうなど、まさしく愚の骨頂ではないか。

そう願う余り、先刻はつい、如何にも世故長けた、大人の口振りになってしまい、その弾みで、思わず在り来りの説教を垂れてしまった。ウシよ、許せ！　老い先短いわしに免じて、どうか、大目に見て呉れ！

「そちの言い分、全くその通りじゃ。

世慣れぬ国守様と悪賢い法蓮の、目に余る非道の事は、わしも重々承知致して居る。

じゃが、改めて言うまでもなく、わしは、この地第一の豪族、曽君の長として、大隅国では唯だ一人、朝廷より、外従五位下を賜った、曽於郡大領の地位に在る。因って、一度、大隅国内に乱が生じたとなれば、わしは、立場上、朝廷と国守様の側に立って、それを鎮圧しなければならぬ。

即ち、万が一、そちとそちの朋輩たちが、事を起したとなれば、わしは、そちたちを敵と見做さなければならぬ。

したが、わしの命もそう長くはない。此の期に及んで、曽君の一族同士、延《ひ》いては、大隅人同士で、血を流し合う事だけは、どうしてもしたくないのじゃ。分かるかな、わしのこの苦しい胸の内が？

そちは、未だ曽於郡主帳に過ぎぬが、行く行くは、由緒有る曽君一族の長となり、曽於郡大領を継ぐべき大切な身じゃ。頼むから、軽挙妄動だけは何としても慎んで呉れよ。」

時刻は、午の刻(午前十二時)をもう疾《とう》に過ぎて居るのだが、年老いた曽君の長と、その若い跡継ぎは、昼食を取るのも忘れて、互いの思いに深く沈んで居る。

大隅国曽於郡の郡家《ぐうけ》を兼ねた、大領・曽君細麻呂の、昔ながらの広い館は、今日も、人の出入りが多い。

遙かな昔から、この霧島山の麓で、生死を共にして来た一族の者たちや、他の大隅人たちが、間も無く、互いに殺し合う事になる悲劇など、凡そ想像も出来ないような、平和で、のどかな初春の一日だ。

二人の姿から目を転じて、ふと東の空を見上げると、頂を樹氷で覆われた霧島山が、初春の明るい午後の日を浴びて、一段と白く輝いて居る。

大隅国府の朝賀の席で、霧島山の改名が告示された、同じ養老四年（七二〇年）二月二十日の夕刻、隣の薩摩国では、薩摩国府に近い日笠山に設置された烽《のろし》の周りで、四人の烽子《ほうし》たちが、頻りに騒ぎ立てて居た。

時刻は、酉《とり》の刻（午後六時）頃であろうか、何時ものように、昼間は何事も無く、この分では、今日も一日、穏やかに終るだろうと、ほっとして居た矢先、もうすっかり夜の帷《とばり》に包まれた、遙か東南の山波の一角に、突如、小さな赤い火が点ったのだ。最初の内は、百姓たちの野火の燃え残りだろうと高を括《くく》って居た烽子たちも、火勢が弱まるどころか、逆に、次第に大きく、そして高く変って来るのを見て、俄に狼狽し始めたのだ。

「烽《のろし》だ！　大隅国の変事やも知れぬぞ！　急げ、火炬《かこ》に火を放つのだ！」

その日の夜の烽長《ほうちょう》は、三年に一度の交代で、任に就いたばかりの、若い新人だったせいもあってか、その慌て振りも尋常では無い。

抑々《そもそも》、この日笠山も含めて、薩摩国に三個所、烽が設置されたのは、隣の大隅国で予想される変事に備えるためであった。と言うのも、大隅国の建国に際して、それを認めようとしない大隅人たちは、度々、武器を取って、立ち上がったので、九州の九国三島を束ねる大宰府としては、大隅国の如何なる些細な変事と言えども、能うかぎり速かに察知する必要があったからである。

幸い、ここ数年、新設の大隅国では、これと言った異変は全く起こらなかったので、薩摩国の烽長や烽子たちも、何時の間にか、事の無い日々の惰性に、すっかり馴れしまって居たのだ。それだけに、その夜、突如として出現した烽の赤い火は、彼等を何時に無く浮足立たせるのに十分だった。

それでも、若い烽長の不慣れな号令を合図に、気を取り直した四人の烽子たちは、『軍防令』の規定通りに、慌てて火炬《かこ》に火を放ち、晩春の夜空に、高い火の柱を、燃え上がらせた。隣の肥後国でも、その火柱に気付いたのであろう、間も無く、北の方角の山波の一角に、同じような火柱が立ち上がった。それを確認するまでが彼等の任務なので、やっとの事で、辺りは、安堵の空気に包まれた。

それにしても、何と大変な日に巡り合わせた事だろう！

薩摩国を発したその夜の烽が、筑後国のいくつかの烽を経て、大宰府の、その夜の当直の下僚《かりょう》たちに確認されたのは、それから、約一刻（三十分）経った頃であった。

二日後、今度は、大隅国の軍団から派遣された早馬が大宰府に到着した。

西海道西路の駅毎に、馬は乗り替えられて居るのだが、大宰府政庁の正面の大門前で役目を終えた最後の馬は、二月の末の厳しい寒気の中で、全身から湯気が立ち上がって居る。この二日間、早馬を乗り継いで、諸国を駆けて来た軍団の若い使者も、馬と同じ位、すっかり疲れ切って居るようだ。

それでも、軍務に忠実なこの使者は、軍団の大毅《だいき》からの言上を、その夜の宿直に当たって居た、大宰府大典、正七位上、文忌寸老《ふみのいみきおゆ》に、口頭で述べ終えるまでは、良く訓練された軍団の兵士らしい、厳格な挙動を決して崩さなかった。

一方、その日に限って、大宰帥の公邸で既に寝に就いて居た、中納言、従三位、多治比真人池守が、政庁から急報を受けて、急拠、登庁し、大隅国の変事の内容を初めて知らされたのは、戌《いぬ》の刻（午後八時）

を過ぎた頃である。

思えば、五年前、霊亀元年（七一五年）、粟田朝臣真人の後任として、大宰帥を拝命して以来、多治比真人池守の政は、まさしく順風満帆であった。

養老元年（七一七年）には、その善政を認められて、元正天皇より、綾や絹など最高級の布を数多く賜ったし、その翌年には、中務卿、従四位上、大伴宿禰旅人と並んで、中納言に列せられたのを、我々はすでに見た。其《それ》も此《これ》も皆、平城京に君臨し続けて居る、時の最高権力者、右大臣、正二位、藤原朝臣不比等の、絶大な後ろ盾が有ったればこそである。

それ故、実務に秀い出た大宰大典、正七位上、文忌寸老によって、すでに仕上げられて居た、太政官宛の解《げ》を読み乍ら、多治比真人池守の念頭に先づ浮かんだのは、大宰帥たる自身の不名誉よりも、それによって潰《つぶ》される右大臣の面子の方であった。

『賦役令《ぶやくりょう》』では、遠い南方の辺遠国《へんおんこく》と見做されて居るとは言え、この解に認められて居る、大隅国の突然の変事は、あの誇り高い、自信に満ちた、最高権力者の、輝かしい官人歴に、初めて、忌わしい汚点を記す事になるであろう。

「去《さ》んぬる、二月二十日、申《さる》の刻頃、大隅国守、正六位上、陽侯史麻呂は、『戸令』の規定に従い、同国曽於郡を巡行中、何者かの弓矢によって首を射抜かれ、落命せし事、また同時に、大隅国府には、不逞《ふてい》の輩が多数乱入し、同国介《すけ》、正七位上、大伴宿禰国持以下、国府の官人たちを残らず人質として、立て籠りし事、取り急ぎ、言上仕るもの也。

尚、此度の大隅国の怪《け》しからぬ謀反、大宝律の八虐の一に相当しますれば、その由って来たる所以、及び、その後の経過に就きましては、追って詳細に言上仕る所存に候。

　頓首再拝

　　養老四年二月二十二日

　太政官御中

　　中納言、大宰帥、従三位、多治比真人池守」

この種の変事のために仕立てられた、一騎の早馬が、もうすっかり夜の帷の下りた大宰府政庁を、けたたましい駅鈴の音と共に、出発したのは、同じ日の亥《い》の刻（午後十時）過ぎであった。

急使の行先は、無論、遙かに遠い、大和の平城京だ。

だが、山陽道の各駅毎に、馬を乗り換えて、どんなに急いでも、平城宮内の太政官にまでその解が達するのは、七日後の、二月二十九日頃になるだろう。事の重大さを事前に知らされて居た、その夜の使者は、晩春二月末の、肌を突き刺すような、厳しい寒気など、物ともせずに、東へ東へ、ひたすら馬を飛ばして行った。

あゝ、その急報に接しられた時の、あの御方の驚愕と怒り、如何ばかりであろう？

大宝律令を制定し、遷都の大事業を成し遂げ、最愛の孫、首《おびと》皇太子の即位を、ひたすら待ち望んで居られるあの御方の栄光の絶頂に、思わぬ翳りが生じたのだ。

人一倍、体面を気にされる、あの御方は、当然の事乍ら、わが大宰府に、大隅国の叛徒どもに対する徹底した膺懲《ようちょう》を命じられるであろう。遙かに遠い南の辺遠国の事とは言え、その国守を殺害するなどという大隅隼人どもの狂気の振舞は、単に、「遠《とお》の朝廷《みかど》」たる大宰府だけではなく、華有る元正天皇様と尊貴な朝廷全体に対する、不遜極まる挑戦なのだ。それだけに、恐れ多くも、その至高の権威に刃向った、大隅国の隼人どもに対する懲罰は、七年前の、大隅国の建国の時の比ではないであろう。

いずれにしても、自分もまた、九国三島を統べる大宰帥としての政の責任を、取らされる事は、ほぼ間違い有るまい。

思えば、今年の正月一日には、大宰府から朝廷へ、祥瑞《しょうずい》として白鳩を献上し、元正天皇様の輝かしい御代を寿《ことほ》いだばかりであった。大隅国の変事によって、それが裏目に出てしまった以上、日頃、密かに願って居る帰京の夢も、これ以上の出世も、もはや望めないであろう。

好事魔多しとは、良く言ったものだ。

大和の都へ急使を送り出し、晩春二月末の夜の騒ぎが、一応納まった後、中納言、大宰帥、従三位、多治比真人池守は、次第に、予想される自らの暗い将来に、思いを凝らし始めて居た。

第十七章　征隼人軍

「やよ、右大臣、此度《こたび》の、大隅国の異変、朕も、天皇と共に深く心を痛めて居るところじゃ。

抑々《そもそも》、朕も天皇も、共に生来、徳が薄いにも拘らず、上天の恵みを蒙り、皇祖皇宗の御威徳に支えられた御蔭で、今日まで、天下は安らかに収まって来た。

然《しか》るに、遙か南の大隅国とは言え、天皇の名代たる国守が殺害されると言う、思いも寄らぬ変事が発生したと聞く。此《これ》も、偏《ひとえ》に、朕と天皇の不徳の至す所と、心から深く恥じ入るばかりじゃ。

然《さ》れど、右大臣、その由って来る所以を確と確かめもせず、直ちに、征討の皇軍《すめらみくさ》を発しようとするは、余りに性急かつ軽率な措置ではあるまいかの？

然《しか》も、此は、九州大宰府管内の変事であるにも拘らず、大和の都から、取り立てて、征隼人軍を遠征させるのでは、政《まつりごと》の筋が通らぬのではないかの？

更に、副将軍として、未だ若い、授刀助《たちはきのすけ》、従五位下、笠朝臣御室《かさのあそみみむろ》と、民部少輔《すけ》、従五位下、巨勢朝《こせのあ》臣真人《そみまひと》を、当てるのは、当然の事としても、征隼人持節大将軍として、年老いた、中納言、正四位下、大伴宿禰旅人を任じるは、如何なものかの？

その人事、朕も天皇も、どうしても納得致し兼ねるのじゃ。

そちが中心となって制定した、大宝律令の下では、大宰府管内の政は、全て、大宰帥の権限に属するとされて居るではないか！

にも拘らず、何故、此度の変事に限り、大宝律令の定めに従わぬのか、その理由を、確と申して見よ、右大臣！

此の儘では、昔より「遠《とお》の朝廷《みかど》」と崇められて来た、あの大宰府の尊い権威が廃《すた》れ、九国三島の政にも、いずれ支障が生じて来るのではあるまいかの？」

養老四年（七二〇年）三月三日、早朝、内裏の奥まった一室で、並んで腰掛けた、元明太上天皇と元正天皇に、緊急に発進すべき征隼人軍の人事案を奏上した時、右大臣、正二位、藤原朝臣不比等は、何時もと全く違う、太上天皇の、気迫の強さと舌鋒《ぜっぽう》の鋭さに、一瞬、たじろいだ。

傍らに控えて居る、老練な侍従、従五位上、多治比真人嶋守も、日頃は、滅多に感情を表に現す事の無い、温和な太上天皇が、まるで別人のように、右大臣を難詰し始めたのを見て、強い緊張の余り、表情を強張《こわば》らせて居るようだ。

五年前、つまり霊亀元年（七一五年）九月に、愛娘の氷高内親王、即ち、元正天皇様に譲位して以来、廟堂の政からは、一切身を引かれた筈の、元明太上天皇様が、突如として、現場の征隼人軍の人事などに、これほどまでに強く、御意を示されるとは、一体、どうした事であろう？

あの日、大宰府からの急報を受けて、直ちに開いた議政官会議では、わしが提示した征隼人軍とその人事に関しては、何時ものように、中納言、正四位下、大伴宿禰旅人始め、他の誰からも異論は出されなかったではないか？

それなのに、廟堂の政から身を引かれて久しい太上天皇様から、突如、その人事が蒸し返されるとは、心外の極みだ。中務卿の頃から、そうであったが、天皇家の最古の股肱《ここう》を密かに誇るあの者は、此度の征隼人軍の人事に関しても、昔から信任篤い、太上天皇様に泣き付いたのであろう。武門の出ながら、歌などに現《うつつ》を抜かして居るあの者、何と言う女々しい振舞いであろう！

御自身も六十になられた太上天皇様は、あの者は、老齢故に、征隼人持節大将軍には向かぬと仰せられたが、あの者は、未だ五十代の半ばではないか！　このわしを見よ。すでに六十を二つも越した身ながら、今なお、右大臣の激職を日々こなして居るではないか！

無論、遙か九州の南の果てまで行かねばならぬ遠征の旅が、生易しいものではない事位、わしも、重々承知して居る。聞けば、あの朝貢隼人どもも、大和の都まで、四十日以上掛けて、歩いて来ると言うではないか！　此度は、他ならぬ、その隼人どもを征伐しに行くのだ。「老齢」故に味わうかも知れぬ、道中の少々の不便や苦労など、征隼人持節大将軍と言う、前例の無い名誉に比ぶれば、物の数ではないだろう。

それにしても、愛娘の元正天皇様は元より、元明太上天皇様と言えども、並みの女性と変わらぬな。政そのものよりも、つい人情に絆《ほだ》されてしまわれたのであろう。これだからこそ、朝廷の政には、わしのような、冷徹な補佐役が、どうしても必要なのだ。

思えば、二月二十九日の退庁間際、大宰府から急使が到着し、わが配下、大宰帥、多治比真人池守から差し出された解を読んだ時には、わしも、確かに、生涯初めての、強い衝激と同時に、激しい怒りを覚えた事は確かだ。

と言うのも、数年前、今は亡き、無二の盟友、粟田朝臣真人と、九州の情勢を語り合った時、大隅国の隼人どもの謀叛が話題に上がったのだが、わが配下の大宰帥、多治比真人池守には、日頃、あれ程、強く言い含めてあったにも拘らず、ついに、それが現実のものになってしまったからである。その拠って来たる所以は、その内、判明するであろうが、功を焦った、あの若い国守、陽侯史麻呂《やこのふひとまろ》が、何か為《し》出《で》かして、大隅隼人どもの不満を一気に爆発させた事は確かであろう。

だが、廟堂の最高権力者たる者、天下の変事に際して、臨機応変の決断を下すのも、重要な才覚の一つなのだ。

即ち、降って湧いたような、此度の大隅国の変事こそ、天皇と皇室の第一の藩屏《はんぺい》として、広い朝廷に、今尚、隠然たる勢力を振って居る、あの大伴一族を、天皇家から遠ざける絶好の機会であり、それによって、廟堂に於けるわが藤原一族の覇権が、名実ともに完成する、何よりの好運な切っ掛けと見做さなければならぬ。

あの聡明な太上天皇様の事だ。ひょっとしたら、そんなわが遠謀を見破って、大伴宿禰旅人を、征隼人持節大将軍から外そうとなさったのかも知れぬ。だが、そんな事はもうどうでも良い。

わが無二の盟友、正三位、粟田朝臣真人も、昨年、六十七歳で薨《こう》じた。何時の間にか、六十を二つ越えてしまったわしの寿命も、もうそれ程長くはないであろう。

だとすれば、わが目の黒いうちに、この血が流れて居る、首《おびと》皇太子が、首尾良く帝位に就けるよう、万全の手を打って置かねばならぬ。そのためには、昔ながらの大貴族たちを、悉《ことごと》く、天皇家の周辺から、遠ざけて置かねばならぬ。それが、実現しさえすれば、皇位を継いだ首皇太子と共に、わが藤原氏の権勢は、盤石のものになるであろう。

「太上天皇様の御言葉ではございまするが、此度の大隅国の突然の異変、大和の都から遠く離れた、遙か南方の辺遠国《へんおんこく》の些細な事件などでは決してございませぬ。

御言葉にもございましたように、遙か南方の辺遠国とは言え、その国守は、言わば、尊貴さこの上もない、大和の天皇様の御名代。そのように高貴な地位に在る官人を、畏れ多くも、殺害せし事、神のごとき、天皇様と雅な朝廷に対する大不敬にして、強固な律令国家に対する、破廉恥極まる謀叛に他なりませぬ。

斯かる大罪を、万が一、軽々に処置せんか、至尊の皇威にも、律令国家の威厳にも、忌むべき瑕瑾《かきん》となるは必定。それ故、此度は、何としても、朝廷と国家の厳たる威信を、広く天下に知らしめてやらねばなりませぬ。

然為れば、これ程の国難に立ち向かえる者は、遙かな昔から、天皇家と朝廷の、第一の藩屏たる、氏族中の氏族、名門・大伴氏を措いて、他には居りませぬ。

『海行かば水漬く屍　山行かば草むす屍　大君の辺にこそ死なめ　のどには死なじ』と、大昔より、天下に遍《あまね》く謳われた、かの大伴氏が出馬しまするならば、大隅国の隼人の叛徒どもも、立ち所に、戦意喪失し、天下無敵の、わが皇軍《すめらみくさ》の威光の前に、忽ち、屈服するでありましょう。

此度の、大隅国の異変に対し、某《それがし》が、通常の『職員令《しきいんりょう》』ではなく、戦時の『軍防令』の規定に基いて、即ち、「遠の朝廷」たる大宰府を差し置いて、大和の都から、直接、征隼人軍を差し向ける人事を行いましたる所以、以上の通りでございまする。

某、熟々《つらつら》、思いまするに、斯かる皇国の危難に際しまして、凡そ、天皇様の臣下たる者、国家の官人たる者、身分の上下、老若の差異など物の数ではございませぬ。

ちなみに、かの大伴宿禰旅人は、某より七つも若い、働き盛りでございますれば、『軍防令』に規定されたる大将軍に、最もふさわしき人物であろうと、愚考致しましたる次第でございまする。」

この者の言い条、相も変らぬな、と元明太上天皇は、今更乍ら、痛感する。

過ぐる、わが姉持統天皇の御代、若い判事として、廟堂に頭角を現し始めたこの者、いつしか時が経って、六十を二つも過ぎた今でも、頭の中味は昔と些《ちっ》とも変わって居らぬな。万事を理詰めで通し、二言目には、得意の律令を振り翳《かざ》す。如何なる政でも、表と裏を巧みに使い分け、その飽く無き利己心を巧みに隠し乍ら、綺麗事ばかり並べ立てるのだ。

それに、朕より二つ年長のこの者が、自らの血を引く首皇太子《おびと》の即位を、密かに画策して居る事など、朕は疾《と》うに承知して居る。老い先短いわが身を、とみに案じて居るのであろう、この者の最近の動きには、老人特有の、あの焦りさえ、見て取れる程だ。昨年六月に、首皇太子を、廟堂の政務に参与させ始めたのも、その露骨な布石であろう。

太上天皇たる朕さえ居なければ、朕以上に、何事にでも控え目で、心やさしい元正天皇など、今日にでも退位させて、首皇太子を即位させたいのが、この者の紛れも無い本心なのだ。

だが、朕の目の黒い内は、決してそうはさせぬ。

この者の、人生最後の望みが、首皇太子の即位だとするならば、この者よりも一日でも長く永らえて、わが最愛の元正天皇の御代を見守ってやるのが、朕の此の世限りの大事な役目なのだ。

そのためにも、遙か大昔から、わが天皇家と朝廷の、最も忠実な臣下で在り続けて来た、あの大伴一族を、何としても身近かに置いて置かねばならぬ。

此度の、大隅国の異変を、まさしく天佑《てんゆう》とばかりに利用し、中納言の要職に在る、五十代半ばの大伴宿禰旅人を、征隼人持節大将軍に任じた、この者の其の狙いが、天皇家とそんな大伴一族を離間させようとする、薄汚い策謀である事は、見え見えだ。

朕も、元はと言えば、天下に恐れられた、あの天智天皇様の四番目の皇女ぞ。そんな悪巧みを見抜けないとでも、そちは思うてか?

無論、朕は、今では太上天皇の身、幾ら愛娘とは言え、元正天皇を差し置いて、廟堂の政に口を差し挟む事は、厳に慎まねばならぬ。

然れど、此度の征隼人軍の人事のように、余りにも見え透いた、この者の策略を目の当たりにしては、太上天皇の身とは言え、もうどうしても黙しては居られない。最愛の娘・元正天皇のためにも、広い廟堂で最も信頼出来る大伴一族のためにも、此の場で、この者に、太上天皇の権威を、何としても思い知らせてやらねばならぬ。

かつて、わが姉も、持統太上天皇として、最愛の孫・文武天皇を、こうして、権臣どもの策謀から、絶えず守り続けて来られたのであろう。朕も、此の歳、此の立場になって見て、初めて、わが姉の心根が良く分るような気がする。

「成程のう！　そちの言い条、相変らず理路整然として、間然《かんぜん》する所、さらさら無いわ。朕より二歳年上乍ら、そちは、未だに働き盛りの右大臣じゃな。早々に、退位してしもうたわが身が、恥かしく思えてならぬわ。

言うまでも無く、今、天皇はわが娘・元正じゃ。此度の征隼人軍の人事も、元正天皇の御裁可を仰ぐが筋であろう。

時に、重ねて聞くが、此度の大隅国の突然の変事、その拠って来たる所以を、そちは、右大臣として、如何に判じて居るか、此処で申して見よ。

そちの建言に拠り、藤原京から遷都して、約十年、平城京は、確かに、見た目は日々、繁栄して来ては居るが、聞けば、諸国から上京して来る運脚《うんきゃく》や仕丁《しちょう》たちの中には、帰国の途中、食が尽きて、路傍に餓死したり、国元では、貧しさに耐え兼ねて、四方に流浪する民たちが、激増して居ると言うではないか！

改めて申すまでも無く、民は、天下の大御宝《おおみたから》ぞ。そのような民の困窮が、これ以上、続くとするならば、そちが、事有る毎に好んで口にする、わが天皇家の安泰も、律令国家の威信も、いずれ、足下から崩れて行くのではあるまいかの。

そちは、今、廟堂第一の実権者故、そちに意見をする者は一人として居なかろうが、朕に言わすれば、これはもはや、右大臣たるそちの失政じゃ。何事に対しても、律令一点張りで、大御宝《おおみたから》たる民たちを慈しもうとせぬ、そちの頑《かたく》な政のせいじゃ。

答を朕の方から先に出すのも何じゃが、此度の大隅国の変事も、まさしく、そのせいではあるまいかの。」

此はしたり、わが政の不首尾が、これ程までに詳しく、太上天皇様にまで、知られて居ようとは！

これだからこそ、天皇家の側近中の側近たる、中納言、大伴宿禰旅人を、一日も早く、至尊の天皇と高貴な皇室から遠ざけねばならぬのだ、と、右大臣・藤原朝臣不比等は、改めて痛感する。

それにしても、どう言う訳か、今日の太上天皇様は、まるで別人にあらせられるな。

御子息、文武天皇様の崩御を受けて、止むなく即位された当初は、誰の目にも、凡そ、政などには向きそうもない、唯だ、大人しいだけの、愛らしい女性《にょしょう》であられたのに、あれから十三年経った今では、あの男勝りの御姉上、持統天皇様顔負けの、手厳しい太上天皇様振りではないか！

何時もなら、わが得意の弁舌で、上手く切り返す所だが、わが政の裏側を、此処まで御見通しの、太上天皇様に、小手先だけの理屈を並べ立てて、弁解や反論など試みるのは、却って逆効果であろう。ならば此処は、ひたすら、わが政の非を認め、素直に陳謝する方が、無難と言うものだ。わが焦眉の政は、何と言っても、征隼人軍の、一日も早い派遣と、大隅国の叛徒どもの鎮圧に有るのだから。

「わが政の数々の落度《おちど》、まことに以て、太上天皇様の、仰せの通りでございます。此も偏《ひとえ》に、右大臣たる某《それがし》の、不徳の致すところでございますれば、平にご容赦の程、願い上げ奉りまする。某も、すでに六十を二つも越えた、老齢の身ではございまするが、命の有る限り、皇室の御繁栄と、国家の安泰のために、粉骨砕身して政に励む所存でございますれば、更なる御指導・御鞭撻の程、宜しく御願い申し上げ奉りまする。」

と、何時もと打って変って、平身低頭した不比等は、その時ふと、今は亡き盟友、粟田朝臣真人の忠告を受けて、隼人司に養成を命じた、隼人訳語の事を思い出した。

あれからもう四年も経って居るが、わしが命じた通り、隼人の訳語たちは、順調に育って居るであろうか？

それにしても、わが生涯の盟友であった、あの粟田朝臣真人の、人並み外れた慧眼、改めて、恐れ入ったわ！

大隅国の謀叛に備えて、隼人訳語を育てて置けと言った、あの盟友の忠告、まるで、此度の異変を、当時、すでに察知して居たかのようではないか！

これも、まさしく好機到来ぞ。隼人司で育てて居る筈の隼人訳語どもを、早速、此度の征隼人軍に同行させ、隼人の叛徒どもの鎮圧に上手く利用する事にしよう。

「某の数々の失政、御叱声の通りでございますが、唯だ一つだけ、太上天皇様に申し上げたき儀がございます。

実は、某、予《かね》てより、大隅国の此度の異変を密かに予想致しまして、隼人司に隼人訳語の養成を命じて居りました事、後れ馳せ乍ら、御奏上申し上げ奉ります。

太上天皇様には、すでに御承知の事とは、存じまするが、阿多や大隅の隼人どもの言葉は、異国の唐や新羅の言葉と変わらぬ程、難解極まる卑語でございまする。

大宰府からの言上に依りますれば、薩摩国や大隅国で、これまで、度々、謀叛が生じましたのも、一つには、その不可解なる言葉の故との事でございまする。

此度の大隅国の変事に付きましては、今日まで詳細なる原因は判明して居りませぬが、恐らく、その言葉、若しくは、呼び名の問題ではなかろうかと、密かに愚考致して居る所でございまする。

従いまして、皇室の藩屏たる、大伴宿禰旅人が、持節大将軍として率いまする、此度の征隼人軍には、是非とも、隼人司の隼人訳語どもを、随行させるよう、厳命致す所存でございまする。」

何時も乍ら、何ともはや、しぶとい奴じゃ、と、太上天皇は、内心では、むしろ、密かに感心したくなる程だ。

話の前半では、一応、相手の言い分を認め乍ら、後半では、必ず自分の世界に、相手を引き摺り込もうとするのが、この者の得意の弁舌なのだ。

それにしても、この者、若い頃の、あの判事の習性が、その身に強く染み込んで、晩年に至るまで、ついに、失せなかったと見える。朕とは二つしか違わぬ老齢故、この際、その点は、大目に見て呉れよう。

唯だ、話題の隼人については、朕も、日頃考えて居る事が、色々有る。この者は、隼人を端から軽蔑し切って居るようなので、朕の存念を、この機会に、この者に、きっぱり知らしめて置こう。

「朕は、隼人の事は、余り良くは知らぬ。知らぬ所か、毎年の朝賀や践祚大嘗《せんそだいじょう》の際に、聞かされる、あのおどろおどろしい狗吠が、どうしても好きになれぬ。

あれは、隼人族が、神を招く時の祈りの声だそうじゃが、あの野獣のような叫び声が、朝廷の大事な儀式や遠従の賀行に際して、何故、発せられねばならぬのか、今だに納得し兼ねて居る。

わが姉・持統天皇様は、生前、吉野に行幸される度に、邪気を払うと固く信じて、好んであの狗吠を命じられたが、朕は、あのけたましい叫び声を耳にする度に、わが姉御とは反対に、目に見えぬ邪鬼が、今にも襲い掛かって来るような、不安な心地にさせられる程なのじゃ。

したが、凡そ、人たる者、その信ずる神はそれぞれ異なって居よう。

大和に生まれ育った者が、あの厳《おごそ》かな三輪山を厚く崇めて居るように、遙か南方の隼人族も、それなりに、異なる山々を崇めて居るのやも知れぬ。

信仰は、人の魂そのものじゃ。

それ故、自分たちが心から崇めて居る神の代わりに、他人が崇めて居る神を、力づくで押し付けられる事程、無理無体な要求は有るまい。

わが姉御も、かつて、阿多と大隅に、沙門《ほうし》を遣わし、御仏の教えによって、道理に暗い隼人族を教化しようとされたが、殆ど効果は無かったとも、朕は聞いて居る。

斯くの如く、あの威厳に満ちた、持統天皇様でさえ、隼人族の信仰を変える事は出来なかったのじゃ。増してや、未熟な一国守などが、一片の命令に依って、それを行なおうとするならば、如何なる事態が生じるか、右大臣たるそちならば、一目瞭然であろう。

くどいようじゃが、信仰とは、自ら求むべきもの。決して、上から強いてはならぬものぞ。

おお、そうじゃ、昔話の序でに、また思い出したが、阿多隼人の女たちに、青い貫頭衣を認めてやったのも、朕が即位したばかりの頃であった。そうして、平城遷都の前年、藤原京に朝貢して来た隼人の女たちが、身に纏って居る、その青い貫頭衣を、実際に、この目で見たが、南海産の青い珊瑚で染められたと言う、目の覚めるようなその青色の素晴らしさと言ったらなかった！

信仰が人たる者の命ならば、装いもまた、女たる者の命ぞ。たとえ、遙か南方の隼人の女たちと言えども、その自由を認めてやらねばならぬと、朕は今でも考えて居るでの。」

いやはや、今日の太上天皇様は、全くの別人だと、右大臣・藤原朝臣不比等は、またしても、畏れ入る。

さすがは、口にするのも恐れ多いと、天下に崇められた、あの天智天皇様の第四皇女だ。人の信仰や女たちの装いに就いてまでも、まことに立派な御見識を持って居られる。愛娘・氷高内親王に譲位される時は、「年老いて政事にも倦み、静かでのどかな境地を求めて、風や雲のようなとらわれない世界に、身をまかせたい」と、一応、殊勝にも、その御心を公言されはした。だが、太上天皇となられた今では、その御言葉とは裏腹に、御姉君・持統太上天皇様以上に、現在の政に、深い関心を抱いて居られるようだ。それも皆、愛娘・元正天皇様の後ろ楯を自認して居られるからであろう。

至高の天皇と言えども、女性《にょしょう》はやはり女性、娘を思う母の心は、並みの女性と少しも変わらぬな！

先刻、太上天皇様の御下問に対しては、取り敢えず、大隅隼人どもの難解な言葉の問題を挙げて置いたが、此度の変事が、口分田のような物の次元ではなく、奴等の信仰に関わる心の世界に端を発して居る事は、右大臣として、自分自身も、秘かに推測して居た。と言うのも、その方面の問題について、わが配下、大宰帥、多治比真人池守から、日頃、公式の解とは別に、詳細な私信が、絶えず送られて来て居たからである。

然るに、元明太上天皇様は、そんな政の詳細な情報とは、日頃、無縁であられる筈なのに、大隅隼人どもの信仰の問題を、ずばりと指摘された。

やはり、徒《ただ》ならぬ御方だ！

六十を二つも越えた今、右大臣、正二位、藤原朝臣不比等として、廟堂の最高位を占め続けて居るわしだが、やはり上には上が居るものだな。引き続き、恭順の意を表して、兎も角、この場を何とか凌ぐ事にしよう。

だが、再び口を開こうと身構えた右大臣よりも、先に、言葉を発したのは、またしても、太上天皇の方であった。

「時に、そちが進めて居る、新たな国史の編纂は、その後、如何な具合かの？

朕が、天皇在位中に、正五位上、勲五等、太朝臣《おおの》安萬侶《やすまろ》に命じて編纂させた、古い国史は、その後、『古事記』と呼ぶようにしたが、あの書は、口にするのも恐れ多いと、天下に崇められた、かの天武天皇様の尊い御詔旨に基づくもの。そちの、新しい国史に於いても、徒《あだ》や疎《おろそ》かに扱っては居りますまいの？

そうじゃ、今、隼人で思い出したが、あの『古事記』上つ巻の中には、朕が、自ら命じた注がいくつも有った筈じゃ。

天孫、日子番能邇邇藝命《ひこほのににぎのみこと》の御長子、火照命《ほでりのみこと》を、『こは隼人阿多君の祖』と注を付けさせたと記憶するが、その部分は、そっくり遺されて居るであろうの？

今でこそ、遙か南方の隼人族は、わが大和の朝廷と律令国家に楯突いては居るが、太古の昔に遡れば、わが皇祖と隼人族の祖が、婚を結んだと言う、古い言い伝えが、天皇家には、連綿と引き継がれて居るでの。

つまり、天皇家と隼人族は、遙かな昔から、非常に近い親戚であったと言う訳じゃが、近い時代には、たとえば、天武天皇様の御代に、皇孫と共に大和へやって来た、隼人の裔《すえ》・大隅直《あたえ》に、尊い忌寸《いみき》姓が授けられたのも、その証拠の一つであろう。

そちが制定した大宝の『賦役令《ぶやくりょう》』では、南方の隼人は、北方の蝦夷と共に、『辺遠国の夷人』として、端《はな》から蔑まれて居るようじゃが、元を正せば、難解な言葉を話す隼人は、わが天皇家と、古来、縁浅からぬ間柄なのじゃ。それ故、南の隼人を、北の蝦夷と、決して同列に扱ってはなりませぬぞ。良いな。」

いやはや、今日の太上天皇様は、全く、別人以上じゃな、と不比等は、もはや恐怖に近い域にまで追い詰められた気がする。

わしが、『古事記』とやらを編纂した、あの太朝臣安萬侶を、上手く取り込んで、書き直させた、新しい国史、『日本紀』の存在は、無論の事、その神代の隼人の注にまで、目配りして居られるとは、神とまで崇められた、あの天武天皇様以上ではないか！

それにしても、『古事記』とやらの撰者、太朝臣安萬侶の、あの日の証言は、確かなものであったわい、と不比等は、今更乍ら、感じ入る。と言うのも、あの者が、皇室での伝聞としてわしに語った、天皇家と隼人どもの昔乍らの血縁関係を、太上天皇様御自身が、わが目の前で、強調されたからだ。

だが、待てよ、と不比等は、そこで、何時もの強気に立ち返る。

今を時めく、わが藤原一族の血を引く、あの最愛の首皇太子《おびと》が、何時の日か、皇位を継いだ暁に、至尊の天皇家と、辺遠国の隼人どもが、祖先を同じくするなどと言う、恥づべき伝説が尚語り継がれて居るとすれば、至上至高の皇室にとってだけではなく、わが藤原一族にとってもまた、末代までの赤恥となるではないか！

皇室に伝わって居るらしい、そのような作り話を、わしは、右大臣としても、藤原一族の氏上《このかみ》としても、絶対に認める訳にはゆかぬ。太上天皇様が、如何に大昔の隼人どもを弁護されようとも、現実の隼人どもは、道理に暗く、法令にも従わない、野卑な夷人どもなのだ。

此度の大隅国の隼人どもの謀叛こそ、まさしく、その動かぬ証拠ではないか！

さすれば、太上天皇様が如何に思されようとも、至高の御稜威《みいつ》を汚し、わしが樹立した律令国家の威光に逆らった、大隅国の不逞の隼人どもには、この際、断固として、厳しい懲罰を下さねばならぬのだ。

「太上天皇様、仰せの新たな国史、一品《いっぽん》・舎人親王様の英邁なる御指導により、間も無く完成の予定でございまする。

三十巻と系図一巻、わが皇国始まって以来の、浩瀚《こうかん》な国史であり、末永く、後世に受け継がれるでありましょう。

問題の隼人につきましては、何と言っても、正式の国史でありますれば、細大洩らさず、公明正大に、記述してございまする。

即ち、新たな国史では、注は勿論の事、本文にさえも、『吾田君小橋《おばし》等が本祖なり』と、特筆してございまする。

然し乍ら、昔は昔、今は今、でございますれば、太上天皇様、御指摘のような、皇室の昔乍らの伝説は勿論、此度の大隅国の謀叛のように、道理に暗く、法令に従わぬ、その後の隼人どもの所業迄も、二つ乍ら、平等に書き留めてございまする。

太上天皇様には、こう言う物言いは、御気に召さぬかも知れませぬが、かの大唐の国史のように、古来の神話や伝説と、現実の歴史とを綜合する営為こそが、某が、日本紀と名付けました、此度の新たな国史の、唯一至上の面目と、密かに自負して居る所でございまする。」

もう彼此《かれこれ》、巳《み》の刻（午前十時）にもなろうか、実母・元明太上天皇と、今を時めく、右大臣、正二位、藤原朝臣不比等との間で、何時果てるとも知れず続く、激しい遣り取りを、玉座で、唯だひたすら聴くばかりだった元正天皇は、この席には居ない、話題の、中納言、正四位下、大伴宿禰旅人が、何時にも増して、愛しく、そして、懐しく感じられてならなかった。

即位して五年余り、太上天皇たる実母の、隠然たる権威を後楯にして、今日まで、何とか無事に、天皇の役目を果たしては来たが、その気丈な母御も、所詮、朕と同じ女性である。

其丈《それだけ》に、未だ年端も行かぬ頃、実父・草壁皇太子を亡くした、氷高内親王は、元正天皇として即位してからもずっと、遙か大昔から、天皇家に最も忠実な氏族、大伴氏を、中でもその氏上《このかみ》、大伴宿禰旅人を、まるで実の父御のように、慕いもし、頼りにもして来たのだ。そんな旅人が、此度、征隼人持節大将軍として、遙か九州の南方、大隅国まで、遠征しなければならぬとは！

無論、母御に指摘されるまでも無く、天下の政は悉く、天皇たる朕の掌《たなごころ》の中に有る。此度の、征隼人軍の人事、とりわけ、持節大将軍についても、本来ならば、朕の一存で、どうにでも成るのだ。けれども、太上天皇と右大臣との、先刻の激しい遣り取りでも明らかなように、廟堂の政の実権は、今も尚、あの者に独り占めされて居る。太上天皇たる母御でさえも、どうにも成らない人事を、天皇たる朕が、強いて覆す事など、とても出来まい。

然為《さす》れば、朕は、結局、あの者の人事を其の儘、裁可し、明日にも、征隼人持節大将軍たる大伴

宿禰旅人に、かの節刀を授けなければならないであろう。

ああ、それにしても、朝臣中で、最も信頼して居る側近を、他ならぬ自らの命により、死地に赴かせねばならぬとは、天皇たる者、何と辛く、切ない役目である事か！

朕は、隼人については、母御のように、詳しくは知らぬが、天皇の名代たる、国守を殺害する程だから、余程、野蛮で、残忍な種族なのであろう。だとすれば、朕が、実の父とも恃《たの》む、あの旅人も、隼人の叛徒どものために、命を落す事も有るやも知れぬ。

万が一、そんな事が起ったとすれば、朕は、これから一体、誰を頼りにすれば良いのであろう？

母御同様、否、母御以上に、朕は、この右大臣を好かぬ。藤原を名乗るあの一族は、揃いも揃って、権謀術数の塊だ。老い先短い母や旅人が存命中は未だしも、二人がこの世を去った時、あの者が、直ちに朕を退位させ、己の血を引く首《おびと》皇太子に、宿願の皇位を継がせる事は、目に見えて居る。

思えば、氷高内親王の頃から、寛大で、慈悲深いと世評高く、しかも、母御譲りの美貌に恵まれた元正天皇も、独り身の儘、今年で、もう四十を一つ越えてしまった。

そんな中年の女帝が、長い物思いから、ふと覚めて、正面を向くと、先刻まで、太上天皇と、議論の火花を散らして居た、右大臣の、刃のように冷たい視線が、じっと玉座に注がれて居る。朕を、首皇太子と置き換えて居るのだと、元正天皇は、いかにも女性らしく、軽く嫉妬する。

朕が、実の父とも恃む、旅人よ。どうか無事に、大和へ凱旋して欲しい！　そうして、朕をずっと見守って欲しい！

「元正天皇様、征隼人軍の人事の件、兎も角、急を要しますれば、何卒、速やかに、御裁可賜りますよう、伏して御願い申し上げ奉ります。」

中年の女帝の、そんな心中を見透かすように、右大臣の、表は如何にも慇懃だが、裏は威圧的な口上が、静かな部屋一杯に、響き渡った。

春三月の初めとは言え、難波津の早朝は、真冬と変わらぬ程の、厳しい寒さだ。

何時もなら、播磨国から、難波の海へ吹き付ける、黒雲を伴った強い北西の風が、一段とその寒さを募らせるのだが、今朝は、幸い、その風も無く、春特有の淡い青空が、目路《めじ》の限りに広がって居る

地上に目を転ずると、まるで巨大な湖のように、波静かな難波の海を隔てて、南北に長々と横たわって居るのは淡路島だ。

そんな淡路島から、視線を手前に戻すと、難波津を南北から挟むように広がった、広大な砂州には、狐色をした枯蘆《ころ》が密生し、中に点在する小屋からは、灰色がかった煙が、絶えず立ち上って居る。難

波の海辺に住む漁民たちが、朝餉《あさげ》の支度をするために、或いは、暖を取るために、その枯蘆を燃やして居るのであろう。そして、時折、餌を求めて飛び立つ鶴たちの羽搏《はばた》きや鳴き声が、あちこちに響いて居る。

古来、九州の那津《なのつ》と共に、天下の良港と目された、畿内の難波津《なにわづ》は、この日も、早朝から、何時も乍らの繁盛振りだ。

長い岸壁に横付けされた大船から、積荷を運び出す人夫等、港の背後に立ち並ぶ倉庫群に出入りする人足等、それに、防人《さきもり》らしい農民等など、雑多な人々の群れが、まるで働き蟻のように、頻りに右往左往して居る。

征隼人持節大将軍として、正式に身形《みなり》を整えた、中納言、正四位下、大伴宿禰旅人は、久し振りに訪れた、そんな難波津と周辺の光景を、一通り懐しく見渡した後、横に並んで居る、すっかり年老いた侍従・従五位上、多治比真人嶋守に、問わず語りに、口を開いた。

「あれは、口にするもの恐れ多いと世に崇められた、天武天皇様の御代であったが、余も、一度、この難波津に参った事がござった。藤原京の他に、この界隈に、もう一つ、都城《とじょう》を造ろうと、思《おぼ》し召されて、余に、調査の大命が下されたのじゃ。

貴殿も御承知かと思うが、この難波は、その昔、曽祖父・大伴金村が、蟄居《ちっきょ》して居った、わが大伴一族の本貫《ほんかん》の地故、二十歳を越えたばかりの若輩乍ら、余に、聖使《せいし》を命じられたのであろう。

あの時から、もう彼此《かれこれ》、三十数年。まるで一場《いちじょう》の夢のようじゃ。

そんな某《それがし》が、この歳で、征隼人軍を率い、遙か九州の南の端まで、遠征しなければならぬとはのう。扨《さ》てもさても、因果な事じゃ。」

此処《ここ》は、本日、九州の那津へ向けて出航する、大きな軍船の甲板だ。

侍従、多治比真人嶋守は、『軍防令』の規定に従い、元正天皇の勅使として、征隼人持節大将軍以下、将兵たちに宣勅《せんちょく》し、彼等を激励するために、乗船して居るのである。

一方、旅人の背後には、その日、日の出と共に、元正天皇より授与された、一振りの節刀を、恭《うやうや》しく捧げ持った、大伴館の資人・余明軍が、仲間の資人たちと共に、小腰を屈め乍ら、神妙に控えて居る。節刀は、これも『軍防令』の規定に依り、大毅《だいき》以下の部下に対する刑罰権を、天皇より、全て委任された、持節大将軍の、絶対的権威の象徴だ。長さ三尺程の、その節刀を収めた、金色の袋が、春三月の明るい朝日を浴びて、きらきら輝いて居る。

征隼人持節大将軍らしからぬ旅人の、年寄り地味た愚痴に耳を傾けて居る侍従・多治比真人嶋守は、持統、文武、元明、元正と、四代の天皇に仕えて居る、天皇家の側近中の側近であり、或る点では、大伴一族以上に、皇室の信頼厚い、忠臣中の忠臣だ。しかも、年齢は、元明太上天皇と同じ六十歳。五十五歳の旅人から見れば、やはり人生の先輩なので、つい心安く本音を洩らしたくなるのである。

「本《ほん》に、時の流れは早いものでございますね。某も、四代の天皇様の御側近く仕え奉りて、彼此、三十数年。わが白髪も、もうこれ以上、白くはならない程、すっかり歳を取り過ぎましたわ。そんな某から見れば、持節大将軍殿は、未だ未だ、若うございますぞ。

それにしても、此度の大隅国の謀叛、思えば、かの壬申の乱以来の、国家の大事でございますね。遙か九州の南の端とは言え、天皇様の名代たる国守を殺害するなど、十数年前、北の蝦夷どもが企てた離反などとは、比べ物にならない程の、極悪非道！

天皇様も、太上天皇様も、此度《こたび》は、一方《ひとかた》ならず、宸襟《しんきん》を悩ましておいででございます。とりわけ、太上天皇様は、此度の隼人どもの謀叛が、いずれ、北の蝦夷どもにも伝わるのではないかと、密かに御懸念遊ばして居られます。

いやぁ、それよりも、某、昨日、太上天皇様が、あの御方に示された、激しい御怒りに、今にも胸が潰れそうな思いを致しましたぞ。

日頃は、何事にも控え目な、あの太上天皇様が、まるで別人になられたかのように、今を時めくあの御方を、鋭く遣り込められたのですからな。

さすがは、天武天皇様以上に、天下に崇められた、かの天智天皇様の第四皇女。御姉君の持統天皇様にも決して劣らぬ、力強い御気迫でございましたぞ。」

「そう言えば、今朝のあの御方、余に、天皇様の御言葉を賜る時も、節刀を渡される時も、何時になく、生彩を欠いて居られたの。あの御方も、もう疾うに、六十を越えられた筈。何処か御身体でも御悪いのではなかろうかと、余はふと思ったりもしたが・・・。

所で、貴殿は、今、昨日の太上天皇様の御変化を誉めちぎったが、余は、今朝の天皇様の御応待に、すっかり感激致しましたぞ。

元正天皇様は、あの御方を介して、余に、御言葉を賜る時も、節刀を渡される時も、そして、御衾《ぶすま》を授けられる時も、終始、目に涙を御浮かべになり、余をじっと見守って居られたのじゃ。何と御心やさしい大君、何と御慈悲深い女帝であろうのう！」

「全く、持節大将軍、御仰せの通りにございます。あの御気立ての良さに加えて、あの無類の御美貌。何もかも、母御・太上天皇様譲りの、御天稟《てんびん》であられましょう。

したが、某、それ故にこそ、独り身の天皇様の行末が、案じられてなりませぬ。

今を時めくあの御方の生涯の悲願が、何と言っても、己れの血を引く首皇太子《おびと》の即位である事は、衆目の一致する所。さすれば、母御・太上天皇様が、いずれ崩御遊ばされた暁に、あの御方と、一族の者たちが、如何なる挙に出て来るか？　某、それを考えただけでも、この老いさらばえた胸が、今にも潰れてしまいそうな気が致しますのじゃ。

あ、これは、征隼人持節大将軍殿の、栄えある御出征の門出に、まことに不吉な御話をつい口にしてしまいましたわ。御無礼の段、某の、この白髪に免じて、何卒、御容赦下され。」

これ以上、語り合えば、年寄り特有の、あの繰り言が互いに未だ続きそうなので、旅人は、そこで、口を閉じ、遙か東方に連なる、生駒の山波に、視線を移した。

三月初めの、なだらかな生駒の山波は、晴れ上がった春の淡い青空に、灰色の稜線をくっきりと引いて居る。

あの美しい山波の向うは、皇国のまほろば大和、天皇様と太上天皇様が御座《おわ》す平城《なら》の都、そして、わが密かに思う坂上郎女が暮らす佐保の地だ。

ああ、しかし、これが見納めかも知れぬ！

何しろ、すでに五十代の半ばと言う、老齢の身だ。しかも、九州の南の端までは、四十日以上も要する長旅だ。果たして、無事に行き着けるかどうかさえ、全く自信が無い。

それに、何とか、大隅国の戦場に到着し得たとしても、国守を殺害する程、残忍な隼人どもの事だ。当然の事乍ら、天皇様より名誉の節刀を賜った、持節大将軍たる、わしの命を狙うであろう。

何れにしても、あの懐しい大和、わが愛する女性たちが暮らす大和は、もうこれが見納めかも知れぬのだ。

「征隼人持節大将軍様、用意万端、整ってございます。出征の辞を賜りますよう。」

これから出征する、持節大将軍らしからぬ、女々しい感慨に耽《ふけ》って居た旅人に近寄って、そう声を掛けたのは、此度の征隼人軍の副将軍の一人、授刀助《たちはきのすけ》、従五位下、笠《かさ》朝臣御室《みむろ》だ。もう一人の副将軍、民部少輔《すけ》、従五位下、巨勢《こせ》朝臣真人と同じく、大和の古い豪族の出だが、年齢は、二人とも、旅人とは親子程も離れた、三十代前半の若い武人である。

「うむ」

と、旅人が、持節大将軍らしい威厳を急いで取り戻し、徐《おもむろ》に後を振り返って見ると、この日、難波津から九州の那津へ向う、巨大な軍船の甲板に、出征する雑多な兵士たちが、すでに列を整えて居た。

一昨年、つまり、養老二年（七一八年）遣唐押使、従四位下、多治比真人県守《あがたもり》等を乗せて、大唐から帰国したばかりの、その木造の大船は、此の朝、難波津に停泊して居る、雑多などの船よりも、長く、かつ大きい。収容能力も、乗員と水手《かこ》、合わせて、約百五十人と、他の和船群を遙かに越えて居る。

実は、此度の征隼人軍の往路については、突然の変事を受けて開かれた、臨時の議政官会議でも、陸路派と海路派に、意見が分かれたのだが、事態の緊急性と、持節大将軍、大伴宿禰旅人の高齢を理由に、結局、大きな遣唐船に依る海路に、落ち着いたのである。

だが、そのために用意された大船なのに、幅広い甲板に整列して居る兵士たちの数は、圧倒的に少ない。

『軍防令』の規定通り、大将軍一人、副将軍二人、軍監《ぐんげん》二人、軍曹四人、録事四人と言う、幹部級だけは、確かに揃っては居るようだが、普通の兵士たちの姿が、至って少ないようなのだ。

無論、此度の征隼人軍は、九州各国の諸軍団を中心に、最終的には、一万人の兵士を結集する予定なのだが、畿内の軍団の場合には、組織的にも、時間的にも、緊急の動員に対応する事が出来なかったのだ。と言うのは、畿内五ヵ国の軍団の本来の役目は、あくまで、都の天皇と朝廷を護衛する事であり、遙か九州の南の端まで遠征する余力はとても無かったからである。また、仮に準備して出征するとしても、出発まで、僅か五日しか無かったからである。

唯だ、一見、五十人程のその兵士群は、何れも軍団の大毅《だいき》や少毅《しょうき》級の幹部たちが多いせいであろうか、軍装だけは、皆立派だ。冑《かぶと》と挂甲《けいこう》で思い思いに身を固め、刀や槍、弓や弩《いしゆみ》で武装した、軍団の兵士たちは、日頃は滅多に無い遠征、しかも、大和から遙かに遠い、九州の南の端まで行かねばならない、長途の旅を前にして、皆一様に緊張して居るようだ。

否、彼等以上に緊張して居るのは、此度の大隅国の異変に際し、右大臣・藤原朝臣不比等から直々に特命を受けて、その故郷へ出征する事になった隼人司の数人の訳語たち、中でも、彼等を統率しなければならない、阿多君鷹であろう。

節刀を捧げ持つ余明軍から少し離れた場所で、部下たちと共に、叩頭して居るタカも、すでに二十六歳。約十年に及ぶ目まぐるしい都暮しの中で、鍛えられた、その精悍な、大人びた風貌には、ヒメと夫婦になった頃の、あの未熟な若さなど、もはや微塵も見られない。

「唯今より、此度の出征に際し、畏れ多くも大君様より賜った宣勅を、侍従、従五位上、多治比真人嶋守様より承る。一同、神妙に拝聴致すように。」

整列を終えた、五十人程の出征兵士たちを前にして、いかにも武人らしい、威圧的な声を張り上げたのは、もう一人の副将軍、民部少輔、従五位下、巨勢朝臣真人である。

「朕思うに、蛮夷が災いを齎《もたら》すは、昔からどの国にも見られる出来事である。

今、西の辺境の小賊が、反乱を起し、朕と朝廷の権威に逆らって、朕の良民たちに、故なき危害を加えて居る。

然為《さす》れば、朕と朝廷を無《な》みする、此度の謀叛に対しては、断固として厳しい誅罰《ちゅうばつ》を下し、叛徒どもの拠点を一掃しなければならぬ。

斯かる重大な任を帯びて、此度、出征する持節大将軍以下、征隼人軍の全将兵に告ぐ。

季節は、これから夏に向い、戦場は、過酷を極めるであろうが、朕と朝廷、及び律令国家の威厳と繁栄のために、尚一層、忠勤を励むよう、衷心より請い願うものである。」

何時しか六十を越えた身乍ら、四人目の天皇・元正に、忠誠を尽し続けるこの侍従、心やさしい独り身の女帝をふと思い浮かべたのか、つい感極まって、代読の声も、ともすれば、途切れ勝ちだ。

涙こそ見せないものの、厳粛たるべきこのような出征の儀式の場で、尊い宣勅の言葉に詰まるとは、何たる醜態であろう！　これだから、年寄りは困るのだ、と舌打ちし乍ら、若い副将軍、巨勢朝臣真人は、一段と声を張り上げた。

「引き続き、此度の征隼人持節大将軍、中納言、正四位下、大伴宿禰旅人様より、訓辞を賜る。我等は無敵の皇軍《すめらみくさ》、必勝の決意を新たにしつつ、静粛に拝聴致すよう。」

朝廷の政の慣例に従い、持節大将軍の訓辞を代読するのは、もう一人の若い副将軍、笠朝臣御室だ。

「此度の、大隅国の突然の異変、思い起せば、かの壬申の乱以来の、皇国の一大事である。

遙か九州南方の大隅国の隼人どもは、道理に暗く、何時までも王化に服さぬ上に、此度は、何と、国守を殺害すると言う、前代未聞の蛮行にまで及んだ。斯かる、不埒《ふらち》千万なる所業、至尊の天皇と朝廷、および厳たる律令国家に対する、到底許し難い叛逆である。

然り而《しこう》して、此度、尊貴極まる大君様より、中納言たる余に、栄えある節刀を賜り、持節大将軍として、大隅国の叛徒どもに、厳しい懲罰を下すよう、大命が下された。

『海行かば水漬く屍　山行かば草むす屍　大君の辺にこそ死なめ　のどには死なじ』

顧みれば、わが大伴の一族は、遥か大昔より、皇室第一の藩屏《はんぺい》として、天皇家と朝廷に、身命を顧みず、忠義の限りを尽して来た。

此度の、長途の遠征に於ても、余は、持節大将軍として、全身全霊、然るべき任務を全うする所存である。

無敵の皇軍《すめらみくさ》一同、斯かる余の意を十分に体し、各々、一層、奮励努力致すよう。

尚、全体の作戦は、叛徒どもの動静を見乍ら、大宰府にて、策定する。

本日、此処に参集した、その方たちには、何れ、九州各国の軍団を指揮して貰わねばならぬ故、一月以上も掛る長い船旅乍ら、日夜、英気を養い、来たるべき役《えだち》に備えるよう、確と心致すべし。以上である。」

同僚・巨勢朝臣真人と同じように、年寄り特有の、あの形式張った言い回しに、いささか辟易し乍ら、笠朝臣御室が読み上げた、持節大将軍の訓辞は、実は、旅人自身が、起草したものではなかった。

それを認《したた》めたのは、佐保の大伴館の、事実上の主人、あの大伴坂上郎女だ。

最愛の穂積皇子に先立たれて五年余り、未だ二十代の半ばを過ぎたばかりの、才気煥発なあの女性《にょしょう》には、相変らず、言い寄る男たちとの艶話が絶えないし、大伴館の家政の実権は、何時の間にか、気丈な彼女の手に握られて居る。

そんな頼もしい異母妹に、旅人が、征隼持節大将軍の人事を打ち明け、何時ものように、年寄り地味た愚痴を並べ始めた時、叱咤激励し乍ら、先刻の訓辞を、いとも容易く、墨書して呉れたのも、彼女だった。

その際、旅人は、「老兵は往くのみ」と言う感傷的な文言を加えて呉れるよう、頻りに頼んだのだが、一万の将兵を率いるべき、持節大将軍には、全くふさわしくない女々しい文言だとして、きっぱり拒否されたのだ。その代わりに、当代有数の歌人の一人、大伴坂上郎女が、大伴一族の末裔として、誇らしく書き込んだのが、先刻の短歌だった。

昔ながらの皇室の藩屏にして、中納言たるわが心中を、これ程までに、隈無く理解して呉れる身内は、この才色兼備な若い異母妹を置いて他には居ない、と旅人は、今更乍ら、痛感する。

此度の大隅国の役《えだち》が終り、大和の都へ無事凱旋した暁には、日頃、密かに決意して居るように、魅力溢れるこの女性に、わが切なる思いを打ち明けよう。

それまでは、一万の将兵を率いる征隼人持節大将軍としての、至上の重責を、何としても、全うしなければなるまい。

そんな心中の思いを断ち切るように、正装した、征隼人持節大将軍、中納言、正四位下、大伴宿禰旅人は、春三月の淡い青空に向けて、痩せ細った右手を、颯《さっ》と上げた。

それは、部下たちと共に顔を上げたタカが、生まれて初めて目にする皇軍《すめらみくさ》の出征の合図だった。

第十八章　瀬戸内海

養老四年（七二〇年）三月五日、早朝、難波津を出航した、征隼人軍の軍船は、その季節にしては珍らしく、連日、好天が続いたせいか、広大な湖のような瀬戸内海を、西へ順調に滑って居た。

畿内の難波津と、九州の那津《なのつ》を結ぶ瀬戸内海は、古来、陸の山陽道と並ぶ海の大路だ。其々《それぞれ》用務を帯びた官人たちや様々な物品を載せた船の群れが、二つの大津の間を頻繁に往復しただけでなく、隋や唐に派遣される大船も、全て、この狭く細長い内海を経て、大和と大陸の間を、往来した。

唯だ、一見、広大な湖のような、穏やかなこの内海も、場所によっては、結構、潮の流れが速いし、四季を通して、風向きも気紛れだ。だから、今日のように、北西の逆風さえ吹かない好天の日には、軍船の二本の帆柱に張られた、広く大きな網代帆《あじろぼ》も、全く役に立たないので、左右の舷側《げんそく》に陣取った水夫《かこ》たちが、とてつも無く長い杓子《しゃくし》のような艪を漕いで、少しずつ船を前進させなければならない。そんな時の航海の様子は、まるで巨大な百足《むかで》が、のろのろと海を泳いで居るかのように、珍奇であり、もっと言えば、むしろ滑稽にさえ見える程だ。

それにしても、大唐を往復したばかりの、この軍船は、確かに、大きく、逞《たくま》しい、とタカはつくづく思う。

それは、タカやウシが、少年の頃、あの阿多の海で漕ぎ廻って居た小舟などは無論の事、約十年前、朝貢の旅の途中、豊前国と長門国の間の、極端に狭く、潮流の激しい、あの海峡を渡った時の、諸木《もろき》船なども、その比では無い。

だが、生まれて初めて乗った、巨大な軍船の様子にも増して、今、タカの心を強く捉えて居るのは、鋭く鼻腔を衝く、甘酸っぱい、そして、懐しい、この潮の香りだ。

大和の都で暮らしたこの十年余り、朝廷の貴臣・太朝臣安麻呂や、大伴坂上郎女の家女・キメと、海の話をする機会は確かに有ったが、こうして、現実の海を見、潮の香りを嗅ぐのは、本当に久し振りだ。

ああ、やはり、海を見ると全身の血が騒ぎ、潮の香りを嗅ぐと、心に力が湧いて来る！　自分は、何と言っても、誇り高い海の民・阿多人の子孫なのだ。

約十年前、朝貢の途中、播磨国の野辺で、命を落とした、妻のヒメも、自分と同じように、単純かつ素朴だが、やさしさと芯の強さを合わせ持った、根っからの阿多の女であった。

そんなヒメも、今では、この内海の右手に連なる播磨国の何処かで、十四人の仲間たちと共に、静かに眠って居るのであろう。

つい、先達て、隼人司に出仕した途端、全く思い掛け無く、征隼人軍への同行を命じられた時、タカは、その行程が陸路となるよう、どんなに強く願った事だろう！

約十年前の朝貢の時と同じように、征隼人軍が、山陽道を下って行くとすれば、播磨国を通過する時、見知らぬ異国の地に眠るヒメに、草花の一つも手向ける機会が有るやも知れぬ・・・。

だが、タカの、そんな密かな願いも空しく、皇軍《すめらみくさ》の行程は海路だった。隼人司の訳語長、阿多君鷹の小さな人生は、今度もまた、あの平城宮の奥深い一室で、天皇と大和の官人たちに依って、有無を言わせず、決められてしまったのだ。

「ヒメ殿の事を、思い出したのかな？

播磨国の方ばかり見て居たようだけど、この辺りはもう備前国、左手は、讃岐国らしいよ、タカ。」

難波津を出航して七日目、単調な船旅の明け暮れに倦んで、今朝も、一人舷側に立ち乍ら、ヒメに思いを馳せて居たタカの耳に、突然、聞き慣れた、あの余明軍の快活な声が、背後からした。

この男、相変らず、人の心の中《うち》を読む才に長けて居るな、とタカは苦笑し乍ら振り返る。

「そんな事より、節刀の方は、大丈夫なのかい？

幾ら、こんな大船の中だとは言え、何時如何なる災難が降り掛って来るか、知れたものではないからね。

隼人司のしがない訳語長が言うのも何だが、節刀は大君様の至上の権威そのもの。万一の事が有れば、守役の君一人だけではなく、征隼人持節大将軍たる旅人様まで、厳しい御咎めを受ける破目になるのだぞ。」

「君に、改めて説教されるまでも無いよ。この余明軍、大伴館切っての、優秀な資人だからね。わが命の節刀は、旅人様の特別の御許しを得て、船の中では、他の資人たちと交代で、警護する事にしたんだ。

とは言っても、あの光り輝く金色の、神々しい小袋の中に、至尊の大御心《おおみごころ》が宿って居られるのだと思うと、余りの恐ろしさに、夜もおちおち眠れない程さ。

だけど、遙か九州南の果て、大隅国までは、未だ一月以上も掛る長旅だ。至尊の節刀を守り抜くためにも、偶《たま》には、息抜きも必要だろうよ。

こんな時には、女の話が一番！

君が、明け暮れ、播磨国の方ばかり見詰めて居る風だから、ずっと遠慮して居たんだが、ほれ、大伴館のキメから、君に餞《はなむけ》だ。開けて御覧！」

地味な茶色の布に包まれた、一尺程の細長の品物を、余明軍から渡された時、タカは、それが、キメの歌が書かれた、あの竹の一片である事を直観した。

と同時に、余明軍と連れ立って、佐保の大伴館で催された歌の集いに、初めて顔を出し、理願尼《りぐわに》と阿多君吉賣《きめ》の歌を初めて耳にした、五年程前の、あの冬の日の出来事が、急に懐しく思い出された。

余明軍に促されて、真中で固く結ばれた、細長い布の包みを、急いで開いて見ると、果して、中から現れたのは、あの日、キメが両手で支え持って居た、竹の一片と同じ物だった。良く見ると、内側の白い部分に、歌らしき物が、全部漢字で縦に墨書されて居る。中には、タカが読めない漢字も幾つか混じって居るようだ。

平城の都で暮らした、この十年余り、大和の言葉を聴いて話す業にはすっかり慣れはしたが、読んで書く業には、未だに熟達しないタカが、しばし戸惑って居ると、余明軍が、傍から覗き込んで来た。

「僕が、予想した通り、これはキメの歌だよ。君は、相変らず漢字が苦手なようだから、代わりに、僕が読んでやろう。

どれ、どれ・・・。ああ、これは、相聞《そうもん》だ。

大君の命畏《みことかしこ》み往くとしもやがて大和へ還れ吾が背子《せこ》

やっぱり、そうだったんだな。

いやね。僕等が出征する前の日の事だったが、キメが、白昼、突然、僕を訪ねて来たんだ。そして、この包みを、君に渡して呉れと、真剣な表情で、頻りに頼むんだ。

君も知っての通り、大伴館では、白昼、家女《けにょ》が資人と会う事は固く禁じられて居るのに、キメは、敢えて僕に会いに来たんだ。

だから、僕にはすぐぴんと来たよ。これは、出征する君への餞《はなむけ》だとね。

あの気さくな坂上郎女様の事だ。此度の征隼人軍の人事も、すべて旅人様から、洩れ聞いて、其と無く、キメにも教えてやったに違いない。

この、果報者め！　ヒメ殿の他に、キメにまで熱い思いを寄せられるとはな。

所で、君、キメの身体はどうだった？　ヒメ殿そっくりだと、君は惚気《のろけ》て居たが・・・」

「えっ？　どう言う意味だい、それ？」

「何が、えっだ！　男が、出征する前に、愛しい女と目合《まぐわ》うのは、当たり前の事じゃないか！　まさか、キメとは目合わなかったとでも言う積りじゃあるまいな？

僕などは、此度の出征が決まってからは、三笠山の麓の森で、夜の間に、もう何度も、目合いして来たぞ。

おっと、安心しろ。僕が、目合った相手は、君のキメじゃない。日頃、懇《ねんご》ろにしている、大伴館の或る侍女だ。

本当は、大好きな理願尼を抱きたいんだが、尼と目合えば、間違いなく死罪だからね。さすがに、この僕も、理願尼には、手を出し兼ねて居るんだ。

尤も、母親そっくりの女と目合うのも、何だか気が咎めるしね。大好きな理願尼も、其と無く、僕の気持を察して呉れて、僕が、その侍女と目合うのを、むしろ勧めて呉れる程なんだ。

でも、その様子じゃ、どうやらキメとは目合って居ないようだな。律気な君の事だから、やはり、播磨国に眠るヒメ殿に、遠慮したんだろう！

人間、真面目なのは結構だけど、それじゃ、男として詰らんぞ。

余計な事だけど、此度の役《えだち》が無事終って、平城《なら》の都に凱旋した暁には、キメを思い切り抱き締めてやれよ。キメもまた、この歌に、そんな願いを密かに託して居るんだからね。」

住み慣れた、あの懐しい平城京を、日々遠ざかって行く、初めての船旅のせいか、そして、その船上で、しばらくの間でも、節刀持ちの緊張から、解放されて居るせいか、今日の余明軍は、何時にも増して、冗舌だ。

数年前、新羅の学語生、金信厳が帰国してからは、百済王家の血を引く、この余明軍が、あの広大な大和の都の空の下で、タカが、どんな事柄でも、素直に、本心を打ち明けられる、唯一の親友だった。しかも、その唯一の親友と、こうして、征隼人軍の一員として、一月もに及ぶ長い船旅を共にして居るのだ。いずれ、身を投ずる大隅国の戦場で、如何なる運命が待ち構えて居るか、今は、知る由も無いが、この余明軍と理願尼、そして、わがキメとの楽しい交情を、これからもずっと大切にして行きたい、とタカは、改めて強く願わずには居られない。

憧れの平城の都に住んで十年余り、二十六歳の今、自分は、隼人司の訳語長として、ついに、年来の夢を果したのだ！　播磨国の何処かで眠って居る、ヒメも屹度《きっと》、喜んで呉れるだろう。そうして、ヒメとそっくりの阿多隼人の娘、キメを妻にすれば、ヒメも安心して呉れる筈だ。

そうだ、余明軍も勧めて呉れたように、今度の役が無事終り、平城の都へ凱旋した暁には、正式に、キメに婚を申し出よう！　この餞《はなむけ》の歌で、自分を思うキメの心が、はっきり分かったのだから。

「ああ、僕も、あの大好きな理願尼に会いたいなぁ！

平城の都を離れて、未だ、七日も経って居ないのに、もう一年も二年も過ぎたような気がしてならないよ。

それにしても、女って奴は、男の気持などとんと分からぬ、不思議な生物だな。

実は、僕も、出征を前にして、乏しい歌才を、何とか絞り出して作った、こんな歌を理願尼に贈ったんだ。


益荒男《ますらお》の誉れ上無し大君の節刀守る役目賜へば

所が、その返しに、理願尼が贈って寄越した歌を、まあ聞いて呉れ。こんな風だ。

叛きたる隼人も衆生《しゅじょう》御仏の済度《さいど》賜はる理《ことわり》と知れ

遙かな九州の南の端で、命を落すかも知れない僕に、こうして、最後まで御仏の教えを垂れるとはな！　幾ら、尼僧の身だからって、これじゃ、あんまりだよ。せめて、僕の出征の時位、女性《にょしょう》らしい、やさしい励ましの言葉を掛けて欲しいもんだよ、全く！

それでもね、僕はやっぱり、死んだ母親そっくりの理願尼が、好きで好きでたまらないんだ。あはは。」

と、余明軍は、相変らず、屈託が無い。

何時如何なる世も、若者たちを奮い立たせるのは、恋と戦だ。

持節大将軍、大伴宿禰旅人に率いられた、征隼人軍の一員として、春三月初めの瀬戸内海を西へ向う、巨大な軍船に乗り合わせた、タカと余明軍も、その例に洩れず、それぞれの女性《にょしょう》に思いを馳せ乍ら、時の経つのもすっかり忘れて居る。

「おおい、風が出て来たぞ！　東風《こち》だ、東風だ！

急ぎ帆を張れ！　追風を逃すな！」

不意に、軍船の彼方此方《あちこち》で、水夫《かこ》たちの興奮した濁声が、一斉に沸き起った。

それを潮に、語らいを止めた二人の若者の眼に、春三月初めの、霞んだ大空と波立った海、備前国や讃岐国らしい、青み懸かった低い山波が、まるで一幅の絵のように、鮮かに迫って来る。それは、二人が見慣れた、大和平野のあの静かで穏やかな春とは全く違う、荒々しく、雄大な自然の光景だ。

九州の那津まで、この儘、無事に着けるだろうか？

夫々の役目を急に思い出した二人は、同じような不安を抱き乍ら、眼の前の巨大な山水画に、何時迄も見入って居る。

そう言えば、帆を張り巡らしたせいか、船足が、急に、速まったようだ。

第十九章　作戦

此の世には、仮令《たとえ》、何時かは敗れる事が分かって居たとしても、それでも尚、戦わずには居られない時というものが有る。

養老四年（七二〇年）二月二十日、巡行中の大隅国守、正六位上、陽侯史麻呂《やこのふひとまろ》の首を射貫き、介《すけ》以下の官人たちを人質にして、大隅国府に立て籠ったウシ事《こと》、曽君宇志と、その仲間の大隅人たちの場合も、まさにそうだった。

その年の元日、大隅国府の朝賀の席で、国守・陽侯史麻呂から突如命じられた、霧島山の改名―韓《から》国《くに》山―は、参集した大隅人たちにとっては、まさしく晴天の霹靂であり、七年前の、大隅国建国以来の、重大事件であった。

日向国と大隅国を東西に分ける霧島山は、太古の昔から、山の民・大隅人たちにとって篤《あつ》い信仰の山だ。彼等の人生は、幾代にも渡って、霧島山と共に始まり、霧島山と共に終って行く。そんな大隅人たちにとって霧島山は、崇高な守護神であり、まさしく魂そのもの、命そのものなのだ。

それでも、霧島山を韓国山と呼ぶよう、国守の命令が発せられた当初は、大隅人の大多数は、余りの突飛さに、事柄の意味をすぐには十分に理解する迄には至らなかった。だが、時が経つにつれて、その改名が、自分たちの命、人間らしく生きるという意義に関わる、最も重大な政《まつりごと》の変更である事に、はっきり気付き始めたのだ。

春二月の初め、大隅人たちは、武装してついに立ち上がった。国守の横暴に対する、激しい抵抗の動きは、何処よりも速く、霧島山麓、最大の豪族、曽君の足元、つまり曽於郡から起った。国守の殺害と国府の占拠に踏み切ったのも、其処《そこ》の有志たちだ。次いで、大隅国府の在る桑原郡まで、宇豆峰《うずみね》神社の参拝に出掛けるよう強いられた、北部の大隅人たちが止むに止まれず決起した。

そうして、二月も半ばを過ぎる頃には、一連の反抗の動きは、大隅郡、始羅郡、肝属郡など、大隅国の南部にまで、早春の野火のように、急速に広がって行った。

だが、相呼応して立ち上がった大隅人たちの誰もが、七年前の、皇軍《すめらみくさ》との壮絶な騎馬戦とその惨めな敗北を、未だに忘れては居なかった。あの時は、大隅国を建国し、大和朝廷の班田制を押し付けようとする大宰府に対して、武力で抵抗した大隅人たちも、圧倒的な兵士と兵器を擁する皇軍に、最後には、降伏するしか無かったのだ。

今度の武装蜂起も、初めの中《うち》こそ、首尾良く行ったとしても、やがては、あの時と同じように、戦い慣れた皇軍の強大な武力の前に、屈する事に成るだろう。あの時は、大隅国の建国を祝う、朝廷の特赦によって、決起した大隅人たちも、比較的軽い刑罰で済んだが、今度は、すでに、天皇の名代たる国守を死に至らしめて居るのだ。あの時と同じように、いずれ無惨に敗北した後には、数々の極刑が待ち構えて居る事だけは確かであろう。

それでも尚、大隅人たちは、今度もまた、国守の圧政に対し、断固として抗議の意志を表明したのだ！

タカの親友ウシ、つまり、曽君宇志も、当然の事乍ら、その再度の武装蜂起に加わって居た。大隅国曽於郡大領という重要な地位に在り、大和朝廷から、外従五位下という、破格の位階まで授けられた叔父、曽君細麻呂と、久し振りに、互いに腹を割って話し合った、あの日から、約一カ月後、ウシもまた、思いを同じくする仲間たちと、止むに止まれず、遂に決起したのだ。

無論、ウシ自身も、大隅国曽於郡の一主帳の身分だ。本来ならば、大宰府や国府の側に立って、逆に、蜂起を押えねばならない立場だし、自分を後継者として、日頃、引き立てて呉れて居る、あの心やさしい叔父とも敵対したくはない。

だが、山の民・大隅人の魂と誇りを守り抜こうとして、国守の圧政に立ち上がった、若い仲間たちの、激しい熱気に触れた時、ウシの心は遂に決まったのだ。

未だ少年だった頃、親友のタカと一緒に、薩摩国阿多郷で目撃した、皇軍の残虐さを、ウシは二十六歳の今日まで、一日たりとも忘れた事はない。それでも、タカは、そんな大和の都へ憧れて居たが、自分は、大和の何も彼もが嫌になったのだ。

それにしても、今度の大隅人たちの決起が、あの時の阿多人たちと同じように、山の改名が原因になろうとは、全く予想だにしなかった。これもまた、わが運命であろう。

無論、われも人の子だ。今日まで連れ添って呉れた、愛しい妻クメや、今年で五歳になる息子のクシと、この儘ずっと楽しく暮らしたいと、一方では、切に願って居る。その最愛の者たちも、決起した自分に巻き込まれて、何らかの処罰を受けるだろう事を思うと、居た堪らない気持で一杯だ。

けれども、そんな家族の事情は、決起した仲間たちも皆同じなのだ。今は、個々人の事情などは差し置いて、大隅人全体の命の山である、あの霧島山を守り抜かなければならない時である。

「此の儘、ずっと国府に立て籠って居ても、埒《らち》が明かないのではないか？

桑原郡で烽火《のろし》が上がり、稲積《いなづみ》城の軍団から早馬も発ったそうだから、我等が決起、何れ大宰府も知る筈だ。然為れば、あの建国の時と同じように、やがては皇軍が押し寄せて来よう。

その時は、我々が人質に取った下級の官人たちなど、何の役にも立たないぞ。それより、彼等を釈放する代りに、国府の兵庫を開かせ、弓矢や刀を手に入れる方が、得策ではないか？」

「否《いや》、我等が一日でも長く、この国府を占拠し続ける事に意味があるんだ。

命を惜しんで、此処を撤退すれば、此処は皇軍の本拠となり、敵はますます兵力を増強するのではないか？

それよりも、此処に此の儘立て籠り、我等大隅人の意地と誇りを、朝廷と皇軍に見せ付ける方が、味方を一層励ます事にもなろう。その後、他の郡でも、続々と決起して居ると聞くぞ。」

「此の儘、国府に立て籠るかどうか、それを決めるのも大事だが、我等の戦いを、此処だけに終らせずに、大隅国全域で、一日でも長く続ける工夫もしなければならん。

七年前の、あの建国の時の戦いを、皆も良く覚えて居ろう。あの時は、造籍と班田の押し付けに反対して立ち上がった我等が、平地で騎馬戦に挑んだ揚句、戦い慣れた皇軍に、見るも無残に蹴散らされたではないか！

抑々《そもそも》、完全武装した皇軍の騎兵と、裸馬の我等では、端《はな》から勝負に成らんのだ。あの時の作戦の失敗を、絶対に二度と繰り返してはいかんぞ。」

「立て籠りも駄目、騎馬戦も駄目と言うが、ならば、一体、どうやって戦う積りなんだ？

何時かは捨てなければならない命なら、俺は、我等の戦いに最も役立つやり方で、この命を生かしたいんだ。

兵力では格段に勝る、あの皇軍を、一日でも長く苦しめて、我等大隅人の意地と誇りを、大和朝廷に、思い知らせてやらねばならんからな。」

七年前、建国を巡って、決起した時もそうであったが、今回の蜂起の場合にも、大隅人たちの中に、これと言った、秀れた軍師が居る訳ではない。況《いわ》んや、決起した普通の大隅人たち自身、軍事には全く不慣れなのだ。

すでに班田制が施行されて居る、他の諸国では、『軍防令』の規定により、一般の公民の中から、兵士が選ばれ、当国の軍団で、それなりの軍事訓練を受けるのが常である。だが、班田制も未だ施行されず、したがって公民も存在しない大隅国では、六年前、豊前国から移住して来た、二百戸の農民たちだけが、桑原郡稲積《いなづみ》に在る、大隅国の軍団で、弓や刀や槍などの軍事訓練を、一通り施されて居るだけである。

養老四年（七二〇年）二月二十日、決起してから、すでに七日も経つと言うのに、官人たちを人質にして、大隅国府に立て籠って居る、約五十人の、若い大隅人たちの間で、今後の戦略が、仲々決まらないのも、そのためなのだ。此の儘、無益に時が過ぎて行けば、止むに止まれず決起した大隅人たちも、結局は、烏合の衆と化して、今度もまた、七年前と同じような無惨な敗北を喫する事は目に見えて居る。

延々と続く仲間たちの議論を黙って聞いていたウシは、今こそ、自分の意見を述べるべき時だと、立ち上がって、皆を制した。それは、今度の決起を密かに予感して、ウシが、少しずつ暖め続けて居た、新たな戦いの遣り方だった。

「皆《みんな》、俺の考えを聞いて呉れ。

先刻、誰かが言ったように、此度《こたび》、止むに止まれず決起した我々の目的は、優勢な皇軍と武力で対決する事、そのものではない。武力と武力で事の決着を図ろうとすれば、七年前と同じように、我等が無惨に敗北する事は火を見るより明らかだ。

我等の本来の目的は、大隅国守の暴政に対して、大隅人としての意地と誇りを、一日でも長く、大和の朝廷と天下に、示し続ける事、それ以外には何も無いんだ。

だとすれば、此《これ》は俺だけの考えだが、優勢な皇軍と武力で対決するのを止めて、国府を引き払い、山に籠るのも、一つの遣り方ではないか?

俺の予想では、此度、止むに止まれず決起した我々が、天皇の名代たる国守を殺害し、その権威たる国府を占拠した以上、七年前以上の、厳しい報復を仕掛けて来る筈だ。あの時は、大宰府が指揮する、九州の軍団だけで、我等を押さえ込んだが、此度は、大和の朝廷から、直々《じきじき》、征討軍が乗り出して来るやも知れぬ。

だとすれば、我等も、これまでとは全く違った遣り方で、皇軍に立ち向かわなければならぬのではないか?

そのために俺は、先刻も言ったように、山に籠る遣り方を考えてたんだが、どうだろう? すぐ近くの曽於の石山、そして、北に少し離れた比売《ひめ》の丘に、戦いの拠点を移して見ては?

皆も知っての通り、あの切り立った二つの丘の頂は、共に平らで、広々として居り、畑仕事も出来る。我等が霧島の山水が湧き出て居る所も在る。

それに、二つとも、向い側の谷を越えさえすれば、霧島山麓全体へ足を延ばす事も出来るし、大隅国の何処へでも、伝令を出す事も出来る。各地からの助勢も、此処なら、受け入れるのに十分な広さだ。

だからこそ、攻め寄せて来る皇軍も、我等の死命を制するあの二つの谷を、必ず狙って来るだろう。それぞれの谷を死守出来れば、我等は生き永らえるし、敵に突破されれば、我等は降伏するしか無いだろう。

けれども、此処は、我等大隅人の母なる大地だ。鹿や猪が通る、どんな小さな道までも、知り尽して居る我等が母なる大地ではないか!

ならば、一刻も早く国府を引き払って、あの二つの丘に立て籠り、我等大隅人の意地と誇りを、大和朝廷と天下に見せ付けてやろうではないか!」

ウシ事《こと》、曽君宇志は、訳語を目指した、親友のタカとは違って、元来、喋る事は苦手だ。頭で考えた事を言葉にするより、行動が先に立ってしまう、武骨者だ。ウシのそんな性癖は、大隅国曽於郡主帳に任じられて以後も、少しも変って居ない。

だが、今日は違った。

日頃は、感情が激して来ると、言葉に詰まってしまう事さえ有るのだが、今日のウシは、まるで別人のように、能弁だ。

今年の正月、大隅国府の朝賀の席で、霧島山の改名が命じられて以来、そして、その後、一部の郡には、宇豆峰神社への参拝が強いられるようになって以来、ウシなりに考え続けて居た事を、決起した仲間たちの前で、口にし出すと、どうしても止まらなくなり、最後には、皆を煽り立てるような、激しい口調になってしまったのだ。恐らく、皆、反発するだろう。

しかも、自分は、大和朝廷から、大隅国曽於郡主帳の地位を授けられて居る身分だ。同じく大領の地位を賜って居る叔父・曽君細麻呂同様、本来ならば、大和朝廷、即ち、大宰府や大隅国府の側に立つべき人間なのである。その点でも、尚更、皆、反対するだろう。

だが、決起した仲間たちが、次々に立って、口にした事は、ウシのそんな予感とは全く違って居た。

「そうだ、それしかない！

曽於の石山は俺が良く知って居る。彼所《あそこ》なら、ウシが言った通り、確かに穀物も実るし、水も出る。今でこそ、桑原郡の物になって居るが、元はと言えば、我等曽於郡の住人の土地だったんだ。俺は、これを機会に、豊前国の公民たちに奪われた土地を、唯だの一片でも良いから、この手に取り戻したい。

それに、彼所《あそこ》なら、大隅国府を、上から見下ろす事だって出来るしな。

今に見て居れ！　威張り腐った大和の官人どもを、この足で踏み潰してやるぞ！」

「比売《ひめ》の丘は、俺も良く知って居る。曽於の石山と同じく、周囲は切り立った高い崖、頂には、畑も有れば水も有る。立て籠るには、持って来いの場所だ。俺は、断然、彼所《あそこ》にする。」

「ウシが言ったような丘なら、もっと北の方にも、幾つか有るぞ。奴《ぬ》久《く》良《ら》、幸原《さちはら》、神野《こうや》、牛屎《うしくそ》、志《し》加《か》牟《む》などだ。

高さや広さでは、曽於の石山や比売の丘にはとても及ばないが、すぐ下の麓には、畑も有れば水も有る。俺は、早速、帰って、仲間たちに声を掛けて見よう。」

「ウシよ、良く言って呉れた！

お前は、十年程前、薩摩国阿多郷から移って来た、余所者《よそもの》だと思って居たが、大隅国の事を、俺たち以上に、良く知って居るようだな。

しかも、曽於郡主帳の身分乍ら、此度の決起にも加わったんだ。見直したぞ！

お前を後継ぎにしたがって居られる叔父君、曽君細麻呂様は、曽於郡大領、外従五位下の御身分故、面目丸潰れであろうが、どうだ、此の際、我等決起した大隅人たちの軍師に成って呉れないか？

　皆も、異存は有るまいな？」

　大隅国府を占拠した大隅人たちの、そんな軍議が、漸《ようや》くまとまり、さらに七日経った三月四日、それは、大和の平城宮で、征隼人軍の人事が発令された、同じ日でもあったが、その夜以来、大隅国桑原郡に在る二つの丘の上に、巨大な火柱が立つようになった。

それは、当初、大和朝廷が、緊急時に使用する烽火《のろし》のようにも、時には、春先の野山に起る野火のようにも、思われた。だが、時が経つにつれて、それが、大隅国府の東に位置する曽於の石山と、国府のすぐ北に位置する比売の丘に、毎夜、決まった時間に現われる事にやっと気付いた、大隅国府の官人たちや、稲積城の軍団の兵士たちは、俄かに緊張し始めた。

と言うのも、国府の占拠を解いた、謀叛人たちの行方は、その後、杳《よう》として知れなかったのに、突如、国府に間近い二つの丘に、巨大な火柱となって、再び姿を現した事が、直感されたからである。

それは、叛徒たちが国府から退去した事によって、漸く、旧来の秩序と自信を取り戻した官人たちや軍団の兵士たちにとっては、何と言っても初めて経験する、敵側の戦意の、新たなそして不気味な表明であった。

それにも増して、彼等を不安と恐怖に陥らせたのは、毎夜、絶える事の無い、巨大な火柱の他に、時折、二つの丘の方々で、夥《おびただ》しい数の火の球が、夜遅く迄回転し続ける事であった。それは、春三月の夜陰を背景に繰り返される、目にも鮮やかな火の乱舞であるだけに、巨大な火柱よりも、もっとおどろおどろしい、異様な感情を、彼等の心に引き起こした。

そうして、当然の事乍ら、国府を退去した謀叛人たちの、そんな戦術の変化は、稲積城の軍団の早馬によって、直ちに、大宰府に報告された。征隼人持節大将軍、中納言、正四位下、大伴宿禰旅人が、到着する迄の間、大隅国の戦況を、日々、具《つぶさ》に把握して置く事が、大宰帥、従三位、多治比真人池守の大事な役目だったからである。

一方、決起した大隅人たちの軍師に推挙された、ウシ事、大隅国曽於郡主帳・曽君宇志は、本陣が置かれた、曽於の石山から、毎夜、西の方角に、黒々と固まって居る大隅国府を見下ろして居た。大隅国府に近い、二つの丘に、毎夜、巨大な火柱を燃え立たせ、時折、無数の火の球を振り回させる作戦は、無論、薩摩国阿多郷の火祭りを熟知して居る、ウシの発案であった。山の民・大隅人たちには馴染みは無いかも知れないが、この火柱と火の玉は、海の民・阿多人たちに幸をもたらす、あの海神と山神の象徴だ。我等は、元はと言えば、同じ種族、こうして、火柱と火の球で御祈りすれば、屹度《きっと》、我等を御守り下さるだろう。

ウシは、ふと、十年程前、親友のタカと迎えた、阿多の浜辺の、あの火祭りの夜を懐かしく思い浮かべた。

タカは、今頃、どうして居るであろう？　大和の都で念願の訳語に成れただろうか？　妻のヒメは、望みの歌人に成れただろうか？　そして、二人の間に、もう子供は生まれただろうか？

否《いや》、待てよ、と一瞬、ウシは、不吉な予感に囚われる。

自分の予想通り、此度の大隅国の異変を重く見て、大和の都から、直々《じきじき》、征討軍がやって来るとすれば、訳語に成って居るかも知れぬタカも、ひょっとして、それに同行するのではないか？　そして、もし従軍したタカが、この巨大な火柱と無数の火の玉を見たとしたら、向うもまた、自分の存在に、

たちまち気付くだろう。

此度の、止むに止まれぬ決起では、一貫して自分を可愛がって呉れた、あの心やさしい叔父とも、既に敵味方に分かれてしまった。もうこれ以上、親しい者たちを敵に回し度くは無い！

タカよ、来るな！　大和の都で、訳語の夢を果し乍ら、愛するヒメや子供と、ずっと仲良く暮らすんだ！

ウシは、そこで思考を止め、自分もまた、最愛の妻クメや一人息子クシの事を、無性に懐かしく思い浮かべた。仲間たちと決起して以来、二人とゆっくり睦み合う暇さえ無かったが、彼等もまた、この曽於の石山に立て籠った家族包《ぐる》みの千人近い大隅人たちと行を共にする事になったのだ。この世で最も大切なクメよ、クシよ、どうか無事で居て呉れ！

春三月初めの大隅国の夜は、南国とは言え、さすがに冷える。目を背後に転じると、満天の星空の下、霧島山の長い稜線が、まるで大蛇のように、黒々とうねって居る。

もう、後へは引き返せないのだ。軍師として、戦い有るのみ！

ウシは、大隅人たちの命の山、厳かな神々が住まう、その黒い山波に向って、そっと両掌を合わせた。

征隼人持節大将軍、中納言、正四位下、大伴宿禰旅人に率いられた、大和の征討軍の一行が、九州筑前国の那津で軍船を下り、陸路、大宰府政庁に到着したのは、難波津を出航してから、約一月半後、夏四月中旬の事であった。

順調に行けば、約一月で達成出来る航海なのだが、春から夏に掛けては、瀬戸内海の天気は気紛れだ。此度の航行も、度々、この季節特有の突風に見舞われたせいで、その都度、沿岸諸国の船津に避難しなければならず、約半月も、予定を過ぎてしまったのである。

「その後、戦況は、如何かな?」

征隼人持節大将軍として、大伴宿禰旅人が声を掛けたのは、養老二年（七一八年）の成選《じょうせん》で、同時に中納言に昇任した、大宰帥、従三位、多治比真人池守だ。

相手は、位階こそ、従三位で、正四位下の旅人より上なのだが、何と言っても、此方《こちら》は、至尊の元正天皇より、その身代りの節刀を賜ったばかりの征隼人持節大将軍である。しかも、旅人は、この大宰帥より、五歳も年長なので、自然と、そんな長上者風の口振りになってしまう。

だが、朝廷内の位階の問題にも増して、旅人が、気を使わなければならないのは、この世故長《せこた》けた大宰帥が、今を時めく、あの御方の息の掛った、腹心たちの一人である点だ。大宰府政庁に於けるこの軍議の模様も、悉《ことごと》く、あの御方に筒抜けに成る事を覚悟の上で、物を言わなければなるまい。

「此度の大隅国の異変以来、今日まで、二カ月近く経ちまするが、その後、戦況と申す程の、特別な変化はございませぬ。

去る二月二十日、大隅国守、陽侯史麻呂を殺害し、大隅国府の占拠にまで及びました、不埒な叛徒どもは、七日目には、人質の官人たちを解放して、国府を退去し、近隣の二つの高い丘と、北方の五つの低い丘に、立て籠った儘でございまする。

唯だ、大隅国府に最も近い、二つの丘では、夜な夜な、巨大な火柱が立ち上り、時には、無数の火の球が、ぐるぐる回る事も有ると、ほぼ連日、早馬の知らせが参って居りまする。

大隅国府からの報告に依りますれば、七つの丘に立て籠った叛徒どもの数は、約三千人、凶徒どもの首領は、大隅国曽於郡主帳らしい、若造だとの事でございまする。

なお、大隅国各郡の郡司どもは、朝廷より唯だ一人、外従五位下を賜った、曽於郡大領、曽君細麻呂以下、ほぼ全員、朝廷の側に立ち、国府や郡家《ぐうけ》の守りを固めて居るとの事でございまする。

さらに、隣の薩摩国からも、国守以下の官人たちや郡司たち、軍団の兵士が、続々と、援軍に参って居りますれば、今の所は、叛徒どもも、何ら為す術無しと言った現状でございまする。

大変申し遅れましたが、此度の、大隅国の突然の異変、悉く、九国三島を治めるべき、大宰帥たる某《それがし》の不徳の致す所、全く以て、面目次第もござりませぬ。都の右大臣様からも、至高の天皇家と朝廷の御尊顔に、不浄な泥を塗るものと、きつい御叱《おしかり》を頂戴致した次第でございまする。

唯だ、大隅隼人どもの此度の謀叛、七年前の建国の時の手酷《てきびし》い経験からして、大掛りな騎馬戦は仕掛けて来るまいと、確実に予想されましたので、某、通常通り、大宰府管内の各国の軍団と、昔乍らの民兵だけで、十分鎮圧出来ると奏言致したにも拘らず、右大臣様は、決して御許し下さいませなんだ。此度の大隅国の突然の変事に付いては、右大臣として、あの御方なりの御考えが御有りなのでござろう。

唯だ、先刻も申したように、凶賊どもは、今や七つの丘に立て籠って居りますれば、此度の役《えだち》、可《か》成《な》りの長期戦となる事だけは、覚悟して置かなければなりますまい。

遙々、大和の都から、遠征された、持節大将軍様の、強力かつ適切なる御指導を、宜しく御願い申し上げる次第でございまする。」

何時になく、自分より上位の大将軍を迎えた大宰帥が、右大臣との親しい関係を仄めかし乍ら、絵に描いたように慇懃無礼な長広舌を振って居る此処は、大宰府政庁正殿の背後に在る後殿、大宰帥の執務と接見を兼ねた、礎石造りの大広間だ。

その大広間の中央に据えられた、唐風の大きな円形の台座を挟んで、椅子に腰掛け乍ら、二人の中納言は、今、互いに相手の出方を密かに探って居る所だ。そうして、二人の背後には、其々《それぞれ》、主立った部下たちが控えて居る。すなわち、征隼人持節大将軍の背後には、副将軍二人と節刀持ちの資人一人、他数人、大宰帥の背後には、大宰大弐一人と大宰少弐二人他数人と言う顔振れだ。

季節は、既に、夏四月の半ばなのだが、大広間のせいか、室内は未だ少し肌寒い程だ。良く見ると、共に五十代の二人の中納言の足元には、暖を取るための、大きな火鉢が置いて有る。

「大宰帥殿の、必要にして十分なご説明、某、確《しか》と承りましたぞ。

然れど、某、皇室の藩屏たる大伴一族の氏上《このかみ》であり乍ら、これまで実戦の経験も無く、此度の大規模な征隼人軍を統べる度量も知恵も、持ち合わせて居らぬ。

それ故、過ぐる五年間、大宰帥として、数々の業績を上げられた、貴下の御高説を、是非とも拝聴したいと願って居る。此度の出征に際し、あの御方からも、その旨、厳しく命じられて居るでな。」

と、先刻の御返しに、同格の大宰帥を、一応、立てて置いた上で、旅人は、元正天皇より直に節刀を賜った大将軍としての威厳を、一気に、相手に見せ付ける事にした。

「過ぐる一月半の長い船旅の途中、若い二人の副将軍とも、種々、作戦を練って見たが、唯だ今の御説明を承った上で、此度の陣立てを、次のようにしたいと、某は考えて居る。

即ち、全軍を三等分し、一軍は、副将軍、授刀助《たちはきのすけ》、従五位下、笠朝臣御室が指揮を執り、豊前国、豊後国、日向国を経て、大隅国へ進軍するが、途中、各国で兵士や民兵を徴用すると共に、豊前国宇佐八幡宮で、八幡大菩薩に、必勝の祈願を行う。大宝二年の昔、薩摩国の隼人どもを征討した際にも、かの八幡大菩薩の霊験、真にあらたかであったと、今尚伝えられて居るでな。

二軍は、副将軍、民部少輔、従五位下、巨勢朝臣真人が指揮を執り、筑後国、肥後国を経て、山間部を大隅国へ進軍する。途中、各国で兵士や民兵を徴用し、皇軍《すめらみのくさ》にふさわしい陣容を整える役目、一軍と全く同じじゃ。

最後に、三軍は、持節大将軍たる某が指揮を執り、水路と海路を利用し乍ら、肥前国、薩摩国を経て、大隅国へ進軍する。

そうして、三軍ともに、大隅国府で再び合流した後、叛徒どもの動きを見乍ら、次の作戦を決定する。

所で、『軍防令』に依れば、大将軍は、一万人以上の兵士を統べる規定になって居るが、それ程多数の兵士を、短日月の間に徴用するなど、到底、適わぬ企てじゃ。

その上、七つの丘に立て籠った、高が、三千人程の凶徒どもに、皇軍一万人を繰り出すと言うのも、些《いささ》か大袈裟過ぎるでの。

じゃが、何事も油断は禁物じゃ。

軍団の兵士は勿論じゃが、進軍の途中、新たに徴用した、九州各国の兵士や民兵たちも、無敵の皇軍の一員として、十分の働きをして貰わねばならぬ。

大和の都から某に同行した、畿内の軍団の将兵たちは、行軍の途中、新兵たちの教練を、おさおさ怠りぬよう、日々、心せよ。

おお、そうじゃ、征隼人持節大将軍として、某、一番大事な事を、言い忘れて居ったわ！

わが後に控えて居る、この厳かな節刀を見よ！　此度の出征に際し、大君より、征隼人持節大将軍に賜った、この聖なる刀は、至尊の皇室と朝廷の権威の象徴じゃ。依って、『軍防令』の規定に依り、征隼人軍の軍律は、悉く、持節大将軍の権限の下に有る。わが皇軍は元より、叛徒どもの処罰も、全てが、わが一存で決せられる。

ちなみに、此度の叛徒に於ては、首謀者は斬刑、刃向う者は、男女を問わず同刑、降伏する者は、捕虜とする。

此度、三軍にそれぞれ配置した軍監《ぐんげん》と軍曹たちは、わが意を体し、皇軍の威厳と規律を、厳しく監視するよう、確と心懸けよ。以上じゃ。」

「さすがは、征隼人持節大将軍殿、真に、見事な軍略、そして厳しい軍律でございまする。大宰帥乍ら、軍事に疎い某など、到底及ばぬ御高説と承りましてございまする。

唯だ一つだけ、卑見を述べさせて頂きまするならば、此度の大隅国の役《えだち》、七つの丘に立て籠った小賊どもを、如何にして、平地の戦いに誘き出すかが、勝敗の決め手になろうかと、愚考致しまする。

七つの丘は何れも、四囲を険しい崖が取り巻いて居り、攻めるには非常に困難な戦場と聞いて居りますれば・・・・」

「それよ！

立て籠った敵を、撃滅するには、兵糧攻めか、誘き出しか、二つに一つしか無い事は、古来、兵法の常道じゃ。

その七つの丘に立て籠った小賊どもは、勝手知ったる自分たちの土地故、兵糧《ひょうろう》の目処は、必ず立って居ろう。兵糧攻めが効かぬとなれば、残るは誘《おび》き出しだが、貴下に、何か妙案はござらぬかの？」

共に高齢、共に中納言のこの二人、互いに相手を褒め上げ乍ら、共通の目的に向って暗黙の中《うち》に、次第に近付いて行く。

と言うのも、大和の都で今を時めく、あの御方との距離は、其々違っては居るが、此度の大隅国の突然の変事を、何とか無事に解決しさえすれば、征隼人持節大将軍としても、大宰帥としても、共通の最高権力者に対する面目が一応立つだろうからである。だとすれば、此処は一つ、互いに歩み寄って、その共通の目的を何としても達成しなければなるまい。

「如何でございましょう、こう言う手は？　道理や法令に暗く、性格も粗野な凶賊どもを、立て籠った丘から誘き出すには、奴等がこれまで見た事も無いような、珍奇な見世物で吊りだすのも、一つの手立てでは、ございますまいか？

豊前国守、正六位上、宇努首男人《うどのかみおびと》の話では、豊前国には、昔から、傀儡子《くぐつ》の舞と称する、とても面白い人形芝居が有るとか。これを上手く利用して、凶賊の頭目どもを平地に誘き出し、酒宴を設けて、油断させ乍ら、その隙に、全員搦《から》め捕るのでございます。頭目を失なった小賊どもは、もはや烏合の衆でございましょう。

偉大なる征隼人持節大将軍殿に対して、釈迦に説法ではございまするが、役《えだち》は、武力だけが全てではございませぬ。巧妙なる策を仕掛けて、敵を騙《だま》す手立てもまた、皇軍にとって大事な軍略の一つではございますまいか？」

「良くぞ、申された！　それじゃ、それじゃ、それで参ろう！

幸い、此度の出征には、斯《こ》ういう事も有ろうかと、平城宮の衛門府隼人司より、隼人の訳語を数人、同道させて居る。隼人の言葉は、大唐や新羅など異国の言葉と同じ位、難解だと聞いて居る故、訳語どもが上手く橋渡しをして呉れるだろう。

一軍の総帥、副将軍、笠朝臣御室、以上を確《しか》と弁《わきま》え、万事手抜かり無きよう、十分に心致せ。良いな。」

征隼人軍と大宰府との軍議は、そこで終り、後は、人払いして、平城京から来たばかりの中納言と、大宰帥も五年になる中納言との間で、都の噂話が始まった。

元明太上天皇、元正天皇、首《おびと》皇太子の順に、噂話が進み、右大臣の番が来た時、二人の会話が急に途切れた。

と言うのも、話の順序としては、大和の都から来たばかりの旅人が先に口を開くべきだったのだが、過ぐる三月五日早朝、内裏で、元正天皇から節刀を賜った時、同席した右大臣、正二位、藤原朝臣不比等は、明らかに、何時もの威厳と気迫に欠けて居た事を、旅人はふと思い出したからである。

大宰帥もまた、実は、右大臣自身からの私信によって、その発病の事実を既に知って居たのだが、他言無用と厳命されて居たので、その場は、口を噤《つぐ》んだのである。

二人の中納言の会話は、まるで申し合わせて居たかのように、前年薨《こう》じた、先の大宰帥、正三位、粟田朝臣真人の思い出話に移って行った。

副将軍、授刀助、従五位下、笠朝臣御室に率いられた一軍が、大宰府を出立したのは、広大な筑紫平野が、見渡す限り、新緑に染まる五月初めの頃であった。

主に、筑前国の諸軍団の兵士たちや徴用した民兵たちから成る一行は、ざっと五百人程であろうか？　良く見ると、騎兵より歩兵の方が、圧倒的に多い。皇軍の得意な騎馬戦が、大隅国の七つの丘に立て籠った叛徒どものせいで、ほぼ不必要になったので、征隼人軍の構成が、そのように変わったのである。

衛門府隼人司の訳語長、阿多君鷹ともう一人の部下は、持節大将軍、大伴宿禰旅人の、特命により、豊前国宇佐八幡宮を目指す、その一軍に同行して居た。他の訳語たちも、他の二軍と三軍に、其々《それぞれ》配属されて居る。

タカが、約十年振りに歩く九州の大地は、それが、わが故郷・薩摩国阿多郷に通じて居ると思えば、無性に懐しい。隼人訳語の任務さえ無ければ、此の儘、独りで暮して居る父、阿多君比占や、帰国して数年経つ、朝貢隼人の総帥、薩摩君須加に、久し振りに会える筈なのだ。

だが、タカが、本心から会いたい親友、ウシ事、曽君宇志は、もう其処《そこ》には居ない。其所《それどころ》か、ウシは、此度、天皇と朝廷に反旗を翻した大隅人たちの仲間に、加わって居るかも知れないのだ。

憧れの大和の都で暮して約十年、隼人訳語に成ると言う、少年の日の夢は、こうして、遂に果した。その代わり、最愛の妻ヒメとややを、播磨国の野辺で失った。そして、今では、ヒメそっくりのキメが、自分に心を寄せて居る。そんな十年間のさまざまな出来事を、あの親友ウシや妻のクメと、心行くまで語り合いたい。

その一方で、晴天の一角に、不気味に湧いた一片の黒雲のように、一つの疑念がふとタカの頭脳を掠《かす》める。それは、大隅国の戦場で、親友のウシと、敵として対決するかも知れないと言う、不吉な出会いの場面だ。

隼人司訳語長としての、タカの、不安とも懐旧とも付かぬ、そんな複雑な思いは、一軍の一行が、三日目に、豊前国に入り、宇佐八幡宮で、戦勝の祈願が行なわれる迄、ずっと続いた。だが、その厳めしい神前の儀式が終り、副将軍以下、全将兵が、一斉に鬨《とき》の声を上げた時、更に、意外にも、広大な境内に大きな円陣を組み始めた時、それは、次第に薄れて行った。そうして、その円陣の中央で、凡そ役《えだち》には無縁と思われる、奇妙な見世物が始まった時には、もうすっかり、消え失せて居た。

それは、故郷の阿多で十五年、大和の都で十年以上過したタカが、その何方《どちら》でも、凡そ目にした事の無い、奇妙な催しだった。

何よりも先づ人目を引くのは、浮浪民風の貧しい身形《みなり》をした男女が、細い黒糸で操って居る、さまざまな人形たちだ。

白い貫頭衣を身に纏《まと》った、何れも丈《たけ》一尺程の人形たちは、背後で奏でられる笛や太鼓に合わせて、まるで生きた人間のように、手足を動かし、滑稽な所作を演じ始める。それに見惚《みと》れて居る周囲の将兵たちもまた、それに合わせて、歓声を上げたり、拍手を送ったりし乍ら、その珍奇極まる見世物の世界に、すっかり取り込まれて居る。

隼人司の訳語長、阿多君鷹ともう一人の部下もまた、他の将兵たちに紛れて、その珍妙な見世物に見入って居た。

だが、ふとタカには疑問が湧く。

一体、この珍奇極まる見世物と、此度の役《えだち》と、如何なる関連が有るのだろうか?

今から大隅国の戦場へ向う将兵たちを、こうして、単に、楽しませるだけの催しなのであろうか?

タカのそんな素朴な疑問が氷解したのは、その夜、副将軍、笠朝臣御室から、その見世物の、本当の目的を聞かされた時だった。

成程、宇佐八幡宮の境内で演じられた、この珍妙な人形芝居は、遠く大和の都から下って来た、皇軍の将兵たちでさえも、こんなに興奮させて居るのだ。

況んや、霧島山麓の雄大な自然しか知らない、山の民・大隅人たちにとっては、彼等以上に、好奇心を掻き立てられる、珍妙な見世物と映るだろう。

明くる日の早朝、副将軍、笠朝臣御室に率いられた一軍が、五月半ばの西海道東路を、海沿いに南下し始めた時、一行には、豊前国守、正六位上、宇努首男人《うどのかみおびと》とその手兵たち、及び、宇佐八幡宮の禰《ね》宜《ぎ》、辛嶋勝波豆米《からしまのすぐりはつめ》を長とする、百人程の神兵たちも加わって居た。

豊前国守が一軍に合流したのは、六年前、大隅国桑原郡に移住させた、二百戸の農民たちを保護するためであり、宇佐八幡宮の禰宜さえ同行したのは、現地で暗躍して居た、法蓮の建言を容れて、宇佐八幡大菩薩の神威を、一段と強化するためである。若い大隅国守、陽侯史麻呂を唆《そそのか》して、霧島山を改名させ、宇豆峰神社への参拝を強い始めた法蓮は、大隅隼人たちに国守が惨殺された後も尚、大隅国内に潜伏して、決起した隼人たちの動静を、逐一、そして密かに、宇佐八幡宮へ、報告し続けて居たのである。

その一軍が、途中、一段と軍勢を強化しながら、目的の大隅国へ入ったのは、大宰府を出立してから、約一カ月後、夏六月初めの頃であった。

大宰府と大隅国の間は、通常の調の運搬なら、片道十二日で済むのだが、一軍は、宇佐八幡宮で祈願した後、豊前国、豊後国、日向国の三国を遠回りし、軍団の兵士や民兵を徴募しなければならなかったので、これだけの日数を要したのである。

だが、大隅国に入った一軍は、兵力こそ、大宰府を出立する時の五倍以上に膨れ上がっては居たが、兵士たちの志気は、逆に、次第に沮喪《そそう》しつつあった。

と言うのは、夏六月初めの大隅国は、既に梅雨の季節に入って居り、来る日も来る日も、南国特有の、あの激しい驟雨《しゅうう》に見舞われて居たからである。取分け、霧島山の雄大な山波が、東側に見え始めた、広い盆地では、時折、耳を劈《つんざ》かんばかりの大きな雷鳴が、行軍中の将兵たちを、すっかり縮み上がらせた。そんな自然の光景は、南国で生れ育ったタカや部下にとっては、日常茶飯事なのだが、取分け、大和盆地の、あの温順な四季しか知らない、副将軍以下の将兵たちにとっては、生まれて初めての驚異の連続であった。

嗚呼、此処はやはり、蛮夷の国なのだ！

其処に巣くう人間どもだけでは無く、自然までもが、狂暴の相を呈して居るではないか！

大隅国守を殺害し、大隅国府を占拠した凶徒どもは、このおどろおどろしい雷雨の中、七つの丘に立て籠って居るらしいが、この分では、何時何時《いつなんどき》、不意に襲い掛って来るか、知れたものではないぞ！

それでも、一軍が、凶徒どもの立て籠る最初の丘、牛屎《うしくそ》に対して、例の作戦を開始したのは、入国して五日後、久し振りに青空が覗いた、蒸し暑い日の早朝だった。

牛屎の丘は、霧島山の西の麓に広がる、広い盆地の一角に位置する、急峻な岩山である。

丘を遠巻きにした皇軍の中から、副将軍の軍使として、進み出たのは、若い軍監《ぐんげん》の一人、従六位上、平群朝臣牛養《へぐりのあそみうしかい》と、隼人司の訳語長、阿多君鷹の二人だ。

暫くして、二人が、切り立った高い崖に近付くと、何処からとも無く、大小の岩が音を立てて落ちて来る。それが一段落するのを待って、能弁らしい軍監が、空を仰いで、大音声に呼ばわる。

「皇軍《すめらみくさ》の軍使である。其方《そちら》の首領と話がしたい。直ちに応答せよ。」

タカが、隼人の言葉で復唱し終ると同時に、切り立った高い崖の上に、首領らしい、人柄な男が姿を現わす。皇軍の動きを、逸速《いち》く察知し、迎え撃つ準備をして居たのであろう。

「わしが長《おさ》だが、如何なる用件か?」

タカが、約十年振りに聞く、現地の大隅人の懐しい言葉だ。阿多人のそれとは、幾らか抑揚を異にするが、紛れも無く、同じ種族の、聞き慣れたあの言葉である。タカの訳語を受けて、軍監が続ける。

「皇軍は、戦いを望んでは居らぬ。お互い、無駄な血を流さずに、事を納めようではないか！就いては、其方《そち》たちに、是非観て貰いたい出し物がある。そちたちも、長い間の山籠りで、退屈な毎日であろう。

どうだ、この丘と皇軍との中間の地点で、酒を酌み交し乍ら、世にも珍しい見世物を、共に楽しもうではないか！

晴れた日ならば、何時でも良い。皇軍からは、副将軍以下十名、列席する。其方も、首領以下十名、数を揃えよ。色好い返事を待って居るぞ。」

それから三日後、偶々《たまたま》、晴れた日であったが、皇軍の例の作戦は、物の見事に成功した。果して、軍監の申し出を真《ま》に受けた、首領以下十人の隼人等は、副将軍以下の皇軍と酒を酌み交し乍ら、生まれて初めて観る人形芝居に心を奪われている間に、周囲に潜伏して居た皇軍の兵士等に捕縛され、その場で全員斬殺されてしまったのだ。

そして、首領以下十人の幹部を失なった牛屎の丘の隼人等も、次第に戦意を失い、押し寄せた数百人の皇軍を前に、遂に全員降伏した。

この最初の作戦の成功に味を占めた皇軍は、引き続き、霧島山麓に点在する四つの丘、即ち、奴久《ぬく》良《ら》、幸原《さちはら》、神野《こうや》、志加牟《しかむ》でも、同じ手口で、叛徒等を屈服させて行った。

だが、その度に、両軍の交渉に立ち会わねばならないタカの心は重くなるばかりだった。

是迄《これまで》の所、自分は、隼人司の訳語長としての役目を、確かに果しては居る。数年前、帰国した新羅の学語生・金信厳も言って居たように、訳語としては、それで十分なのであろう。

だが、一方では、決起した大隅人たちが降伏し、首領たちが目の前で斬刑に処せられる度に、自分の身が切られるような、辛い痛みを覚えずには居られない。外国との交渉に精通して居たあの金信厳は、通事や訳語にとって、私情は禁物だと頻りに言って居たが、今の自分には、とても平気ではいられない。

憧れの大和の都で約十年過ごし、遂に、念願の隼人訳語に成れはしたが、自分は、何と言っても、誇り高い海の民、阿多人の一人なのだ。朝貢の途中、播磨国の野辺で果てた最愛の妻ヒメにも、朝貢隼人を率いた薩摩君須加様にも、そして、無論、わが父・阿多君比古にも、皆同じように、誇り高い阿多人の血が流れて居るのだ。大和の都で生まれ育った、あの聡明な阿多君吉賣にもまた・・・。

山の民・大隅人たちも、全く同じ思いであろう。遙かな大昔から、霧島山を神と崇める彼等にも、その故郷の地を、こよなく愛しむ、熱い血が、脈々として流れ続けて居る筈だ。

今の自分は確かに、隼人司の訳語長として、彼等に敵対する皇軍の一員ではあるが、もはやこれ以上、彼等を騙し続けるに忍び無い。取分け、阿多郷から霧島山の麓へ移住した、親友ウシとその妻クメがその中に居るとすれば、阿多人としての自分は、もはや生きて居る意味がないのだ。

私情に流された訳語は、間諜《うかみ》でしか無いと、あの金信厳は、其と無く、警告したのであろうが、今の自分は、もうそれでも良い。大隅国建国の際、間諜を強いられ、日向国で命を奪われたキメの父、阿多君羽志様と同じような運命に陥ったとしても、もう自分は構わない。訳語を続けるか、間諜になるかは、自分自身で決めろと、あの金信厳も、其と無く諭したではないか！

隼人たちが立て籠る五つの丘を次々と制圧した余勢を駆って、最終目標の大隅国府へと南下し始めた皇軍に従い乍ら、タカは、ふと、大和の都で、自分の帰還を待ち侘びて居るであろう、キメの顔を思い浮かべた。

第二十章　処刑

副将軍、笠朝臣御室を総帥とする一軍に続き、同じく副将軍、巨勢朝臣真人指揮下の二軍が出立した後、征隼人持節大将軍、大伴宿禰旅人が、節刀を捧げ持った余明軍や、大和から同行した将兵たちの一部を従えて、最後に大宰府を進発したのは、夏五月半ば、広大な政庁を取り巻く楠の若葉が、一段と淡い緑に映える、爽やかな時節だった。

旅人が率いる三軍、つまり、持節大将軍の親衛部隊は、西海道西路を南下し乍ら、筑後国に入ると、その国で最も大きく長い川、つまり、筑後川を小船で下り、河口で大船に乗り換えて、遠浅な内海へ出た。

対岸に、肥前国の低い山波が望まれる、その広々とした内海は、一行が、一月半も眺め続けたあの瀬戸内海とは全く違って、連日、しかも終日、穏やかだ。

一行を乗せた軍船は、瀬戸内海を航行したあの遣唐船とは、比べ物にならない程、規模の小さい船ではあったが、難波津からずっと付き従って居る水手《かこ》たちが、引き続き漕いで居るせいか、船足も至って順調だ。

そんな和やかな光景の中で、唯だ一つだけ一行の目を引くのは、難波の海や瀬戸内海では、凡そ見た事も無いような、高く大きな帆を張った漁船の群れだ。それは、まるで巨大な鳥の群れのように、広い内海に散在して居る。そして、良く見ると、延々と続く、筑後国らしい、潮の干いた徒広《だだっぴろ》い海辺には、潮干狩する人々が、黒い斑点のように、散見される。

中納言、正四位下の身分にして、征隼人持節大将軍を拝命した、大伴宿禰旅人にとって、勿論、西国九州は初めての地だ。

父・大伴宿禰安麻呂は、慶雲二年（七〇五年）に、大宰帥に任じられたが、従三位にして大納言と兼任したので、実際には、現地に赴任しなかったし、既に、中年に差し掛って居た旅人も、その中、左将軍に任じられたので、遙か西方、「遠《とお》の朝廷《みかど》」と呼ばれる大宰府とは、凡そ無縁だった。

大和の都で生れ育った、名門中の名門、大伴一族の氏上《このかみ》として、遙か西方の九州や大宰府が、日頃、旅人の念頭に浮かぶ事など、終ぞ無かったのも、その意味では、当然の成行きであっただろう。

そんな根っからの都人《みやこびと》が、五十代も半ばと言う晩年に至って、初めて、遙か西の果て、九州の地を踏む破目に陥ったのだ。そのせいか、難波津を出港して約二カ月半、大和の都から次第に離れて行く度に、年老いた旅人の胸に去来するのは、青山に囲まれた、あのまほろばの大和の見慣れた風景と、その一角、佐保路に住まう、愛しい異母妹・坂上郎女の面影ばかりである。そうして、初めて目にする九州のどの光景も、懐しい大和のそれと、つい比較してしまうのだ。

旅人率いる三軍を乗せた大船が、十日間の穏やかな航海の後、薩摩国に差し掛った時もそうだった。それまで、四方に広がって居た内海が、急に狭まり始めたかと思うと、両岸に、切り立った、褐色の岩の壁が迫って来たのだ。

「薩摩国、黒瀬戸《くろのせと》でございます。」

南下する軍船の甲板に立って、そんな風景に見入って居た旅人の背後で、年配の杪士《かじとり》（船頭）が、問わず語りに、その名を告げた時、それに因《ちな》んだ或る歌が、旅人の脳裡にふと浮かんだのも、そのためだった。

嗚呼、此処だな！　歌に長じた、あの長田王《おさだのおおきみ》が、若い頃、西国九州へ派遣された時、隼人を詠まれた歌が有るとは、都の歌仲間から、洩れ聞いては居たが、それが、此の黒瀬戸の事だったのだな！


隼人《はやひと》の薩摩の迫門《せと》を雲居なす遠くも吾は今日見つるかも

と、詠まれた歌だったと記憶するが、成程、その歌の通りだな。長田王は、今でこそ、近江守、従四位下の身分だが、かつて若き日、大和の都を遠く離れて、遥か九州の南の端、薩摩国を望見された時の王の心境、今のわしにぴったりではないか！

どれ、それではわしも、征隼人持節大将軍などと言う、厳めしい肩書などしばし忘れて、久し振りに、歌を詠んで見るとするか！　あの才気煥発な坂上郎女が、若しも此の船に乗り合わせて居たとしたら、得意の歌合《うたあわせ》を仕掛けて来る事は、先づ間違い無いからな。

隼人《はやひと》の湍門《せと》の磐《いわお》も年魚《あゆ》走る芳野の瀧になほ及《し》かずけり

道理を弁えぬ隼人が住む国の此の瀬戸、紫がかった青い潮《うしお》が、まるで大きな川のように激しく流れて居る此の瀬戸、両岸に切り立った高い岸壁が連なる此の瀬戸・・・一見、確かに、雄大かつ峻厳な風景ではあるが、何と言っても、山深い吉野の、あの荘厳極まる、長い滝には、とても及ぶまい。

わが大和は、国のまほろば。山も川も野も含めて、何も彼もが、他に勝って居るのだ。況んや、この蛮夷の国、薩摩など、何程の事があろう！

旅人のそんな抜き難い優越感は、軍船から小さな舟に乗り換えて、薩摩国では最も長く大きいとされる川を遡って行く時も、小舟を下りて、如何にもみすぼらしい、薩摩国府の政庁に辿り着いた時にも、依然として、健在だった。今にも沈みそうな小舟で、やっと遡って来た、この川なども、確かに大きい事は大きいが、わが神聖な吉野の山奥から流れ出す、あの清冽かつ雄渾《ゆうこん》な吉野川には、やはり及ぶめくも無い。

時節は、六月に近い夏の終り、旅人とその親衛部隊が辿り着いた薩摩国も、大隅国同様今は既に梅雨の季節だ。

それにしても、南の辺境に降る、この雨の気違い染みた激しさを見よ！　大和の都に降る、あの細かく静かな雨の風情など微塵も無く、連日、滝のように大きな音を立てて、不粋な雨が降り続いて居る。此処は、やはり、蛮夷の国なのだ。雨さえも、何処か野蛮人めいて居る。

そんな激しい梅雨の最中、薩摩国府に宿営した、旅人の親衛部隊は、到着以来、毎日、無聊《ぶりょう》を託《かこ》って居たが、唯だ一人、節刀守りの資人・余明軍だけは、薩摩国府に結集した郡司と活発に交わって居た。と言うのも、薩摩国守、従五位下、榎井《えのい》朝臣広守に招集された薩摩国の郡司たちは、雨の事など全く眼中に無い様子で、大隅国の戦況を、熱っぽく語り合って居たからであり、それを聴く余明軍も、若い武人の血が頻りに騒いだからである。

連日の激しい雨に足留めされて、親衛部隊の他の誰よりも気が滅入って居た旅人の元へ、大和の都から、元正天皇の勅使《ちょくし》が到着したのは、六月に入った或る日の事だった。

大和の都から、早馬を乗り継いで、遙かに遠く九州薩摩国まで派遣されて来た勅使は、旅人の元部下だった、衛門督、正五位上、佐伯宿禰広足《ひろたり》だ。心やさしい元正天皇らしい、真心の籠った詔《みことのり》に加えて、持節大将軍は元より、下は杪士《かじとり》に至るまで、身分に応じて、慰労の品を賜ると言う。

「征隼人持節大将軍、大伴宿禰旅人は、武器を整え、兵を率いて凶徒を掃討したので、蛮人の首領は捕縛され、下僚に命乞いし、賊の一味は頭を地につけ、争って良い風俗に従うようになったと聞く。

しかし、将軍は原野に野営してすでに一カ月にもなった。時候は、最も暑い時であり、どんなにか苦労したことであろう。よって、使者を派遣して慰問させる。今後もよく忠勤を励むように。」

おお、相も変らず、何と御心やさしい大君で有られる事か！

無論、このような有難い御叡慮も、何時ものように、あの御聡明な、元明太上天皇様の御計らいではあろうが、真夏の最も暑い時に、この老将軍が、一カ月以上も原野に野営していると思されて居るのには、恐縮するばかりだ。しかも、蛮人の首領が、既に降伏して命乞いをし、賊の一味も、良俗に従うようになったとまで、褒められるとは、もはや恐懼《きょうく》の至りである。

大宰府を出立するに際して、一軍と二軍に従軍させた腹心の録事の誰かが、一寸とした戦果を、持節大将軍の早速の戦果として、些か大袈裟に、大和の都のあの御方へ、密かに報告したせいであろうか？

いやはや、当の老将軍は、目立った戦果を上げる所か、未だに敵と一戦を交じえた事も無く、敵兵一人倒した事も無く、こうして、連日、激しい梅雨を避け乍ら、薩摩国府に燻《くすぶ》って居る、情無い身ではないか！

そうとも思《おぼ》されぬ、情深いあの大君は、そんな老将軍に、態々《わざわざ》、栄えある勅使まで賜った上に、杪《かじ》士《とり》に至るまで、慰労の品々さえ下されたのだ。事、此処に至っては、征隼人持節大将軍としての威厳を、少しは天下に示してやらねばなるまいて。

それにしても、わが部下だったあの勅使が、元上司への気安さからか、別れ際に、あの御方の身体の不調を、そっと耳打ちして行った事が、いささか気に懸る。ひょっとしたら、大和の都でも、何か重大な異変が起こりつつあるのではあるまいか？

その大和の都から、忝《かたじ》けなくも、元正天皇の慰労と激励を賜った、旅人の親衛部隊が、皇軍らしい誇りと勇気をやっと取り戻し、薩摩国府以上にみすぼらしい大隅国府に辿り着いたのは、それから三日後、蛮夷の地に入って初めて見る、懐しい晴れの日だった。

夏五月初めに、大宰府を出立した一軍も、遅れて進発した二軍も、未だ姿を見せていない。

旅人が初めて目にした大隅国府は、大和の宏壮な藤原宮や平城宮を見慣れた目には、まるで貧弱な物置小屋だ。「遠の朝廷」と呼ばれる大宰府は未だしも、これでは、野蛮な隼人どもを威圧出来る所か、奴等に易々《やすやす》と占拠されてしまう筈だ。

しかも、川の近くの山高い丘に、一応、朝廷らしい威厳を示して居た、あの薩摩国府に比べて、この大隅国府は、海に連なる狭い平野の片隅に、ぽつんと寂しく建って居るだけではないか！

唯だ、大隅国府の北の方角に、大空高くうねって居る、あの長い山波だけは、確かに雄大だ。わが国のまほろばたる大和の青垣も、さすがに見劣りがするようだ。あれが、此度の異変の元となった霧島山であろうか？

そんな思いに耽ける間もなく、旅人は、征隼人持節大将軍として、大隅国府の介《すけ》、大伴宿禰国持から、現在の戦況を詳しく受ける役目を果さなければならなかった。

其処は、約四カ月前、隼人の兇徒どもに射殺された、大隅国守、陽侯史麻呂が執務して居た、そして、介たる大伴宿禰国持も、彼等の人質にされて居た、国府の一室だ。報告を受ける旅人の背後には、節刀を恭々《うやうや》しく捧げ持った余明軍が、神妙に控えて居る。

介の報告に依れば、二月二十日に、大隅国守、陽侯史麻呂を殺害し、国府を占拠した隼人どもは、依然として、国府近くの二つの丘に立て籠った儘だが、各地で呼応した隼人どもは、稲積《いなづみ》城の軍団や隣国薩摩の郡司たちの助力によって、ほぼ制圧されたとの事。唯だ、その二つの丘では、毎夜、大きな火柱が燃え上がり、時には、方々で、無数の火の玉が振り回される事態は少しも変って居ない。依って、隼人どもが、降伏する気配など、全く見られない。

大隅国府で、戦況の報告を受けた日の夜、旅人自身も、初めて、その二つの火の光景を目撃した。一つは、北の方角に在るごつごつした低い丘に、もう一つは、東の方角に少し離れて聳える小高い丘に、一斉に現われては、音も無く、不気味な狂炎を、夜通し繰り広げるのだ。

それは、大和の都で生まれ育ち、平和な時代しか知らない、大伴氏族の長《おさ》、旅人にとって、それ迄の人生で、凡そ見た事も無い、異様な火の光景だった。取分け、振り回される火の玉には、至尊の皇室と大和朝廷に対する、あからさまな敵意と、不遜な挑戦の決意さえ感じられるではないか！

過ぐる、壬申の乱の時には、民家や駅家《うまや》を焼いて、灯の代りにしたり、暖を取ったりしたと、亡父・安麻呂から聞いた事はあるが、それは、敵に対する戦術として行なわれたのでは無かった。

だが、蛮夷どもが巣くう大隅国の二つの丘で、夜通し繰り広げられる、この火の乱舞は、明らかに、わが皇軍に対する戦術の一つとして、まさしく故意に行なわれて居るのだ。しかも、その火の光景には、何とも言われぬ美さえ有るではないか！

大和の都では、北の蝦夷と並んで、南の蛮夷と蔑まれて居る大隅隼人どもが、何故、このような美しい火の芸術を生み出す事が出来るのであろうか？

そう言えば、わが皇孫、天津日高日子穂穂手見命《あまつひこひこほほでみのみこと》は、兄君たる火照命《ほでりのみこと》と共に、火の中から御生まれになったと、亡父・安麻呂から洩れ聞いた事もあったな。その兄君が謀叛を起した隼人どもの祖だとは、到底信じられぬが、こうして、この美しい火の光景を、目の当たりにすると、やはり本当の事だったような気がして来るわ。

そこまで考えた時、国のまほろば、大和の都から、九州最南端の大隅国まで、遙々《はるばる》、遠征して来た、この老将軍の脳裡に、或る奇抜な戦術が閃いた。それは、武人・征隼人持節大将軍としてよりも、むしろ、歌人・大伴宿禰旅人としての、美意識に基いた戦術である事に、本人自身も、殆ど気付いて居なかった。

夏五月の初めから中頃に掛けて、大宰府を出立した征隼人三軍が、大隅国府の周辺に、再び勢揃いしたのは、夏六月の半ば過ぎ、長かった梅雨も漸《ようや》く終り、南国特有の真赤な太陽が、万物を焼き尽くすかのように、激しく照り付ける酷暑の時節であった。

まほろばの大和しか知らない元正天皇が、あの慰労の勅《ちょく》の中で、時候は最も暑い時と形容した、酷暑の季節が、まさしく本物になって来つつあったのだ。

主として、九州の陸路を南下した一軍と二軍によって徴用された各国の兵士や民兵たちは、総勢約七千人、大隅国府で改めて軍議が開かれた結果、直ちに、二手に分かれ、叛徒どもが立て籠って居る二つの丘の麓で露営するよう命じられた。

だが、それまでも戦闘らしい戦闘も無く、唯だひたすら歩くだけだった兵士や民兵たちは、大隅国の二つの丘の周辺に宿営し始めてからも、これと言った武力衝突も無く、戦場らしからぬ、平凡な毎日が続くのに、些《いささ》かうんざりし始めて居た。

しかも、携えて来た刀や弓を役立てるのではなく、二つの丘に毎夜現れる、叛徒どもの大きな火柱や、時折、振り回わされる無数の火の玉に対抗して、露営地で、夜間、篝火《かがりび》を絶やさぬよう厳命された時には、そこが曲り形《なり》にも戦場であり、自分たちが兵士や民兵である事も、つい忘れてしまう程、拍子抜けがした。

遙か大和の都から、中納言ともあろう御方が、征隼人持節大将軍として、九州の南の端まで仰々《ぎょうぎょう》しく出向いて来られたと言うのに、これはまあ何と女々しい、役《えだち》の遣り方であろう!

自分たちは、大和の天皇と朝廷に楯突いた、大隅国の隼人どもを征伐するために、仕方無く徴用に応じたのに、毎夜、二つの丘を取り囲むように、篝火《かがりび》を焚くだけが役目とは、情け無いにも程が有る。そして、彼等のそんな不満は、五つの丘の叛徒どもを、少なくとも制圧して来た一軍よりも、唯だひらすら長途の行軍を続けて来ただけの二軍の方が、より大きかった。

三軍合流の後、大隅国府で開かれた軍議の席で、二軍の副将軍、巨勢朝臣真人が、短期決戦を頻りに主張したのは、そのためだった。だが、大隅国府に到着し、叛徒どもが立て籠った急峻な二つの丘を目にした者は誰でも、その戦闘が持久戦に成る事を直観したであろう。

では、皇軍としては、如何なる戦術を取るべきか？

諸説入り乱れた、長い軍議の末に、持節大将軍として、旅人が下した結論が、例の篝火《かがりび》戦術だったの

だ。

それは、確かに、目立った戦果を直ちにもたらしはしないが、武器だけではなく、火の作戦に於いてさえも、無敵の皇軍が、勝って居る事を示す、何よりの証拠に成る筈だ。武器には武器を、火には火を！　これこそ、古今変らぬ役《えだち》の基本ではないか！

だが、戦場に臨んだ将兵たちには、女々しいとしか感じられなかった、例の篝火戦術が、武人としてではなく、歌人としての旅人の美意識に基いて居る事に、日数を経ても、旅人は尚気付いて居なかった。

一方、五つの丘を、例の見せ物の策略によって、陥落させた一軍と共に、大隅国府に到着したタカは、他の将兵たちとは全く違って居た。

と言うのも、タカは、厳命された篝火戦術以前に、毎夜、二つの丘に現れる火柱と、時折、振り回される無数の火の玉に、故郷・阿多郷のあの懐しい火振りの祭を、それと同時に、親友ウシの激しい怒りを直観したからである。

嗚呼、自分が密かに抱き続けた、例の不吉な予感は、やはり適中したのだ！

既に、少年の頃から、大和嫌いだった親友ウシは、遂に、立ち上がったのだ。だとすれば、二つの丘のどちらかに、親友ウシが立て籠って居る事は、ほぼ確かだろう。しかも、大隅人たちには馴染みのない、阿多人の火振りの祭が、戦術として採用されて居る所を見ると、親友ウシが、決起した大隅人たちの軍師と成って居る事も、ほぼ間違いないだろう。ひょっとすると、最愛の妻クメも、その子供たちもまた、ウシと運命を共にして居るのかも知れない。

隼人司訳語長、阿多君鷹が、持節大将軍、大伴宿禰旅人に呼び出され、一軍の若い軍監《ぐんげん》、平群《へじり》朝臣牛養《うしかい》と共に、叛徒どもとの交渉を命じられたのは、例の篝火戦術が開始されて約十日後、元正天皇の「最も暑い時」が、まさしく頂点に達した、夏六月末の或る日だった。

と言うのも、その頃になると、女々しい篝火戦術に対する将兵たちの不満が今にも爆発しそうな程、極点に達して居たので、旅人も、持節大将軍として、何らかの新手を打ち出さざるを得なくなったからである。

だが、大隅国府で三度開かれた長い軍議で、やっと決定された新手とは、結局、一軍が既に成功を収めた、有り触れた例の見せ物方式でしかなかった。タカが若い軍監と共に、皇軍の交渉役を命じられたのは、その経験を買われたからでもあった。タカは、ウシとの距離が益々縮まり、ウシの破滅が愈々迫って居るのを鋭く感じ乍ら、大隅国府を後にした。

行く先は、大隅国府の東方に聳える、高い方の丘だ。

皇軍の一行は、一人だけ騎乗した軍監を頭に、護衛の兵士十人程、それに、曽君細麻呂と名乗る、大隅国の年老いた大領も加わって居る。曽君を名乗る、この大隅国の老郡司、ひょっとしたら、親友ウシが、良く噂《うわさ》して居た、霧島山麓のあの親戚かも知れないと、タカは、道々、思いを巡らせる。若し、そうだとしたら、ウシとこの老郡司は、互いに敵同士に成ってしまったのだ。何と言う、厳しく辛い運命だろう！

夏六月末の、焼けるような午後の陽を浴び乍ら、皇軍の軍使の一行が、現地では、曽於の石山と呼ばれて居る急峻な丘を右に迂回して、狭い谷の入口に到達したのは、出発して、小半時（三十分）経った頃だった。

この狭い谷は、そこを突破されると、丘に立て籠った大隅人たちが、壊滅的な打撃を蒙《こう》むる作戦上の重要拠点だ。それだけに、彼等の防備は、厳重を極めて居り、頑丈に組まれた木柵の向うで、弓に矢を番《つが》えた戦士の一団が、色めき立って、一行を迎えた。

良く見ると、谷の正面の大きな木柵の向うには、丘の頂へ通じる細い山道に沿って、同じような木柵が、段々に固く組まれて居る。若し、皇軍が、その道を強行突破しようとするならば、相当の犠牲を覚悟しなければならないだろう。

そこまで素早く読み取った軍監《ぐんげん》は、軍使の作法に則って、木柵の手前で一応下馬し、例の口上を、大声で呼ばわった。

「征隼人持節大将軍、正四位下、大伴宿禰旅人様の命を受けて参った皇軍《すめらみくさ》の軍使、従六位上、平群《へぐりの》朝臣牛養《うしかい》である。

その方どもの首領、大隅国曽於郡主帳、曽君宇志と話がしたい。早々に取り継ぐよう。

尚、首領の叔父、大隅国曽於郡大領、外従五位下、曽君細麻呂も、同道して居る事を、言い添えて置く、確と伝え届けよ。」

軍使の、形式張った、官人風な例の口上《こうじょう》を、大隅人たちの言葉に直し乍ら、タカは、これで全てを得心した。

親友ウシは、やはり、二つの丘に立て籠った大隅人たちの首領であり、皇軍の軍使に同行した、年老いた郡司は、その叔父だったのだ。

それにしても、大和朝廷と皇軍の情報網は、相変らず、底知れないと、タカは改めて思う。この分だと、二つの丘に立て籠った大隅人たちの人数、武器の種類と数量、糧食や水の状況などまで、もはや調べ尽されて居るのかも知れない。軍使が、親友ウシの叔父を、敢えて同道したのも、何か魂胆が有っての事だろう。

軍使の口上が終って、一刻（三十分）後、今度は、決起した大隅人たちの軍師に推されたウシ事、大隅国曽於郡主帳、曽君宇志が、数人の仲間と共に、タカたちの前に姿を現した。

黄色の貫頭衣に黒い帯を締めたウシは、その服装を見る限り、他の仲間たちと少しも変わらないが、約十年振りに見るその顔には、止むに止まれず決起した大隅人たちを指揮する者の責務と威厳の表情が、深く刻まれて居るとタカは、直感した。

すっかり大人びた、その佇《たたず》まいには、約十年前、故郷・阿多の浜辺で別れた時の、強情で青臭い雰囲気など、もはや微塵も見られない。それに引き替え、この自分は、大和の都で、念願の隼人訳語に一応成れはしたが、今のウシに比べると、未だにあの頃の儘のような気がしてならない。

そんな自分は、ウシの目に、どのように映って居るのだろう？

軍使の一行と、木柵を挟んで向き合ったウシが、誰よりも先に視線を向けたのが、自分であった事を鋭く感じ乍ら、タカも、すっかり大人びたウシを直視した。

「……」

「……」

だが、二人が視線を交したのは、ほんの一瞬であり、忽《たちま》ち、決起者たちの軍師としての厳しい表情に戻ったウシは、皇軍の軍使の長、平群朝臣牛養に向かって、力強く名乗りを上げた。

「われ等に、これと言った首領は居らぬ。俺は軍師・曽君宇志だ。話とは何か？」

タカが、久し振りに聴く、海の民・阿多人の言葉だ。大隅人たちと十年以上も一緒に暮して居ると言うのに、その抑揚は、あの頃と一寸も変って居ない。タカの大和言葉を待って、軍監《ぐんげん》が続ける。

「然れば、唯今より、そちに、征隼人持節大将軍、大伴宿禰旅人様の御意向を伝える。

此度《こたび》、大隅国守を殺害し、剰《あまつさ》え、大隅国府を占拠した、そちたちの暴挙、至尊の天皇と朝廷、並びに厳格なる律令国家に対する、不埒《ふらち》極まる大罪である。

然れど、大和の都に御座《おわ》します、慈悲深き元正天皇様は、そちたちの言い分を良く聞き、平和の中《うち》に事を納めるよう、殊《こと》の外、強く御望みである。

就いては、この丘と大隅国府の中間の地に宴席を設け、そちたちと親しく歓談したい。皇軍は、持節大将軍以下十名、列席の予定故、そちたちも、軍師・曽君宇志以下十名、是非とも出席致すよう。

尚、宴席には、大和の都でさえ、滅多に観られない、珍奇な人形芝居なども催す予定である。お互い、戦陣の緊張をしばし解《ほぐ》し、心行く迄、歓を尽そうではないか。

以上、持節大将軍様の寛大なる御意向を、そちに伝えて置く、出来得る限り、速やかに返答致すよう。

それから、持節大将軍様は、個人として、そちたちが、二つの丘で、毎夜燃え立たせて居る火柱や、時折、現れる火の球に、とても大きな関心を抱いて居られる。見るからに美しい、あの火柱や火の球には、抑々《そもそも》、如何なる由来が有るのか、是非とも、知りたいと仰せられる。

そちたちも、既に承知の通り、わが皇軍は、二つの丘の麓で、毎夜、篝火《かがりび》を焚いて居るが、火は、人の生誕と友好に絶対に欠かせぬ物、互いに、火を通して、分かり合えるのではないか、と仰せられる。以上だ。」

「・・・・」

やっぱり、来たのか、タカよ！

でも、こうして見ると、お前も、十年の間に、どうやら一人前の隼人訳語に成れたようだな。軍使が喋る長い大和言葉を、少しも淀《よど》み無く、我等が言葉に直して居るではないか。だが、お前は、今では皇軍の訳語、我等が敵なのだ。喜ぶべきか、恨むべきか、俺には、とんと分らん！

ウシは、無言の儘、今度は、春二月二十日の決起以来、初めて顔を合わす、年老いた叔父、大隅国曽於郡大領、曽君細麻呂に、鋭く視線を移す。軍使の後に控えて居た、老郡司は、止むに止まれず立ち上った甥の、気迫に満ちた視線に、たじろぎ乍らも、持節大将軍に命じられた、辛い役目を果さねばならぬ。だが、その呼掛けは、言葉の厳しさとは裏腹に、むしろ哀願に近い。

「ウシよ。わしは、大和の朝廷より、外従五位下の位階を賜った身故、そちたちの暴挙を見逃す訳には行かぬ。

畏れ多くも、天皇様の御名代たる大隅国守様を殺害し、剰《あまつさ》え、大隅国府を占拠したるは天下の大罪！　軍師たるそちの科《とが》、如何なる申し開きをしようとも、決して免れるものではない。然るに、大和の都から遙々、当国に御出座《おでま》しになった持節大将軍、大伴宿禰旅人様は、そちたちの戦い振りに、甚《いた》く、心を動かされ、是非とも、そちたちと親しく歓を尽したいとの仰せである。然《さ》れば、此度は、大将軍様の寛大なる御申し出に、素直に従うが身のためであろう。篤《とく》と有難く承るが良い。わしも、そちの叔父として、それを心から願って居るぞ。良いな。」

「・・・・」

おい、ウシよ。此《これ》は皇軍の罠だぞと、タカは、必死で、ウシを見詰める。

北の五つの丘は、そうとは知らず、むざむざと皇軍の手に落ちてしまったんだ。他ならぬこの俺が、手引をしてな。応じるな、人形芝居などに、目を暗《くら》まされるなよ。叔父御もぐるだぞ。

「・・・・」

おい、タカよ、と、ウシも無言で、物言いたげなタカの目を見詰める。

止むに止まれず決起した大隅人たちの軍師ぞ、この俺は！　狡賢《ずるがしこ》い皇軍の、そんな子供騙《だま》しの絡繰《からくり》が、見抜けないとでも思って居るのか！

此処は、大隅人たちの母なる大地だ。鹿や猪の通る細道までも、皆、知り尽して居る昔乍らの父祖の地だ。皇軍の薄汚い策略に乗せられて、北の五つの丘が、次々、陥落した事も、その日の中に、分かって居たんだ。

だから、俺たちが立て籠って居るこの丘も、向うの丘も、皇軍の策略に乗る事は決して無いのだ。その目は何か言いたがって居るようだが、タカよ、余計な事をするでない。落ち着け、落ち着け！だが、ウシと無言で向き合うタカの心の奥底で、突如、何かが力強く弾けた。次の瞬間、その口から鋭く飛び出したのは、海の民、阿多人のあの神の言葉だった。

「此は、海神《わだつみ》の塩満珠《しおみつたま》！　塩乾珠《しおふるたま》に有らざるぞ！」

塩満珠と塩乾珠は、共に、海の民、阿多人が、恐れ崇める海神の霊力の象徴だ。塩満珠は、海に嵐をもたらし、塩乾珠は、それを鎮める。海の民・阿多人が、塩満珠を恐れ、塩乾珠を崇めるのは、そのためなのだ。

何たる馬鹿者だ、お前は！　とウシは、皇軍の訳語の身分も忘れて、誇り高い海の民・阿多人に戻ったタカを、睨み付ける。

皇軍の軍使たちの目の前で、お前と俺にしか分からない、海神の言葉を口にすれば、訳語の身乍ら内通と見做《みな》されるのが落ちではないか！

お前は、勝手に気を利かして、皇軍の策略を、塩満珠に言寄せた積りなのだろうが、そんな事など、俺たちは疾っくに見抜いて居るのだ。あれから十年も経って、やっと夢の隼人訳語に成れたと言うのに、お前の御喋りの癖は、些《ちっ》とも直って居らんな、馬鹿者め！

ともあれ、その突然の椿事《ちんじ》に依って、皇軍の見せ掛けの和睦の交渉が出鼻を挫かれた事だけは確かだった。

果して、皇軍の軍使一行が、タカを含めて、大隅国府へ引き揚げてから、三日経っても、さらにまた、三日経っても、ウシたちが立て籠って居る曽於の石山からは、何の応答も無かった。苛立った軍監、平群朝臣牛養は、交渉に立ち合った、隼人司の訳語長、阿多君鷹を、厳しく問い詰め、遂に、その裏切りを白状させた。

隼人訳語の利敵行為！

大和の都の元正天皇より、聖なる節刀を賜った、征隼人持節大将軍、正四位下、大伴宿禰旅人の出番だった。

征隼人三軍が、大隅国に到着して、約半月、季節は、秋七月に入ったが、二つの丘に立て籠った大隅人たちと彼等を取り巻く皇軍の火の作戦は、依然として、毎夜、続けられて居た。

そんな或る夜、曽於の石山に間近い原野の一角で、何時もとは格段に違う、一本の巨大な篝火《かがりび》が、盛んに火の粉を散らして居た。そして、周囲が明るくなる度に、篝火のすぐ傍に、後ろ手に縛られ正座をさせられたタカと、罪人を取り巻く数人の警備の兵士たちの姿が、あの見せ物の人形たちのように、くっきりと浮かび上った。

だが、タカは、あの日を境に、衛門府隼人司の訳語長から、八虐の一つ、謀叛の張本人に成り下がった事を、少しも悔いて居なかった。

其処《それどころ》か、自分の決死の警告によって、ウシたちが、遂に丘を下りて来なかった事に、密かな満足さえ覚えて居た。

天皇と朝廷の側に立つべき隼人訳語としては、確かに、重罪を犯したのには違いないが、自分のあの場違いな暗示の言葉によって、決起した大隅人たちの安全が、何とか保たれたのだ。タカは、二人にしか通じない、あの阿多の海神の言葉を、ウシが確《しか》と察して呉れた事が、何より嬉しかった。

それに、あの新羅の学語生、金信厳の忠告を、自分なりに守れた事でも、十分得心して居た。あの時、自分は、隼人司の訳語長として、間諜《うかみ》の役目を果す所か、他ならぬ「敵」側に「味方」の動きを知らせてしまったのだが、兎も角も、最後には、それを、自分で考え、自分で決めたのだ。

斯《か》くなる上は、如何なる厳罰を受けようとも、海の民・阿多人として、誰に恥じる事も無い。播磨国の野辺で、ややと共に果てた、最愛の妻ヒメも、今、自分に思いを寄せて呉れるキメも、屹度《きっと》、分かって呉れる筈だ。

「僕はもう何も言わないよ、タカ。君自身が、君自身の意志で決行した事だからね。

僕は、中納言、正四位下、大伴宿禰旅人様の資人として、また、征隼人持節大将軍、大伴宿禰旅人様の節刀持ちとして、誇り高く、生きて居るんだ。

だから、君自身が海の民・阿多人の誇りを忘れず、衛門府隼人司の訳語長の地位より、阿多人の友情を選んだ気持が、良く分かるよ。

唯だ、わが主人は、至高の大君様より、聖なる節刀を授けられた、征隼人持節大将軍だ。君が犯した利敵行為に対しても、自ら厳罰を下す絶対の権限を持って居られる。

しかも、その張本人が、佐保の大伴館で、あれ程特別に目を掛けてやった資人だった事に、尚一層、激怒して居られる。君は、あの新羅の学語生、金信厳とは逆に、恩を仇で返してしまった訳だからね。賊盗律の規定によれば、利敵行為は、八虐の一つ、謀叛であり、死罪と決まって居る。君も、平城京東市の例に倣って、此の場で、処刑される筈だ。僕は、わが主人の辛い心中を察するに余り有るよ。」

予《あらかじ》め、大将軍から言い含められて居たせいであろうか、節刀持ちの余明軍が、何時の間にか罪人に近付き、口を利いても、警備の兵士たちは、誰も咎めない。

「有難う、余明軍！　君の言う事に、一点の非も無いよ。全くその通りだ。あの新羅の学語生、金信厳でさえ、旅人様を裏切らなかったのに、僕は、結局、そうしてしまったんだからね。

大恩有る旅人様にも、友達の君自身にも、本当に申し訳無い事をしてしまったのに、君が、こうして、言葉を掛けて呉れるなんて、僕には、身に余る厚遇だよ。

軍律厳しい中、態々《わざわざ》、会いに来て呉れて有難う、余明軍。君は、誇りに生き、僕は、誇りに死ぬ。お互い、素敵な青春だったね。」

思えば、佐保の大伴館の資人、余明軍は、あの新羅の学語生、金信厳が帰国してからは、大和の平城京に於ける、タカの唯一の親友だった。タカとほぼ同年代の余明軍は、大伴館の資人部屋で起居を共にし、歌を習い、東市で女性《にょしょう》たちと遊んだ、唯一の親しい仲間だった。そして、大隅国の異変が起ってからは、難波津から那津迄、長い船旅を共にし、より一層、心を通よわせ、こうして、九州・南の果ての戦場で、互いに役目を果す、稀少な戦友だった。

そんな余明軍に連なる、大和の都は、わが青春そのものだった、とタカは、今更乍ら、痛感する。

佐保の館で出会った、新羅の学語生、金信厳、同じ国の歌人・理願尼、そして、播磨国で果てた、最愛の妻ヒメの、生れ変りのような畿内隼人の娘、阿多君吉賣《きめ》、・・・・皆、同じ時代の、同じ空気を吸い、共に歌や恋に、若い心を滾《たぎ》らせた、懐しい仲間たちだ。

取分け、何時か密かに心を寄せるようになったキメは、大隅国へ出征する自分に、まるでヒメを思わせるような熱い思いを、歌で寄せて呉れた。隼人司右大衣だったその父御も、かつて朝廷の間諜《うかみ》の嫌疑を掛けられた揚句、他ならぬこの大隅国で、命を落されたのだ。何と言う因果な巡り合せであろう！

余明軍が明言したように、自分もまた、この大隅国で、間も無く処刑されるだろう。あの愛しいキメに、この世で会う事は、もはや二度と無いが、キメに対するわが真心だけは、何とかして伝えたいものだ・・・・。

そんなタカの胸中を見透かすかのように、不意に、余明軍がタカの耳元で私語《ささや》く。

「キメに何か伝えたい事は無いかね？　君の下手糞な歌でも構わないぞ。」

わが人生の最期の最期まで、何と人の心を良く読める男だろう！　憧れの大和の都で、こんなに篤実な人物に出会えて、本当に幸せだった。有難う、余明軍！

阿多人の誇り守りて大隅に吾もまた果つを悔いじ吾妹子《わぎもこ》

内通の咎《とが》で、捕縛された日以来、タカが、刑死を覚悟し乍ら、ずっと心に温めて居た、キメへの思いの全てだった。

「短い間だったけど、タカは、本当に幸せだったと、キメに伝えて呉れ。君の理願尼にもな。」

「君の歌にしては、上出来じゃないか！　良く諳《そらん》じて、必ずキメに伝えてやるよ。

でもな、僕の理願尼も、君の刑死を知ったら、屹度、悲しむだろうよ。四人でまた会える日を、とても楽しみにして居たからね。」

時刻はもう戌《いぬ》の刻（午後八時）頃であろうか、九州の南の端、大隅国の秋七月の夜空は満天の星だ。北の方角には、北辰が、大和の都よりやや斜めに差して居り、東の方角には、その華やかな星空の下、霧島山が、まるで巨大な大蛇のように、黒々とうねって居る。

大隅国府の東方に聳える曽於の石山では、今夜もまた、例の火柱が燃え上がり、時折、真赤な火の粉が、まるで華麗な夜空に挑むかのように、山頂に飛び散って居る。

そんな自然と戦場を背景に、タカの処刑が、今、始まろうとして居た。

征隼人持節大将軍、大伴宿禰旅人の特命を受け、処刑の指揮を執るのは、あの日の交渉に、隼人司の訳語長、阿多君鷹を同道した、軍監、平群朝臣牛養だ。

旅人様の信頼厚いと聞いて居た、この隼人訳語の裏切りは、全く以て寝耳に水の出来事だったとは言え、丘に立て籠った叛徒どもの誘《おび》き出しに失敗したのは、何と言っても、自分の落度である。それは、厳しかるべき軍監としては、面目丸つぶれの大失態だ。この儘では、朝廷の官人としての、今後の出世にも、大きく響くかも知れない。

今に見て居れ、隼人ども！　この若造の首を刎《は》ねたら、次は、汝等の番ぞ！

怒りと憎悪を満面に浮かべた軍監の右手が颯《さっ》と上がり、次に、それよりも早い速度で、振り下ろされたのは、その直後だった。

それを合図に、後ろ手に縛られ正座させられて居るタカの背後に、長い抜身を引っ提げた一人の兵士が、すっと近寄り、素早く上段に構える。罪人の周囲を取り巻いた、警備の兵士たちも、一瞬、固唾を呑む。

瞑目したタカの脳裡に、ふと、十年前、遷都したばかりの平城京東市で、新羅の学語生、金信厳と共に、目撃した、あの蝦夷の処刑の光景が、鮮かに蘇る。

嗚呼、やはり、あの日の不吉な予感がこうして当たってしまったんだ！　今の自分は、あの日の蝦夷そっくりじゃないか！

それはそうと、あの日、あの囚人は、今わの際に、蝦夷の神に何か呼びかけようとしたな。我等とは言葉こそ違え、あの力強い大声は、蝦夷の神と、永遠に生きたいと願う、必死の祈りだったと今こそ思う。

この自分にとっても、今がその時だ！　あの日の蝦夷に倣《なら》って、自分も、阿多人の崇める海神と山神に、全てを委ねよう！　そうすれば、わが身は、仮令《たとえ》、この戦場で朽ち果てようとも、わが魂は、播磨国の野辺で果てた、最愛の妻ヒメと共に、あの懐しい故郷・阿多に帰れるだろう。そこには、一人子の帰郷を待ち侘びて居る、年老いた父、阿多君比古や、朝貢隼人の総帥、薩摩君須加様も、尚、静かに余生を送って居られる筈だ。

それに、今、此処で、自分があの神招《お》ぎの声を発すれば、間近かな丘に立て籠って、今夜も、例の火の戦術を続けて居る、親友ウシの耳にもまた、ひょっとして届くかも知れない。

わが無二の親友ウシよ。決起した大隅人の軍師・曽君宇志よ、

一足先に、俺は行く！　あの神降る金峰山でまた会おう！　さらば！

「おう、おひょう、おう、おひょう、……」

兵士の振りかぶった、長い刀身が、一段と赤く燃え上がった篝火に、きらりと光り乍ら打ち降ろされたのと、タカの力強い神招ぎの声が、三つ目で途切れたのと、殆ど同時だった。

「えいえいおう、えいえいおう、えいえいおう！」

間髪を入れず、処刑を見守って居た、警固の兵士たちが、一勢に、勝鬨《かちどき》の声を上げる。

見たか、二つの丘に立て籠った叛徒ども！　何時かはこうして、お前等の首を残らず刎《は》ねてやるぞ！

タカの処刑を見届けた軍監は、今度は、残忍な笑いを満面に浮かべ乍ら、持節大将軍が首尾を待つ、

大隅国府へ、足早に踵《きびす》を返した。

第二十一章　梅花の宴

中秋八月に入っても、相変らず戦況に何の変化も見られない或る日、大和の都より、元正天皇の勅使が、再び、大隅国府に到着した時、征隼人持節大将軍、大伴宿禰旅人は、一瞬、不吉な予感を覚えた。しかも、今度の勅使も、前回と同じく、右大臣、藤原朝臣不比等の発病を、そっと耳打ちして行った、元部下、衛門督・佐伯宿禰広足《ひろたり》だったので、余計、そう感じたのだ。

果して、勅使から伝えられた元正天皇の詔旨は、あの御方の薨去《こうきょ》と、旅人の平城京への召還だった。但し、二人の副将軍以下の将兵たちは、引き続き、現地に止まり、反抗を続ける隼人どもの制圧に、全力を尽くすようにとの厳命も、重ねて添えられても居た。

征隼人持節大将軍として、大和の都からは遙かに遠い、九州の南の端、大隅国に駐留する事、一カ月近く、二つの丘に立て籠った、叛徒どもとの間に、これと言った激しい戦闘も無い儘、連日、無《ぶ》聊《りょう》を託《かこ》って居た旅人は、その勅命によって、自分が、中務卿を兼務する中納言と言う、最重要な政の地位に在る事を、久し振りに強く意識した。

約十年前、平城京遷都が行われて以来、廟堂《びょうどう》の政をより一層独り占めして来た、あの御方が身罷《みまか》られたとすれば、議政官の主導権は、自と、大納言、正三位、長屋王《ながやのおおきみ》に移るであろう。

長屋王は、過ぐる壬申の乱の覇者・天武天皇の長子・高市皇子の嫡子、その妻・吉備内親王は、元明太上天皇の皇女であり、元正天皇とは、姉妹の間柄だ。慶雲四年（七〇七年）の即位以来、何かに付け、あの御方と対立して居た元明太上天皇様が、この好機を見逃される筈は、絶対に無い。

廟堂の政を恣《ほしいまま》にして来た、あの御方が遂に薨《こう》じた今こそ、天智・天武・持統の三代に渡って、築き上げて来た天皇と皇室の、至高の威厳を、再び廟堂に取り戻そうとされるであろう。中納言兼中務卿たる自分を、遙か九州の最南端の戦場から、急拠、呼び戻されるのも、昔ながらの皇室第一の藩屏《はんぺい》として、わが大伴一族を頼みにして居られる、何よりの証《あかし》であろう。元明太上天皇様と元正天皇様、御二方の、相も変らぬ、この厚い御恩情と御信任、大伴一族の氏上《このかみ》として、真に以て、恐悦至極、感謝感激この上は無い程の、光栄だ。

とは言うものの、この再度の勅使を、喜んでばかりも居られまい、と旅人は、例の如く、憂鬱な気分に、またしても捉われる。

本来なら、大宰帥指揮下の、九州の軍団だけで事足りる筈のこの大隅国の異変なのに、征隼人持節大将軍などと言う、大袈裟な称号を帯びて、大和の都から出征しなければならなかったのも、元はと言えば、身罷られたあの御方御一人の面子のためであった事は確かだ。

しかも、その大将軍が率いる征隼人軍、大和の都を発って五か月余、大隅国の戦場に布陣してからも二カ月近く、戦況は、膠着状態の儘であり、叛徒どもに寝返った、隼人司の訳語長を処刑した切りで、目立った戦果など、全く上げて居ない。然れば、二つの丘に立て籠った叛徒どもが、平地に下りて来ようとしない限り、この役《えだち》が、今後も長期に渡るであろう事は、征隼人軍の兵士の目にさえも、至極、明らかな戦況の見通しであろう。

　正直言って、自分は、持節大将軍乍ら、此度の役《えだち》には、もううんざりして居た所であった。その点でも、この再度の勅使は、丁度良い機会であったわ。これでやっと、退屈極まる、九州の南の端の戦場から、おおっぴらに、離脱する事が出来るのだ！　そしてまた、あの懐しい大和の都で、わが愛しい坂上郎女と、楽しく睦み合う事も出来るのだ！

　だが、一方で、旅人は、廟堂の政の事を思うと、相も変わらず、気が滅入る。

　太政官では、右大臣乍ら、事実上、絶大な権力を振って居たあの御方が存在しなくなったとしても、その息の掛かった配下の者たちや子息たちが、何れ、勢力を盛り返すであろう。

　と言うのも、深謀遠慮のあの御方は、既に、生前、大宰帥・多治比真人池守を中納言に、長男・武《む》智麻呂《ちまろ》を式部卿に、次男・房前《ふささき》を参議に、三男・宇合《うまかい》を按察使《あぜち》に、それぞれ登用して、藤原一族の足場を固めて居られたからだ。取分け、次男・房前には、長男・武智麻呂以上に、藤原一族の将来が期待されて居る風であった。

　あの御方のそんな威風が、隠然として遺って居る廟堂に、この自分が、中納言兼中務卿として、舞い戻ったとしても、一体、何程の力を発揮出来るであろうか？

　無論、元明太上天皇様や元正天皇様の、御信任厚い、あの長屋王が、大納言として、廟堂に睨みを利かせて居る限り、あの御方の一党が、以前のような専横を極める事は、先づ有り得ないだろう。だが、政の一寸先は、闇だ。此の先、廟堂では、何が起こるか、知れたものではない。

元正天皇の再度の勅使、佐伯宿禰広足が、大和の都へ、慌《あわただ》しく早馬で引き返して行った次の日、旅人は、相変らず、相反する二つの心の間を揺れ動き乍らも、征隼人持節大将軍としての、残務を、次々とこなして行った。

他の何れにも先んじて、旅人が、執り行ったのは、元正天皇から授かった、聖なる節刀を、副将軍の一人、授刀助・笠朝臣御室に、引き渡す儀式だった。旅人が、敢えてそうしたのは、この若い副将軍の官名が、偶々《たまたま》、節刀に類似して居る事情も然る事乍ら、彼が、一軍の総師として、少なくとも、大隅国の五つの丘に立て籠った叛徒どもを制圧したと言う、一応の戦功に報いるためだった。その結果、もう一人の若い副将軍、巨勢朝臣真人は、止むなく同僚の風下に立つ破目に陥った。

次に、旅人は、此度の役《えだち》で、持節大将軍として自ら定めた軍律を、厳格に守るよう、二人の将軍に、改めて申し渡した。

「謀反の首謀者及び皇軍《すめらみくさ》に刃向う者は、男女を問わず斬刑、降伏する者は、情けを以て、捕虜とせよ。
更に、敵に内通する者は、あの隼人司訳語長のように、味方と言えども、斬刑にせよ。
余は、止むを得ぬ事情により、戦場を後にするが、如何なる事情があろうとも、余が軍律を決して曲げてはならぬ。
此度の役《えだち》が長びく事は必定。然れば、副将軍二人、力を合わせて奮闘し、何時の日か、華々しい戦果を上げて、大和の都へ凱旋するよう、余は心から願って居るぞ。」

最後に、旅人は、大隅国の戦場で、隼人司訳語長の謀叛に対して、実行した処刑の経緯を、同行した録事の一人にまとめさせ、節刀持ちを外された、資人・余明軍に持たせた。あの御方は、既に、太政官には居ないが、『軍防令』の規定により、持節大将軍には、その専決の次第を、太政官に報告する義務が有るからだ。

それにしても、国のまほろば・大和を離れて五カ月余、大隅国の二つの丘に立て籠った叛徒どもを制圧出来ない所か、利敵行為に走った隼人司訳語長の処刑が、唯一の目ぼしい戦果だったとは、征隼人軍の最高指揮官としては、真に以って、恥ずかしい限り！　遙か大昔より、皇室の藩屏として、天下に聞えた、わが大伴一族の面目丸潰れじゃ。

やれやれ、余は、政は元より、どうやら、軍事にさえも向かぬ、女々しい男のようだ。余が、こんな惨めな体《てい》たらくで、突如、大和の都へ帰還すると知ったら、あの気丈な坂上郎女が、何と厳しい非難を浴びせる事だろう！

否々《いやいや》、それでも良い。この世の誰よりも愛しい、あの女性《にょしょう》に、再び会えるのだと思えば、そんな些細な屈辱など、全く以て、物の数ではないわ。

公私共に、さまざまな思いを胸に秘め乍ら、中納言兼中務卿の顔を取り戻した旅人が、余明軍と数名の資人たちだけを伴にして、久方振りに、平城宮壬生《みぶ》門を潜ったのは、既に、晩秋九月も終る頃であった。

約七カ月振りに見る、懐しい大和の都だ。

晩春三月初め、遙かな九州南の端・大隅国へ出征する時には、青々として居た、都の周囲の山波にも、今ではもう、鮮やかな紅葉が方々で始まって居る。

出征した時と同じ旅程で帰京した、征隼人持節大将軍、大伴宿禰旅人は、その高い官位にふさわしい、晴れやかな凱旋の礼を受ける事も無く、愛しい坂上郎女が住む佐保の館へ帰る事も無く、その朝早く、真先に内裏へ直行した。都の周囲の山波にも増して、良く見慣れた、内裏の佇まいだが、晩春三月初め、九州へ出征した時とは全く違う、緊張した空気が、平城宮全体に漂って居るのを、鋭く感じずには居られない。

あの御方が、この平城宮に存在しなくなっただけで、これだけの大きな変化が生まれたのだとすれば、あの御方は、自分などその足元にも及ばない、偉大な人物だったのだろう。

それに、内裏で旅人を出迎えた侍従が、昔馴染みのあの多治比真人嶋守ではなく、旅人の知らない若い貴人に替わって居たので、益々、そう言う思いを尚更強くしたのだ。あの御老体もまた亡くなられたのであろうか？

「慈悲深き大君様の御召により、不肖、大伴宿禰旅人、唯今、参上仕りましてございまする。

此度《こたび》の大隅国の役《えだち》に際し、大君様には、某《それがし》始め将兵、杪士《かじとり》に至る迄、心暖まる御慰問と力強い御激励を賜り、皇軍《すめらみくさ》一同、恐懼《きょうく》と感激の極みでございました。

然るに、不肖、大伴宿禰旅人、征隼人持節大将軍の大命を拝し乍ら、役目にふさわしき戦功も上げ得ず、斯くして、おめおめと有難き御召に応じましたる段、唯だ唯だ、恐懼恥辱《きょうくちじょく》の限りでございまする。

斯《か》くなる上は、何卒、大君様の寛仁大度《かんじんたいど》を以ちまして、平に御容赦賜りますよう、伏して御願い奉りまする。」

「そんな固苦しい挨拶など、どうでも良いわ。

此度は、そちの無事な帰還が何よりじゃ。身罷ったあの者が、無理矢理拵《こしら》えた持節大将軍の戦功など、誰が望んで居るものか！遙か九州南の端、大隅国の変事など、「遠《とお》の朝廷《みかど》」たる大宰府で処理するが道理と、朕は、今でも思って居るでの。

そんな事より、朕は、こうして、そちが都に戻り、朕と大君の伴《とも》に居て呉れるだけで、何より心強いのじゃ。

此度、身罷ったあの者は、廟堂の政に於ては、確かに、第一人者ではあったが、朕も大君も、真底、心を許せる相手では決して無かった。あの者は、確かに、政には秀でては居たが、律令一点張りで、押し並べて、民草に対する思い遣りの心に欠けて居た。あの者は、律令と権力さえ有れば、民の心をどうにでも出来ると信じて居たようだが、唯だ、それだけでは、天下を丸く治める事は、決して出来ぬ。其かあらぬか、此の所、国中に、洪水や旱魃、不作や流民など、忌わしい災いが、相次いで居る。そんな不穏な世が続く中、日頃、朕が恐れて居た事態が、北の蕃地でも、遂に起ってしもうた。そちが帰還する直前、陸奥《むつ》国から、蝦夷の謀叛の知らせが届いたのじゃ。

大隅国の異変から半年余り、蝦夷等は、その凶事を何処からか伝え聞いたのであろう。北の蕃地では、国守どころか、国守を束ねる按察使《あぜち》までも、殺害したと聞く。余程、あの者の政に対する不満と憎しみが、溜って居たのであろう。

直ちに、大君の命に依り、持節征夷将軍と持節鎮狄《ちんてき》将軍の二人を、陸奥国の征伐へ向かわせたが、蝦夷は、隼人以上に、獰猛《どうもう》で、武力に秀い出て居るとも聞く。此度の役《えだち》も、大隅国以上に、長引くは必定。其《それ》も此《これ》も皆、身罷ったあの者の失政のせいじゃ。大君共々、口惜しうてならぬわ。」

元正天皇と並んで、そこまで一気に、日頃の胸の中《うち》を曝《さら》け出す、元明太上天皇を、旅人は、久し振りに、とても懐しく、しかし、何とも痛ましく、片膝立てて見上げる。

あの御方が、廟堂から消え去った今、太上天皇様は、何時に無く、生き生きとして居られるようだが、御歳はもう六十を越えられた筈。良く御見受けすれば、御顔の御皺もまた少し増え、御髪もまた一段と白くなられたようだ。こんな御歳になられる迄、尚、御国の政に御心を煩わせねばならぬとは、何と御労《おいたわ》しい御事であろう！

「朕とした事が、久し振りに、そちの懐しい顔を見た途端、つい、あの者の悪口が出てしもうたわ。如何なる人物であれ、死屍《しし》に鞭打つ事だけはしたくないと日頃思うて居ったに、未だ未だ修養が足りぬようじゃ。この歳に免じて、許せ、旅人！

朕も大君も、身は内裏の中に有ろうとも、心は常に、民草と共に有る積りじゃが、政は、決して思うようには成らぬもののようじゃのう。其《それ》も此《これ》も、我等二人の不徳の致す故であろう。唯だ唯だ、恥じ入るばかりじゃ。」

嗚呼、久し振りの宮中に張り詰めて居た、あの異様な空気は、そう言う事情であったのか。と旅人は、やっと納得する。

それにしても、御二人の固い絆は、少しも変わって居られぬな。

かの勝気な持統天皇様とは打って変って、権力一点張りではない、広やかで慈悲深い御心こそ、この二人の女帝の宝物であろう。

そのような女帝御二人に、これ程迄に厚く信頼されて居る大伴一族の氏上《このかみ》たるわが身、斯くなる上は、亡父・安麻呂の遺言通り、身命を賭して、天皇と皇室の第一の藩屏たる大役を何としても、果さねばなるまい。

唯だ、気掛かりなのは、今日の謁見の時もそうだが、物静かで美しい元正天皇様は、四十を越えられた今でも、全てを母御・元明太上天皇様に任せて、御自分は、常に一歩下がって居られる点だ。

奥床しいと言ってしまえば、それまでだが、何時の日か、元明太上天皇様が御隠れになられた時、此の儘では、群臣犇《ひし》めく、どろどろした廟堂を、無事に治め切れるとは、どうしても思えない。それに、あの御方の生涯の悲願であった、首《おびと》皇太子の即位の時も近づいて居る。あの御方の、遺された息子たちは、力を合わせて、亡父の夢を実現すべく、早速暗躍し始めて居るであろう。

あの御方のもう一つの夢であった『日本紀』は、既に、亡父の死を予感した遺児たちの手で、完成に漕ぎ着けたとも聞いて居る。

そんな政情の只中で、この御心やさしい元正天皇様が、母御程の、厳しい皇威を発揮出来るかどうか？……

「朕は、身罷ったあの者より二歳下じゃが、それでももう六十を越えてしもうた。

朕は、万物の生命には必ず死があると聞いて居る。従って、人の死も、天地の道理、逆らったとて、どうなるものでも無い。朕も、無論、間も無く、あの者と同じくこの生命を終えるであろう。したが、朕は、葬儀だけは、盛大にしたくは無い。民草の生業《なりわい》を妨げ、服装を華美にし、万民の生活を傷つける事こそ、朕が最も厭う所行じゃ。

其の内、右大臣、従二位、長屋王《ながやのおおきみ》と、参議従三位、藤原朝臣房前《ふささき》にも、固く申し付ける積りじゃが、そちも、中納言兼中務卿として、朕が意を、正しく酌んで欲しいのじゃ。

そちも、先刻承知の通り、あの者の子息たちは、朕の亡き後、亡父の宿願を果そうと、首《おびと》皇太子の即位を、直ちに図るであろう。

それが実現した暁には、大君は、朕と同じく太上天皇と成ろうが、四十を越えた今でも未だに独り身故、その行末が案じられてならぬ。

然れば、廟堂に百官在るとも、朕が心から頼れるのは、そちとそちの一族だけじゃ。朕の死後も、廟堂では、さまざまな出来事が起るであろうが、朕が最愛の娘、元正だけは、そちとそちの一族に、何としても守り通して欲しいのじゃ。朕の遺言として、確と胸に畳んで置いて呉れよ。頼むぞ、旅人！」

「この身に弥《いや》過ぐる有難き御言葉、旅人奴《め》、恐悦至極に存じ上げ奉りまする。

我等大伴の一族、遙か大昔より、身命を賭して、至高の御皇室を御守り申し上げて来た、朝廷第一の藩屏として、唯今の御叡慮を確と肝に銘じ、子々孫々まで永く申し伝えるでありましょう。

わが嫡男の家持《やかもち》、未だ幼少の身ではございまするが、成人致しましたる暁には、太上天皇様の御心を、屹度《きっと》、固く御守り致すよう、確と申し渡す所存でござりまする。」

と、旅人は、我と我が一族を、これ程迄に信頼して呉れる女帝二人を前にして、一応、形ばかりの見栄を切ったが、本心では、そんな自信など余り無かった。其処《それどころ》か、あの御方亡き後、その遺児たちによって、廟堂で繰り広げられるであろう、政争や陰謀を想うと、例の不安と憂鬱が、又しても心に沸いて来るのだ。

征隼人持節大将軍から中納言兼中務卿へ戻った自分が、あの気丈な坂上郎女に、そんな気弱な本心を曝《さら》け出せば、例の如く、女々しいと叱咤されるに決まって居る。

嗚呼、それでも良い！　どんなに愚弄されても構わないから、あの若い異母妹に、一目会いたい！

女帝御二人には誠に申し訳無いが、一刻も早くこの場を退出し、一刻も早く、佐保の館へ帰り着きたい。そして、何事にも気の利かない正妻の郎女よりも、五十代半ばの自分の心を残らず理解して呉れる、あの才気煥発な若い異母妹と、言葉を交したい、と旅人は頻りに思った。

養老四年（七二〇年）晩秋九月末に、大隅国の戦場から、急拠、召喚され、元明太上天皇と元正天皇に拝謁した、大伴宿禰旅人は、何と言っても、中納言兼中務卿、正四位下と言う、高位の身分なので、その年一杯、何かと公務多忙であった。

初冬十月末には、大納言、正三位、長屋王と共に、薨去《こうきょ》したあの御方に、太政大臣、正一位を追贈すると言う、大事な役目を果さなければならなかったし、翌五年（七二一年）正月には、あの御方の遺児たち、即ち、長男・武智麻呂や次男・房前等と並んで、従三位を授与されると言う慶事にも恵まれた。

旅人を巡る、その一連の人事が、皇親たる長屋王を、大納言、正二位、右大臣に任ずる事によって、あの者の遺児たちの抬頭を、極力押さえようとする、聡明な元明太上天皇のしたたかな目配りである事は、廟堂の官人なら誰にでも納得出来る政の裏の事情であった。

前年の晩春初め、旅人と共に、九州の南の端・大隅国へ出征した、征隼人軍の若い二人の副将軍、即ち、笠朝臣御室と巨勢朝臣真人が、約一年振りに、大和の平城京へ帰還して来たのは、宮中の奥深く、そんな人事が進行して居た、初秋七月初めの或る日だった。

その日を、予め知らされて居た旅人は、女帝二人の特別の許可を得て、平城京郊外の三椅《みつはし》まで、両将軍の栄えある凱旋を出迎えに行った。

既に、征隼人持節大将軍の職務を解かれて居る旅人には、そこ迄しなければならない義務など毛頭無いのだが、前年のあの炎暑の日々、九州の南の端、大隅国の戦場で、苦楽を共にした、若い二人の副将軍を、暖かく迎え、心から慰労せずには居られなかったのだ。

約一年振りに再会した二人の副将軍は、あの二つの丘に立て籠った大隅隼人どもを、遂に制圧し、千四百人余りを、斬首したり、捕虜にしたりしたと、旅人に、その戦果を。誇らしく告げた。そして、約一年半に渡って、実践で鍛えられた彼等は、秋七月の午後の、熱い日差しの下、赤銅色に焼けた、逞《たくま》しい顔を綻《ほころ》ばせ乍ら、征服の苦労話を延々と続けた。

未だ、三十代の若さ乍ら、初陣で、是程の大きな軍功を成し遂げたのだ。然かも、持節大将軍たる自分の不在の中、二人だけで、あの頑強な大隅隼人どもを、遂に屈服させたのだ。彼等が、口を揃えて、戦闘の難儀さと、戦果の大きさを誇示し続けるのも、無理は無いと、年老いた旅人は思う。

その一方で、旅人は、二人の勲功を素直に称え、その労を厚く労《ねぎら》い乍らも、途中で、戦線を離脱する破目になった、後ろめたさと、戦功を共にする事が出来なかった寂しさを、密かに感じずには居られない。と同時に、二人の副将軍が、無意識の中に放って居る若さとその眩しさが、却って煩わしく感じられたりもする。

嗚呼、自分も何時の間にか、老いてしまったのだ！

あの御方は、六十二歳で薨《こう》じた。元明太上天皇様も今年で六十を一つ越えられた。五十六歳の自分も、何れは、御二人の齢に至るであろう。後は唯だ、嫡子の家持が、この二人の副将軍のように、逞しく成長して呉れるのを、心から願うのみだ。

戦功を挙げた副将軍たちの会話が、太政官に提出しなければならない勲簿に移ったのを潮に、旅人は、征隼人軍の凱旋に沸く三椅《みつはし》を後にし、その日は、其の儘、佐保の館へ帰った。

その勲簿の中には、征隼人持節大将軍として、自らが厳命した軍律に基いて、斬刑に処せられた謀叛の軍師、大隅国曽於郡主帳曽君宇志《うし》は勿論、その妻クメ及び一子クシの名迄も記されて居たのだが、そんな事など、旅人は思いもしなかったし、例え、知り得たとしても、もはや何らの感慨も、覚えなかっただろう。

何時もなら、佐保川沿いに繁る柳の群れをゆっくり眺め乍ら、帰途に就くのだが、その日は、そんな余裕も無く、急いで館に着くと、旅人は、直ちに、資人・余明軍を、自室に呼び寄せた。旅人が最も信頼する資人・余明軍こそ、聖なる節刀の守り手として、約五カ月の間、征隼人持節大将軍たる主人の側を、片時も離れなかった、若い戦友だったからだ。

「先刻、征隼人軍の副将軍二人が、三椅に凱旋し、わしが出迎えた。あの二つの丘に立て籠った大隅隼人どもを完全に制圧し、斬首した者、捕虜とした者、合わせて千四百人余に上るそうじゃ。二人は、その間の苦労話を、嫌と言う程、聞かせて呉れたが、そちも、節刀持ちとして、感ずる所があろう、如何じゃ?」

「此度の役《えだち》の勝因が何であったかは、測り兼ねますが、あの難攻不落の二つの丘での戦闘、さぞかし、凄惨を極めたでありましょう。

然り乍ら、結果は、わが皇軍の勝利とか、其《それ》も皆、征隼人持節大将軍としての旅人様の厳しい軍律が守られたからではございませぬか！　此度の勝利、改めて心から御祝い申し上げます。

それにしても、完全な制圧に一年以上も要したとは、大隅隼人どもも、随分、粘ったものですね。」

「征隼人軍の軍律は、持節大将軍として、確かにわしが厳命したが、一年以上の時を掛けてでも、あれ程の戦果を挙げ得たのは、飽く迄もあの若い二人の副将軍の奮闘の賜じゃ。老い耄《ぼ》れのわしなどが、祝いを受ける謂《いわ》れなど無いわ。

二人の話では、わし達が帰京してからも、大隅隼人どもは、仲々、降参せず、あの二つの丘を死守し続けたそうじゃが、最後には、奴等の生命線たる北側の谷を、それぞれ扼《おさ》えて、丘全体を制圧したのが、勝因と聞いた。

じゃが、二つの丘に立て籠った大隅隼人どもは、何れも、降伏する直前の夜迄も、例の火柱と火の球だけは、決して絶やさなかったとも聞いた。

今だから言うが、あれは、九州の南の端の戦場とはとても思われない程、美しく、且つ神々しい夜景であったな。不埒《ふらち》千万にも、大隅国守を殺害した大隅隼人どもの中にも、あのような美の戦術を、編み出す秀れた人物が居たとはな。

此度の役《えだち》、わしは、武人としては、何の戦功も挙げられなかったが、歌人としては、あのような珍しい美の戦術を目の当りにして、とても得難い体験をさせて貰ったと、大隅隼人どもにむしろ感謝して居る程なのじゃ。」

歌人・大伴宿禰旅人の目に美しく、神々しいと映じた、あの日の戦術が、斬刑に処せられた、謀叛の軍師・曽君宇志によって編み出された事を、無論、旅人は知る由もない。大隅国での役《えだち》が、皇軍の勝利に終った今では、むしろ、それを知らない方が、歌人・旅人の為にも良いだろう。

「それはそうと、坂上郎女から洩れ聞いたが、大恩有るわしを裏切った隼人司のあの訳語長と、歌の上手な隼人の家女《けにょ》とは、恋仲だったそうじゃな。訳語長の方はわしが斬刑に処したが、その家女は、今、如何致して居るかの？　坂上郎女の歌の弟子として、そちは、何か存じて居ろう。」

「その者、坂上郎女様の覚え目出度い、歌の上手な隼人の家女《けにょ》で、名は、阿多君吉賣《きめ》と申します。わが御師匠様の御話では、その家女の事、旅人様にも度々、御耳に入れて居るとの事ですが、もう御忘れでございますか？

某《それがし》、大隅国より帰京して、久し振りに、歌の集いに顔を出しました所、既に、訳語長・阿多君鷹の処刑の事が伝わって居たと見えて、家女・キメは、まるで別人のように、落ち込んで居る風でございました。

某、旅人様の御許しも頂かず、あの裏切り者の辞世の歌を、キメに届けてやったのですが、キメは、その翌日、直ちに暇を取り、住み慣れた山城国綴喜《つづき》郡大住郷へ、戻って行った由にございます。

隼人司右大衣だった、キメの父御も、かつて、大隅国建国の際、訳語として、隼人どもに、命を奪われたとも、歌で聞いた事がございます。何と因果な巡り合せでございましょう。

某も、今だから打ち明けますが、処刑されたあの訳語長と某は、無二の親友、あの者の思い人・キメと、わが愛しい理願尼《りぐわに》とは、無類の仲良しでございました。青春とは、美しくもまた、哀しいものでございますね。」

「そちは、何と爺むさい、繰り言などほざいて居るのじゃ、その若さで。

それに、尼《あま》に懸想《けそう》するとは、以ての外！　そちも、中納言兼中務卿・大伴宿禰旅人の、第一の資人。『僧尼令』の厳しい掟を知らぬ訳でもあるまいに。御禁令の邪《よこしま》な恋などして居ると、今度は、そちの首が飛ぶ破目になるぞ。

とは言うても、此処だけの話じゃが、男と女の熱い恋心には、身分の上下も、貧富の差も、それに歳の違いもじゃが、何の妨げにもならぬからの、あはは！」

と、旅人は言いさして、ふと、あの坂上郎女の、才気に満ちた、艶《あで》やかな顔を思い浮かべた。

大隅国の戦場から帰京した日の夜、住み慣れた佐保の館で、約七カ月振りに再会した、若い異母妹は、一段と晴れやかで、美しい、若い女の、むんむんする色香を総身に放って居た。

おや、これは、恋する女の風情だぞ！

思い余った旅人が、それと無く鎌をかけると、旅人が大伴一族の中で、日頃、最も親しくして居る、異母弟、正五位上、大伴宿禰宿奈麻呂《すくなまろ》と、すでに婚約したのだと言う。

やれやれ、むくつけき隼人どもには勝てても、気紛れな女性《にょしょう》には、到底、敵《かな》わぬな。

抑々《そもそも》、正妻を持つ身であり乍ら、然も、老齢をも省みず、若さと知力に満ちた、あの才媛を、物にしようと企んだのが、間違いだったかも知れぬの。

然れど、これからは、女性としてよりも、歌人として、付き合う分には差支え有るまい。あの才気煥発な、異母妹の事だ。又、一段と歌の腕前も上げて居るに違いない。宿奈麻呂の妻になる前に、一度、歌の手合せを願うとしよう。

「時に、元明太上天皇様の御病状、余り捗々《はかばか》しく無いとの噂でございますが……」

「うむ……」

余明軍の不意の呼び掛けに、旅人は、やっと我に返った。

天平二年（七三〇年）春正月十三日、九州・大宰府は、久し振りに初春の陽光を全身に浴びて、明るく華やいで居た。

玄海灘に面した、この筑紫の地は、冬期は、大陸から吹き付ける、強い北西の風と、対馬海峡を流れる暖流のために、時には、雪や霰《あられ》に見舞われる、荒々しい天候がその特徴だ。

大和平野の冬の寒さは一応知っては居るが、これ程の悪天候は初めて体験する都の官人たちは、大宰府政庁に赴任した直後は、誰でも、その天候の余りの激しさに、到頭《とうとう》、西の最果てに追い遣られたのだと言う、惨めな感慨を抱くのが普通である。そして、政庁勤務が長引くにつれて、其処が、聞えの良い「遠の朝廷」である所《どころ》か、全国、何処にでも有る田舎の一つに過ぎない事を、嫌と言う程、思い知らされるのである。

その大宰府は、此《これ》で二度目となる、大宰帥、中納言、正三位、大伴宿禰旅人も、まさしくその例に洩れなかった。然も、一般の官人たち以上に、旅人は、大和の都から遠く離れた西国に追い遣られたと言う、屈辱感と寂寥感に、日々、苛《さいな》まれて居た。

顧れば、旅人が、初めて大宰府を訪れたのは、今から十年前、養老四年（七二〇年）初夏四月中旬、征隼人持節大将軍として、当時の大宰帥、中納言、従三位、多治比真人池守と、隼人征伐の軍議を行った時である。

その時は、隼人どもが、謀叛を起した大隅国へ進軍する途中、約一月、滞在しただけに過ぎなかったが、此度は、歴《れっき》とした大宰帥として、三年前に、赴任して来たのだ。

左遷に等しいその人事が、元明太上天皇の崩御後、孤立した元正天皇を蔑《ないがし》ろにして、直ぐ様、首皇《おびと》太子に譲位させた、あの御方の遺児たちの、陰険な策謀である事は、廟堂の官人たちの誰もが察知して居たし、他の誰よりも先づ、当の旅人自身が、密かに覚悟して居た、例の政の一つであった。即ち、首《おびと》皇太子を聖武天皇に祭り上げ、亡父の宿願を遂に果した藤原四兄弟にとって、昔ながらの、皇室第一の藩屏《はんぺい》として、歴代天皇の信任厚かった大伴一族は、兎角、目障りな存在だったのだ。

廟堂の位階こそ、中納言、正三位だが、大和の天皇の後楯《うしろだて》を失った大宰帥は、栄えある「遠の朝廷」所か、唯の閑職の一つに過ぎない。

そんな旅人が、大宰府に着任早々、政庁の実務は、大宰大弐以下の官人たちに、一切任せ、自らは、酒宴に耽《ふ》ったり、時には、遠く松浦河《まつらがわ》に遊んだりし乍ら、歌の世界に、逃避し続けたのは、そのためだった。

然も、大宰帥に着任してからは、長年連れ添った正妻・郎女に先立たれたり、大伴一族の主立った者たちの訃報が相次ぐなど、人生の果無《はかな》さを身に沁みて覚えずには居られない、凶事が相次いだ。既に、六十代の半ばを過ぎた旅人は、大宰帥としても、一人の人間としても、かつて経験した事の無い、屈辱と絶望の日々を余儀無くされて居たのだ。

そんな中、唯だ一つの、得難い慰めは、又しても夫に先立たれた坂上郎女が、大和の都からやって来て、死去した正妻・郎女の代わりに、かつてのように、大宰帥・旅人の家政の全てを取り仕切って呉れる事だった。

だが、五十代の旅人が、密かに恋心を燃やした日々から十年余、既に、三十を越えた、坂上郎女には、あの若い女の艶《あで》やかさはもはや無く、中年特有の淑《しと》やかな風情が、何時の間にか全身に漂って居る。自分自身も年老いた事は棚に上げて、旅人が、その異母妹の急速な変化を最も痛切に感じたのは、久し振りに、歌の遣り取りをした時だった。


今の代にし楽しくあらば来む生《こよ》には蟲に鳥にも吾はなりなむ

と、旅人が、酒を讃《ほ》める戯歌《ざれうた》の一つを遣ったのに対し、坂上郎女が、返して来たのは、かつてのような、男勝りの叱咤激励では無く、遙かな大和の都を偲ぶ、恋多き女の、しっとりとした望郷の歌だったからだ。

吾背子が見らむ佐保道の青柳を手折りてだにも見しめてもがも

左遷も同然の大宰帥に着任して五年、公私ともに、鬱屈《うっくつ》した日々の連続だった旅人だが、新春の今日は、本当に久し振りに、早朝から機嫌が良かった。

その第一の原因は、何と言っても、初春にふさわしい、今日のこの好天だ。

大宰府政庁の南門を出て、すぐ左手の深い森の中に在る、大宰帥の公邸は、その時節にしては珍しく、見事に晴れ上がった青空の下、時に小鳥たちの囀《さえず》りも聞こえる程、一気に春の陽気を漂わせて居る。何時《いつ》もは、生い茂った楠の古木が、広い公邸の四囲を取り巻いて居るので、昼間さえ薄暗く、何となく陰鬱な雰囲気なのだが、今日は、良く手入れの行き届いた前庭の彼方此方《かなたこなた》に、紅白の梅が、今盛りを迎えようとして居る。

そんな陽気な佇まいこそ、今日、この公邸で開かれる、梅花の宴にぴったりの光景であろう。

次に、今日のこの宴《うたげ》には、大宰府の主立った官人たちは元より、大宰府管内の各国の国守やその代理など、三十人以上が出席する予定であり、旅人は、大宰帥として、その主人役を勤めるのである。

筑前守・山上大夫（憶良）他二、三の名立たる歌人たちを中心に、九州各国の、歌の巧みな官人たちを集めて、旅人が、そんな都風の梅花の宴を敢えて催したのは、聖武天皇の御代では、無力を余儀なくされた大宰帥であったとしても、歌人としては、歴代のどの大宰帥にも劣らない、第一級の人物であった事を、後世に遺そうとする、最晩年の旅人の、ぎりぎりの意地からであった。

わが苑《その》に梅の花散るひさかたの天《あめ》より雪の流れ来るかも

この梅花の宴を企てた日から、連日、推敲を重ねて来た、わが歌に、旅人は、久し振りに歌人としての満足感を覚えて居たし、あの手厳しい批評をする坂上郎女にも、胸を張って披露出来る秀歌だと、密かに自信を抱いて居た。その日、何時もと違って、旅人の機嫌が良かったのは、好天よりも、むしろ、その達成感のせいだったのだ。

梅の花散り乱《まか》ひたる岡傍《び》には鶯鳴くも春片設《かたま》けて

「そちの歌、仲々、良く出来て居るではないか！　春片設《かたま》けてなど、誰にでも容易く出来る言い回しではないぞ。」

「滅相もございませぬ。国守様の代理として、此の様な晴れがましい宴に、御招き頂きました日より此の方、それこそ七転八倒、塗炭《とたん》の苦しみを舐めつつ、何とか歌らしきものに、拵《しつら》えた迄でございまする。

某《それがし》、八色《やくさ》の姓《かばね》にも無縁なる卑賤の身故、凡そ、歌を詠むなど、全く別の世界の出来事でございますれば、平に御容赦の程、願い上げ奉りまする。」

その日の歌会《かかい》の主人、即ち、大宰帥、中納言、正三位、大伴宿禰旅人の座前に急に召され、平身低頭、しどろもどろに答えて居るのは、大隅目《さかん》、榎氏鉢麻呂《えのうじのはちまろ》だ。

此処《ここ》は、大宰帥公邸の大広間、今し方、賑かな歌会が漸《ようや》く終り、昼間の酒宴が始まったばかりなのに、一座の誰よりも先に、今日の主人に、歌を批評されたのだ。年一度、大宰府政庁で開かれる国守会議は勿論、それ以上に晴れがましい歌会など、凡そ無縁なこの下級官人が、すっかり恐懼《きょうく》感激してしまったのも無理は無い。

だが、中納言の肩書を持つ、この年老いた大官が、今度は、隣り合って座って居た、薩摩目、高氏《こうしの》海人《あま》を、同じように座前に召し、同じように歌の批評を始めた時、彼は、歌会の主人が秘めて居るらしい、或る思惑にやっと気付いた。

わが宿の梅の下枝《しづえ》に遊びつつ鶯鳴くも散らまく惜しみ

「此《これ》も、仲々、良い歌ではないか！　大隅も薩摩も、中国《ちゅうごく》乍ら、歌では引けは取らぬようじゃのう。」

「とんでもございませぬ。某もまた、大隅目殿《さかん》が申された通り、日頃、歌などとは無縁な役所暮しでございまする。本来ならば、わが国守が参列すべき所、こうして、止むなく、参上仕りましたる次第でございまする。身に余る御褒めの御言葉を賜り、唯だ唯だ、恐縮するばかりでござりまする。」

さて、そろそろ本題に入ろうかの、と、二人の下級官人の並の歌に、形ばかりの讃辞を与え終った旅人は、急に、大宰帥の顔を取り戻し、彼等に共通する、肝心の話題へ、踏み込んで行った。

大宰府に近い、筑前国や筑後国、壱岐や対馬などは元より、遠く大隅国や薩摩国からも、特に目級《さかん》の官人たちを、今日の歌会に呼び集めた、もう一つの目的は、まさにそれだったのだ。

「時に、去年の暮れに開いた、臨時の国守会議で、そちたち、大隅・薩摩両国の国守に、例の口分田の見通しを問い質《ただ》した所、両者とも、今なら十分可能と、口を揃えて答え居ったが、実際はどうなのじゃ？
大隅国は、建国から約十七年、例の異変から丁度十年じゃ。薩摩国に至っては、建国から三十年近く経って居るが、今、隼人どもの動きは、どんな風かの？」

と、二人に問い掛けた旅人は、ふと、その前年、即ち、天平元年（七二九年）春二月初め、大和の都で突如起った、左大臣、正二位、長屋王の失脚事件を、苦々しく思い返した。

それは、あの御方の血を引く聖武天皇の下、廟堂の覇権を再び一族で独占しようと図った、遺児たち四人の政治的な陰謀であった事、その直後、あの御方の長子・中納言、正三位、藤原朝臣武智麻呂《むちまろ》が、大納言に任ぜられたのは、その政変の総仕上げであった事、そして、その一連の政変は、中納言乍ら、大宰帥として「遠の朝廷」に追い遣られた旅人には、何の連絡も無く、密かに行なわれた事など、全てが一目瞭然であった。

かつて、亡父・安麻呂が、若き日の旅人に予言した、あの御方の一族の覇権が、まさしく、現実のものに成ったのだ。

それにしても、国家の中心地・大和の都にだけ住んで居ては、全貌が見え難い政変なども、遥かな西の九州に身を置くと、まるで手に取るように良く分るものだと、旅人はつくづく思う。

そんな或る日、同じ中納言たる年長の旅人を差し置いて、大納言に伸《の》し上がった、藤原朝臣武智麻呂から、大隅国と薩摩国の口分田の現状と見通しについて詳しい報告を求める、厳しい太政官符が届いたのだ。

嗚呼、時代の空気は、すっかり変わってしまったなと、旅人は、遙か大和の都で起った政変を、肌身に感じずには居られない。

今迄は、皇室第一の藩屏、昔ながらの名門中の名門、大伴一族の氏上《このかみ》として、廟堂に一応重きを成して来たが、此からは、そんな形ばかりの権威は、もはや通用しまい。何か、目に見える政の実績を上げなければ、藤原四兄弟が牛耳る今の廟堂では、中納言の地位さえ、失い兼ねないのだ。嫡子・家持の将来のためにも、此処は一つ、踏ん張って置かねばなるまい。

だが、旅人のそんな願望とは裏腹に、春正月の梅花の宴の席上で、大隅国と薩摩国の、夫々《それぞれ》の目か《さかん》ら聞き出した、隼人集団の現状は、前年暮れの臨時の国守会議で、両国の国守が行った実《まこと》しやかな報告を、其《それ》と無く否定するものだった。

思い余った旅人が、我乍ら、余りぱっとしない内容とは思いつつも、大宰帥としての、形式的な解《げ》を、早馬で、大和の都の太政官に送ったのは、梅花の宴を終えて、一月以上も経った頃だった。

「大隅と薩摩、両国の人民は、建国以来、未だ嘗《かつ》て、班田を受けた事無し。彼等の所有する田畑は、全て荒地を開いた墾田であり、先祖代々受け継いで居る耕地なり。其《それ》、彼等が、『田令』の規定に従って、田地を移動して耕作する事を拒み続けて居る所以なり。

依って、今、法令通り、班田収授を強行するならば、面倒なる訴えが頻出するは必定。最悪の場合には、嘗てのような謀叛さえ、出立する恐れ、此れ有り。

故に、大隅・隼人両国に於ては、当分の間、旧制の儘、田地を移動させず、父祖伝来の墾田を耕作させたく、願い上げ奉るものなり。

頓首再拝
天平二年二月末日
太政官御中
中納言、大宰帥、正三位、大伴宿禰旅人」

顧りみれば、吾が六十余年の後半生は、此方《こちら》から望んだ訳ではないのに、妙に隼人とは因縁が深かったと旅人はつくづく思う。

先づ、平城遷都の前年十月、薩摩国の朝貢隼人を、五百騎の総師として出迎えたし、翌、和銅三年（七一〇年）正月には、北の蝦夷と共に、彼等を率いて朱雀大路を行進した。

次に、養老四年（七二〇年）三月には、征隼人持節大将軍として、遙か九州・大隅国へ遠征した。

そして、其処で、日頃、目を掛けてやって居たにも拘らず、軍律を犯した隼人司の訳語長を処刑しなければならなかった。

そして、今年、天平二年（七三〇年）二月には、大宰帥として、大隅・薩摩両国に於ける班田制の延期を言上した。

こうして見ると、吾《あ》は、何と十年置きに、大隅・薩摩両国の隼人と、密接に、関わって来て居るではないか！

元より、吾《あ》は、若い頃より、格別、隼人に関心を抱いた事は無いし、故元明太上天皇様程、隼人に深い理解を、示した事も無い。太上天皇様は、生前、『古事記』や『日本紀』と呼ばれる国史に、隼人の祖先が登場し、天皇家の祖先と兄弟関係に在ったと言う、夢物語のような伝承を、固く信じて居られたが、吾は、皇室第一の藩屏たる、大伴一族の氏上《このかみ》だ。そんなあやふやな伝説などには全く関心が無い。

尤も、征隼人持節大将軍として、遙か九州の南端・大隅国に遠征した時、二つの丘に立て籠った大隅隼人どもが、毎夜、繰り広げた、あの美しい火の作戦を目の当りにして、少しは彼等を見直しはしたが、それは、戦場に在った時だけの事だ。

そう言えば、あの時、吾が目を掛けてやった、隼人司の若い訳語長を、戦場で処刑した事が有ったが、あれは、あの者が、利敵行為を禁ずる軍律を、偶々《たまたま》、犯したからであって、隼人だからでは決して無かった。

それだけに、吾が、人生の後半に、是程迄に、隼人と深く関わる事になろうとは、もはや奇しき運命と呼ぶ他は無いだろう。

だが、二つの国史では、天皇家との縁戚が特筆されて居る隼人も、一方では、「俳優《わざをぎ》の民」として蔑視されても居るし、あの御方の手に成る『賦役令』では、「辺遠国《へんおん》・夷人雑類《いじんぞうるい》」とまで、貶《おとし》められて居ると聞く。

そんな隼人の零落《れいらく》も、自らの血を引く聖武天皇を、より一層、至純高潔な存在にしようとする、藤原一族の策謀に依るものだとすれば、歴代天皇の信任厚かった、わが大伴一族も、何時何時《いつなんどき》、衰退・没落の憂き目に遭うか、知れたものではない。

否《いや》、その不運の徴候は、吾が代で、既に、現われ始めて居るのだ！

だとすれば、成人には未だ遠い嫡男・家持《やかもち》にも、吾が若き日に、亡父・安麻呂から伝授された、あの「遺言」を、確と、守らせねばなるまい。何れにしても、あの御方の一族と事を構えては、吾が大伴一族の未来は無いのだ。

唯だ、次第に衰えて行くであろう、吾が大伴一族の唯一の救いは、何と言っても、歌の才能だ。中でも、吾が愛弟子《まなでし》、坂上郎女の歌才は、当代随一、かの額田王の再来とまで、高く評価されて居る。然《さ》すれば、歌の道は、吾が一番弟子・坂上郎女の手で、嫡男・家持に、厳しく仕込んで貰わねばなるまい。政の威力は、唯だその時その場限りのものだが、歌は、時代がどんなに変っても、亡びる事は決して無い、と、あの才気煥発な、愛らしい女傑が、日頃、自信と誇りを込めて、力説して居るからの。

嗚呼、それにしても、一日も早く、大和の都へ帰りたいのう。そして、今は亡き元明太上天皇様も、愛する草壁皇子様と楽しい青春の日々を過ごされた、あの懐しい故郷・明日香の地で、歌など詠み乍ら、わが生涯の最期を迎えたいものよのう。

中納言、大宰帥、正三位、大伴宿禰旅人が、本人の予期に反して、亡父・安麻呂と同じく、大納言、従二位に、形ばかりは昇格し、念願の大和の都へ舞い戻った後、六十六歳の長い生涯を終えたのは、翌、天平三年（七三一年）秋七月二十五日の事であった。

エピローグ

平成二十二年（二〇一〇年）十一月末の或る日の午後遅く、京都府京田辺市の松井丘陵の一角で、在野の大住郷土史研究会との異例の記者会見を終えた各社の記者たちは、今回の「竹簡」と「隼人」の短歌の発見が、わが国古代史研究の大事件と成り、隣接する奈良県の「平城遷都一三〇〇年祭」にさえ、匹敵する特種と成る事を、内心、密かに確信し乍ら、夫々《それぞれ》、本社の編集デスクに、急報した。

だが、此程《これ》の「重大な発見」であるからには、テレビ・ラジオは、その日の夜のニュースで、新聞は、翌日の朝刊で、必ず大々的に報道するだろうと、大住郷土史研究会の面々が、心密かに期待したにも拘らず、それを報道したメディアは、一つも無かった。

現場の記者たちが、すわ特種と意気込んだその発表を、各社何れも没にしたのは、丁度十年前、二〇〇〇年十一月、某全国紙によってスクープされた、例の「旧石器捏造事件」の記憶が未だ新しかったからであり、報道機関としての、社会的責任が、改めて自覚されたからである。

わが国の考古学史上最大のスキャンダルと呼ばれた、その破廉恥な捏造事件は、在野の「東北旧石器文化研究所」の副理事長Fが、三十年以上に渡って、旧石器時代の遺物を捏造し続けて来たと言う、衝撃的な出来事だった。それは、当の考古学界は言うまでも無く、担当官庁や教科書業界、延《ひ》いては、中国、韓国、北朝鮮など近隣諸国に迄、大きな波紋を広げた、国辱的なスキャンダルだった。

元より、これ程の重大事件をスクープした、そのメディアの社会的功績は甚大だったが、他方では、それ迄、考古学上の過熱報道を執拗に繰り返して来たメディア業界にも、その社会的責任の一半が有る事も、大いに反省された。

現代のメディアは、まさしく両刃の剣なのだ。

国際問題に迄、波及した、その捏造事件を契機に、メディア各社が、考古学の分野だけではなく、古代史学全般に渡って、お互いの過熱報道を自粛し始めたのは、そのためだった。

京都府京田辺市の在野の研究団体「大住郷土史研究会」が、「わが国初の竹簡と隼人の短歌の大発見」を、その現地で、記者発表したのは、報道業界のそんな控え目な流れの中だったのだ。

当初は、「世紀の大発見」と迄、舞い上がった阿多会長初め、同研究会の会員たちも、メディアの拒絶を受けて、一時は、大いに失望落胆したが、その後も、「日本木簡学会」や「日本万葉学会」など、アカデミズムへの働き掛けを精力的に続けた。

然し乍ら、十年前の「旧石器捏造事件」に手酷く懲りたせいか、アカデミズムの世界も、メディア業界以上に、彼等の「快挙」に、否定的な反応しか示さなかった。

例えば、「日本木簡学会」の言い分はこうだ。

単に、竹を二つに輪切りしただけの遺物は、竹片を糸で綴り合わせた伝統的な竹簡とは認め難い事。

若し、それを、竹簡とみなして公表すれば、あの「旧石器捏造事件」の時と同じように、竹簡の本家たる中国から、又しても、厳しい批判が寄せられ、最悪の場合には、日中両国の外交問題に迄、発展し兼ねない事。

又、阿多会長が、自らの人生を重ねて、最も期待した、「日本万葉学会」の、言い分はこうだ。

わが国最古の歌集たる『万葉集』には、確かに、東国の農民や防人たちの、稚拙且つ素朴な出来乍ら、今尚、人の心を強く打たずには居ない秀歌が、数多く収録されて居るので、彼等と社会的な身分こそ違え、南九州出身の隼人たちが、歌に心を込めたとしても、決して奇異な出来事ではない事。

だが、朝廷の歌舞を担った隼人たちが、歌を詠んだかも知れないと言う蓋然性と、『万葉集』への収録を直結させる試みは、明らかに、論理的な飛躍であり、学問的には、決して認められない事。

こうして、在野の「大住郷土史研究会」によって、熱心に進められた広報活動は、メディア業界からも、学会からも、全く無視され続けたのだが、遠く、平城京時代の実在の人物、阿多隼人の娘・阿多君吉賣の末裔を自認して居る阿多会長だけは、どうしても諦め切れ無かった。

此処《ここ》、京都府京田辺市大住地区が、南九州から、遥々《はるばる》、朝貢して来た、大隅隼人たちの居住地であった事は絶対に間違い無い。その事は、あの記者会見で発表したように、学問的にも、既に、実証されて居るのだ。

そんな大住地区に生れ育った自分こそ、全員が大隅隼人だった集団の中で、唯だ一人、阿多君を名乗ったあの吉賣《きめ》の、正真正銘の末裔なのだ。何故、そう言う巡り合せに成ったのか、自分には全く分からないが、此度、松井丘陵で発見された、「竹簡と短歌二首」が、わが先祖・阿多君吉賣の手に成るものと、自分は信じて疑わない。

今の所、メディアも、学会も、否、社会全体が、自分が会長を勤める「大住郷土史研究会」による、此の画期的な発見の意義を認めようとしないが、何時か必ず世に認められる日も来るであろう。それまでは、あの貴重な二つの遺物は、大隅隼人縁《ゆかり》の地元の「月読《つくよみ》神社」に、取り敢えず、奉納して置く事にしよう。

「大住郷土史研究会」全員の同意を得て、その生涯の夢を、「月読神社」に託した、阿多会長は、それから三年後、大伴宿禰旅人と同じく、六十六歳で、その生涯を閉じた。

平城京時代の実在の人物、阿多君吉賣の末裔を自認し続けた阿多会長は、その遺言に基いて、松井丘陵の横穴群の傍に建てられた、小さな墓に、今、静かに眠って居る。

（了）

「あとがき」に代えて

この長篇『隼人物語』は、日本古代史や古代隼人にはズブの素人が、定年後、七十代半ばにして初めて書き下ろした歴史小説です。

その準備に、約三年を要しましたが、何しろ、こんなに長い小説を書くのは初めての経験でしたので、長い連載をやっと終えた今、初めてフルマラソンに挑戦した市民ランナーが何とか「完走」を果した後のようなほっとした心境です。

最後までお付き合い頂いた読者の皆様に、心から感謝申し上げます。

当初、この歴史小説の原稿は、無名の作家という分も弁えず、古代隼人の故地、霧島市の印刷所・国分進行堂に、いきなり勝手に持ち込んでしまいました。同社は、鹿児島県内に数有る郷土情報誌の中で、古代隼人の顕彰に最も熱心に取り組んでいる会社として、日頃、注目していたからです。

数度の話し合いの結果、この長篇小説は、同社の格別のご好意により、創刊二十年以上の長い歴史を持つ、地域情報誌『モシターンきりしま』への連載という形で日の目を見る事になりました。

約二年半にわたり、この長篇小説の連載をお許し頂いた、同社の赤塚恒久社長と、作者の読みにくい原稿を、毎号、丹念に活字にして頂いた、小倉宏和さんに、改めて厚く御礼申し上げます。

その上、編集室では、毎号、素敵な挿絵をいくつも添えて頂き、作者の拙い表現を見事に補って下さいました。

さらに、編集室では、古代天皇家の複雑な系図や、平城京の詳細な地図まで添えて、読者の便宜を図って頂いたり、大隅地方の地理に関して、作者の誤謬を指摘・訂正して頂いたりもしました。

古代隼人は、特定の個人のものではなく、地域全体の共有財産である、したがって、この歴史小説『隼人物語』も、古代隼人縁の人々との合作である、と改めて痛感致しました。

関係の皆様方全てに、重ねて厚く御礼申し上げます。


今の世に問はむ隼人の心意気霧島山を仰ぐ故地より

令和四年　新型コロナ二年目の春　　　　世路蛮太郎

（追記）

古代隼人を主人公とする、この歴史小説『隼人物語』を脱稿して五年後、その最終章　梅花の宴にちなむ新元号「令和」が施行されました。

周知の通り、それは、天平二年（七三〇年）正月、大宰帥・大伴宿禰旅人が主宰した、梅花の歌三十二首の「序」（『万葉集』巻才五）より抜粋されています。

作者にとりましては、全く思いもしない出来事でしたが、天皇家・皇室と、古代隼人との昔ながらの奇しき縁を、今更ながら思わずにはいられませんでした。

と言う訳で、「令和」の新時代は、古代隼人とは切っても切れない関係にある、大伴宿禰旅人とともに始まりましたので、『隼人物語』の作者としては、これを機に、一人でも多くの「隼人ファン」が、そして、一人でも多くの「隼人小説の書き手」が現われるよう、心から願う次第です。

主要な引用および参考文献

日本古代史関係

『続日本紀』（講談社学術文庫）

『古事記』全一冊　（岩波文庫）

『日本書紀』全五冊（岩波文庫）

『万葉集』全二冊　（岩波文庫）

『神道大系』朝儀祭祀編（神道大系編纂会）

他、多数（とくにウィキペディア）

古代隼人関係

中村明蔵　新訂『隼人の研究』他

『八幡宇佐宮御託宣集』（神道大系編纂会）

他、多数

出版にあたって

果物箱にぎっしり詰め込まれた原稿用紙、添削を何度も重ねた末の「隼人物語」の長大な原文が手元に届いたのは、改元の真っ只中、令和元年（二〇一九年）の初夏のことでした。ご依頼の向きに沿って読み通し、著者の世路蛮太郎こと尾辻正見氏とお会いした上で、当時、発行を続けていた当社の地域情報誌モシターンきりしまへの連載によって活字化を図ろうとしましたが、誌面の制限もあり、令和四年（二〇二二年）一月まで二年半を要してしまいました。

連載を終え、この長編を一冊にまとめなければと日々思いつつ繰り返し読み返す中で、この小説世界に寄せる思いが日に日に高まっていったのはなぜか。そこには、著者の、隼人と呼ばれた人々と彼らが生きた時代への心からの慈しみが溢れていたからでした。世路さんは隼人の歴史小説というより歴史そのものを描こうとされているのではないか。著者のご努力と思いの強さに改めて感激しつつ、遅ればせながら皆様にお届けできますことに喜びを感じております。

歴史は何によって感得せられ、今を生きる私たちの日常に反映されるのか。南九州人、隼人を知る上で、また、この国の成り立つところ、古代の風を感じながら、「隼人物語」が私たちに、殊更、南国に生き、その精神を共有しているであろう末裔たちに、そっと教えてくれるものに期待したいと思います。一三〇〇年の時を超えて。

国分進行堂 モシターン編集室　赤塚恒久

著者紹介
世路 蛮太郎（せいろ ばんたろう）／ 本名　尾辻 正見

昭和14年、鹿児島県鹿児島市生まれ。鹿児島県立鶴丸高校、早稲田大学政経学部政治学科卒業。大月書店、鹿児島テレビ放送他に勤める中で作家活動に向かい「セルバンテス文庫」を主宰する。
主な著作に、「ドンキホーテ」ノート（セルバンテス文庫）、「ドンキホーテ通信」（同）、「セルバンテスの世界」（共著・世界思想社）、短編集「鉄橋」（講談社出版サービス・センター）、評論集「時を止める老人たち」（道の島社）、その他「ドンキホーテ」に関する共著、論文多数あり。

現住所／〒890−0075　鹿児島市桜ケ丘7丁目13番4号
E-mail　ach000429889@tau.bbiq.jp

長編歴史小説　**隼人物語**

令和五年（二〇二三）一月二十日　第一刷発行

著　者　世路 蛮太郎
発行者　赤塚 恒久
発行所　国分進行堂
〒八九九—四三三二
鹿児島県霧島市国分中央三丁目一六番三三号
電話　〇九九五—四五—一〇一五
E-MAIL　shin_s_sb@po2.synapse.ne.jp（印刷部）
振替口座　〇一八五—四三〇—当座三七三

装幀・イラスト　株式会社 国分進行堂
モシターンきりしま編集室
印刷・製本　株式会社 国分進行堂
価格はカバーに表示しています。
乱丁・落丁はお取替えいたします。
ISBN 978-4-9910875-8-5